跨度小说文库

Kuadu Fiction Series

THE FICTION

跨度小说文库
Kuadu Fiction Series

风穴寺

董新铎 著

中国文史出版社

目　　录

第一章

智弘塔林问生计
谷丰野外使旧招

一辆独轮车由远及近，顺寺水河缓缓而来，那黢黑的木轮在车轴上磨出刺耳的声响，吱呀声在空阔的山谷里传出老远。智弘看时，见独轮车上堆放着露絮的棉被、干瘪的包袱和破旧的碗勺。独轮车自智弘身旁经过时，棉被的一角依稀露出几缕肮脏的长发来。

望着独轮车渐渐消失在晨曦中，智弘手提瓦罐走向寺水河深深的河谷底部。一群在水边舔水的耗子见有人走来，悻悻然四下散去。连年干旱，昔日水色清澈、激流汹涌的寺水河，如今几近干枯，一条发辫粗细的水流在沙石堆中逶迤而过。水流很浅，极难沉下瓦罐，于是，智弘把沙石扒开个瓦罐大小的坑，再将瓦罐沉入坑底，然后叉腰等发黄的水将瓦罐注满。就在他手提瓦罐起身离去时，忽听水流的上方传来悠扬的钟声。钟声沉闷，浑厚，略带几丝沙哑；这钟声在智弘的头顶盘绕许久，而后消失在塔林的上方。

智弘见一个身着灰色僧服的人，肩扛扫帚走向塔林。晨曦中，他看不清这沙弥的面容，不知之前是否见过此人，却因心底有事纠结，便不再多想，提了瓦罐走向塔林。

塔林的地面只零星地散布着干枯的树叶，野草不是干死就是被饥民挖走，偌大个塔林，沙弥扫起来倒也轻松。

“峰云，怎么会是你呀？你不是一直在香积厨做事吗？”智弘吃惊地问道。

峰云见是智弘，停下手中扫帚说道：“从前来塔林出坡的清慧师父今日在寺里受戒，受戒后他就不再来塔林了。方丈让我离开香积厨，来塔林悟道，方丈说在哪里都是养性，做什么都是修行。”

“出坡？”智弘不解地问道。

“出坡就是做事，就是干活，出坡也是修行。亏你小时候天天去寺院玩耍，连出坡指的是什么都不懂啊？”峰云说时重又低头扫地。塔林的地面虽每日里都有人前来清扫，但因连年干旱，峰云虽是用力不大，塔林里却依旧尘土飞扬。忽然想起什么，峰云停手问道：“智弘啊，你表舅来信没有？你不在家好好读书，跑塔林做什么？”

智弘苦笑道：“据说开封城进了日本兵，那边天天在打仗。表舅一直没有传书过来，我不知道还能否去成。瞧眼下这兵荒马乱的，我是越发没心思读书了。再说了，我家里……哦，对了，寺院里是不会断炊的，你一直在香积厨做事，寺里的存粮还有不少吧？”

峰云警觉地问道：“智弘你问这个做什么？寺院的库房由典座师父管着，平日里我是进不去的，谁知道寺里有多少存粮！无论如何佛祖是不会让僧众饿着肚子诵经的。智弘啊，不会是你家里也断粮了吧？肚子饿了，你就高声读书，读读书兴许就不知道饿了，你把心思放在将来谋取高官厚禄上，不是自古就有‘书中自有颜如玉，书中自有黄金屋’一说吗？多想想这样的美事你就忘记饥饿了。”峰云说时，拿小眼瞟瞟智弘。

虽是有些迂腐，可智弘还是听出了峰云话里那讥讽之意。于是他没再多说什么，讪讪地辞了峰云，屈身提起盛满水的瓦罐，低头走出塔林。

智弘不想告诉峰云，他在凌晨时是读过一阵子书的。

凌晨他被饿醒时听到了第一声鸡鸣。那只仅存的公鸡打鸣时越发像是敷衍，它啼鸣时的起声还跟从前大致相当，只在尾声时草草了事，闷闷的声音显得孱弱无力，其间像是被人捏了脖子。智弘知悉鸡的近况，他除却无奈，便是怜惜。短暂的鸡鸣过后，窗外重陷沉寂。他在床板上侧转身去，再曲身挤压肚子，以便失去对饿的感知，最后却发觉这一切纯属徒劳无功。

终于忍耐不住，智弘缓慢下床，他点燃油灯，右手执灯，在面缸里，在铁锅里，在篮子里，寻找很久，终也没能找到一点儿吃的。豌豆大的油灯火苗将智弘瘦削的身影长长地拖在满是裂痕的地面上，昏黄的灯光下映出一把黢黑的菜刀。智弘捡起菜刀推门出去时，油灯的火苗忽闪一下，却没有就此熄灭。智弘在西墙边的一棵老槐树下将油灯放下，而后砍下一块黝黑的树皮，再把落在地上的一些树皮微粒一一捡起。他回屋后将树皮放在案板上，用心将树皮剁得极为细碎，然后生火，再把瓦罐里不多的水倒进锅内，等到水冒小泡时，遂将树皮碎末倒进锅内，就这样，一碗粥很快做成。智弘填饱肚子后在油灯下坐定，然后缓缓翻开一本发黄的书。

这是一本有关考古方面的书，是智弘的表舅一年前送给他的。表舅在开封私立维新中学教书，曾许诺日后带智弘去开封读书。表舅那次返乡时，他那只米黄色藤条箱子，他那身笔挺的深灰色中山装，都给智弘留下了极为深刻的印象。

当最初的晨曦映亮窗台时，智弘吹灭油灯走出茅屋，随后，他提上瓦罐去河边取水。他见公鸡正在篱笆内东张西望，他很想放公鸡出来，又唯恐鸡不知深浅地走出院子。鸡无论如何是不知道在这饥荒之年，它走出去将意味着什么。就在智弘走出柴门的当儿，他又回转身去，捡起墙角的半张破席搭在篱笆上，预防公鸡飞出篱笆，但他并不知道，这公鸡早已没有飞起的力气。

此时的智弘手提瓦罐走出塔林，峰云的话却依旧在耳畔萦绕。远远地，他见方才从塔林旁经过的那辆独轮车正吱吱呀呀沿原路返回。大约是推车人走错路了，他不知道眼前这条路仅能通往寺院，且再无岔路去往别处；或许这推车人原本就是前往风穴寺讨饭的？看得出这是来自外乡的饥民，推车人衣衫褴褛，面有菜色。本地人早已食不果腹，智弘的爹娘月前就带着智弘的妹妹去外地逃荒了，可眼下却时不时还有外乡人来此地讨饭，这让智弘不由得暗自摇头。本地人若能填饱肚子，谁愿意去外地逃荒！想到此，智弘没去理会推车人，他提着瓦罐低头自独轮车前走过。

“小兄弟，你是本地人吗？”推车人停车抹把汗问道。

听到推车人问话，智弘停下脚步回身答道：“寒舍就在不远处，请问大叔有何指教?”

大约是推车人被眼前这儒生的话激住了，一时间显得极不自在，他期期艾艾地说道:“没……没事，随便问下。我……我见这路边还有山上，到处都是松树和柏树，那些松柏树下该有不少果子才是，松果和柏果都是能吃的，这一路上也没见有人在树下捡果子，我有点儿好奇才问的，饥荒年不明白为什么没人去捡果子吃。”

推车人的话让智弘陡来兴致，提起吃的，智弘忽觉肚子像是一下子扁了许多，他下意识提提裤子，而后缓步走向独轮车，饶有兴趣地对推车人说道:“晚生智弘，年齿十八，看您面相，我该叫您大叔才是吧?大叔贵姓?听口音像是外地人，大叔您有所不知，这地界漫山遍野都是松树和柏树，可松鼠也多，那东西猴精，果子刚一成熟，它们便先挑好的吃，吃不完时会把果子藏起来，松鼠藏果之处极为隐秘，你我不比孙猴子，我们可没有火眼金睛。”

智弘诙谐的话让推车人显得自然许多，推车人搓搓手带着干涩的微笑说道:“我叫谷丰，扶沟那边的，大前年国军扒开黄河后，洪水没能挡住老日，当地百姓可是差一点儿死绝。好不容易等到大水过去，接着又是大旱，一年到头连一滴雨都没下。本来想着你们这边山多地高，洪水不会过来，没想到洪水没到的地方老天爷也是不舍得下雨，眼下这里的旱情跟我们那边不相上下，地里庄稼都是绝收。”谷丰说时，几滴汗水悄然滴落在他那树皮一般的手背上。停顿片刻，谷丰接着说道:“你说得一点儿不错，松鼠是伶俐，可它跟人比起来还是差着一大截儿。我年轻时闯过关东，在东北林子里待过，那时候虽然不是饥荒年，可有时也是吃了上顿没下顿，难熬的日子也不少，没办法，大叔就跟松鼠争松子吃，大叔总能找到松鼠藏果子的地方。正是有过在东北林子里的经历，这次逃荒来到这里，见满山都是松树和柏树，大叔就寻思着与其深一脚浅一脚四处逃荒要饭，真不如就窝在这林子里跟松鼠争果子吃。眼下有几家日子过得滋润的?别人哪有那么多粮食施舍给要饭的人?要饭的人哪里都是成堆，四处都能看见饿死的人。”

“大叔的意思是说，我们这里漫山遍野都是松树和柏树，林间的松柏果子能够供养人们，家中断粮时大可不必外出乞讨是吧?这么说来，我们是放着河水不洗船了？不知道我爹娘他们这会儿到了哪里，只愿外边的月亮比家乡的圆！”智弘说时，忽觉一阵伤感。

“你的父母不会是也外出逃荒了吧？”谷丰吃惊道。

智弘说，他的父母及妹妹月前就外出逃荒了，父母临行前一再劝他同行，智弘却执意要留在家中，一则他在家里能静心读书；二则万一表舅返乡或者是表舅有书信过来，他不在家里岂不误事？智弘的父亲想想也是，这孩子一门心思想去省城读书，若是日后如愿，有了出息，在省城谋个一官半职的，好歹也是件光宗耀祖的事。眼见承租寺院的一亩三分地一季一季地绝收，一家人都在家里饿着肚子毕竟不是个事，于是他们推车走了。

谷丰听罢，未免叹息不已。他本想推车就此离去，却见独轮车上的破被子里蠕动一下，接着露出半拉人头来，是他女儿醒来。于是，他赶忙上前将手搭在女儿额头上，之后长出一口气，宽心地说道：“谢天谢地，高烧总算是退了点儿，寺里的退烧药还真是管用。孩子呀，你想不想下地走走？”

智弘隐隐听见独轮车的破旧棉被里，传出女孩儿虚弱的声音：“爹，我想再躺一会儿。”

智弘迟疑片刻，望着眼前的推车对谷丰说：“大叔，车上的孩子生病了？既然孩子有病，那就不该再赶往别处，为何不在寺院里借宿几日？”

谷丰摇头说道：“我们去过风穴寺了，寺里师父布施了点儿吃的，还给了我一包退烧的药面。总觉得带着女孩子住寺院别扭，大叔也就没给师父们提起这档子事。我是一大早听见寺院的钟声才赶过来的，我知道这钟声不只是催僧众早起，还有告诉打此经过的需要布施的人，这里有家寺院，谁有难处，就来寺院请求布施。”

“大叔，连这个你都懂啊？如若不嫌弃，那就住在我家吧。”智弘没再犹豫。

通往寺院的小路被两侧高大茂密的松树和柏树遮掩得难见日月，不少树木看年轮树龄都在数百年以上，树干如塔。走出这浓荫之地，烈日已将白炽的光刺向田间，田间的庄稼早已枯萎，偶有几根光秃的秆茎，稀稀落落散落田间。

智弘扶着独轮车和谷丰一道将推车推上田间小道，一袋烟工夫不到，独轮车便来到用篱笆圈就的院落前。智弘推开柴门，他看见西墙边鸡舍里那只公鸡正东张西望。他们卸车时，公鸡则专注地望着这边，一片树叶自车上掉下时，公鸡探头端详良久。月枝扯着父亲的手下车后，她一手捂头，踉跄几下才站稳脚跟。智弘看见月枝散乱的长发上沾了几枚枯叶，这让他蓦然想起他的妹妹来，尚处幼年的妹妹就时不时地在山坡上捡些干枯的花瓣，然后自己动手将花瓣插到头发上，即便没有镜子可照，妹妹也能把花瓣插得极为对称，不偏不倚，这一点让智弘大为赞叹。月枝看上去个子不高，年龄要比妹妹大出一些，她那张稚嫩的脸苍白细嫩，她的神色显得恬静安详。她一下车像是到了自己家里一样，先是拿手指梳理一番乱发，接着自上而下拍打衣服，等她把这一切打理完毕，才露出花一般的笑脸，她用一种沉静的目光看智弘时，智弘不觉一阵慌张。

谷丰在清理推车上的杂物时，不经意间看见两个孩子正各自望着对方，于是笑着说道："只顾忙，忘记给你们介绍了。月枝，这是你智弘哥，这里是你智弘哥的家，知道你病着，是你智弘哥让我们来他家里的。智弘啊，这是我女儿，叫月枝，快满十七岁了。月枝，我们遇到恩人了。大恩不言谢，智弘，大叔就不说感激之类的话了。"

"大叔请别这么讲！既遇上，便是缘，眼下这家里只我一个人，人少了也孤单。"智弘忙道。

三人将车上的东西拿到屋子内，智弘瞧见包袱的一角露着半拉玉米面馒头，那橙黄的色泽让智弘不由得皱皱眉，而后舔舔嘴唇。智弘这一表情恰被谷丰看见，谷丰料是智弘正饿着肚子，于是，掏出寺里师父布施的馒头递给智弘。智弘说他不饿，并催促谷丰带他去山上寻找松果。谷丰便将馒头一掰为二，执意分给智弘和月枝吃了。随后，他让月枝看家，自己提上篮子，带智弘上山去了。就在两人尚未走出柴门时，谷丰发现智弘手中的半拉馒头已经不见。

松柏苍翠，遮天蔽日。不见鸟儿，却有鸟声回荡林间。脚下是厚厚的松树和柏树的针叶，踩上去如棉被一般，一不小心就会深陷其中，每走一步都极为艰难。智弘尾随谷丰身后，他发觉谷丰并不在意树上的鸟窝和松鼠搭建的小小窝棚，只低头寻找有山石隆起的地方。

他们终于发现一块深褐色山石，这山石高出地表足有一米开外，山石的周遭均被厚厚的松柏的针叶簇拥，就连山石的上面也覆盖着暗色的干枯针叶，虽是一年未雨，却因针叶常年积聚，稍一翻动，脚下的针叶便泛出阵阵污浊腐朽的气味。谷丰在针叶中扒出一根拇指粗细的树枝，拿树枝在山石的底部捅来捅去。

忽见树枝深陷洞内，谷丰的手急忙停下，他继而抽出树枝，弓下身去，双手扒开石下的针叶，一个碗口大小的黑洞呈现在眼前。谷丰再把树枝伸向洞内，敲打几下后，又抽出树枝，单腿跪在洞口，将手臂伸进洞内。等手臂抽出洞口时，谷丰的手里已攥了一把松果，他将一颗松果剥开，麦粒般金黄的松子便裸露出来。谷丰顺势将这粒松子塞进嘴里，而后含笑望着智弘。智弘看见谷丰的脸上，满是孩子般的天真。

方才赶往林子的路上，智弘曾听谷丰说起过家事。谷丰说他原本是十口之家，汹涌的黄河水出堤后一泻千里，洪水来袭前竟没人告知，就这样，洪水过后，十口之家仅剩他和月枝两人，不是他抓起月枝爬上村头那棵百年老树的树顶，怕是全家人都难以幸免于难。洪水漫过之后，全村仅存八人。谷丰说起这陈年往事时，显得异常淡漠，似乎此事是发生在史书里，他的麻木让智弘莫名诧异。此时见谷丰孩子般的笑容挂脸上久久未散，智弘却怎么也笑不出声来，虽是谷丰找到松鼠藏下的松果，虽是他们摸到了日后赖以生存的捷径。

智弘让谷丰小憩，自己趴在洞口，将洞内的果子悉数掏出，而后又用树枝把洞内扒拉干净，唯恐漏下一粒。他把一堆果子一一装进篮子时，无意间看见头顶的一棵柏树上，有只土灰色成年松鼠正呆呆地望着他们。蓦然间，一种无以名状的情愫不经意间涌上心头，他见谷丰正猫着腰翻动地上厚厚的针叶，谷丰说这满地的针叶之中一定会遗留果子，松鼠是不可能将所有果子都悉数据为己有的。智弘应着谷丰的话，悄然将篮子里的果子又拿出一些放回洞里，而后他抱起针叶将洞口覆盖。

他们辗转到别处寻找松果时，谷丰发觉篮子里的果子本不该这么少，于是问智弘：“智弘啊，你提着篮子得走稳些，当心我们辛苦搞到的果子再掉进针叶里，篮子里才这么点儿啊！你不会是把果子弄掉了吧？”

智弘干笑着说道：“大叔啊，我们把松鼠藏进洞里的果子都拿走了，一旦冬季到来，大雪封山，雪厚盈尺，松鼠说不准会挨饿的，我怕饿着松鼠，离开洞口前，又把果子放回洞里一些，您老不会生气吧？”

谷丰愣了一下，随之笑逐颜开。

两人在厚厚的针叶中举步维艰。当夕阳透过密林的缝隙，将道道殷红斜照脚下时，他们的篮子依旧未满，两人没再找到松鼠的库房，却在遍地针叶间翻出一些果子来。走出林子时，两人已是气喘吁吁。

不远处的茅屋正沐浴在殷红的夕阳里，一道炊烟自茅屋的墙边袅袅升起。微风拂过，炊烟在屋顶扭了个弯，而后向着寺院的方向飘散而去。家里已经断粮，莫不是月枝趁两个男人不在，自行烧水沐浴吧？想到此，智弘不觉放慢脚步。

行至柴门外，智弘故意延缓进去。谷丰疑惑地望望智弘，继而开口叫月枝。月枝听见父亲的声音打开屋门时，映入智弘眼帘的恍若书中仙子。看得出，月枝真的把头洗了，她长发及腰，单薄柔弱，清瘦的脸上泛出红晕。她上穿一件浅粉色圆领对襟短衫，下着淡蓝色粗布裙，衣服虽是破旧不堪，倒也十分耐看。智弘知道家里仅有一罐河水，莫不是月枝独自去河里汲水了？可她来时是被破被蒙着，她竟能自行找到水源，这一点让智弘不由得暗自吃惊。

三人在院中铺下席子，坐席上剥着松子，有人用锤子砸，有人用小刀剔，有人用牙齿咬。将松果里的松子剥出来居然异常艰难，智弘的手指不知不觉中泛起水泡，这让一旁的月枝一时间不知所措。而三人的晚饭就是煮松子，松子粥盛在碗里看上去满眼金黄。月枝饭后的一句问话，让智弘一时警觉起来。月枝说：“智弘哥，塔林里有个扫地的和尚，叫峰云，他说他早就认识你。”

智弘赶忙问道：“怎么，峰云看见你了？”

月枝说：“我去河里打水时，那个和尚丢下扫帚跑过来，他非要帮我打水，我不让。他说你经常去寺里找他玩，他还说了不少你的坏话，说你不务正业，是个书呆子。哥呀，这人看着就不像个好人。”

“他没碰你吧?”智弘急急问道。

“没有。他又不认识我，他犯得着跟我乱说一通你的坏话吗?我没有搭理他，等罐子里的水满了，我就提上罐子走了。他非要送我，我不让。”月枝说。

智弘挠挠头，忽觉心绪杂乱。

无论如何，松子解了三人一时之需。在接下来的几天里，智弘和谷丰每日都去林子里寻找松果，只是他们再也没了当初的运气，一连数日竟连一个松鼠窝都没能找到，而仅从满地的针叶中寻找松果，如海底捞针。

“这里的松鼠好像比东北林子的松鼠聪明得多!”两个人一脸晦气地下山时，谷丰喃喃道。

回到家里，看着月枝病态的面容，智弘忽想起墙角鸡舍里那只鸡来。于是，他悄然拿起刀来到鸡舍前，见公鸡正用茫然的眼神望着他。大约公鸡以为智弘是前来喂食的，于是踮脚凑近智弘。公鸡自然是不认识刀的，它全然没有刀的概念。智弘在鸡舍前逡巡很久，终于不忍下手。于是，他扔去鸡舍里那只盛水的破碗，决意不再喂鸡一粒松子，他想就此饿死公鸡，这样一来，吃起鸡肉也不至于心怀歉意。

然而，数日过后，这公鸡竟活得越发精神，它凌晨时的啼鸣也不似前几日那样敷衍，而是高亢嘹亮，显得底气十足。

终于有一天智弘发现了其中端倪。他和谷丰自林中回来，见月枝正蹲在鸡舍前，月枝的一只小手捏着松子，而另一只手的手心里盛着黄水。

第二章

闻钟声方丈论禅
赴寺院智弘讨药

鸡鸣过后，智弘再无睡意。于是，他披衣下床就在油灯前坐定，里屋内谷丰的鼾声似乎要将窗纸捅破。打开书页，他重又将书本合上，发觉近日里读书的兴致正一点点消退，就像是窗外这阑珊的夜色。再等些日子，若是表舅依旧没有书信过来，就去趟开封面见表舅，好歹得个准话，免得像眼下这样进退维谷。智弘这么想时，窗外隐隐传来风穴寺缥缈的钟声。

智弘轻轻开门走出院落。疾风扫过门口，卷起尘土飞扬，枯叶夹杂其间，在半空飞来荡去。智弘捂眼走向田间，他听见山坡上的松柏树在晨风中如波涛般轰鸣。

这是他家承租寺院的一亩三分地，久旱未雨，田间呈现出细沙般的黄土，去年的庄稼秆还零星地遗留田间，或倒伏或直立，一片肃杀景致。田鼠打出的洞穴不规则地出现在田间地头。智弘不清楚这田鼠何以不遗余力地在这久旱的土地上打洞，是在寻找吃的？经年无水的地方只怕是耐旱的草根都难以存活，更别说蚯蚓之类的聊以充饥的食物了。因干旱绝收，虽是寺院已不再按契约向租户收取租粮，可各家先前租下的田地均已闲置，依赖田地维系生计已属过往，望着眼前干裂的黄土，智弘摇摇头一筹莫展。

这样的田地指定是种不出粮食的，只每日里去林间捡些松鼠遗漏的果子吃，毕竟不是长久之策。智弘望着东边山谷间逐渐升起的发白的烈日，一种无以名状的愁苦压得他喘不过气来。恰在这时，谷丰咳嗽着来到田间，干燥的风瞬间将谷丰的咳嗽声掷向远方。

“智弘啊，这里是你家的田地吧?”谷丰的声音像是来自深井，闷闷的，瞬间即逝。

智弘叹息一声，无力地说道：“是啊，眼下这里也称不上什么田地了，跟荒野并无二致。老天就这么憋着，一点儿雨都不给，这什么时候是个头啊!”

谷丰望着不远处几近干枯的寺水河，沉默很久后，忽然放声问道：“智弘，你舍得体力吗?”

智弘苦笑道：“体力？眼下活着都难，谁会为活下去吝惜体力啊!享乐必定是活着之后的事，皮之不存，毛将焉附!”

谷丰笑着说道：“智弘啊，读书人说起话来总是文绉绉的，就是好听，你能这么说，大叔很高兴。寺水河里不是还有跟线一样的水流吗?虽然水小，我们在水流边挖个大坑，坑里迟早会存满水的，一天不行就等两天，两天不行等三天，等坑里存水多了，我们三人每天用水桶、用瓦罐去河里提水，有了水，不愁这块地里长不出粮食来。智弘，你看大叔这主意行不行?”

这看似异常简单的生存之道，智弘一家人居然没有想到，倒让一个逃荒的外乡人想到，这多半缘于他们的懒惰。智弘的眼中闪出一丝亮光，这亮光旋即又黯淡下去。他知道，眼下种下种子，等吃到粮食那必定是数月之后的事了，他本想说能否活到庄稼成熟还是两说的事，却又不想扫了谷丰的兴，此类丧气的话他最终还是没说，既然谷丰有此意愿，那就不妨试试。可家里一粒粮食都没有，种子何来?

智弘将顾虑说了之后，他看见谷丰的目光望向寺院。

风穴寺位于嵩山南麓群峰之间的山坳中，寺院依山势而建，山门、大殿、观音楼、悬钟阁、望州厅等却因地势各异，而使整个寺院显得错落有致。风穴寺建寺年代久远，自东汉始，寺院先后用名竟不下五个，“风穴寺”、“七祖寺”、“千峰寺”、“白云寺”和“香积寺”，暂不论这寺院历次更名是何缘故，仅凭男众女众仍以风穴寺唤之，足见此名在众生心中声望之重。

智弘自侧门走进寺院时，见眼前五步一楼，十步一阁，百年松柏点缀于殿宇之间，灰暗肃穆中有一丝葱绿。自父亲租下寺院的一亩多地后，他就常来寺院玩耍，久而久之，连寺里的方丈他都认识。

智弘顾虑重重地走向香积厨，他想向寺院讨要些玉米种子，至于能否讨得，心中没底。到门口，只听典座师父正跟一个沙弥低声说着什么，且说说停停。他本是想私下见见典座师父的，于是踟蹰着不便进去。恰逢方丈打此走过，方丈的袈裟在清早白亮的晨光里显得耀眼刺目。智弘见方丈身后跟着受过戒的清慧师父，清慧师父头顶那点点灰白印记异常醒目，两人正说着清早司钟的事，方丈低声问道："今早司钟的人是谁?"清慧师父说："是一个新来参学的沙弥。"方丈说："你去把他叫来，老衲很想见见这新来的沙弥。"清慧师父侧身时，见石阶转弯处一个沙弥在埋头扫地，清慧师父忙道："佛法无量，阿弥陀佛！方丈，那沙弥就在身边。"两人随之停下脚步，清慧师父将那扫地的沙弥唤到跟前。

"老衲门下弟子众多，清早司钟者不时更换，今早是你司钟，不知你是以怎样的心情司钟的?"方丈道。

那沙弥听清慧师父叫他过来面见方丈，本就惊慌，听方丈问话，越发拘谨，遂怯生生答道："没……没什么特别的心情，只是为了打钟而打钟而已。"

方丈慈祥地望着沙弥，和善地说道："不见得吧？你在打钟时心里一定念着什么，我清晨听到的钟声高亢响亮，訇然中透着内力，那是正心诚意的人才敲得出来的声音。"

沙弥想了想，然后说道："回方丈，弟子尚未参学时，家父告诫弟子，打钟时应该想着钟即是佛，必须虔诚斋戒，必须敬钟如佛，以入定的禅心和礼佛之意来司钟。"

方丈听罢，眉宇间露出微微笑意，他点头望望小沙弥，想要离去时，却见斋房旁站着智弘，于是，方丈问智弘："智弘，你没随令尊令堂一道逃荒?"

智弘施礼后忙道："回方丈，智弘没去逃荒，原是想留家里读些书的，却发觉越来越没心思读下去，读了又怎样?"

方丈望着智弘，静静说道："佛门讲究自性，自性众生誓愿度，自性烦恼誓愿断，自性法门誓愿学，自性佛道誓愿成。凡事想周全后再做，既然要做，那就该摒弃杂念，心无旁骛；三心二意，心烦意乱，最终是修不成正果的。佛门内外，莫不如此！”

智弘忙道：“谢过方丈点化！智弘谨记在心。只是，只是眼下遇上荒年，家里承租寺院的田地季季绝收，无奈之下，家父家母才携小妹外出逃荒。陋室坛内原是剩些谷物的，聊以果腹，不想这旱灾经年不去，如今，实难启齿，实难启齿！”

方丈无奈道：“阿弥陀佛！罪过！罪过！清慧呀，施几个馒头给智弘吧。活在当下便是禅。”

智弘谢道：“谢方丈慈悲！只是这馒头吃下便不会重生，若是方丈布施些谷物种子，岂不更好！智弘回去将种子种下，再施以寺水，不愁日后不年年见粟、日日闻香。”

方丈听罢，便让清慧去库房取些玉米籽粒来，并将玉米籽粒亲手交到智弘手里。临行前，方丈望着身边弟子，意味深长地说道：“授人以鱼，只需解一顿；授人以渔，则终生受之无穷。施以种子，不啻授人以渔，是老衲疏忽了。其实，行善的最高境界不是施舍，而是引路！”

众弟子和智弘无不颔首称是。

智弘手捧玉米籽粒走出寺院时，恰逢峰云自塔林扫地归来。峰云悄声喊过智弘，低声问道：“智弘啊，你不是说你的家人都外出逃荒了吗，怎么又平白无故地冒出个妹妹来？你这妹妹多大了？”智弘说：“你是怎么知道我家里还有个妹妹的？你问问她不就知道她有多大了？”峰云说：“那天我扫完塔林去河里洗手，见一个女孩子来河里打水，我就走过去跟她说话，起初她还回上一句半句的，她说智弘是她哥，接下来她什么都不说了。第二天我又见她来河里打水，我走下河道时，她就提着水罐走了。”智弘说：“那你为何不喊住她？”峰云说：“喊了，她没理我。”智弘说：“那你就该追上她。”峰云不悦道：“智弘啊，看你这话说的，我有那么厚的脸皮吗？再说了，我也没弄清她到底是谁。”智弘说：“你很想知道是吧？你急于弄清楚这些做什么？”峰云说：“好奇呗，你不想说就算了。”智弘说：“连我都不知道该不该称她为妹妹。就是我去塔林见你那天，回家时路遇一家逃荒的外乡人，我见他们饿着肚子，还有人患病在身，于是，就让他们来家里养养身子。”峰云笑道：“你是见那女的貌美如花，才让他们去你家的吧？智弘你可真有心机，你真有艳福！”智弘不悦道：“峰云，你这叫什么话！我起初并不知道推车里还有个女孩子。亏你是个出家人，小心我把你的话说给方丈听。”峰云嬉笑道：“我知道你智弘不会的，你我是多年的兄弟了，我不就随便说说嘛，你倒当真了。我这人一向是有口无心，在寺里也是一不小心就得罪人，这不，修行五年了，师父还是不让我受戒，不受戒就不受戒吧，反正饿不着肚子就行。智弘，你手里拿的是什么呀？”智弘着急回去，而后跟谷丰一道把玉米籽粒种到地里，听峰云说起这无趣的话来没完没了，便心生烦躁，于是，三言两语把方才去寺院借种子的事说了。尚未说完他就迈腿离开，不想却被峰云拦下，峰云近前低声说道：“记得你上次在塔林问我寺里存粮多不多，是吧？小弟我从来没把你当外人，你的话我峰云谨记在心，回到寺院我就想方设法打探库房里存粮多少，终于有一天借着帮人抬东西的机会，我钻进了库房。我把实情告诉你，你可不许对外说，寺院里的存粮快被吃光了。你想啊，两年了吧，寺院租出的地因持续干旱，粮食绝收，能有粮食入库吗？再加上时不时有不少逃荒的人来寺里乞求布施，寺里会有多少存粮啊！寺院又不是聚宝盆。对了，智弘啊，你不会是想偷寺院的粮食吧？”

智弘强忍着听完峰云的话，尤其是听到最后一句，这儒生刹那间脸色煞白，他跺跺脚，咧着嘴，愤然说道：“有辱斯文，有辱斯文！”

智弘一路小跑来到田间，他唯恐峰云的脏话玷污了身子，临到地头时，智弘自上而下拍打全身，末了，他蹦跳几下，再用小指掏掏耳朵。

谷丰早已站在地头，远远望着寺院的方向，他见智弘一路猛跑着过来，怀中抱着一包东西，知是智弘已拿到种子。这孩子竟这么急不可待！谷丰这么想时，见智弘已到跟前，一脸怨气，再见智弘拍打全身，他不明就里地问道：“怎么了呀，智弘，不会是遇上有人泼粪了吧？”

“这比遇上泼粪更让人恶心！今后我再也不理峰云了，他不是个好人。”智弘愤然道。

谷丰笑着说道：“智弘啊，俗话说得好，宁可得罪十个君子，不要得罪一个小人。再说了，大叔听你说起过，你跟峰云多年前就认识，自小一起玩。”

智弘忙道：“大叔，我可没有得罪他，是他三番五次挤对我，是可忍孰不可忍！峰云小时候可不是这样的。”

谷丰想了想说道：“人不得志时十有八九会懈怠，而一旦懈怠下来，就像是泡在水里的木头，会一点点腐烂下去的。看来峰云在寺院过得并不如意。”

智弘道：“大叔啊，你也不能这么说。一定是峰云的为人不好，他才会在寺院不得志、不如意的。”见谷丰连连点头，智弘接着说道，“不过，寺院本就是拯救生灵的地方，即便是恶人，你把他丢进寺院，几年下来，恶人肯定会成为善人的。”看着智弘善良的眼神，谷丰点头称是。

本想是要回去拿播种玉米的农具的，见智弘依旧怨气未消，谷丰接着说道：“智弘啊，大叔最初来到这里时，月枝高烧不退，又饿着肚子，无奈之下大叔去了寺院请求布施。一个师父不但布施了吃的，还送我一包退烧的药面，那僧人的话大叔至今都记得真切。大叔再三致谢时，那僧人说，施主不必言谢，若无因缘，何以相遇？若无亏欠，怎能相见？大叔每天都在想那僧人的话，是啊，无论你遇见何人，都是你命中本该出现的，绝非偶然。茫茫人海，相遇是缘，这世上没有无缘无故的遇见，就像是我和月枝遇上你，你遇上峰云一样，都是命中该有的，既是该有，那就该珍惜才是。”

智弘想了想，点头说道：“寺里师父和大叔说的话自然是很有道理的，我本来就没想跟峰云结怨，只是心生怨气而已，无论如何，他峰云不该羞辱于我。”

谷丰笑着说道：“智弘啊，大叔早年听一位高人说过，他说你可以约束自己与人为善，但你无法约束别人也同样与人为善；你可以要求自己对他人好，但你不能期待人家对你也好；你怎么待人，并不代表人家会怎样待你。参透了这一点，日后你会少生烦恼的。”

智弘怔怔地望着谷丰，眼里满是惊讶和敬仰。最后，智弘喃喃道：“他居然说我想偷寺院的粮食！”

智弘家租来的田地本就离家不远，智弘在田间候着，谷丰则回家去拿锄头和水罐，并让月枝一同前来。依旧炙热的阳光丝毫不理会耕者的感受，只拿刺目干热的光炙烤田地。智弘立在烈日下，望着不远处的风穴寺发呆。谷丰和月枝来到田间时，智弘见月枝把衣袖挽起老高，藕节般的小臂泛着油腻的光亮。月枝走路时习惯于甩起双臂，像是要将手背上的水珠甩去。月枝的胸微微挺起，脸上挂着笑意，她的嘴角微微上翘，清澈的眼睛里透着一种纯真与脱俗。或许是自小就随大人播种过玉米，她一来到田间，便要过谷丰手中的锄头，弯腰在地上刨坑，只少顷，她刨出的小坑就有数十个，她不时直起腰，眯上一只眼，瞄瞄她刨出的小坑是否在一条直线上，如果哪个坑出现些许的偏斜，她会用锄头将这小坑向一侧拓展，直至小坑在同一条直线上方罢手。

原本荒芜平整的田地，经三人弓身挖坑后，斑斑点点的让月枝一时想起她三舅的麻子脸。月枝三岁上，三舅曾举起她，将她细嫩的小脸贴在他那满是麻子的大脸上，加之三舅胡子拉碴，月枝每每忆起，依旧一脸的辣。月枝舀起智弘和谷丰自河里提来的水，小心倒进浅坑里，而后放入一粒玉米种子，接着用碎土将小坑填上。月枝的发梢不时被掩在土里，月枝挪动身子时，那发梢自黄土中抽出，竟也纤尘不染。月枝最后挺起身，将长发绾结于后，她的面颊粉如桃花。

一包玉米种子悉数被种下，三人均已大汗淋漓。望着眼前裸露的斑斑黄土，智弘恍惚中满眼都是翠绿的玉米苗，这苗子竞相疯长，只片刻工夫便高出人头，他像是走进了丛林间，嗅一嗅，满鼻清香。智弘眨眨眼，满目苍翠中隐现牙齿状的金色颗粒，近前剥开那泛白的表皮，金黄的玉米棒映得他双眼迷离。于是，智弘笑了。

“你笑什么啊，智弘哥？”月枝扭脸望着智弘。

智弘清醒过来，尴尬地说道：“哥像是做梦了，白日竟也遁入梦乡，岂不怪哉！”说罢，他扛起锄头走在前面，一行三人说笑着一步三回头地回家去了。

每日里，谷丰和智弘依旧去山里寻找松柏果子，间或挖些野菜回来，偶尔也能捡到几个鸟蛋，虽是辛劳，却也勉强果腹。可是，没有想到的是他们的举动被外人发现，山林间接二连三出现不少前来寻找松柏果子的逃荒人，并逐日增多，这一点让智弘始料未及。随着寻果人的逐日递增，智弘他们每日里能够得到的食物自然递减，智弘只盼着种下的玉米及早发芽、及早出穗。

屋漏偏逢连夜雨，就在智弘和谷丰每日里穷于应付生计时，月枝却生病了。这孩子的身子本就虚弱，加之连日来食物减少，体力自然不支。谷丰和智弘进山后，每日里月枝独自去河里提水，以浇灌长势不错的玉米苗，大约是劳累所致，月枝咳嗽、低烧，日渐消瘦。

傍晚用粥时，智弘看着碗中清澈的汤水对谷丰说："大叔，稍后我去地里看看，趁着我不在家里，你动手把那只公鸡杀了吧，一是给月枝补补身体，二是这鸡活着每日里也在消耗口粮。"

就在谷丰迟疑时，月枝忽然叫道："你们谁也不能杀公鸡！我把我那份吃的省下一点儿喂鸡好吧？那么小个公鸡，它能吃多少啊！再说了，昨天就没给公鸡喂松子，我喂的是从玉米叶上逮来的小虫。咳咳咳。"

望着急得泪眼汪汪的月枝，谷丰欲言又止。智弘迟疑片刻，转脸对谷丰说："大叔啊，月枝的病再不能耽搁了，这么咳嗽下去容易得痨病，要不你再去一趟风穴寺吧，向师父讨要点儿药面，就像上次那样。"

谷丰苦笑道："哪好意思再去讨要啊！"

看着谷丰难为情的样子，智弘道："那我去试试吧。"

谷丰看看月枝，不无顾虑地说道："你又没病，你独自去寺院怎么说啊？带上月枝去吧，又觉不妥。"

"要不这样吧，爹，咱们去临汝的药铺抓几服汤药吧，我们来的时候不是经过临汝吗？这里像是离县城不远。"月枝眨眼说道。

"傻孩子，去药铺抓药那是要钱的呀！"谷丰摇头说道。

"我这里有，你们看。"说时，月枝自怀里摸出一枚银圆来，这银圆在月枝手心里闪着晶莹的光泽。

乡下人能用上铜钱都是奢侈，月枝身上居然装着一枚银圆，这让智弘和谷丰不由得瞪大眼睛。随即，谷丰厉声问道："你这银圆是从哪里弄来的？"

谷丰急不可待的厉声问话让月枝一时惊慌不已，她胆怯地望着谷丰，小手不住地颤抖，她支吾道："是……是……是……我在河边捡来的。"

谷丰疑惑道："捡来的？要是真有这样的好事，那一定是我谷家上辈子修来的福。银圆是有钱的大户人家才有的，有钱人来这荒郊野外的河边做什么？真是奇怪了！"

"我真是从河边捡来的，爹，我没有说谎。你不说我也不知道这东西有这么金贵，还以为就是一般的铜钱呢。前些天，爹和智弘哥上山后，我在院里转来转去没事干，后来就提着瓦罐去河里提水。我刚把瓦罐沉到水坑里，就听见有人在喊我的名字，我一看，原来是在塔林扫地的那个小和尚，叫峰云，他说我面黄肌瘦，又咳嗽，一定是病了。他看看四周没人，就悄悄从怀里掏出一个圆圆的东西，就跟这个银圆差不多，他让我拿了这东西去城里看病。我肯定是不会要的，我连感谢的话都没说，就提着水走了。"

听月枝说了半天也没听出个所以然，谷丰急切地问道："那你手里的银圆是怎么回事？"

月枝慢条斯理地说道："昨天我去河里提水，快到水边时，我忽然看见路边乱石堆里有个闪亮的东西，我捡起来一看，这东西跟峰云那天非要给我的银圆差不多，这枚银圆脏兮兮地沾着不少沙土。于是，我就把它拿到河里洗了洗装兜里了，这会儿才想起来。"

谷丰和智弘不约而同地"噢"了一声。

智弘知道这一定是峰云讨好月枝的小伎俩，只是不知这善于钻营的沙弥是从何处弄来的银圆，兴许是偷来的也未可知。"他居然说我想偷寺院的粮食！我向他打听寺院是否有存粮，就一定是想要偷粮吗？找机会我一定得证明给他看，我要让他知道我不是梁上君子！"智弘这么想时，谷丰正用征询的目光望着智弘。

"要是把这银圆给峰云吧，可人家并没有直接给月枝呀；不给人家吧，这钱不明不白的拿着也别扭。"谷丰道。

"爹，你怎么就断定这钱一定就是峰云的啊？"月枝眨着眼睛问道。

月枝的话倒把谷丰给问住了。是啊，同样的银圆又何止千万！既然不能确定这银圆是峰云故意所为，那就先放着吧，总会有水落石出的那一天，银圆若真是峰云的，到时候再还给人家不迟。谷丰这么想时，见智弘像是看见了猪粪一般皱眉望着在月枝手里趴着的那枚银圆。

智弘起身去洗锅碗，锅碗发出的声音比平日里响了许多。收拾完毕，见窗外夜色渐浓，智弘点燃油灯坐在桌前读书，他把书翻开又合上，如此反复数次，终于无心读下去。他忽然站起身走出门外，听见屋内谷丰的问话声，也没有理会，而是径自沿着崎岖小路，摸黑向着风穴寺方向走去。

大约是知道智弘出门所为何事，月枝执意走出屋子，她在大门外徘徊许久，最后停下脚步，远远地望着寺院的方向发呆。夜风似水，拂在身上阵阵凉爽。

月枝站得双腿发酸时，她见一个黑影踉踉跄跄由小而大。月枝跑向黑影，紧紧抓住黑影的手，一串热泪簌簌落下，她的手触到了黑影手里的纸包，她闻到了药的味道。

第三章

御蝗灾三人合力
洗清白智弘出家

智弘决意出家是在蝗灾过后的一个清晨。蝗虫来袭时时值正午，那天的太阳原本与平日并无二致，起初智弘是无意间看见鸡舍里那只公鸡兴奋地扑扇翼翅，忙不迭地啄食地上的虫子，他尚未来得及细想这虫子是如何不长眼自寻短命的，却见头顶方才还刺目的太阳这会儿骤然不见，浓重的云黑压压遮蔽天日，紧接着，满院子全是飞虫，这飞虫扑扇着翼翅，乱哄哄横冲直撞。智弘定神看时，他头顶上方哪里是什么乌云！分明是乌云一般的飞虫，黑压压的虫群正排山倒海般汹涌而来。

智弘心中本就没有蝗虫的概念，他站在院中大声呼叫不止。倒是谷丰机敏，冲出来一把将智弘拉进屋内，然后迅速把屋门关上，逐一关严窗子后，三人站窗前透过窗缝望着窗外。窗外昏天黑地，一切都不甚分明，单听屋门和窗子上不时传来砰砰的撞击声，间或有嗡嗡的大风一样的声响。月枝惊恐的哭泣声在这砰砰的撞击声和嗡嗡的风声中显得异常微弱。

谷丰曾听大人讲起，清朝咸丰七年，老家曾发生过蝗灾，大人们对于蝗灾的描述谷丰依稀记得，因而他此时并未惊恐，他劝住哭啼的月枝，拉智弘坐下，三个人长时间一言未发。他知道蝗虫过后，但凡泛点儿青色的植物都不会存留，他们辛苦种下的玉米连秆茎都难以留下。

翌日一早，听窗外嗡嗡声不再，三人推门出去，智弘一时间大惊失色，他见满院子都是密密麻麻的蝗虫，蝗虫或活着或死去，一地金黄。智弘忽听月枝哇地吐出一口酸水，接着她捂嘴跑回屋内。其实，昨日屋内就爬进无数蝗虫，仅是零星的，不似眼前这般景象，谷丰还捉了不少蝗虫，将蝗虫在锅里焙干，倒也不失为一顿美餐。夜间，谷丰守候在月枝床边，一宿未眠，他怕蝗虫爬到月枝床上，这孩子自小极怕虫子。

谷丰抱来一捆柴草，当院点燃，一时间，噼噼啪啪的声音响彻庭院，焦香的味道立时弥漫周遭。火的升腾，使得外头的蝗虫不敢飞进院子，而院中原本活着的蝗虫正茫然不知所措，见大火愈燃愈烈，于是惊慌飞起，除却少数晕头晕脑者撞向火苗，绝大多数蝗虫仓皇间飞向山林。

当院的火一天未熄。

不知是何缘故，吃过焙干蝗虫的月枝竟腹泻不已，接着，智弘也开始腹泻，谷丰见状，随之打消了储存蝗虫用以充饥的念头。当烈日重现时，三人来到曾滴下无数汗水的玉米地察看，见高及臀部的玉米苗只剩秃秃的根部。放眼望去，曾经遮天蔽日的山林，此时稀疏得一如凛冬来临。

智弘见月枝望着光秃秃的玉米秆暗自抹泪，他怔怔地自顾走出田间，向着通往风穴寺的那条大路走去。脚下啪啪出声，路边沟壑填满了蝗虫的尸首，腐败的气息弥漫四周。路边不时有呕吐的逃荒者，也有奄奄一息者，更有死尸被丢弃路边，大量灾民或相依或独行向着风穴寺方向走去。智弘知道，寺院不是聚宝盆，布施毕竟有限。无论如何，寺院里一定会留有供僧人度日的粮食！智弘这么想着，在通往寺院的路上僵尸般走来走去，直至夜色苍茫方罢。

翌日一早，当公鸡激昂的啼鸣声响过，智弘起床便开始收拾铺盖，他将床上的铺盖整个儿打卷塞到床下，然后拿起床头几本书端详良久，几滴泪水簌簌落在书本上，接着他抹抹眼睛，将书本塞到铺盖下。当他将这一切打理完毕时，他看见月枝悄无声息地出现在门口，月枝正用一种迷茫的目光打量他。

“月枝，大叔起来没有？哥有事想给你们说。”智弘的声音极轻，像是自空阔的山间传来。

“还没呢。智弘哥，你卷铺盖干什么啊？”月枝像是想哭的样子。

“你有事呀，智弘？大叔起来了。”里屋传来谷丰的声音。

智弘见谷丰进来，示意两人在床沿坐下，智弘迟疑片刻后仰起头，望着两人说道："大叔、月枝，我意已决，我想出家为僧！"

没有听懂似的，谷丰和月枝相互对望一下，继而茫然地望着智弘，谷丰诧异地问智弘："智弘，你说的什么啊？大叔没有听清。"

智弘淡然说道："我想出家。"

谷丰腾地起身说道："你傻了？智弘，你不会是在说梦话吧？"

"大叔、月枝，昨晚我想了一宿，我意已决，你们还是不要劝我的好。其实，邂逅你们的当日，我在塔林问峰云寺里有多少存粮时，就有了出家的想法。既然表舅那边杳无音信，那一定是去开封读书的事没有指望，与其在家里忍饥挨饿，真不如就此皈依佛门。峰云不是说我想偷寺院的粮食吗？我这就做给他看！士可杀，不可辱也！"智弘平静地说道。

谷丰忙道："智弘啊，你犯得着跟一个沙弥置气吗？即使你想出家，也得等你爹娘回来，跟他们商量后再做定夺不迟。再说了，你这一出家，不是逼着我和月枝离开这里吗？知道你满是佛心，没有此意，可我们能安心待在你家吗？"

谷丰的话倒是出乎智弘意料，他决意出家其实还有一层意思在里边，那就是不想跟他们父女争口粮，毕竟每日里就捡回来那么点儿松果，他出家不但自己能够果腹，也能给这父女省出一份口粮来。可如何说才能让这父女相信自己的本意，让他们不至于心怀歉疚，倒让智弘颇费思量。见月枝的眼里满是泪花，智弘只淡淡说道："我出家也是想让大叔和月枝吃饱肚子。至于我爹我娘嘛，谁知道他们还能否回来，阿弥陀佛！善哉！善哉！"言罢，智弘双手合掌置于胸前。见状，月枝竟哭出声来，她不知所措地怔怔望着智弘。

"孩子呀，你不能这么说！大叔和月枝懂你的善意，知道你是个菩萨心肠的人，咱不跟峰云置气啊，听话！"谷丰一时间显得语无伦次。

月枝揉着眼带着哭声说道："智弘哥，你不能出家，我每顿少吃点儿饭行吗？"

智弘的眼里立时涌出泪水，他怕这么说下去最终会动摇意志，于是毅然起身，低首合掌于胸前，向着谷丰和月枝喃喃道："智弘就此别过。”说罢，转身走出柴门。

谷丰和月枝沙哑的喊声惊动了鸡舍里那只褐色公鸡，这公鸡将头抵住鸡舍的藤条，莫名其妙地望着智弘径自去了。

智弘走出老远，依旧听见柴门外月枝在号啕大哭。

智弘来到风穴寺时，见一帮僧人正为因灾荒故去的生灵做水陆道场，以超度亡灵。内坛正中供奉着毗卢遮那佛、释迦牟尼佛、阿弥陀佛三尊佛像；下置檀木供桌，罗列香花、灯烛、果品供物。供桌前放置四张长方台，台上放着铜磬、斗鼓、手铃等。内坛两侧分别悬挂上堂、下堂各十幅水陆画像，上堂十幅为：十方常住一切诸佛、十方常住一切尊法、十方常住一切诸菩萨僧等；下堂十幅为：十方法界、四空四禅、六欲天、天曹圣众、五岳四渎福德诸神等。

智弘自小常来寺院，自然见过不少类似的法事，倒也不觉新鲜，只是他出家之事须经方丈许可，于是就在院内瞎转，但等佛堂内的法事告一段落，方丈自殿堂出来。智弘听见堂内先是有人敲打法器，接着传来嗡嗡的诵经声，闷闷的听不真切。智弘知道，诵经一点儿也不容易，只《楞严经》一章不知比他先前学的书难上多少，想想将来先学法器，等升了乐众，再学念经，升了维那后，余下的事就容易多了。无论如何，他既是有意皈依佛门，再苦再难他都不惧，他至少要让峰云知道他不是要当梁上君子。

见佛堂内的法事依旧未完，智弘便拾级而上，攀上望州亭。此处艳阳高照，凉风习习，南望山口，两峰中断，临汝城恰在其中。风穴寺自古多风，大约与所谓的“风穴”有关。智弘听寺内禅师说起，距风穴寺不远的高山之中有两个风洞，名曰大风穴和小风穴，洞深数十里，天变时，洞内出风，势不可当，且洞中常有野兽和蝙蝠出没，森森然无人敢进，此山因洞得名，故名风穴山。禅师说，当初建寺之时，原本是要将寺院建在龙山东南山下的，待物料备齐翌日便将动工时，夜间忽遇大风，风有排山倒海之势，硬将砖木石料一卷而去，不知所向。等天亮僧人发现没有了物料，便四处寻找，终于在如今风穴寺的位置寻到了物料。众人见状，乃大惊，遂请风水先生再来看看风水，风水先生掏出罗盘，测量许久，末了，老先生捋着胡须言道：“此乃风水宝地也！建寺院非此地莫属！”于是，寺院便建在此处，并就此取名：风穴寺。

忽听一阵熙攘声，智弘看时，于满目苍翠的松柏枝叶间，僧人依次走出佛堂，智弘知是佛事告一段落，于是匆匆走下望州亭。

僧人陆续回了僧房，方丈手持佛珠走回正堂时，身后跟着清慧师父，两人小声说着什么。见两人依次进了正堂，智弘正寻思着这个时候跟进去是否合适，却见峰云笑哈哈走近自己。峰云望一眼正堂后，悄然将智弘拉到甬道拐弯处，低声问道：“智弘，你找方丈又想讨要种子吧？就这点儿破事至于去找方丈吗！我领你去见典座师父就行。”智弘道：“我不是讨要种子的，至于什么事，日后你会知道的，你忙你的去吧。”峰云道：“智弘什么时候变得高深莫测了，不想说就不说呗，我也懒得打听你的事。月枝最近几天没去河里打水，她没事吧？”智弘懒洋洋说道：“她没事。”峰云问道：“月枝像是有病，记得上次见她时，她无精打采，面黄肌瘦，智弘啊，得了病得去瞧郎中才是，拖下去万一有个好歹，后悔可都来不及的。”智弘眨眨眼说道：“眼下食不果腹的，除了大户人家，谁人还能瞧得起病啊！”峰云忙道：“月枝身上有钱。”智弘道：“你怎么知道月枝有钱？有钱她能逃荒吗？”峰云道：“看病的钱月枝还是有的。”智弘故意问道：“你怎么知道？”峰云道：“我当然知道，我看见她捡到一枚银圆，而后拿去洗了洗就装身上了。智弘啊，你或许不知，眼下这一枚银圆足可买十五斤粮食，瞧个小病绰绰有余。”智弘冷冷说道：“既是捡来的银圆，就该设法还给失主才是。君子爱财，取之有道，用之有度。”峰云忙道：“不必不必，万一是哪个善人故意留给月枝的呢？”智弘道：“万钟则不辩礼义而受之，万钟于我何加焉！”峰云道：“智弘，你是个读书人，你说的话我听不懂。”智弘正要开口，却见清慧师父从方丈室出来，于是他匆匆走向正堂。

智弘走进正堂，见方丈正用双手将佛珠置于紫檀佛龛里，智弘双手合掌置于胸前，恭恭敬敬弯下腰去，怯生生说道：“晚生智弘见过方丈，阿弥陀佛！”

“阿弥陀佛！智弘此来何事？”方丈转过身问道。

“我想出家。”智弘道。

方丈吃惊道："佛门无儿戏！黄金白玉非为贵，唯有袈裟披肩难。佛门净土，广结善缘，智弘有意皈依，老衲该礼让才是，只是不知你智弘是一时兴起，还是早有礼佛之意。要知道，只要有心向佛，何须一定出家？若是心中无佛，即便磕破头颅诵经，亦无半点儿用处。"

智弘迟疑着说道："智弘绝非一时兴起，智弘早有心皈依佛门，只是犹豫至今。"

方丈点头说道："我佛慈悲，向佛之人须当心怀菩提之心，不忍众生苦，不忍圣教衰，不为一己求安乐，只愿众生得离苦，若能做到，便有了礼佛之心。"

智弘躬身说道："弟子明白，弟子定能做到！"

方丈满意地点点头，而后望着智弘，一字一句说道："佛有佛法，寺有寺规，你出家还须征得父母答应，要知道，佛门是讲究孝敬和知恩图报的，父母恩深似海，非经令尊令堂许可而出家，便是犯下佛门一忌。我佛典籍里早有《佛说父母恩重难报经》，父母恩德有十：一是怀胎守护恩；二是临产受苦恩；三是生子忘忧恩；四是咽苦吐甘恩；五是回干就湿恩；六是哺乳养育恩；七是洗涤不净恩；八是远行忆念恩；九是深加体恤恩；十是究竟怜悯恩。智弘啊，令尊令堂既是逃荒在外，你来寺院以诵经的善行将功德回向双亲，祈愿父母安乐祥和也是该当的。既是你有意礼佛，老衲就暂且应允你来寺里做个沙弥，等你双亲返乡后，听听二老意愿再做定夺不迟，若是二老无此意愿，在你受戒比丘前，你随时可以离开寺院。阿弥陀佛！"

智弘听罢，再三致谢后，躬身说道："智弘明白，方丈之心乃佛祖之意，自今以后，智弘当丢弃俗念，一心向佛！阿弥陀佛！"

方丈慈祥地望着智弘，见一沙弥在门外扫地，遂命沙弥喊来清慧师父，当面将智弘托付于清慧师父，让智弘拜其为师。智弘有了"依止师"，但等清慧师父以后为自己剃除须发，授沙弥戒。清慧师父施礼后正欲领智弘离开正堂，却听方丈轻声说道："清慧，你暂且将智弘安置在峰云所住的僧房，让两人同居一室，峰云与智弘性情相悖，祈愿二人相处日久，峰云会少些心机，多些敦厚。日后若能如愿，也不枉老衲一番苦心。"

清慧听出方丈的话中之意，回身施礼说道："弟子明白。阿弥陀佛！智弘啊，还不好生谢过方丈？"见智弘双手合掌深深拜过后，清慧轻轻拍拍智弘，二人依次出了正堂，清慧满意地回望一眼智弘，便领智弘去了寺院北边的僧房。

清慧师父为智弘剃度是在翌日的正午。僧房门外有棵三百多年的老槐树，老槐树树干粗壮，两人竟合围不住，蟒蛇般的树根裸露在地面以上，大约是常有僧人以根为凳，粗壮的树根被屁股磨得溜光发亮。清慧师父让智弘坐在槐树树根上，自己半蹲于智弘身前，他拿起剃刀削苹果一样手法纯熟，手起发落，让智弘一时间想起多年前他在自家田间割麦的景致来。剃刀掠过，智弘的头发如麦穗般扑簌簌散落一地。智弘挺着脖子，侧眼望着纷扬的散发，蓦然间感到一种无以名状的失落。

剃度完毕，清慧退后几步，眯眼左右端详良久，诙谐地笑道："智弘啊，你的头长得好看，脑后平整，不像峰云的头那样坑坑洼洼的难剃，你这样的头再配上一件袈裟，没准儿比师父我还像个比丘。"智弘没有听出师父的话是在夸他的头，还是在夸自己的刀法，总之，他竟丝毫笑不出来。智弘摸摸脑袋，只觉头皮上辣辣的，像是师父在上面抹了一层辣椒油。忽觉头上凉飕飕，极像是忽然间下到地窖里。

"师父又在贬我啦！我说我的耳朵总是无缘无故地发烫。"不知何时，峰云已走出僧房，愣愣地望着这对师徒。

清慧师父忙道："说你的后脑勺没有智弘的平整，这就是在贬你呀？都知道我鼻子高，照你这么说，那次喝汤时，方丈让我小心鼻子抢了先，还说人家清慧三个孔都能进食，你说方丈这是在夸我呀，还是贬我呀？"

三个人大笑不止。

"智弘，你是什么时候想起出家的呀？也不事先说一声！昨晚问你话时，你爱理不理的，像是我俩有仇似的。"峰云走过来，讪讪地说道。

智弘扒拉着脖子间散落的头发，淡淡地说道："这有什么好说的！"

峰云见清慧师父离去，便凑到智弘跟前，轻声问道："你真的愿意丢弃俗念，真的不想男女之事了？"

智弘听得出来，他出家，峰云像在暗自高兴。智弘自然知道，昨夜峰云就兴奋得一宿没睡安稳，智弘起初不懂，当不经意间想起月枝时，他似乎懂了。于是智弘带着一种莫名的纠结，冷冷回道：“我出家至少证明我不想当梁上君子；再者，我本就对男女之事不感兴趣，不像你峰云，已是剃度之人，还无时不惦念世俗之事！”

峰云尴尬地挠着头径自去了。望着峰云远去的背影，智弘拿起靠树放着的扫帚细心将散落在地的头发扫成小堆，而后用簸箕把头发撮走。抬头时，见清慧师父手提一个包袱匆匆走来，清慧师父走得稍快，他包袱里的木鱼和手铃等法器碰撞时叮当作声。清慧师父对智弘说道：“智弘，叫上峰云，我们师徒三人去趟临汝城，给一个富商家做个道场。”智弘应道：“行啊，师父，富商家里死人了？”清慧道：“不是。听方丈说这富商家新开个铺面，叫祥瑞布坊，生意却一直萧条，想在家里做个道场，祈愿日后财运亨通。他来寺院多次，施过不少香火钱，方丈过意不去，指派我们三人去他家里做个法事。”智弘听罢，拂去身上乱发，草草洗把脸，而后喊上峰云，师徒三人出了山门。

山门外集聚不少前来乞讨的人，不宽的路面被独轮车、两轮车和担子挤得几无下脚之地。虽是香积厨遵方丈之意，早在山门外一侧支锅建了粥棚，用以布施饥民，怎奈人多灶少，僧人熬出的粥片刻就被分光，没有分到粥的和重来要粥者，拥挤在粥棚前，推推搡搡，熙熙攘攘。

终于挤出人群，智弘听清慧师父摇头说道：“如此下去，只怕难以为继，前天典座师父还在方丈那里叫苦，说寺院的存粮不日就要用完，仅靠租出去的田地维持寺院生计，只怕是没有指望了，眼下谁家租去的地都是绝收，是吧，智弘？”智弘忙道：“是啊，师父，我家租来的地还在荒着，前些日子我从寺院要些种子，辛苦种下，苗子才长两尺多高，就让蝗虫给吃了个干净。”清慧点头说道：“你是为了有口饭吃才出家的吧？”智弘迟疑片刻，下意识看一眼峰云，支吾道：“算是吧。”峰云插话说道：“什么叫算是啊？是就是，不是就不是呗！”清慧不悦道：“峰云啊，你来寺院也有些年头了，不知你何日才真正领悟到佛法里的慈悲与宽容，刻薄非我佛所愿。你们都应学会如何与人相处，因为都食人间烟火。佛曰：人生有八苦，生，老，病，死，爱别离，怨憎会，求不得，五阴炽盛。既是世间万物均难逃脱生死，那么，不纠结，不埋怨，淡然处之，便是至高悟道，你们可都明白？”

智弘和峰云异口同声地应着。智弘感觉今日的清慧师父似乎与往常在寺院里的清慧师父非同一人，在寺院里，尤其是当着方丈的面，清慧师父一向寡言，甚至于显得木讷，而走出寺院，特别是面对弟子时，清慧师父悟道之高深、为人之谦和让智弘暗自叹服。

师徒三人走出密集人群仅一箭之地，见仍有零星的乞讨者走向寺院，路旁一棵百年柏树下立着几个身着黑色中山装的人，这些人竟挥手招呼乞讨者快点儿赶往山门。师徒三人忽觉蹊跷，于是慢下脚步，只听其中一人低头抽着香烟竟自说道：“看它风穴寺里的粮食还能支撑几天，不信秃驴们不乖乖就范！”身旁一人拿肘捅捅低头说话者，轻声说道：“你小点儿声，不怕人家听见呀？”说话者抬头一看，欲言又止。

峰云边走边问：“师父，那人像是骂我们，您没听见吗？他们干吗催促要饭的人赶往我们寺院呀？”

清慧师父像是没有听见峰云的问话，只不紧不慢地迈着扎实的步子。良久，清慧师父轻声说道：“师父怎么没有听见有人说脏话呀？师父满耳都是‘阿弥陀佛’，若是你一心念佛，你是听不到异样声音的，师父方才大约是耳聋了。”

峰云道：“师父，难道你没有看见老柏树下那帮人吗？”

“师父刚才眼瞎了。”清慧师父静静地说。

峰云和智弘不由得面面相觑，一向耳聪目明的清慧师父为何忽然说他耳聋眼瞎呢？

“一切随他去吧！”清慧师父喃喃说道。

三个人长时间一言未发。许久，清慧师父说道：“该来的自然会来，该去的自然会去。我佛慈悲，不与人争高低，不与人论是非。师父本不想讲给你们听，既是你们不解，那师父就把前些日子方丈遇到的事说给你们听。四月里的一天，寺院里来了几个身着制服的人，他们没有拜佛没有上香，而是径直进了方丈室，他们说要在风穴寺办个训练班，用以对付日本人。佛门乃清净之地，岂容枪声扰了佛祖安宁！岂容刀剑扰了僧众坐禅！方丈自是不肯应允，那些人好话说尽，见方丈只是摇头，于是拂袖而去。你们适才看见的人大约又是来滋事的。阿弥陀佛！罪过！

罪过！”

智弘听罢，沉默无语，倒是峰云气愤道：“师父呀，那些人唆使饥民拥向寺院，一定是想及早把寺院里的粮食吃光，然后他们再以提供吃的来要挟方丈，弟子说得对吧？真是岂有此理！那些人居然敢惊扰佛祖！真是无法无天！”

“峰云啊，你什么时候能够改掉你的老毛病？你看智弘就不像你这样气浮心躁。鸡叫了天会亮，鸡不叫天也会亮，天亮与不亮不是鸡说了算，关键是谁醒了，醒来的，过了一天；没醒的，过了一生。活在当下便是禅！”清慧师父淡淡说道。

“活在当下便是禅！”智弘和峰云异口同声地轻声重复说道。清慧师父的话让二人茅塞顿开，于是他们没再言语，只低头念佛，默默走路。

第四章

军界派员来寺院
方丈蘸血抄经书

走进临汝城青砖建筑的高大城门，见萧条的街市上满是面有菜色的乞讨者，这些衣衫褴褛的人大多来自外地，也有本地市井及乡下食不果腹者。连年灾荒，饥民遍地，使得临汝城不堪重负。当初国民政府对河南灾情不甚重视，加之临汝县政府没有如实上报灾情，且对当地灾民救助不力，对饥民聚众抢粮之事处置失当，使得临汝百姓怨声载道，苦不堪言。师徒见前方集聚不少乞讨者，窄窄的街道边站着一个十一二岁的女孩子，女孩子蓬头垢面，一根荆条自脑后插入后背的衣服里，这样的插标卖首，定是事出无奈，不知她家里遇到了什么难以逾越的坎。清慧师父带着疑问，停下脚步，轻轻念道："阿弥陀佛！"而后领着两个弟子，绕小巷，走偏街，赶到张公巷已是时近正午。

其间师徒三人曾一度迷失路径，他们自北门进来，本该一直向南的，却因走了偏街小巷而弄错方向，居然来到西城门外的洗耳河。洗耳河自北向南顺城而过，在这饥民遍地的临汝城，洗耳河的水不知解了多少饥民之困。

"师父呀，这条河为何叫作洗耳河啊？河水只能洗耳朵，不能洗别的吗？"峰云不解道。

清慧粲然一笑，既是看到了洗耳河，清慧师父很想给弟子讲讲有关洗耳河的传说。他说上古时，五帝之一的尧，身体力行，爱民如子，选拔官吏，择优用之，且不计出身门第。尧帝晚年不愿传位于不肖儿子，又听说登封有个叫许由的人，乃大贤之士，于是便登门拜访许由，有意日后将帝位禅让于他。许由知道了尧帝的来意，便星夜逃往临汝北面的箕山中，以农耕为生。后来，尧帝得知许由下落，便派能言善辩之士赶往箕山，力劝许由出仕。许由听罢，心生厌烦，唯恐耳朵被玷污，便跑到河边洗耳，此河故名洗耳河。

师徒三人讲者专注，听者用心，竟全然不觉已在临汝城走了半圈，来到方丈所说的祥瑞布坊时，见掌柜的已在门外候着。峰云看时，忽觉这掌柜的好生面熟，这不是曾悄悄塞给他一块银圆的那个施主吗？至于这布坊掌柜当初为何给他银圆，峰云至今仍浑然不知。

“信徒田东给三位法师施礼了！本该套车去寺院山门外恭迎法师的，方丈不让，方丈说，出家人走路也是修行。阿弥陀佛！”田东说罢，两手合掌置于胸前，深深拜过师徒。

清慧师父忙道：“贫僧清慧并弟子给施主施礼了。路道不熟，这个时辰才到布坊，罪过，罪过！阿弥陀佛！”

田东一边将三人让进布坊，一边笑盈盈颔首说道：“城内街巷交错，法师又不常在城里走动，走错路也是自然不过的事，再说了，饥民成堆，遇到了还得绕行不是？我这布坊开张半年有余，却极少有人光顾，田东实在想不明白，俗人无外乎衣与食，即便饥荒之年，可人总不能光着身子吧？实不相瞒，多年前我在离城三十里外的蟒川开了个铁矿，矿山的生意如今也是一天不如一天，还纷争不断。我之前就常去寺院上香，佛祖他老人家一向以慈悲为怀，不会不理会信徒的难处吧？阿弥陀佛！”

听过田东的话，清慧单掌执于胸前，口中念念有词。众人粗略看过布坊，便随田东移步出来。十步开外，有座高大门楼，青砖黛瓦，飞檐斗拱，大门两侧，双狮昂首。这是一处两进两出的四方宅院，院中布置极为讲究，照壁、甬道、花树、假山、水池，有钱人家的摆置一样不少。

智弘从未见过如此排场的宅院，他小心跟随师父一同走进佛堂。佛堂内供着观音菩萨的佛像，主坛上供三支大香，香炉中供三支细香，香案上整齐摆放五个生果和一碟斋菜等供品，一只金猪在香案上闪出晶莹光芒。清慧师父要过背在智弘肩头的包袱，徐徐解开包袱，拿出两个手铃分给智弘和峰云，自己则手持木鱼，望着布坊掌柜，但等田东在蒲团上俯身。

田东偕夫人和千金在佛像前的蒲团上深深拜下，清慧师父便敲响木鱼，智弘和峰云手中的铜铃继而缓缓响起，立时，肃穆的佛堂内浸润着佛音。清慧师父双目微闭，两唇稍启，口中喃喃念道："世尊，弟子来香客处为其祈福，唯愿世尊开示法要，当令贫者永离贫困，仓库财宝皆悉盈满，存济家中，妻、子、男女眷属有来求者，必生欢喜，赤珠、玛瑙、金宝之类丰饶无竭，周济亲属，广修惠室，饶益有情。"

清慧师父念过祈求富贵的《雨宝陀罗尼经》，佛堂内依旧法器声声，绕梁不去，香雾袅袅，幽香扑鼻。

佛堂门外挤聚不少虔诚者，或低首肃穆，或念念有词。待法事已毕，田东自蒲团上起身时，已是泪眼汪汪。田东将夫人和千金介绍给三位师徒，田东的夫人屈身施礼后便退至一旁，田东的千金屈身施礼后并未立时退至母亲身边，而是站在原地不住打量峰云手里的铜铃。峰云会意，顺势敲了一下，立时手铃清脆的声音响彻耳畔。峰云看这女子年方不过十六，清纯稚嫩的脸上，双目顾盼生辉。望着眼前这位貌若西子般的清婉女子退到她母亲身边，他迷离的眼神许久没有移开。田东再三致谢，并将一些银圆硬要塞给师徒，均被师徒三人婉言谢绝。

推辞不过，师徒三人便在田东家里用些斋饭。斋饭后，田东不经意的一句话倒让清慧师父不由得警觉起来。田东说道："近几年诸事不顺，祖上买下张公巷这处老宅，本是指望能找到一两件汝瓷的，不承想至今却连块真正的汝瓷碎片都没见着，张公巷似乎就是当年汝官窑所在地。唉！真是愧对先人！据说风穴寺里有件汝官窑花瓶，不知三位师父可曾见过这价值连城的宝物？"见三人连连摇头，田东接着说道，"这不足为奇，像这样的宝物，怕是只有方丈才会知道，这样的宝物也只配藏在密洞里。"

清慧师父忙道："施主，你说的话贫僧不懂，贫僧只知道舍利子乃世间宝物。阿弥陀佛！"

说到汝官窑这样的话题，田东的眼睛骤然间发亮，一改刚才的浑浊无光，他的气色也与适才判若两人，像是饥饿中的野狼忽听得一声羊叫。他兴奋地说道：“佛家自然是拿舍利子当尘世宝物，商人则不然。法师大约不知，金灭北宋后，汝窑就随之消亡，其开窑时间前后只有二十年，由于烧造时间短暂，且汝窑被北宋皇室垄断，传世的汝瓷自然极少，据说世上仅存六十余件。据先父讲，汝窑的天青釉瓷，釉中含有玛瑙，色泽青翠华滋，釉汁肥润莹亮，有如堆脂，视如碧玉，叩声如磬，有似玉非玉而胜过玉之说，色泽淡雅自然，有雨过天青云破处之誉。”

“令尊见过汝瓷？”峰云惊诧之余，随之问道。

“家父有幸在日本皇室见过，若是我等能拥有一件这样的宝物，准保数代人衣食无忧！”田东忘乎所以地说道。

“日本皇室？”峰云和智弘不约而同地惊异道。

“失言，失言！只顾兴奋，胡诌一通，胡诌一通！”田东尴尬道。

师徒三人将要离开田东的宅院时，忽听田东轻声说道：“没有弄错的话，这位就是峰云师父了。记得峰云师父之前一直在寺院的香积厨做事，近日在下去过寺里多次，怎么没见峰云师父在香积厨啊？”

听罢田掌柜的话，峰云一阵慌张。这掌柜的找我何事？莫不是索要他给的那枚银圆？可那枚银圆我早给月枝了呀！峰云这么想着，讪笑着回道：“贫僧不在香积厨了，方丈让我去塔林为众禅师清扫庭院。”

“难怪在寺院没见着峰云师父！去塔林也好，都是修行，都是修行。”田掌柜笑道。

正说时，一个伙计模样的人凑近田掌柜耳语一阵。田掌柜听后，满脸欢喜，遂对那人说道：“他要多少就卖给他多少，矿石让他随意挑着拉。”

“掌柜的，那人可是我家仇人，他也好意思张口要我家的矿石？他当初不是扬言要炸了我家的铁矿吗？要不是您忍着不跟他一般见识，还私下给他送了些东洋的布匹，说不准他真的把我家的铁矿给炸了！”伙计模样的人愤然说道。

田掌柜爽朗一笑，缓缓说道：“他今日指着我的鼻梁骂我祖宗八辈都行，只要我明日还能跟他做生意，只要我田东能够赚到他的钱，我乐意奉陪。记住，我们是商人，赚钱才是正道，其余的，随便！”

师徒三人不禁面面相觑。清慧师父领弟子辞别出来，走上张公巷那古旧的街面时，依旧满心狐疑，这田东到底何许人也？不想清慧的思绪却被峰云的问话突然打断。望着脚下凹凸不平的青石路面，峰云好奇地问道："师父，这条街巷为何叫张公巷啊？张公是一个名人吧？"

清慧师父低声说道："师父先来问你，那田掌柜像是跟你很熟，师父我怎么没听你说起过此人？"

"也不是多熟悉，师父。田掌柜常去寺里进香，我们见过两次，说过一些闲话，哦，对了，他不是跟我们方丈挺熟吗！"峰云支吾道。

清慧师父一时语塞。智弘自小读书，知道张公巷这名字的由来，只是不知这张公巷怎么跟汝官窑还有瓜葛，于是问道："师父呀，那田东说的可是真的？"

清慧师父边走边轻声说道："师父也是听一个圆寂了的老禅师说的。老禅师曾说，明朝万历年间，临汝城内东大街出了个进士，此人名叫张维新，他不阿谀权贵，敢于针砭时弊，并提出不少革新朝政的建议，因而深得朝廷青睐，曾官至布政使，二品大员。他晚年回归故里，著书立说，威望颇高，族人为其建有祠堂，后人将他老宅所在的街巷叫作张公巷。至于田东所言的汝官窑，师父不知他说的什么。"

远远地见风穴寺山门外门可罗雀，师徒三人走出山门时那推搡熙攘的乞讨人群这会儿不见踪影，寺院临时搭建的布施粥棚也全然不见，取而代之的是山门两侧分别站着几个身着黑色中山装的人，两辆军车停在路北的山坡下。

清慧领智弘和峰云走上山门的台阶时，他心中已十分清楚，眼下风穴寺已在劫难逃。四月间，国民党军界曾派员来过风穴寺，来人在方丈室与方丈交涉很久。鉴于此地荒僻幽静，且有古刹掩护，是一个较为合意的隐秘处所，他们想在此地办个训练班，用以训练特殊人员。方丈听罢，自是极力阻止。风穴寺始建于东汉，曾毁于董卓之乱，重建于北齐，后经历朝历代扩建，遂成如今规模。这里一直香火繁盛，香客盈门，不知普度过多少生灵。来人好话说尽，陈以利害，方丈始终面带和善，婉言拒之。其间，来人几欲翻脸，强行为之，后见寺院香烟缭绕，香客安然，无奈之下便率随从拂袖而去。今日见可疑人云集于古刹，清慧师父的心不禁一沉。

方丈门外站立四个头戴毡帽身着黑色制服者，均是背手而立。清慧师父正不知是进去还是稍作等候时，却听正堂内一个人高声说道："非我等要刻意滋扰佛门净地，实属无奈之举！日本人偷袭珍珠港得手后，美国便正式宣布与日本开战。美国总统已致电中国方面，提议设立中国战区，如今美方相关人员已相继来到中国。鉴于明治维新后，日本经济迅速崛起，其军事实力超乎想象。我们打算选址筹建训练班，用以培养特殊人才。望方丈以国之大局为重，以民族之存亡为要，舍小家为大家，摒弃一己之私念，为训练班的成立提供一切便利条件。丑话说在前头，你今日从也得从，不从也得从，不要敬酒不吃吃罚酒！风穴寺之前曾一度毁于东汉董卓之乱，大约方丈不会忍心使风穴寺重毁一次吧？"

"阿弥陀佛！罪过！罪过！没有猜错的话，老衲积攒下的用以修缮寺院的银圆是被你的人夤夜拿去了吧？既如此，清净之地何处可用，你们自便吧。"方丈无奈地说道。

方丈移步至门口，见清慧领着智弘和峰云正站在不远处不知所措，于是他叫过三人，对着清慧说道："清慧，你领他们在寺院走走，他们看中哪些房舍，就把这些房舍腾给他们，别的不要多言，去吧。"方丈见一帮人随清慧去了，便将智弘和峰云叫到正堂，无力地说道："智弘、峰云，你们给师父伺候文墨，师父要将《金刚经》重抄一遍。"

智弘忙将宣纸精心铺上案子，就在峰云将要为方丈研磨时，忽听方丈轻声说道："峰云，你不用研磨，师父这里有。"说时，方丈伸出手来，拿剪刀在手腕处用力一划，刀口处鲜血直流，方丈将血口对着干净的砚台，只片刻，砚台里已是一汪鲜血。

峰云大惊道："方丈您这是何苦啊？"

智弘忙找来一块白布把方丈手腕的血口缠住，而后，失色问道："方丈有何难言之隐，您尽可告知弟子，但凡弟子能代方丈受过的，弟子定不让方丈为难。方丈要蘸血重抄《金刚经》，定是遇到了什么难言之隐，您这么自行受过，众弟子情何以堪！"

方丈淡然说道："这与你们何干！师父一心向佛，抄写《金刚经》本是该当之事，你们至于大惊小怪吗？风穴寺遭此劫难，本是师父一人之罪，师父本该向佛祖领罪才是！”方丈遂将国民党军界人士欲征用寺院办班的事一一说了。末了，方丈平静地说道：“令师父不安的还有一件蹊跷事。平日里寺院管事从功德箱里取来的香火钱，师父均已悉数放入佛龛下面的檀木箱里，师父原想等银圆和铜钱积攒够了，请工匠来把悬钟阁修缮一下的。自宋宣和七年铁铸大钟被悬上阁楼，这九千九百九十九斤重的大钟，常年被木头叩击，其声轰鸣，若天际来声，缭绕岩谷，阁基早已不忍震撼，若不及时修缮，恐佛祖怪罪。可今早醒来，师父发觉那存放银圆和铜钱的箱子里空空如也。按说夜间有人潜入正堂，师父不会察觉不出来，可昨晚，师父竟睡得不知天色已晓，时值正午，师父的头还是晕晕沉沉，这真是怪事一件！”

峰云瞬间已明白其中缘由，于是愤然说道：“方丈啊，这一定是有人给您用了蒙汗药，要不就是将药放入您的茶碗里，要不就是将药点燃后将烟子吹进您安歇的正堂里。弟子听人说过这样的蒙汗药，这都是贼人和小人惯用的伎俩，弟子怀疑是方才那些人干的。”

智弘望一眼门外，忙道：“峰云，你小声点儿。方丈，弟子在古书里看到过用蒙汗药害人的故事，《水浒传》第十六回里，梁山好汉晁盖等人为智取生辰纲，曾把蒙汗药下到白胜的酒里，将一帮公差麻倒在地，然后大摇大摆地劫走钱物。那杨志虽只是饮了半瓢酒，但还是软了身子，挣扎不起。他们是午间喝下的，一直到二更才醒，足见药效之猛。”

峰云感觉智弘有显摆才学的意味，他不想让智弘的风头在方丈面前压住自己，遂抢话说道：“《水浒传》里的孙二娘也在酒里放过蒙汗药。”

方丈合掌道：“阿弥陀佛！罪过！罪过！师父何曾喝过酒啊！”

智弘道：“方丈，这种蒙汗药来自一种名曰曼陀罗的花，歹人只消将曼陀罗的花晒干，或泡酒，或泡水，或把干花点燃后用其烟雾，人饮下或吸入后，便会失去知觉。曼陀罗虽是外来物种，但据记载，宋朝时，南方就有种植。弟子觉得极有可能是有人在夤夜将此物点燃后，再将烟雾顺门缝吹进正堂，您在闻到此物的气息后，便会长睡不醒，然后歹人便可趁机潜入您的室内行窃。”

方丈幡然悟道："噢，师父想起来了，师父睡到早课后才醒来，却发现窗子是虚掩着的，还以为昨夜忘关了。"

峰云气愤道："居然有人对方丈用这下三烂的伎俩。方丈啊，弟子这就去问问昨晚是谁值夜的，难道值夜的比丘也睡得不省人事吗？"

方丈摆手止住峰云，轻声说道："你弄清了又如何？别跟过往过不去，因为它已经过去；别跟眼下过不去，因为你还要过下去。你们可都记下了？"

智弘和峰云异口同声道："弟子记下了！"

望着两人毕恭毕敬地垂手而立，方丈满意地点点头，他缓缓坐下时，峰云忙将笔递到方丈手里，然后低首望着方丈静心抄写《金刚经》。智弘近前看时，见方丈的小楷清雅自然，俊逸挺秀，殷红的血迹，一点点浸湿宣纸。

眼见砚台里的血渐次用完，粘在砚台边上的血迹业已干结，峰云忙去拿水想要将砚台的干血融化了供用，谁知，方丈不让峰云往血里兑水，他说这么做是对佛祖的不恭，于是他抬起左臂，便要再次割腕。却被智弘跪地拦下，智弘伏地乞求道："方丈啊，您不能再这么割腕了，即便您还要用血抄写下去，也得等明日再放血不迟，您这是血肉之躯啊！佛祖看见了也会怪罪您的，您不为自己身子着想，也得为风穴寺着想啊，寺里还有几十号僧众，在这非常时期，您千万不能倒下！万一您有个三长两短的，风穴寺如何维持下去？几十号僧众如何存活下去？您就忍心看着风穴寺轻易落入他人之手吗？"智弘言罢，已是泪眼汪汪。

方丈起身扶起智弘，搓搓手说道："那好吧，抄写《金刚经》的事明日再说。如今的风穴寺已是多事之秋，将来无论发生什么，礼佛之心不可稍有懈怠，对于来寺院进香的香客，要礼遇有加。师父知道，诚心礼佛之人是不会被枪炮声拒之门外的，风穴寺的香火一定会长燃不衰。诗云：生不布施，死何含珠为？"

寺院内响起嘈杂的搬运物品的声音，山门外不时有汽车的轰鸣声，间或有汽车的喇叭声。方丈缓步走出正堂，见不远处一帮僧人聚在一起议声切切。大约是方丈室屋门紧闭的缘故，这些僧众望着方丈的门迟疑着不敢靠近。

见方丈出现在门口，众僧人忙赶过来，七嘴八舌地说着今日寺院发生的事。方丈忽然问道："听说日本人攻进了开封城？你们谁知道开封大相国寺的近况？"见僧众摇头，方丈接着说道，"既是大敌当前，拒外寇乃国人当务之急。寺院虽是清静之地，可一旦让日本人进占临汝，老衲担忧风穴寺恐难清净。既然如此，那就应下那些人的再三请求，老衲已答应他们在寺院开办训练班，此乃抗日之举。众弟子不必惊慌，应一如既往地静心侍佛，阿弥陀佛！"僧众同时双手合掌道："阿弥陀佛！"

方丈说罢便示意僧众散了。智弘和峰云正要辞别方丈而去，却见清慧师父匆匆而来，于是两人驻步，欲听清慧师父说些什么。方丈把清慧引进室内，见智弘和峰云在门外徘徊，于是示意两人进得正堂。

智弘为方丈和清慧师父倒水后，听清慧师父说道："方丈，军界今日来的人不是很多，弟子都已安排他们住下了。可他们说明日还有不少人过来，其中还有十几个美国人。这些美国人是来当教官的，须得单独安置居所，僧房可没有那么多呀！"

方丈听罢，缓缓说道："寺院本就没有太多居所，你也领他们悉数看过了，至于该如何安置那些美国人，那是他们的事，我们暂且不去理会。其实，老衲最为担忧的并非这些，你们知道，寺院租出去的田地，这两年颗粒无收，香积厨哪来粮食进仓！师父早就动用了香客的香火钱，用香火钱去城里买粮。如今可好，积攒下来的钱昨晚被人悉数拿走了，接下来僧众的生计才是师父最为担忧的事。"

清慧师父安慰道："弟子明白方丈的苦心，放心吧方丈，我佛慈悲，断不会让僧众食不果腹的，等等看，明日的太阳会照常在嵩山上升起。"

第五章

惦汝瓷田东许女
抚乱心方丈讲禅

风穴寺晨钟响过，僧众一如既往地来到佛堂做早课。智弘揉着眼睛，半睡半醒地随其他僧人排着队依次进入佛堂，其间他的鞋曾被身后的峰云蹬掉两次，每次在他弓身提鞋时，峰云的身子总是压到智弘身上，智弘听见身后有人低声起哄，于是便在峰云的脚面上踩了一脚。

佛堂内，智弘和峰云站在清慧师父一旁，众僧随着领班者恭敬念诵："炉香乍热，法界蒙薰，诸佛海会悉遥闻，随处结祥云，诚意方殷，诸佛现全身。"念诵数遍，香烟缭绕，木鱼声声，颂歌抑扬顿挫，凝重浑厚。

早课做完时，整个寺院被低沉的雾霭轻轻笼罩，佛塔、古树、大殿，隐现于淡淡的苍茫里。军界的人还在熟睡，风穴寺的清晨一如往常，古刹沉浸在一派肃穆祥和中。

当雾霭渐渐收起时，薄雾中渐现峰云的身影，他肩扛扫帚慢吞吞走向塔林。就在他步入塔林时，驻足向着寺水河观望好久，雾霭中似乎隐现月枝的身影，他仿佛看见月枝正弯腰自河里取水，月枝长长的秀发几乎触到水面，瘦削的肩头在淡蓝色的薄雾中时隐时现。最终，在确认河边并无人影时，峰云悻悻然步入塔林。有些天未见月枝前来河边打水了，月枝没事吧？峰云这么想时，决意扫完塔林便去智弘家看看，反正顺着月枝常走的那条羊肠小道，就能走到他的家。其实，峰云自己也不清楚，他的心思是何时不在寺院的，如今的风穴寺像是进入多事之秋，自己尚未受比丘戒，是随时可以还俗的，只要他提出来，谅方丈不会不允。自从遇上月枝，每次相见时，他总免不了心旌摇荡，这一点让峰云自己也觉得不可思议。若是上天垂怜，让他娶了月枝，那该是前世修来的福分吧！可接下来的问题是，他早已父母双亡，一个孤儿，暂无居身之所，一旦还俗，他何以养家糊口！除非他意外交了财运。这么想时，峰云已全然忘却他当初许下的誓愿，在他举目无亲时，是寺院收留了他，他原本是想要毕其一生，安心侍佛的，即便是短暂离开寺院，也是对佛祖的不恭。然而，此一时彼一时也！

峰云的气力很足，扫帚扫出的扬尘弥漫在塔林的上空，山风回旋，那扬尘在半空打着旋儿，最后像是悉数挂在了松柏的针叶上。

一辆装饰华贵的马车在塔林边停下时，峰云没有半点儿察觉。田东携夫人和千金步入塔林时，峰云正弯腰捡起地上的几块碎石，随意将碎石掷向山林，嘴里念念有词："谁家的崽子又来塔林玩了！"

"峰云师父可真是用心啊！几块小石子都不容留在塔林，要是众禅师有知，不知该高兴成什么样子！"田东笑吟吟走向峰云。

见是田掌柜一家人过来，峰云忙丢下扫帚，迎上去一通寒暄。他见田掌柜的千金穿戴华贵，身材修长窈窕，眉目间脉脉含情，樱桃小嘴不点而赤，娇艳欲滴，面颊白嫩，隐隐透着粉红。见峰云望着女儿自顾出神，田东扑哧笑出声来："峰云啊，这是爱女田昕，今年十六岁，上次你去寒舍做佛事时你们见过，那时只顾说正事，居然忘记给你介绍了。今日一早听说我和她娘要来寺院进香，她非要一同过来，还说你是个很有意思的人，什么叫有意思啊，昕昕？"

"爹，看你吧！"说时，田昕含羞扭脸，望向远处苍茫群山。

峰云低下头，慌乱间不知所措。忽想起军界在风穴寺办班的事，峰云低声说道："田掌柜，您这是要去寺院进香吗？军界的人要在风穴寺里开办训练班，听说还有美国人，今后您去上香时不要胡乱说话，免得生出是非，那些人都是带着枪的，个个都不是好惹的。"

田东道："管他们是什么鸟人呢，与我一点儿不相干，我田东是正经商人，我做我的生意，他们办他们的什么班，我们井水不犯河水。再说了，我去寺院上香，主要是想见你峰云，看得出你是个能做大事的人。"

峰云诧异地睁大眼睛，不解地望着田东问道："见我？我一个小小沙弥，能做什么大事！田掌柜，您别拿我逗乐了，我自己有几斤几两，我还是能够掂量出来的。"

田东环顾左右后，肃然说道："我田东犯得着老远跑来逗你玩吗？实不相瞒，我以前之所以常去寺院进香，其实是另有心思在里边。哦，夫人，你带昕昕去那边看看吧。"见夫人领田昕走远，田东继续说道，"记得上次你们师徒三个在舍下做道场时我失口说的话吗？"

峰云警觉地点点头，他一时觉得眼前的田东让人恐惧。虽是田东当初曾说过他是日本人，说过他对寺院藏有汝瓷的事极有兴趣，可峰云一直没把田东的话当真，一直认为那是逗趣的闲话而已，田东当时也说自己是胡诌的，还让他们不必当真。如今看来，田东这么煞有介事，可见他上次所言绝非儿戏。

田东定定望着峰云，一字一句地说道："大日本典籍里有记载，风穴寺里该是藏有汝官窑瓷器，好像在地下的一个密洞里，至于这密洞的洞口位置，怕是除了方丈，无人知道，这洞口的位置一定极为隐秘。"

峰云忽觉后背发凉，他不像当初那样敢于目视田东。峰云战战兢兢问道："峰云没有弄错的话，田掌柜常去寺院，真实目的并非是为佛祖进香，只是想打探寺院密洞的洞口位置罢了。阿弥陀佛！"

"当然可以这么说。峰云你是不知道，如今一件汝官窑瓷器在香港拍卖会上能够拍什么价。这样吧，峰云，你若是能够找到风穴寺密洞，弄到一件汝官窑瓷器，我在临汝城内那处两进两出的老宅就归你了。另外，我把我如花似玉的爱女田昕许配给你，本来这孩子对你就一见钟情。"田东望望不远处的家眷从容说道。

事出仓促，峰云一时间手心冒汗。不就一件瓷器吗？这瓷器竟能换来一处宅子，外带一位花一般的女子？况且一旦把这女子娶进家门，少不得有丰厚嫁妆，甚至于金银珠宝都未可知。果真有了那处宅子和钱财，他再把月枝弄到家里，这也并非什么难事。峰云这么想时，他的眼前便闪现出两位美貌女子娇柔的身姿，且这娇美的身姿在眼前交替着更来换去。

似乎察觉出峰云的微妙心迹，田东定定地望着峰云，见峰云沉默无语，良久，他缓声说道：“峰云啊，你也不急于这就答复我，你好好想想，我改日再来塔林见你。”田东说罢，高声喊了声家眷，接着又回身说道，“我田东是正经商人，我方才说的这件事，是人情，也是生意，但凡是生意，我田东都是极为认真的。”说罢，趁着峰云发愣，他随手掏出两枚银圆，塞进峰云的衣兜里。

峰云辞让再三，最后却是田东的夫人款款而来，这个名叫向桂的女人伸出葱白一般的手指，轻轻按在峰云的衣兜上，峰云才没再推辞。向桂呢喃般的声音极像个孩子：“峰云你就收下吧，捐给寺院也是捐，多少是家里人一点儿心意。”

峰云出神地望着田东携家眷走出塔林，他看见田昕回身看他时满眼柔情，一脸眷恋，峰云激动得双目闪光，浑身发颤，他笨拙地挪着步子，僵硬地抬起手，算作道别。

峰云背靠一座墓塔坐着，初秋的风虽有几分凉意，可他依旧浑身冒汗，他用僧袍的下摆扇着面部，木然地仰望天际云去云来。已经有零星的枯叶飘落于他适才扫过的空地上，塔林里沉寂异常，传来田鼠触及枯叶的窸窣声，峰云呆滞地望着这只田鼠伸长脑袋四处觅食，田鼠不知峰云的僧鞋为何物，啃两下没啃动，于是悻悻然绕到墓塔一侧。只少顷，这田鼠竟又来到峰云的脚旁，田鼠生性视力极差，就在田鼠的触须接近峰云的脚背时，峰云断喝一声，然后开心地望着灰色田鼠一时间蹿出老高，而后吓泄一摊尿液，箭一般消失在塔林的深处。

峰云站起身，拍拍臀部的干土继续扫地。当他的扫帚触及塔林里唯一一座石塔时，他忽觉身子一颤。他知道这座石塔建于明代正德年间，是一座典型的喇嘛塔，恍然间他仿佛看见塔内的老禅师正闭目打坐，于是瞬间惊出一身冷汗来。适才他和田东的话老禅师可曾听到？峰云一时间懊悔不已，无论如何，在这样的地方是不该玷污佛门的。峰云立时跪在石塔前，双手合十，嘴里念道：“乞求佛祖恕罪！乞求禅师宽恕！阿弥陀佛！罪过！罪过！”

衣兜里的两枚银圆恰在这时发出清脆的撞击声。峰云抚摸一下衣兜，他定定神，而后站起身来，扛起扫帚出了塔林。走到寺水河边，当他看见月枝常来打水的小坑时，便按着衣兜，移步向着智弘的家里走去。才走数步，感觉扛着扫帚去看月枝似乎不妥，于是反身回来，把扫帚靠墓塔放下，只身去了智弘家。

智弘的家里柴门关着，就连屋门也是自里面插着。峰云推开柴门进得院子，拍拍屋门轻声喊道："月枝，我是峰云。"

喊过三声后，才听屋内月枝说道："你是峰云？我爹他去林子里了，你有事吗？"

峰云道："也没什么事，我来看看你的病好了没有。"

月枝迟疑了一会儿，对着门缝说道："谢谢你！我的病好了。我爹不在家，你要是有事的话等我爹回来了你再来吧。"

峰云思虑片刻，拍拍衣兜说道："智弘这几天没有回来吧？他知道家里缺吃的，他让我给你们带来一块银圆，你开一下门吧。"

月枝道："家离寺院就这一点儿路，智弘哥就没有时间回来，看来智弘哥一定是刚去寺院，只顾忙正事脱不了身。"月枝说罢，打开房门。

听着月枝这贤惠体贴的话语，一种无以名状的醋意悄然袭上心头，峰云皱皱眉，掏出一枚银圆递给月枝。

月枝迟疑着没有去接，只用疑惑的目光打量峰云，见峰云满脸诚意，于是勉强把银圆接了。见峰云想走进屋内，月枝站在门口没有闪身。峰云瞬间明白了月枝用意，于是后退一步，用一种炽热的目光望着月枝。月枝低下头，双腮粉红。

峰云离开智弘家时满怀醋意。他走出柴门后又回转身低声说道："月枝呀，我给你银圆的事，你不要告诉智弘好吗？我是真心的。"

月枝没有听懂峰云的话，她正要追问，却见峰云已走上去寺院的一条乡间小道，于是，她关上门陷入沉思。

峰云本是想抄近路返回寺院的，忽想起扫帚还在塔林，于是折返回去，向着塔林的方向去了。

峰云在乡间小路上折返时，恰被刚刚走出山门不远的智弘看见。远远地，智弘见一个模糊的身影本是直奔寺院而来的，却又折返回去，他仔细辨认，那模糊的身影极像峰云，这让智弘顿生疑惑。智弘本来早就想回来看看谷丰和月枝的，却因方丈每日里都用鲜血抄写《金刚经》，方丈的举动深深震撼了智弘，智弘唯恐方丈的身体出现闪失，故而每日里但凡有些许时间便来方丈室守着方丈，他来此还有为方丈伺候纸笔之意。方丈自然深知智弘用意，很是感动，这孩子菩萨心肠，诚实敦厚，此乃向佛之人之根本，若智弘静心修炼，日后必成德高禅师。

趁着方丈小憩之时，智弘跟清慧师父说了声便出了寺院。他出家后，谷丰和月枝父女总该能够填饱肚子了吧？这么想着，智弘沿乡间小道快步而去。

敲开屋门，见月枝的脸上透着红晕，智弘开言就问："峰云来过家里？"

智弘不期而至，月枝本就没有心理预期，忽然见智弘现身门口，她整个人一度处于亢奋中，听智弘这冷不丁地责问，看智弘一脸凝重，月枝惊慌道："是，是来过。"

"大叔又去林子里了吧？你一个女孩子独自在家，峰云来我们家里做什么？他在小路上远远看见我，却扭头去了塔林，这分明是不想让我撞见，峰云他躲着我干吗？"智弘接着责问道。

月枝本想说峰云是来送钱的，见智弘一脸愠怒，且话里带着异样的味道，便不敢多言，只低头抠着手指。月枝的寡言，使得智弘越发地急躁，他索性摔门而出，留下茫然的月枝独自垂泪。门与门框的撞击声，惊动了鸡舍里那只褐色公鸡，公鸡本在闭目养神，这骤然而至的声响让它惊诧莫名，它将头探出鸡舍，茫然地望着智弘气呼呼去了。

智弘走到柴门外，适逢谷丰自山林回来。他见谷丰的篮子里仅有两个松果和几把野菜，智弘看一眼谷丰，随意打个招呼便扭头而去。望着走路生风的智弘，谷丰连喊两声。智弘头也不回地应了一声，硬着脖子走得越发快了。

谷丰推门进得屋内，见月枝犹自垂泪，于是问月枝："你们这是怎么了？一个气呼呼走了，一个偷偷掉泪，你们吵架了？"

月枝嗔怪道："爹，看你说的吧！谁知道智弘哥今天是怎么了？进门就是一脸的怨气，话里带着责怪，吓得人家一句话都不敢多说。"

谷丰舀起一瓢水咕咚灌下后，长出一口气。他坐在板凳上将适才发生的事问了一遍，随后，谷丰笑道："智弘一定是心生醋意，才使出他那驴脾气的。月枝，你还没有看出来？智弘是个菩萨心肠的人，就是有点儿不活泛，说文雅点儿这叫迂腐，还外带一点儿驴脾气。”

“爹，你别这么说智弘哥。”月枝揉眼说道。

“说他几句你就开始护着了？”

“俺才不护他呢！也怨俺没把话说透，智弘哥肯定是误解了。爹，你去寺里见见他吧，不把话说开，不知道智弘哥还会气到什么时候！”

“爹不去，要去你去，这样的话爹怎么张嘴呀？”

“一个女孩子跑寺院跟一个和尚说话，这合适吗？爹！”

“这个事先不说，爹问你，峰云为啥给你送钱？”

“他说是智弘哥让他送的，听了这话我才给他开的门。”

“傻孩子！你也不想想智弘他哪里有钱？要是有钱，他干吗不自己送回来？他本来就对峰云存着怨气，他出家不也是跟峰云赌气吗？智弘曾问峰云寺院仓储里的粮食多不多，我懂这孩子的本意，他无非是想问问一旦出家当了和尚，会不会饿肚子。可峰云倒好，却说智弘是想偷寺院的粮食，这下可好，这个书呆子就犯了驴脾气，为洗清自己，他真的就出家了。月枝呀，这事你是知道的，你智弘哥这么问峰云时，他还没有遇见我们父女俩。”

“爹，要是早点儿遇见我们，智弘哥指不定还不会出家呢，你说是吧？”

“你智弘哥要是在峰云诋毁他之前遇上我闺女，我估摸着他一定不会出家的，峰云喜欢我闺女，难道智弘就不喜欢吗？我才不信呢！我闺女长得花一样俊俏，只有傻子才看不上我闺女呢！”

“爹，看你吧。”

“哈哈哈哈。月枝呀，智弘看见峰云来找你，心生怨气，爹估摸着他一定比峰云更喜欢你，只是压在心里不说而已，不然他犯得着这么置气吗？”

“爹，智弘哥不是出家了吗？出家人是不能成家的呀！”

“傻孩子！智弘和峰云都还没有受比丘戒，他们随时都可以还俗的。眼下不少人之所以出家，还不是为了混口饭吃！饥荒年景，填饱肚子才是正道。”

月枝双手撑腮，陷入沉思。她不知道这会儿智弘还生不生气，她只祈愿智弘别气坏身子。

智弘沉着脸回到寺院，他轻轻推开方丈的门，见方丈恰好起来。方丈关心地问道："智弘啊，还是没有令尊令堂的消息吗？你的父母离家前常来寺院进香，积下不少功德，佛祖会保佑他们平安回来的。阿弥陀佛！"

智弘也随之说道："愿佛祖保佑一家人平安归来！阿弥陀佛！"智弘为方丈倒杯水后接着问道："方丈，弟子的心胸天生不够豁达，虽是自小读过不少先贤的书，可总是遇事喜欢斤斤计较，爱发脾气，常把心事挂脸上，请问方丈，如何才能做到豁然开朗、不发脾气、不把心事挂脸上啊？"

方丈看看智弘，温和地说道："你把你的坏脾气拿出来让师父看看，师父帮你改掉。"

智弘道："弟子现在没有坏脾气，只是遇到事情时才会表现出来，然后怎么都控制不住。"

方丈道："这就奇怪了，要是你眼下没有坏脾气，或者是当着师父的面不便发作，你只是在特别时候才会使出来，可见这并非是天生，而是你遇到事情时自己制造出来的，可你却说是与生俱来，你这是将自己的过错推卸给上天，推卸给父母，这未免太不公平了吧！"

智弘瞬间便悟出其中禅理。

外边传来一阵嘻嘻哈哈的打趣声，那话语不像是中国话，一定是美国人打此经过。方丈一时间闭目无语，良久，方丈平静地说道："智弘啊，陪师父出门走走吧。"

智弘应着，见方丈已移步出门，他遂将正堂的门带上。

虽是初秋时节，寺院内已有枯叶飘落而下，或鹅黄或灰白或浅绿，如此色泽各异的叶片或情愿或不情愿地不时离开母树，纷扬于自古刹殿堂升起的蓝烟里。见方丈不时弯腰将叶片捡起，而后装进衣兜，智弘忙道："方丈您不用捡了，明日一早弟子会打扫的。"方丈不以为然道："话不能这么说，难道打扫了就一定干净吗？师父现在多捡一片树叶，地面就会多一分干净。"智弘不解方丈之意，遂问道："落叶那么多，况且您前面捡，后面又落下不少，怎么能够捡得完啊？”方丈静静地说道：“叶子不仅落在地面，我们心上也有落叶，师父现在面上是在捡地面上的落叶，实际上也是在捡心中的落叶，落叶终有捡完的时候。”

方丈的话让智弘最终明白，捡取落叶其实是在祛除内心的烦扰，山河之大，落叶无数，你暂且不用管它，心里的落叶却是捡一片少一片的，禅者只要当下安心，便能拥有大千世界，只要心中的世界清净了，外面的世界也就随之清净，这便是禅中之道。

典座师父过来时，带着一脸的无奈。典座师父摇头说道：“方丈，库房的粮食所剩无几，自军界的人进驻寺院，前来上香的香客明显减少，香火钱少得可怜，这样下去，几十号僧众接下来吃什么啊？”

方丈道：“自今日起寺里僧众只用稀粥，老衲也不例外。粗粮稀粥也能果腹，实在不行，老衲领弟子出寺化缘。当年佛祖释迦牟尼就曾三日粒米未进。想当年，佛祖成佛后，依然四处讲法，依然手持托钵沿街乞食，一日，佛祖乞食了一个上午，竟未遇一人施舍，佛祖便空腹托钵而归，因佛祖一向遵循过午不食的戒律，这一天只得饿着肚子。说来也怪，连续三天，佛祖竟一粒粮食都没有讨到，佛祖也就连饿三天。佛祖乃三界福田，圣中之圣，佛祖能做到的事，我等弟子为何不能？”

“弟子懂了！可眼下饥民遍地，乞讨者不计其数，依旧有不少饥民找到寺院乞求布施，僧众该去往何处化缘啊！”典座师父不无担忧道。

“阿弥陀佛！为何四处都是荤腥味道？”方丈皱皱鼻子轻声问道。

“方丈您有所不知，军界的人就将伙房搭建在僧房不远处，每日里这些人花天酒地的，他们把吃剩下的酒肉随处乱丢，不但诱得寺里几个小沙弥眼馋，还招致不少耗子成群结队来寺院觅食。阿弥陀佛！罪过！罪过！”典座师父无奈道。

“智弘啊，你去找他们领班的说说，眼下年岁不好，四处歉收，这么随意挥霍，于心何忍！再说了，寺院乃佛门净地，进得寺院不去修行，已是犯下过失，岂能再对佛宝、法宝、僧宝不恭！阿弥陀佛！”方丈执掌说道。

智弘应下后匆匆去了。

军界的人差工匠在寺院北面的空地上建起十二间房舍，单供美国教官使用，在训练班当教官的美国人骄横跋扈，一向不把别人放在眼里，他们的生活条件却是十分优越，在这饥荒年月，居然餐餐大鱼大肉，还配有专职西餐厨师，伙房里飘出的味道顺风能飘至一里开外。

军界的人则住在僧人腾出的空房，僧人被移至水沟边窄小的舍房里。在去往训练班的路上，智弘迟疑再三。他自答应方丈去和军界的人交涉，便暗自叫苦不迭，一是他不知道该找谁交涉；二是他一个书生，一个沙弥，面对荷枪的军伍之人，心底自是胆怯。智弘在自我鼓劲时，忽想起古代诸多贤才辩士，他们虽手无缚鸡之力，却也叱咤当时。且不说诸葛亮曾舌战群儒，且不说蔺相如完璧归赵，单说战国时期，苏秦就曾以一舌而得六国相印，邹忌讽齐王纳谏，张仪连横游说等，他智弘虽是与那些能辩之士相去甚远，可既是方丈信任于他，他就该拼死一试。于是，智弘鼓足勇气，昂首走向训练班。

第六章

使辩才智弘激愤
训新生主任扬威

说明来意后，一个身着灰色制服、头戴毡帽的年轻人领智弘径直来到训练班主任文沣的居所。这是风穴寺里最大的一间僧房，原是住着八个僧人的，如今却是文主任一人独居于此。房间的布置极为讲究，文沣来此不过十日，这么繁杂的布置，怎么做到的，用料这么多，又究竟是从何处弄来的，智弘不得而知。镂花椅子前是一张宽大的紫檀办公桌，桌上两部电话机一黑一红，文房四宝有规矩地分放在桌面两端。黑色三人座沙发则摆放在屋门左侧的西墙边。西式床头边是个会旋转的衣架，离衣架不远有个用不锈钢管做成的盆架，盆架上两条白净毛巾反衬出室内的幽暗。桌子前的空地上摆放一盆硕大的君子兰，君子兰橘红的花开得正欢。

见文主任正接着电话，智弘便在门口候着。想起荒野外时有饿殍，想起爹娘无奈中外出乞讨，想起家中谷丰和月枝食不果腹，想起适才方丈皱鼻时的痛楚，想起方丈欲率僧众外出化缘，再闻这里酒肉飘香，智弘心中瞬间聚集起诸多怨气。待文主任挂下电话，他便走进屋内，也不等文沣问其来意，便直言不讳道："看文主任面色红润，打着饱嗝，定是酒足饭饱，殊不知此时的临汝城饥民遍地，沟壑之内时有饿殍，主任焉能心安？"文沣立时瞪大眼睛，遇见野鬼似的望着智弘，智弘不予理会，自顾说道："古人云，一饱之需，何必八珍九鼎？七尺之躯，安用千门万户？寺内浊气熏天，夜间野鼠成片，皆因尔等伙食使然。食不过佳，充饥则可；身不过华，遮身则可！似这样骄奢，何以对苍天而无愧，何以对庶黎而无悔也！”

文沣眨着眼缓缓起身，踱步来到智弘身前，他望一眼游走在门外的一个头戴毡帽的人，那人旋即来到门口，文沣摆摆手，那人便点头去了。文沣像是打量一件古董似的，专注地望着智弘，而后大笑不止，文沣的笑声招致戴毡帽的人的注意。文沣笑罢，轻声说道：“看你头顶没有斑点，便知小沙弥尚未受过比丘戒，你出家前读过不少古书吧？在下文沣，乃北宋抗元名臣文天祥后人，在下自小跟你一样饱读诗书，曾立志效仿先祖，欲立不世之功，怎奈，列强辱国，民不聊生，于是便丢了学业，投笔从戎。看你书生气十足，比起在下当年要迂腐不少，可书生毕竟受世人敬重，今日亦不例外！方才经你一顿训斥，一时有如醍醐灌顶。你可知晓？眼下日本人来势汹汹，他们凭借其优良装备，仅仅数年，其铁蹄竟踏遍大半个中国。我等肩负重任，众将士出生入死，今日出去，焉知明日能否活着回来！‘葡萄美酒夜光杯，欲饮琵琶马上催。醉卧沙场君莫笑，古来征战几人回？’王翰作诗时的心境大约就是我等此时之心境了。请问，出征之人小酌几杯，焉有大错！”

智弘听罢文沣感慨万千的话，不由得拿眼定定望着眼前这位面色白净的主任。虽是对其先祖自心底油然而生几分敬意，但却一时很难将其与眼前的奢靡之人联系起来，他说的话更是难以立足。他既然已把话说到这个份儿上，方才进来时的豪气一时半会儿又难以消退，于是，他继续慷慨陈词：“经文先生这么一说，智弘似乎懂了些尔等如此奢靡的缘由。可这一点儿不代表这么做是对的，一点儿不代表荒野之外路有饿殍，而这里却酒肉发臭乃理所应当！再者，风穴寺乃佛门净地，佛教自传入中国后，历经多朝多代直至今日而不衰，敬重佛门，尊重佛规，本是像文先生这样的读书人该做之事，可眼下却并非如此。文先生大约不知，僧人食素的佛界法规在南北朝时就已立下，只因梁武帝读罢《楞伽经》，知菩萨大慈大悲，不忍食用众生之肉，于是自己便发誓日后只吃素食。梁武帝本是佛门大护法，再以帝王之尊推行素食，于是，僧众无不遵从。梁武帝曾颁布《断酒肉文》，并集众僧于佛前发誓，立誓永断酒肉，如此一来，佛界戒酒茹素，清净口业的佛规便一直保留下来。既是僧众长久不食酒肉，闻之便如浊气熏心，还望文先生念及僧众之苦，念及佛祖居于殿堂，请约束属下伙房，慎之，慎之！恕贫僧无礼，得罪之处，还望文先生多多海涵！”

智弘的一通辩言引经据典，让文沣几无应对之辞。文沣暗自叫道：“好一个沙弥，他入道不久，竟有这般才学，实属难得，日后若是为我所用，稍加训导，不愁不成出色儒将！”于是，文沣对着门外喊道：“来呀！去告知伙房厨子，尤其是告知美国人的小灶厨师，自今以后，饭菜之中少些油腻，多用素食，杜绝铺张浪费，即便稍有剩饭也不得随意乱扔，以免招致香客微词，招致僧众不满，招致耗子窥视。”

戴毡帽者垂首问道：“主任，要是美国教官不干怎么办？您是知道的，那帮人一点儿都不是省心的主儿，卑职弄不好还得挨上一顿臭骂！”

“挨打也得去说！”文沣大声说道。

智弘望着那个头戴毡帽的人灰溜溜地去了，他谢过文沣便要离去，却被文沣喊住。文主任伸手示意智弘在一侧的沙发上坐下，自己也在另一头落座，他用欣赏的目光望着智弘，含笑说道：“智弘师父，请允许我这么叫你！实话实说，你是我近年来遇见的最有才学的人，辩才和气度无不出众。智弘师父若能来我身边做事，出家也好，还俗也罢，在下极力相迎，至于方丈那里该如何去说，这是我的事，我乐意为此费些口舌，还望智弘师父三思。”

智弘未假思索便直言不讳道：“谢先生抬爱！恕智弘难以从命！智弘既入佛门，就该一心侍佛，不可一心二用。我佛慈悲，礼佛之人稍有懈怠，便是对佛祖的不恭！还望先生体谅！若是先生别无他事，贫僧这就告辞。再次谢过文主任！阿弥陀佛！善哉！善哉！”言罢，智弘便辞别出来，找方丈回话去了。

望着智弘远去的背影，文沣在门前徘徊再三，在是否找方丈商议要人一事上颇费思量。他见门外秋高气爽，成片絮状的云低低飘浮于山巅之上，纹丝未动。盘桓的林鸟似乎一度飞入云团，而后毫无目的地在白云之下飞来荡去，煞是自由。鸟儿何曾知道，在这白云之下尽是些忙碌奔波的人，日后这些人深入敌后，稍有闪失，便会成为孤魂野鬼！

智弘回到正堂，遂将面见文主任的事一一说了。方丈面露欣慰之色，他用极为欣赏的目光望着智弘，语重心长地说道：“智弘你是知道的，功德靠积攒，一个人一生的功德有多少，佛陀有知，多做善事既是功德无量的事，也是件礼遇佛陀的事。有的人表面礼佛，殊不知心不诚者佛难度之，正所谓‘天雨虽宽不润无根之草，佛法虽广不度无缘之人’。静心侍佛吧，因为侍佛也是侍自己！”

“侍佛也是侍自己。”智弘暗自琢磨时，见清慧师父进来，于是起身为方丈和清慧倒水。

“清慧，我看你满脸都是心事。”方丈道。

“方丈啊，军界的人在山坡的一块空地上杀树，两人合围的大树一棵没留，就连手指粗细的树苗也被悉数杀光，说是要建训练场用，你说大树碍事，小树苗怎么就碍事了啊？大树小树都是生灵呀！再说了，满山的树一直归寺院管着，军界的人把大树杀了以后，全部私下卖给了城里一个木材商人，居然也不知会一下寺院。他们每日里挥霍无度，竟会看上这些卖树的钱！他们难道不知道寺院香积厨里快要无米下锅了？”清慧师父无奈道。

“阿弥陀佛！罪过！罪过！杀生乃佛门禁忌，还好，他们是在山坡上杀树，而非寺院。”方丈闭目说道。

“方丈，他们要是把寺院里的树也杀了，您大约会说，阿弥陀佛！好在他们杀的是树，而非人！”一向沉稳持重的清慧，在方丈面前一点儿不像在他弟子面前那样像个佛陀。

方丈慈祥的脸上一点儿不见幽怨，他面带笑意对着两个弟子和颜悦色地说道：“师父给你们讲个禅学故事吧。”见两个弟子连连点头，方丈品上一口茶水，静静讲起一个很久以前的禅学故事。

宋代有个叫归省的禅师，是河北冀县人，少年时在河北易县保寿院出家，受戒后游历诸方，后参谒有名的禅师而得法。

一个初夏的雨后，一位年轻的禅僧求见，请教归省禅师：“过去有人向赵州禅师参禅，无论来者问及什么问题，赵州禅师一概回答‘庭前柏树子’，之后便不再多言，谜团一般让来者无所适从。请问归省禅师，赵州禅师他想要表述的是何禅意？”

归省禅师肃然说道：“若是我今日告诉你答案，你会相信吗？”

学僧欢喜道：“禅师您说的话，学人怎敢不信？”

归省禅师这时不再理会眼前这位学僧，而是静静望着窗外，若有所思。良久，归省禅师回过头望着学僧轻声说道："你听到屋檐上落下的水滴声了吗？"

学僧豁然省悟，不觉失声说道："啊！"

归省禅师明白这学僧已有所领悟，便问他："你悟出什么禅理了？"

学僧随即诵出一段偈言："檐头水滴，分明沥沥；打破乾坤，当下心息。"

归省禅师听罢，怡然颔首。

智弘听罢，虽是懂些其中禅理，可又觉似是而非，遂追问道："方丈所讲过于深奥，能否请方丈再做些阐释？"

方丈接着说道："郁郁黄花，莫非般若；青青翠竹，尽是法身。当你将纷乱之事一一过滤干净，剩下的不就是最初的平静之心吗？无论何时，心无滋扰才是最为重要的。回到清慧所言，军界的人已经做了，与之争，你能争得回来吗？静心侍佛吧，很多时候，争是不争，不争乃争。"

智弘终于明白方丈所说的禅理，他用一种极为敬佩的目光望着方丈，久久没有言语。他见清慧师父的脸上泛出歉意，似是想说什么，却欲言又止。

"清慧、智弘，你们都静下心安心侍佛吧，我佛慈悲，佛祖断不会让寺院长久纷乱下去的，终究会有一天，风穴寺安然如初，香火缭绕塔尖。"方丈望着寺院内高高矗立的七祖塔，安然说道。

恰有轻风徐徐吹过，七祖塔四角的铜铃立时响起，风穴寺瞬间回荡着清脆圆润的铜铃声。

军界训练班的学员不知都来自哪里，竟有百人之多。他们在离寺院不远的山坡林子里辟出一块空地，练枪械射击、擒拿格斗、谍报侦察，甚至还有爆炸、追踪、施毒等。政治教育、形势教育、思想教育则是在室内进行。自训练班进驻风穴寺，这里便枪声不断，喊声震天。

射击练习是件轻松的事，训练班招来的学员大都是些年轻人，年轻人本就对枪械心存好奇，一旦拿起枪便兴致高涨，至于初学者射击脱靶那是再自然不过的事，随着举枪时间的逐日增加，腕部如何使力，眼睛如何平视这些最为简单的技巧，学员都烂熟于心，加之有美国教官的现场演示，新生练起来渐渐地便得心应手。格斗极费体力，不少学员下场后鼻青脸肿，再行上场时便怨言四起，以至于让美国教官抡起了巴掌，在本就红肿的脸上平添印记，几个学生模样的人聚一起啼哭不止。见美国人不以为意地抬腿要踢，一旁监训的文沣站起来走出帐篷，他哨子一响，几十号人立时集合完毕。

“正在训练，为何要停下来？我抗议！正蹬、鞭腿、摆拳、格挡，这些动作一个还都没练！”美国少校教官大声咆哮起来。一旁的翻译忙将教官的话生硬地翻译过来，个别地方竟驴唇不对马嘴。

这个兼职翻译的话让文沣一时间听得云里雾里，但从美国教官因咆哮而变形的面部特征看，他一定是对自己的决定大为光火，这个性情高傲的人，平日里对训练班的课程安排便颇有微词，指指点点，可毕竟他文沣才是这里的最高长官，美国人指派教官是为授课而来，而非别的，私下里指指点点也就罢了，对于学员的过度体罚却让文主任不敢苟同。

于是，文沣整整着装，站在学员队列前开口讲道：“诸位辛苦了！知道你们中的不少人来自学校，平时在家娇生惯养，从未吃过类似的苦。可一句俗话说得好，‘不吃苦中苦，难为人上人！’你们现在多吃苦，是为了日后少吃苦；你们在此多流汗，是为了在战场上少流血！这个道理很好懂。你们离家来到这穷乡僻壤为的什么？为的是救国于水深火热，为的是父母双亲和兄弟姐妹免受凌辱，为此吃点儿苦受些罪又算什么！眼下半壁江山已沦入敌手，若任日寇肆意嚣张下去，我等不日便无立锥之地。先祖文天祥为抵御外寇，率军勤王，苦战东南，义使元营，入赣抗元，义勇被俘，为朝廷立下不世之功。先祖被俘后八日未曾进食，面对诸多劝降者，先祖留下了‘人生自古谁无死，留取丹心照汗青’的惊世名言，最后慷慨就义，终年四十七岁。如今外敌当前，我等当精诚团结，忍难忍之气，吃难吃之苦，救国于水火之中，当效仿先祖当年那样，不成功便成仁！”文主任言罢，泪眼晶莹。

队列中响起雷鸣般的掌声，不少学员被感动得暗自垂泪。没有几个人不知道抗元英雄文天祥，但之前没有几个人知道文主任的先祖就是文天祥，因而众人将崇敬的目光投向文主任。远远站着的美国人竟无动于衷，不知是翻译没有准确为其表述文沣的训话，还是这帮人对此本就不屑一顾，他们远远站着，嘴叼雪茄，摇头晃脑。

文沣在鸣哨召集学员训话时，这些美国教官既是训练班成员，理应随学员一同列队，至少该站在队列一侧的，可他们竟没有挪动半步，只远远瞧热闹般地时不时投来不经意的一瞥，这种事不关己的做派让文沣大为不满，这也大大挫伤了文沣的自尊心，尤其是在他讲到先祖的故事时。

于是，文主任大声对翻译喊道："让他们统统过来！"他见翻译把他的话讲给美国教官听后，美国教官挤挤眼，极不情愿地来到队列一侧，然后无精打采地望着他。文沣对着翻译说道："我刚才训话时你没有及时将我的话翻译给他们听？"翻译说："翻译了。"文沣说："他们之前知道不知道文天祥是何许人也？"翻译说："不知道。"文沣问："那你之前知道吗？"翻译答："不知道。"立时，队列里一阵骚动。文沣看见美国人先是茫然地望着骚动的队列，而后把目光移向翻译，翻译眨眨眼一时间无所适从。

"圣人云'身体发肤，受之父母，不敢毁伤，孝之始也！'父精母血，岂可怠乎！在场所有人都不是石头缝里蹦出来的孙猴子，谁都没有孙猴子的钢筋铁骨，自今以后，任何人不得随意体罚学员，有本事、有气力你使到日本人的身上去！解散！继续训练！"文主任说罢，望一眼窃窃私语的美国人，随之抖抖衣装，自顾自去了。

训练场重又恢复如初，有举枪瞄准的，有扣动扳机的，有独自踢打沙袋的，有匍匐在地的，偌大个空地上尘土飞扬。有飞鸟傻乎乎飞临上空，见状，掉转头去，扑棱棱飞向远方。有野兔呆头呆脑来到林边，窥视一眼后，绝尘而去。

文沣回到居所，见方丈在门外等候。方丈亲自登门这是不常有的事，往日寺院里有事都是方丈差弟子来说，此次倒属反常。文沣这么想着，伸手将方丈让至屋内。文沣命手下为方丈倒茶后，极为客气地问道："方丈亲自过来，倒让我这行武之人颇感意外，方丈定是有要事相商了？"

方丈微微一笑道："行武之人就是爽快！老衲此来的确有事相求。一是灾情不断，寺院自己耕种的田地，还有租出去的田地几近绝收。自训练班入驻寺院以来，香客日少，寺院的捐供自然难比从前，不瞒您说，香积厨几近无米下锅了，还望文主任为寺院捐供一二。"

文沣道："这倒是出乎在下意料，不过，既是方丈您开了尊口，在下再难也不能拂了您的面子不是？您大概不知，我这里表面阔绰，实际上，国民政府用于训练班的钱那是算了再算、少之又少的，连年征战，眼下政府财政也是十分拮据。您像是还有第二个要求吧？"文沣说罢，笑望方丈。

文沣的爽快倒让方丈一时觉得不便提及过多，迟疑片刻，方丈毅然说道："眼下寺院几近断粮，因而每日里僧众仅食稀粥，如此一来，个别饭量稍大的僧人难以填饱肚子，身体出现明显不适症状，还望文主任让特训班的医生给个别得病的僧人检查一下身体，以免出现不测。"

文沣爽快道："这不成问题啊方丈！像此类事情何须劳您大驾！您只需差弟子过来说下就行，您只管静心礼佛便可。不过，在下有言在先，训练班的账目是要经得起别人审查的，适当捐供一二还行，多了只怕在下无法向上峰交代，还望方丈您体谅！"

方丈谢道："老衲理会您的难处，适量即可，适量即可。"

文沣道："方丈，在下有个万全之策，如此一来，训练班既不会招惹事端，僧众又能吃饱肚子。"

方丈道："文主任既有良策，就请说来听听。"

文沣道："既然寺院眼下遇到窘境，那方丈何不将部分僧人也派来训练班接受培训？一来僧人有了饭吃；二来我也不用提防上峰盘问；三是僧人参加训练班，也算是寺院为国出了力，为全民抗日做了贡献，眼下举国上下都一致抗日了，寺院为何不能？"

方丈眼前一亮，他忽觉眼前这文主任绝非等闲之辈，思路明晰，意识超前。但方丈意识到他不能就此表态，一是他得细细思量；二是还得征询一下弟子意愿。见文沣似乎还有话说，方丈随即说道："文主任的好意容老衲再想想。文主任似乎还有第四个话题吧？"

文沣笑道："是的。这第四嘛，加入训练的僧人，平日里重点做些服务性工作，空暇时间去训练场跟着他们一起操练，想跟随我们的人南征北战，我们欢迎；反之，自便。学得一身好本领毕竟不是坏事，日后让其看护寺院，若是遇到歹人，我保他一人能打数十人！”

方丈抬手合掌道：“阿弥陀佛！这最后一句话还是不说的好，佛家以慈悲为怀，何谈争强斗狠！”

“也好，也好。方丈啊，智弘师父才来寺院不久吧？他竟有胆直闯进来，他一通陈词，倒一度说得在下无言以对。这是个饱读诗书的人，文采出众，机敏过人，且有胆有识，智弘若是能来受训，假以时日，定是个文武良材！只是不知方丈是否舍得放智弘来此。”文沣微笑着说道。

“智弘的父母逃荒去了，老衲和智弘的父亲是老相识了，不等他父母回来，老衲连为他受比丘戒都迟疑再三。毕竟是百善孝为先，在大是大非面前，智弘他不事先征得父母答应，便是对父母的不恭，在这一点上，老衲不想让智弘背负不孝之名。”方丈肃然说道。

“方丈真是菩萨心肠！在下佩服！佩服！不过，只要您尽心了，他的父母无论身在何处都会心安的。”文沣劝道。

“说是这么说，做起来却于心不忍。文主任的心意老衲领下了，待老衲私下里说给智弘听，看他意下如何！若是智弘有意，他不日就会过来找你。”方丈说道。

“在下说句该打脸的话，眼下乃饥荒年月，又适逢兵荒马乱，那些外出逃荒者，一定都能讨到饭吃？谁敢保证一个个都能活着回来？若是智弘的父母有个三长两短的，你我总不能误了这孩子一生吧？”文沣忧心道。

“文主任爱才之心，老衲理会，文主任能如此器重智弘，也是智弘的造化，这是他前世修来的福分，老衲代智弘先行谢过文主任。您既然这般说情，老衲铁石心肠也不会无动于衷，容老衲见了智弘，好生劝他一番，至于智弘意下如何，还未可知，不过，老衲愿意一试。”方丈动容地说道。

两人就智弘的话题说得可谓事无巨细，最后辞别时，方丈心中竟生出一种莫名的滋味来。

第七章

文沣意外接密电
智弘受命赴开封

眼见风穴寺遇到的饥荒越发严重，早课后，方丈就在佛堂内无奈地告知僧众，若是有人想去训练班，寺院不予阻拦，眼下毕竟是非常时期，活着才是最为紧要的事。听下面不少人窃窃私语，方丈提高声音说道：“文沣主任答应老衲，训练班特事特办，风穴寺僧人来去自由，僧众可以早晚来佛堂礼佛。有意去训练班的弟子可直接去找文主任，而后再告知老衲不迟；愿意留下静心侍佛的，老衲代佛祖谢过门下弟子！阿弥陀佛！”

待僧众依次走出佛堂，方丈单独将智弘叫到正堂内，然后和颜悦色地说道：“智弘啊，还是没有令尊令堂的消息吗？”

智弘摇头道：“没有。他们出门几个月了，也不捎个信回来，智弘曾想外出寻找他们，可去哪找啊！”

方丈叹息一声道：“我去见过文沣了，他答应给寺院捐供一些粮食，帮寺院渡过难关。”

智弘道：“方丈您过于仁慈了，寺院遇到如今窘境，与他们在此办班有直接关系，他文沣不来找您，不主动给寺院捐供一二，反倒是您去找他说情！”

方丈道：“过去的事都属过去，不提也罢。智弘你务必懂得，活着就是原谅，生活中的舒适，多半源于原谅，人生的安稳，也离不开容忍和原谅。眼下寺院遇到窘境，可训练班的人却过得滋润，这应该是可喜的事。任何时候，有人喜就会有人忧，你今日喜，一点儿不代表你会一直喜下去；同样，你今日忧，并非你会永久忧。佛门中人，得首先学会随喜别人，随喜别人就是随喜功德，这样的功德你也有份，随喜别人就是造善业，就是积福报。”

智弘听罢方丈的话，忽觉心底透亮。自出家以来，他在方丈这里确实学到很多佛门之理，懂得很多为人之道，让他受益匪浅。

见智弘一直低头不语，方丈停顿片刻，接着说道：“智弘啊，文沣主任像是极为器重你，说你有胆有识且辩才出众，是个不可多得的人才，他很想让你去他那里，师父想听听你的想法。看得出来，文沣是个爱才如命的人。”

智弘道：“方丈，弟子既已皈依佛门，就该一心礼佛，至于文沣所言，弟子不敢苟同。抗击日寇，保家卫国，这本来就是从军者分内之事，就像是出家人伺候晨钟，伺候暮鼓一样，不知弟子所言是否妥当！”

方丈极为欣赏地点头称道。方丈慈祥地望着智弘，他很想听智弘讲讲他是如何凭三寸之舌让文沣折服的，那天他在文沣面前都讲了什么。

不料，方丈与智弘刚刚谈及文沣，忽听有脚步声临近正堂，方丈抬头看时，却见文沣独自出现在方丈室门口，文沣此来显得心事重重，全无两人面谈时的那份欣悦与从容。

“恰好智弘也在。我没叨扰你们师徒议事吧？”文沣一进门便开口问道。

方丈忙道：“哪里！哪里！老衲刚与弟子谈论起训练班的事，你这就到了。”

“至于智弘是否愿意加入训练班，我们暂且不谈，容日后再议。眼下有个棘手的事有求于方丈和智弘。”文沣说时，面带愁容。

乍一听文主任居然有求于自己，智弘一时间感到匪夷所思，就连方丈也惊于文沣的话未免夸张了，师徒两人对望一眼，静听文主任接着说道：“方才接到上峰密电，令训练班派员去趟开封城，密会一位共产党地下工作者，此人搞到一份日寇铁路图，该铁路乃新乡经开封的一条战略支线，上峰密令训练班务必在最短时间内炸毁该铁路，以缩短日寇的战略纵深，为正面对日作战争取时间。”

智弘忙问：“共产党？这个训练班不是隶属于国民党吗？怎么会从

共产党手里拿情报?”

文沣道：“如今不是国共合作嘛！两党合作，联合抗日是既定国策，情报共享乃大势所趋。很多时候，共产党的地下工作者像是长有三头六臂。”文沣不无敬佩地说。

智弘好奇地问道：“文主任，不就是炸个铁路吗?还得查看图纸?那么长的铁路，又不是金银财宝可以藏着掖着！想要炸断铁路还不易如反掌！随便在铁轨上放个炸药包，随后拉响不就得了?”

文沣笑道：“要不书生就是书生！智弘你是只知其一，不知其二。炸断铁路是件容易的事，可你今日把铁路炸断，日本人明日就能修通，反正用的都是中国的劳工，他们才不心疼劳工们的血汗呢！俗话说‘打蛇打七寸，挖树先挖根’。只有先找到铁路这条蛇的七寸，而后才能一招将其毙命。何处是铁路的七寸？桥梁，尤其是比较长的铁路桥梁。”

智弘恍然大悟，他摸着自己的光脑袋笑道：“果然是隔行如隔山啊！先拿到铁路图纸，然后找出这条铁路线上最长也是日本人最难修的桥梁施爆，如此一来，没有一年两年时间，日本人想要铁路畅通，那是枉然。”

方丈笑道：“每一行都有每一行的门道啊！那文主任此来，莫不是想让寺院派僧人前去开封?”

文沣不失时机地夸道：“都说方丈不但道法高深，且悟性了得，方丈的悟性不知要高出我等泛泛之辈多少倍！在下此来是想让寺院指派一位僧人前往开封，恐怕此人非智弘莫属，智弘胆大心细，机智过人，且能言善辩，万一那边有些磕绊，非机智之人恐难化解，因而我想到了智弘。另外，僧人着僧袍不易引起日本人的注意，和开封城内的地下共产党秘密接头要安全许多，不知方丈和智弘意下如何?”

听罢文沣的话，见文沣一脸肃穆地望着自己，方丈遂郑重说道：“目前大敌当前，风穴寺僧众能为国尽些绵薄之力，也是幸事一件，佛祖会保佑他的弟子平安归来的，只是不知智弘他能否当此大任！”

智弘随即起身说道：“智弘不才，承蒙文主任抬爱，将如此大任托付于我，智弘不胜荣幸！我必当竭尽全力，不负众望！我有个表舅在开封教书，他原来说过要接我去开封读书的，我这一等就是两年，后来看没什么指望，便来寺院参学了，此次前往开封办差，也好顺道看望一下表舅。”

文沣忙起身说道：“智弘，你有个表舅在开封？这样更让人宽心，毕竟有个亲戚在开封，做事也便当些。只愿智弘此去马到成功！”

方丈随文沣起身后，望着智弘一字一句说道：“此去开封，务必处处小心，出外不比在寺院，师父只有一句话交代，那就是谨言慎行，若是真正做到了，剩下的只看天意，这就是所谓的尽人事，听天命，功德即天命。”

智弘正在回味方丈的那句“功德即天命”的话，却听文沣说道：“功德也好，天命也罢，我相信智弘的能力，也知道一个人的能力乃天赋，仅靠后天苦练是练不出来的，智弘此去必定天遂人愿！”

方丈道：“智弘啊，你随文主任去吧，他一定有详细的事情交代于你，军界的秘密，师父我不愿多听。”

于是，文沣和智弘辞别方丈后，一同来到文沣的办公室。文沣遂将此次任务的细枝末节一一交代给智弘，文沣的话仅说一遍，他相信凭智弘的智商一定无须赘述。

智弘自文沣居所出来，远远地见峰云在一棵老柏树下转悠，峰云的眼神极为专注，以至于智弘走近他时，他竟全然不知。峰云先是转圈绕着这棵百年老树反复端详，似乎这棵两人难以合围的古树树皮下藏着秘密，他只消揭开树皮便能一目了然。他在反复打量树干后，竟将耳朵贴近树皮，而后拿手拍击树干。峰云悻悻然离开柏树后，又对着柏树浓荫里的古旧砖墙细细打量，极其认真地查看砖墙的沟缝。这是大雄宝殿的侧墙，莫不是这墙基出现渗水？可大殿内也未见墙体有水痕啊！智弘胡乱想着。

“峰云，你可真够用心，不会是大殿的墙体出现裂缝了吧？方丈知道了不知道会怎么夸你呢！”智弘不经意地说。

智弘看见峰云的身子一阵抽搐，脸色忽然煞白。见身边站着智弘，峰云缓过神来，他尴尬地说道：“是智弘啊！你看这天，日头还是白花花地照。老天总不会一直让大地这么干着吧，我担心一旦下起雨来，恐怕就不是小雨，毕竟两年没有下雨了，大雨下来，像这古旧的老墙谁知道能不能经得起雨淋水泡！”

智弘听峰云所言如同梦话般不着边际，风穴寺居于山岗之上，寺水河在一侧流过，寺内殿宇大体呈阶梯状分布，得有多大的雨水才能浸泡墙基啊！况且像此等涉及寺院庙宇安危的事，也不是他一个小小的沙弥该操心的。峰云的面色和举动让智弘感觉匪夷所思，他正想问峰云为何突然关心起寺院的墙体了，是不是最近跟谁学了有关建筑方面的知识时，峰云却将话题绕开。

“智弘，你有什么打算？你要参加训练班吗？”

“我不想参加，你呢？”

“我也不想参加，你没见训练班的人训练起来不要命，弄不好就是鼻青脸肿的。美国人还横挑鼻子竖挑眼，动不动就抡起扇子大的巴掌扇人。我是宁愿外出化缘，也不愿加入训练班。好像有三个师兄报名了，另有几个师兄弟结伴外出化缘了，方丈答应的。”

“去哪里能够化缘啊！眼下饥民那么多。再说了，灾荒又不是单单对着穷人，富人家不也得面对灾荒吗？他们哪有那么多粮食送给讨饭的，我是打算就这么忍着，稀饭虽稀，饿不死就行，我相信总会有雨过天晴的那一天。”

“智弘啊，你想得可真开呀！我都几乎绝望了，干什么都没劲，这得饿到猴年马月才是个头啊！本来出家就是为了填饱肚子，这下可好，连寺院里的和尚都没得吃，不知佛祖知道后能否保佑弟子渡过难关！”

“古人云：水满则溢，月满则亏。反过来说则是：水溢向缺，月亏向圆。两者是相互转化的，月有不圆时，也有圆时，月不可能永远都圆，也不可能永远不圆，圆久必缺，缺久必圆。峰云，你就等着瞧吧，寺院终究会恢复如初的，这是方丈的话。”

两人又扯了些闲话便一同回僧房去了。

绿色军用吉普车驰离寺院山门时，扬起一线轻尘。山门外站着的几个僧人正议论纷纷。

“智弘可真厉害！能坐上文沣主任的专车。”

“车是去城里办事的，只不过是顺道捎智弘一截。”

“智弘不会是也加入训练班了吧？我昨天问他时他说没有，不够意思！”

“智弘没有加入训练班，他昨夜跟我说了，他这是要去开封看他表舅，车是顺道捎他一截，他表舅早就答应过要带他去开封读书的。”

“峰云，你是怎么知道的？”

“我跟智弘谁跟谁呀？我俩铺挨铺。”

“听说智弘没有随他父母逃荒，是在等他表舅那边的消息。峰云啊，据说智弘是跟你赌气才出家的，人家问你寺院里粮食多不多，你却说人家是想要偷粮食。”

“这是胡扯！他是饿得受不了才出家的，你别往我身上扣屎盆子好不好？”

“别管智弘是为什么出家，反正人家眼下是方丈身边的红人，我们来寺院都比他早，早又如何？”

“不说这酸不溜丢的话好不好？智弘的心思就不在寺院，人家是读书人，方丈既然答应让智弘去开封看他表舅，明摆着是有意让智弘去开封读书的，人各有志。”

“峰云的志向也比我们高，峰云最近像是特别关心寺院里的墙体，生怕哪里有个裂缝。除此之外，峰云比我们谁都勤快，一有空就到殿堂里给众佛陀净身，说不准若干年后峰云就是风穴寺的方丈。我可做不到，我是越来越懒了。”

“多干活还得听风凉话！哼！”峰云说罢，径自去了。

吉普车一点点消失在柏树的浓荫中。开车的司机是个十分健谈的中年人，车后坐着的两个卫兵却是寡言少语。训练班里有着极为严格的纪律，因而，卫兵只是双手持枪，表情冷峻地呆坐在车子后面，至于要去哪里，所为何事，卫兵大约一概不知，他们只负责路途的安全。此地虽属于国统区，可这深山之内常有土匪出没，距离风穴寺二十里地的石榴嘴寨就聚着不少土匪。司机只知道要将智弘送出这绵绵嵩山山脉，而后在嵩山东麓的一个叫犁沟的村子里让智弘下车，然后他们就驱车返回。至于智弘要去往哪里，司机一概不知，他也不能多问，但司机清楚，出了嵩山山脉，没有多远就是黄泛区，黄泛区以东便是日占区。

“小日本不也没有三头六臂吗？他们攻占开封后，气势汹汹想要直捣郑州和洛阳，然后顺铁路南下，威逼武汉。可小日本做梦也没有想到，花园口的黄河大堤会决堤，一夜之间洪水倾泻，淹死的日本兵不计其数，成功阻止了日寇的西进战略。如今多年过去了，日本人非但没有踏进洛阳半步，就连临汝，就连风穴寺不也没见一个日本兵吗？”司机开着车说道。

“听说黄河水淹了好几个县，淹死的老百姓有几百万之多，来我们这里逃荒的人大都是那边的幸存者，我家里就住着两位，像这种饮鸩止渴的做法就可取吗？我是说，除此之外，国人难道就没有别的更好的法子了？”智弘不解道。

“智弘啊，有头发谁愿意装秃子啊！日本人仗着武士道精神，凭借其优良装备，那是目空一切啊，就连美国海军基地珍珠港他都敢动，也只有小日本敢在世界各地同时发起战争，你说厉害不厉害！不是那汹涌的黄河水，眼下你我的脚下恐怕都是日本人的地盘了。”司机道。

“那也不能置百万民众的生命于不顾啊！”智弘感慨道。

忽听身后的一个卫兵咳嗽一声，司机警觉道：“莫谈国事！莫谈国事！”

吉普车在崎岖山路上蜿蜒而行，穿越嵩山山脉，来到山脉东面的一个叫作犁沟的村子时，已是日过正午。几个人就在车上草草用些随身携带的干粮，然后智弘下车辞别而去。他们相约第六日在此相见，双方哪个先到，便在村后树林等候，延后误差不超过一天，否则自行返回。

智弘身着黄色僧袍，肩头背个灰色包袱，包袱的一角露出半拉白色瓷碗，这瓷碗在日光下闪着亮光，恰与智弘头上的色泽大致相当。夕阳西下时，智弘仿佛走入了金色麦浪之中，黄泛区黄色的沙土地在夕阳的余晖里显得色泽鲜艳。这里极少有沟壑，远远望去，一马平川，大约是黄河水所携带的泥沙淤积填满了沟壑的缘故，这让行路者便当许多。填平沟壑的就一定全是泥沙吗？焉知这黄土之下没有尸骨？智弘这么想时，他眼前蓦然闪现出月枝的俊俏面容，月枝的老家大约就在这一带吧？月枝她此时又在鸡舍旁喂鸡吗？智弘忽觉一阵伤感，离愁别绪竟使他几乎溢出泪水来。之前他怠慢月枝了，之前他有负月枝，此时的智弘很想对月枝说声：月枝呀，都是哥不好！

夜幕降临时，远远地望见前方不远处有个小村庄，这村庄居于低矮的山岗坡道之上，缓坡处零星地散居着几户人家。智弘走进村子，见不少倾塌的房舍上依旧挂着些黝黑的枝条，幸存的房舍皆是青砖外墙，飞檐斗拱，他知道，像这样的房舍仅是大家富户才有。

智弘抚抚饥肠辘辘的肚子，自包袱中取出瓷碗，敲响了村民的大门。然而，院内始终没人回应。智弘退后几步，看院中的烟囱内分明冒着炊烟，并时不时飘来柴草燃烧后那幽香的气息。他再敲几下，院内依旧无声，眼见无望，智弘便去了另外一户人家化缘，结果相同。恰逢村头走来一位长者，那长者望望智弘的瓷碗，摇头说道："师父啊，你不是这一带寺院里的和尚吧？不怕师父笑话，村里活着的人都去寺院乞求过布施，你反倒来村里化缘了，这不是一件可笑的事吗？你刚才敲门的那些人家，别看那房子高大，其实啊，家里的人能不能揭开锅还是两说呢！我家里还有一个馍，你跟我来吧，我俩一人一半。"

智弘忽觉一阵伤感，这里生存状态与风穴寺一带并无二致！按说这里洪灾过去已有多年，却为何依旧这般贫寒？智弘不解地说道："老人家，我包袱里还有一个馍，够我今晚用了，您的馍还是留着自己用吧。这里属于平原地带，不但地多，也便于人们耕作，按说洪水过去好几年了，为何这里还是人烟稀少，人们还是食难果腹啊？"

老人长叹一声道："这里原来属于国统区，属于汤恩伯部队的辖区，后来才成为日统区的。归哪里都一样，旱灾、水灾、蝗灾，灾情不断，地多又能怎样？"

智弘和老者又说了些闲话后便告别老者，向着村头的一间土地庙走去，他决定今晚就宿在庙里。进村前他见过此庙，庙里没有香火，四处漏风的残砖破瓦，竟也没被洪水冲垮。

大约是昨日赶路走得急了些，智弘一觉醒来竟是天色大亮。忽听村子里哭叫声响成一片，智弘赶忙收拾行装走向村子，一看究竟。却原来是几个日本兵在诸家踹门，强取豪夺。他见昨天遇见的那个大爷正被日本兵推搡着走出院落，大爷的嘴角挂着鲜血，左腿一走一瘸。一个头戴毡帽、胸前挎着短枪的人大声叫着："一粒粮食都不给！你们这是找死！

皇军去哪个村子都没有空手而归的，你们头上的长的不是脑袋？难道是尿盆吗？”

这个说着中国话的人大概是日本兵的翻译，他边说边示意被驱赶出来的村民聚拢到一起。翻译的左脸上有一摊黑痣，鸟粪一般几乎将本就不大的左脸占尽。这人既然能当翻译，大约是去过日本的，很难想象当初他的爹娘是如何决意将这样的一张脸生生送往日本，如此有碍观瞻的脸难道不怕丢尽国人的颜面？智弘这么想时，却听见不远处一家传出女人声嘶力竭的哭叫声。眼前的这帮国人和日本人没有听见似的无动于衷，这样的麻木让智弘大惑不解。智弘循声而去，走到一间还算房子的门外，他先是听见屋内传出几声狞笑，伴随着一个女人的惨叫，接着他看见几个日本兵模糊的身影在幽暗中忙活。一向性情怯弱的智弘此时陡来胆量，他掏出自己包袱里的瓷碗，对着门框使出吃奶的劲，生生将那白净的瓷碗摔了个细碎。一块瓷片飞向他的眉骨，他的眉骨处瞬间被划出一道长长的血口，立时，智弘的右眼被鲜血遮掩，他在抚擦右眼时，竟将黏糊糊的血液带进了左眼，一时间他双目迷蒙。

就在他揉眼的空当儿，他的额头被类似于枪托之类的东西重重击打一下，这极大的撞击力将智弘击倒在地，在他踉跄着后退数步仰面倒下时，他感到一阵风自身边刮过，接着他看见了一个殷红的天。此时的屋内没有了声息。智弘忙用僧袍把眼睛里的血蘸擦干净，而后抓起一撮干土摁在血口处，挣扎着爬起身。

智弘捂着血口来到门口时，他看到了一个令他战栗的注定是他一生难以忘却的场面。他看见一个头发蓬乱的女人仰面躺在屋内的一张席子上，这女人大约五十开外，赤身裸体，已经昏厥，僵尸般一动不动。

智弘背转身去，正不知所措时，忽听女人发出一声低吟。于是，智弘醒悟过来，忙摸进里屋，拿起床上的被子搭在女人身上，而后，他迈着沉重的脚步走出屋子。

村头传来一阵尖厉的惊叫声。智弘循着惊叫声来到村头时，看见一群日本兵正将村民聚拢到一起，强逼村民观看三个劳力填坑。智弘昨日黄昏遇见的那位长者，被五花大绑着站在四周全是新土的土坑里，黄土已掩埋到他的肩膀处。一个劳力不忍心将黄土埋向老者，磨蹭着找借口离开，就在他丢下铁锹的空当儿，一根树枝带着哨声重重抽在他本就瘦削的脸上，他的脸立时响起树枝打到青石上一样的清脆声响。

这样的场面智弘未曾见过，他丢下包袱跑向翻译求情时，脑子里一片空白。翻译一把推开智弘，瞪目说道：“这就是抗命不从的下场，这老不死的家伙不给一粒粮食不说，太君打他时这老东西还敢还手！你一个臭和尚也想尝尝被活埋的滋味是吧？还不赶快滚开？”智弘被翻译一棒子打晕，惹得在场的日本兵一阵哄笑。

第八章

罗乡使计取情报
智弘出城被盯梢

智弘醒来时见一位村民正为他包扎伤口，他光光的头顶凸起的血包无须包扎，而他眉骨处的口子却不得不包，他起初摁上去的黄土已成黑红疙瘩，这黑红疙瘩上依旧渗出鲜血。一位中年妇女撕掉自己身上一条粗布，再将这缕粗布从智弘眉骨上一直缠绕到他的脑后。女人接着吐几口口水在衣襟上，而后掀起衣襟将智弘面部的血迹一点点擦拭干净，她噙泪说道："阿弥陀佛！我是北山寺院的居士，常去寺院礼佛，怎么没有见过这位师父呀?"见智弘没有言语，女人便不再说话，端详着智弘，站一旁默不作声。

望着日本兵大摇大摆出了村子，村民赶忙挖去掩埋老者的黄土，很快便将被生生活埋的老者挖出，可老者已气绝身亡。老人嘴唇发青，面色惨白，他的嘴角还挂着生前被打时留下的斑斑血迹。见状，一帮女人啼哭不已。

"七婶呢，怎么不见七婶?"一个人这么说时，忽然停顿一下，望一眼村子里颤巍巍走来的一个女人，这人接着说道，"老头儿都咽气了，七婶这会儿才来!"

智弘看去，却是方才他为其搭盖被子的那位老人。智弘忽觉一阵心痛，于是，乘人不备，找到自己的包袱，摸摸头顶的血包，悄悄地出了村子。

眼前依旧是黄腾腾的沙土地，一望无际。一只老鹰悄无声息地出现在头顶，这老鹰在半空盘桓良久，忽然俯冲下来，叼起一只田鼠扑棱棱扬长而去。老鹰硕大的翅膀扇起周遭的黄沙腾空而起，褐色老鹰叼鼠的位置距离智弘仅咫尺之遥，竟也如此肆无忌惮，这让智弘感觉匪夷所思。让他匪夷所思的还有方才村子里发生的事，大大超出了他的认知。他原先只听说过日寇的种种罪行，非亲眼所见，说什么他都不信这样的事是真的。不抗日，焉能活下去！智弘这么想时，忽然想起自己此行的目的，他不由得加快了步子，同时思虑着走进开封城后该如何行事。

自一九三七年七月日军发动卢沟桥事变，至一九三八年六月日军攻陷开封城，居然一年未到。日军为扩大防御纵深，攻陷开封城后，遂将二十八旅团放在城内，将五十联队放在城外。

智弘抵达开封城时，见高高的城墙矗立在橙黄的沙土地上，城墙的个别处几近被大风扬起的沙土淹没，黄黄的沙土簇拥着黝黑的城墙，远远望去，油画一般。城墙下有不少民工正在清理沙土。智弘自然不懂，这里地处黄河故道，沙多树少，大风一过，飞沙走石，而高高的城墙自然也就挡下不少飞扬的沙土，久而久之，人们居然能顺着城下的土包攀上城墙。这引起了日军第十四师团长土肥原贤二的担忧，他命驻防城外的五十联队派人清理城下的土包，以防中国军队伺机攻城，后来他知道这样的担忧纯属多余。但城下积聚的沙土毕竟还是要悉数清理的，又不想累及兵士，于是派兵抓来民工，民工用大车小车，用大筐小筐，肩挑手抬，城墙下一时间人声鼎沸，好生热闹。

因僧袍着身，智弘进城时并未遇到守城兵士的盘查。进城后，智弘沿街边走边问，来到开封私立维新中学大门外时，忽见一个日本兵正与大门外地摊前一个卖花生的人谈得热乎。这日本兵操着笨拙的中国话，边捏着花生往嘴里放，边掏出一张发黄的照片给卖花生的人看。智弘悄悄瞥上一眼，照片上是一个身着和服的靓丽女子。日本兵炫耀道："这个上面的是我的姐姐，我的姐姐好漂亮的。"卖花生的人看一眼日本兵捏花生的那只长着浓密黑毛的手说道："让我弄我都不弄。"日本兵不解地问道："弄是什么意思？"卖花生的人说道："弄就是娶。"日本兵眨眼问道："娶是什么意思？"卖花生者答道："娶就是弄。"日本兵摇摇头接着问道："你叫什么名字？"卖花生者答道："妹夫。"日本兵抓起一把花生装兜里，起身去了，嘴里念念有词："妹夫是什么的干活？"

智弘暗自一笑，便要走进维新中学的大门，然而却被门人拦下。智弘起初并不知道，他一个和尚此时去校园不合时宜，这一点几乎酿成大错。他一点不知道这里发生了什么。智弘之所以先来维新中学，其实是想见见他的表舅，弄清楚表舅当初的承诺为何迟迟没有兑现。他想先见见表舅还有一层意思在里边，那就是让表舅带他去鼓楼大街的顺祥茶楼，他要在茶楼面见一人，至于他去茶楼所为何事，他指定是不会告诉表舅的。智弘哪里知道，他没有直接去顺祥茶楼，而是擅自来到维新中学，这本身就已经犯了纪律。出发前，文沣曾反复交代此次任务的保密性非同一般，让他直接去顺祥茶楼面见茶楼掌柜，他无须贸然说话，只需坐在最南角的一张茶桌上，将他随身携带的一个木鱼竖着放桌上即可，其余的事他不用多管。在这戒备森严、日军特高课的便衣随处都是的开封城内，稍有闪失便会酿成大祸。

“师父你走错地方了，这里不是相国寺。”门人道。

“我想找我的表舅，他在这里教书。”智弘道。

“听你的口音不像是本地人，你表舅叫什么名字？”门人轻声问道。

“我表舅叫罗乡。”智弘也不由得压低声音。

门人警觉四顾，然后肃然说道：“师父，你找错地方了。”然后挤挤眼，示意智弘赶快离开。

见门人这般神情，智弘蓦然间意识到贸然来此似有不妥，忽想起文沣的再三叮嘱，于是，智弘辞别门人，四顾后，走上了熙攘大街。

街上不时有日本兵列队而过，远处响着汽车的警笛声，这让智弘不觉一阵紧张。智弘先后问过三个人，终于来到位于鼓楼大街一侧的一个偏街小巷，而临街的顺祥茶楼却是楼门紧闭，这让智弘一时间一筹莫展。他在门外踯躅良久，忽想起该问问相邻的店铺，兴许他们知道顺祥茶楼为何关张。

隔壁是家年糕店，掌柜的是个热心肠的人。年糕店掌柜的走出门店，对智弘说道：“这位师父大约不是这里的常客，顺祥茶楼一向是上午不开张的，不过，夜间却是一直到午夜才打烊。别看城里各个行当都不景气，寺院里的人如今倒是过得滋润，眼下就连家境不好的人也去寺院进香了，毕竟乞求佛祖保佑着活下来才是正理啊！”智弘笑一声，不解地问道："城里人也过得不好？"掌柜的说："好年景怕是难盼呀！乡下灾情不断，城里指定好不到哪去！"大约是年糕店极少有人光顾，那掌柜的一天下来说话不多的缘故，他陪着智弘一直聊到日过正午。智弘的瓷碗在路上被自己摔个稀烂，这会儿连个喝水的器皿都没有，好在这掌柜的心肠极好，他回屋拿来一个瓦碗，并盛满热水，笑着递给智弘。智弘谢过掌柜的，蹲在街边，自包袱中取出一些干粮，然后就着热水边喝边吃。就这样，一顿午饭算是打发了。

终于等到茶楼开门，智弘辞别年糕店掌柜的，将掌柜的送他的瓦碗塞进包袱，径自上了茶楼。却听那年糕店掌柜的自顾自说道："如今大相国寺的和尚也能逛茶楼了，谁不想来茶楼听听戏、品品茶，这好生自在啊！明儿跟老婆商量商量，我也出家算了。"

智弘上得楼来，按照文沣的叮嘱，找最南角的一张茶桌坐下时，他发觉茶楼掌柜的正用一种警觉的目光打量他。当智弘自包袱中取出随身携带的木鱼，又将那泛着紫檀色的木鱼立在桌上时，茶楼掌柜的眼中闪出一丝亮光。茶楼掌柜的走近智弘，看偌大的茶楼并无他人，遂轻声问道："师父不是大相国寺的吧？"

智弘答道："贫僧来自风穴寺。"

掌柜的忙道："请跟我来。"说罢，他径自走向一个门帘低掩的侧门。智弘极快地将木鱼塞进包袱，跟随而去。

在一个幽暗的小小储物间里，茶楼掌柜的在废旧报纸堆里抽出一张绵软的鸡皮，上面注满图标和文字，然后说道："快把你的布鞋给我。"智弘忙将一只布鞋脱掉，随后递给茶楼掌柜。茶楼掌柜端出一个女人用的针线筐来，他拿出剪子将智弘的僧鞋鞋帮的针线挑开，然后将那张鸡皮放进鞋帮的夹层内，而后找出针线，一针一线地把鞋帮的封口重又缝上。智弘看着眼前这位茶楼掌柜在幽暗中一针一线地做着针线活，掌柜那厚厚的眼镜镜片在昏暗中闪着幽幽的光。一个男人粗粗的手指做起针线活来竟也这般灵巧！智弘不由得暗自赞叹不已，赞叹之余，他忽然想起他的母亲，母亲做活时也是这般专注。

茶楼掌柜将处置好的布鞋递给智弘，面露一丝微笑，他看着智弘将僧鞋重又穿上时，一字一句说道："记住，出城时万一被人盯梢，我是说万一，你不要慌张，你径直往大相国寺方向走，待会儿我给你画张开封城主要街道通往相国寺的草图，你循着这张草图走到相国寺，相国寺山门外有家卖香表的门店，店里有个穿灰色僧服的人，此人身材与你大致相当，见着此人，余下的事就听他安排。当然，如果你能自行处置，或者是不到万不得已，那就不要去相国寺。”

茶楼掌柜的这么说时，那语调就像是说今日吃什么饭菜一般的轻松。然而，智弘听罢却是异常紧张，他的心不由得阵阵发紧。

等把这一切交代清楚，掌柜的又让智弘照着他的话复述了一遍，然后他转了话题：“你是不是去过维新中学？”

智弘不觉一惊，支吾道：“是，是去过。”

掌柜的肃然说道：“你已经违反纪律，险些酿成大祸。知道你是个新人，入道不久，我们不予追究，下次不可再犯！你是去找罗乡的吧？”

智弘紧张答道：“是的，罗乡是我表舅。”

掌柜的低声说道：“罗乡已经被捕，不过，我们正在设法营救。现在维新中学被日军特高课盯得很紧，他们撒下了一张很大的网。”

“被……被……被捕？我表舅他是个教师啊！”智弘十分惊诧。

“罗乡是我们的人，他是个好同志，相信罗乡同志一定能挺过特高课的严酷审讯。”茶楼掌柜说道。

“我表舅是你们的人？你们是什么人？”

“我们是共产党开封地下组织，如今是非常时期，国共合作，目标一致，互通有无，情报共享，这份情报就是罗乡同志搞到的，他却被捕了。”

“我表舅是地下党？我怎么没有听他说起过！这是什么情报啊，这么重要？”

“不该问的你最好别问。既然是我们的人搞到了这份情报，就该由我们的人去实施，不过有人非要抢过去，也好，反正谁去都一样。”

“那该如何营救我表舅啊？”

“这是我们的事，我们会想尽一切办法尽快将罗乡同志营救出来，敬请放心。只不过，这是绝对机密的事，你回去后不要告诉家里人。”

“好吧，好吧。”

茶楼掌柜的最先下楼，他在不宽的街面上溜达一会儿，见街面没有异常，于是，他示意智弘出了顺祥茶楼。

智弘很想问问茶楼掌柜的他表舅被日本人关在何处，他很想看一眼表舅然后再返回风穴寺，他见茶楼掌柜的一脸肃穆，于是，便没敢开口。

走上大街，方才在茶楼里那压抑的情绪这会儿缓解不少，智弘一时感觉自己的身体舒展许多，于是，问一个路人日本人的监狱在哪里，岂知，那人躲瘟神般地撒腿就跑，这让智弘一时丢弃了去看表舅的念头。

忽想起风穴寺的方丈曾提及过开封相国寺，不知在日本人铁蹄下相国寺是否安然，如今相国寺近在咫尺，无论从哪条大街，循着茶楼掌柜画出的草图均可抵达相国寺，反正与文沣的司机约定以六日为限，眼下时日还够。于是，智弘摸出草图简单看看，便按照草图所示，向着大相国寺走去。

茶楼掌柜所画的草图仅是大致线路，距离远近不甚明了，起初智弘还以为要走不少的路，其实不然，从茶楼出来不久，便看见高大的寺院山门，“大相国寺”几个镏金大字赫然醒目。相国寺建寺时间虽晚于风穴寺，却因相国寺乃宋朝皇家寺院，历朝历代多有修缮，故而一直香火鼎盛。

沿街两侧测字的、唱曲的、表演魔术的、斗鸡的、耍枪的，直把本就不宽的小巷弄得拥挤不堪。智弘从未到过大点儿的城市，就连极近的临汝县城都极少去，忽见如此热闹的街市，自是满心好奇，却是碍于有事要办，便无心闲逛，只粗略看上一眼沿街的景致便埋头走路。

一个女孩凄婉的唱腔让智弘不由得停下脚步，这女孩看上去极像月枝。女孩子唱的是他从未听过的河南道情，唱腔清幽委婉，如泣如诉，说唱结合，听来让智弘怀乡心切。女孩子曲罢，一位老者接着唱出更为凄楚的曲儿。

日出东来又转西，

王金豆我冬天穿着这夏天衣。

俺母子寄居在那祠堂以内，
终日里受冻又忍饥。
今天本是腊月二十九，
是一个小尽明儿初一。
我腹内无食身无衣呀，
老母亲她叫我岳父家中借粮去。
为借粮我来到了杨庙集，
大门上得可真结实，
不由我心中犯犹豫。
王金豆我从小就把亲定，
定下了张氏爱姐我的妻。

大约孤身远行在外者，最怕在日暮时听这凄婉的曲儿，智弘忽觉鼻子发酸，眼泪欲滴，就在他转身离去时，却见一个黝黑的瓦盆伸到自己面前。抬眼看时，方才唱曲那女孩子正用乞求的眼神望着自己。看着适才还集聚的几个听曲者瞬间作鸟兽散，智弘迟疑片刻，从身上摸出一枚铜钱放到那硕大的瓦盆里。见那极像月枝的女孩子躬身致谢，智弘索性解开包袱，取出两个玉米饼，放入瓦盆里。

月枝不会再饿肚子了吧？他出家后，家里少了一张嘴，父女俩该是能够填饱肚子了。智弘这么想着，快步走向大相国寺。其实，他无须在相国寺滞留多久，他只消看一眼寺院，知道相国寺一如往常便可回去告知方丈，了却方丈一番牵挂，他知道方丈的一个弟弟就在相国寺出家。

忽然，智弘感觉身后有人尾随，起初他并未在意，一个和尚走向相国寺乃正常不过的事，可一旦想起茶楼掌柜叮嘱的话，智弘的心便一阵发紧。他借故弯腰提提鞋，侧视时，身后的两个人忙走到街边小摊，他起身赶路时，身后那两个人也快步跟上。

智弘一时间胆怯起来，他从未遇到过此类事情，好在茶楼掌柜的有言在先，他只需按掌柜的话去做就行，于是，智弘加快了脚步。

远远地见茶楼掌柜所说的那家门店正开门卖着东西，于是他心中便有了底气，他没有走向那家门店，而是径直去了大相国寺，他想在寺院里趁着人多，转悠几圈，兴许能把尾随的人甩掉，然后趁着天色尚早，尽快走出城去。

大相国寺比起风穴寺倒要排场许多，毕竟这里曾是皇家寺院，大雄宝殿高高的殿宇内香客络绎不绝，或跪着祈福，或手举供香插向香炉。烟雾缭绕，木鱼声声。智弘穿梭于人流中，出正殿，入偏殿，只片刻，尾随的人便不见踪迹。庆幸中，智弘快步走出偏殿，向着寺院的山门疾步而去。

夕阳殷红，洒向相国寺的秋阳的余晖，被袅袅升起的蓝烟遮去，整个寺院笼罩在灰蒙蒙中。

就在智弘将到山门时，却听人流中隐隐传来几声低语："明明看见那个和尚进来了，我们弟兄盯那么紧还是跟丢了。我敢肯定，这个和尚就是出现在维新中学门口的那个人，保准没错。"另外一人说："我也奇怪，相国寺里的和尚去维新中学干什么？再说了，他的肩上还背着个包袱，这和尚一定不是相国寺的，他一定是从外地来的。"

趁着寺院里这会儿人多，趁着时不时有穿着跟自己相仿的僧人悠然走过，智弘急忙缩着脖子，很快便来到山门的台阶。一回头，却见尾随者已在身后的不远处，并紧紧跟随自己。看来不去茶楼掌柜说的那个门店已别无办法，于是，智弘来到了那家门店门口。身后尾随的两个人以为智弘要在店内买东西，只远远站着没有过来。

见店内一个跟自己身材大致相当的人正警觉地望着自己，智弘简要地说了茶楼掌柜交代的话，并说他身后有人盯梢。那人二话没说，极为迅捷地拉智弘闪身来到里屋，极快地脱去身上的灰色僧袍，并让智弘也赶快脱衣。之后他们两个换了僧服，那人闪身出去，消失在街上的人流里。

智弘悄然望着那人远去，望着尾随他的两个人紧随其后，三人依次消失在人流里。智弘赶忙走出门店，并将店的门轻轻掩上，而后疾步向着城门方向走去。

此处距城门本就不远，智弘是最后一个出城的，他快步走出城门后，几个日本兵便将城门徐徐关闭。暮色渐浓，西天的殷红正渐次换成暗红，继而，那不多的暗红也缓缓退去，只在黄沙地上还泛着些许颜色。智弘弯腰摸摸鞋帮，而后走小路极快地消失在一片苍茫中。

智弘并不知道他鞋帮中那张鸡皮图纸得来多么不易，他更不知道此时的罗乡正忍受着酷刑。日本人怀疑铁路图被人复制后，特高课便插手此事，日军司令部一时间风声鹤唳，逐一排查后，特高课最终把目光盯在机要室档案员身上。此人有一次去维新中学宴饮后一醉不醒，是一个叫罗乡的维新中学教师将他送回档案室的，他直至次日凌晨醒来才发觉那个叫罗乡的教师也醉卧在地，于是他唤醒罗乡，又将罗乡送出司令部。等他返回档案室时，却见机要秘书正在档案室翻阅资料，秘书说柜子里的资料像是被人翻动过。档案员自是死活不会承认，于是两人大吵一阵，最后惊动了司令官，接着，特高课便介入了此事。突审之后，那档案员招认说维新中学的一个教师来过，于是，罗乡便被带进了特高课。

夜间赶路本就费劲，荒郊野外，极易迷路，且有野兽不时出没，猫头鹰的夜啼听来更为瘆人。于是，智弘决定找个容身处歇息。影影绰绰，他见路边有个草棚，走近看时，草棚里平整地铺着一些干草，大约是有人在此躺过。躺过死人也好，躺过野合的男女也罢，反正智弘此时浑身像要散架，他将包袱枕在脑后，扒起周边的干草搭身上，再将僧鞋塞到包袱下。他在入睡前曾想过，那个掩护自己的僧人到底是真僧人还是假冒僧人的地下党，或者两者兼是？那人此时安全脱身了吗？反正他身上没有图纸，被人搜身也是枉然，想到那人不会有事，智弘便安然睡去。

次日醒来，草棚外雾霭沉沉，潮湿和阴冷让智弘不觉一阵战栗。他跺跺脚，借此暖暖身子，不想，他的脚却跺在一个铁罐上，他扒开干草细看，草堆里零星地扔着几个罐头盒子，不少烟头散落一地。这样的罐头盒子只有日本人才有，莫不是他昨夜摸到日本人的驻地了？智弘这么想着，赶忙走出草棚，在浓重的雾霭中仔细辨认方向。

急于离开此地的智弘这会儿却是难以脱身了。他听见一个似曾听过的口音自浓雾中传来："太君，昨晚明明还有几件瓷器没有搬走，这会儿都不见了，我们来得这么早，居然还有人比我们来得更早！"日本人叽里呱啦说了什么，之后，又操着生硬的中国话愤然说道："是不是你私下的拿走了?”方才说话的人极力辩解道:“你就冤死我吧,太君,给我一百个胆我也不敢私下拿走。”

智弘听见不远处的说话声越来越近,知是他们边说边向草棚走来,于是他向着相反方向撒腿就跑。说来也怪,世间事竟就这般巧合,智弘在雾霭中竟与几个肩扛铁锨的民工几乎撞个满怀。

智弘被人推搡着来到草棚,他见眼前的几个人恰是他去开封时在途中一个村子里遇到的那帮人,方才和日本人说话的那位正是用木棒打晕自己的日本翻译。翻译见是智弘,冷笑道:“这真是冤家路窄啊!怎么在哪里都能遇见你!说,你把我们昨晚挖出来的东西藏哪了?”

智弘摇摇头有口难辩,他索性将包袱放地上,打开包袱让众人过目,他说他昨夜赶夜路过这里,见草棚里有些干草,便夜宿于此。直到现在他都不知道他们丢了什么东西,他压根儿就没有走到那边去,更不可能偷了那边的东西。最后,智弘昂首说道:“要是我夜间偷了你们的东西,我干吗还睡在这里?我是傻子吗?”

翻译听来也觉得智弘的话入情入理,于是忙翻译给一个日本人听。日本人听罢翻译的话,不耐烦地说:“你歇歇吧,我能听懂。喂,你们傻站着干吗?还不快去接着挖?”几个民工无声地走向雾霭中。

日本人说完,便将手中一个沾着不少泥土的瓷瓶放在干草上。智弘随即蹲下身细细打量这个暖瓶大小的瓷瓶,他端详片刻抬头时,见眼前这个五大三粗的日本人正好奇地盯着自己,日本人的眼神里满是嘲弄。

“这是北宋汝官窑的瓷器,阿弥陀佛!你们这是在掘墓吗?”智弘忽然惊叫道。

日本人听罢智弘的话,那原本满是嘲弄的眼神里多了几分欣赏,他躬身捧起瓷瓶,用手拂去泥土,疑惑地问道:“你一个和尚怎么会懂得瓷器?你敢糊弄皇军,小心脑袋搬家!”

智弘望着瓷瓶说道:“我表舅两年前送给我两本考古方面的书,我把该书通读数遍,书中就有关于汝瓷的介绍。汝瓷乃中华瑰宝,你们不能随意掘墓,这得糟蹋多少无价之宝!汝官窑瓷器传世极少,由此看来,这里该是王公贵族的墓地,你们是不能随意挖掘的,既然已经挖了,就该立即报请文物部门,由考古专家进行保护性挖掘才是,赶快让那些民工停下！”智弘说时显得激动异常，他几欲冲过去阻拦掘墓者。

日本人哈哈大笑，随后揶揄道：“你是个和尚？我看是疯子，寺院也有疯和尚吗？看在你给皇军提供这些文物知识的分儿上，我就放你一马，快滚吧，这是第二次见你，别让我第三次见你！我一向讨厌疯子。”

智弘不予理会，自顾自辩道：“泱泱中华，孝悌为先，孝乃为人之本也！先人之墓乃后人寄托哀思之处，掘之，乃十恶不赦！汉代对盗墓者惩处极严，‘发墓者诛，窃墓者刑’。唐朝时，对于盗墓者的惩处可谓事无巨细，劳役、流放、绞刑均有了细致分类，历朝历代无不对盗墓者嗤之以鼻。敬请阁下念及随葬文物乃中华瑰宝，盗墓乃大逆不道，你们该立刻收手才是！阿弥陀佛！罪过！罪过！”

见智弘一通陈词后显得气喘吁吁，翻译哂道：“你不是个疯和尚就是个书呆子，快走吧，趁着这会儿太君心情不坏！不然你的小命怕是难保。终日在外游荡，是被寺院轰出来的吧？哈哈哈哈。”

见翻译的手想去腰间摸枪，智弘咬咬牙，愤然而去。

第九章

峰云夤夜欲行窃
众人戌时炸桥梁

拖着疲惫的身子回到风穴寺，智弘立刻将鞋帮夹层中的铁路图抽出来交到文沣手中，之后他没再说话，而是径自回到僧房，和衣躺下蒙头睡去。

文沣本来极想知道这至关重要的情报来源，以及获取情报的细枝末节，见智弘如此颓然，且不愿说话，便由着他去了。此次任务智弘完成得不错，可文沣总觉得其间像是发生了什么，倔强的智弘却一个字都不愿多说。于是，文沣便来正堂找方丈，方丈却不在正堂。是在门外等候还是去别处找找？迟疑中，见方丈自大雄宝殿缓步而来。

文沣被方丈让至室内时面带疑惑。文沣说智弘完成任务后该高兴才是，可他回到寺院却一脸阴霾，一言不发，让人一头雾水，不知智弘跟方丈是否说过什么。方丈听了文沣的话，笑道："他回到寺院直接去见你，我连他的面都还没见着呢！这孩子生性倔强，大约是自小读书过多，书生气十足，显得不够活泛。可智弘是个勤勉执着的人，为人正直，心地善良，我佛之慈悲尽显其身，日后稍加磨砺，定能大彻大悟。"

文沣道："我的手下正在研究智弘带回来的铁路图，下一步的具体行动方案很快就会出来。智弘大约是累坏了，或者是他遇到了令他痛彻心扉的事，一时间心力交瘁。小憩一会儿，估计他会来方丈这里的，你我暂且等他一会儿，我坐这里不会影响方丈吧？"

方丈道："文主任客气了！我们暂且等等，智弘醒来会来这里的。至于文主任所说的军事上的事还是别让老衲知道的好，那是你们的事。"

两人在方丈室坐等智弘时，智弘确实已经睡去。不过，他仅是小憩，大约是心中有事的人很难睡得安稳，只一顿饭的工夫，智弘便睁开眼睛，他揉揉眼翻身下床，而后径直去了方丈的正堂。

见方丈和文沣都在，智弘进屋便开口说道："我想加入训练班！"

文沣笑道："训练班的门随时为智弘敞开。智弘啊，此次开封之行，你是否目睹了日本兵的暴行？任何人非亲眼所见，均不会相信人性之恶在特定时期竟呈现得如此突出！这大大超出了正常人的认知，我说的对吧？"

智弘没有说话，他内心积压的愤慨与屈辱让他一时间不知该如何措辞。开封之行大大挫伤了他的自尊，这样的伤害，与峰云误以为他乃梁上君子相比，不知要超出几倍，尤其是表舅被捕，至今生死未卜，这让智弘在返回的途中便萌生与日寇誓不两立的豪气。日本人的人性尽失，若非亲身经历，若非亲眼所见，他断不会相信。

终于，智弘平复了许多，遂将此次开封之行的经过一一说了，最后，他忧心忡忡地说："只是不知道我表舅何日能被营救出来，不知道掩护我的那个人是否脱身。共产党人的果敢真的让我感动不已，之前一直暗自埋怨我表舅迟迟不兑现诺言，看来我是冤枉他了。"

文沣听罢，见智弘眼中噙泪，遂安慰道："智弘啊，你表舅不会有事的，我们相信开封地下党的能力。在中原战场，共产党人虽没有与日寇进行大规模正面作战，却也做出了卓越贡献和重大牺牲。我们有充分理由相信，国共合作，统一战线，两党两军共同抗日，小日本的末日不日就会到来，我们拭目以待！"

智弘被文沣的话感染，动情地说道："国不宁，民难安！现在终于明白我表舅为何不带我去开封读书了，皮之不存，毛将焉附！"

文沣眨眨眼若有所思地问道："你表舅叫什么名字？"

忽想起茶楼掌柜的话：你在开封这边都接触了谁，不要告诉任何人。于是，智弘答道："文主任将来会知道的。我今日就想加入训练班，及早学得一身本领，我要效仿表舅，与日寇不共戴天！"

见智弘有如此气概，方丈动情地说道："我佛慈悲亦惩恶！既然恶人已扑上门来，双手已沾满鲜血，既然智弘已立下卫国之志，为拯救芸芸众生，老衲我全力支持你加入训练班。只是空闲时别忘记到佛祖前侍佛，侍佛就是侍自己，侍佛就是侍众生!”

“侍佛就是侍自己，侍佛就是侍众生。弟子谨记在心!”智弘说罢，随文沣去了。

智弘的身子虽略显虚弱，可他总有一股拗劲，练起擒拿格斗来，一点儿不逊色于那些身体强壮者。使用枪械是他的弱项，他的腕部力量稍差，平衡力不稳，长枪短枪举起来总是左右摇摆，筛糠似的让人看着难受，打出去的子弹自然脱靶，这让美国教官异常光火，尽管斥责声不绝于耳，可智弘依然难见起色。于是，训练结束后，智弘就将枪械带回僧房，彻夜苦练瞄准。

秋日的夜间秋虫唧唧，风穴寺本就风大，加之连年干旱，周边的山林落叶较多，风借山势，带着呼啸常于夜间袭扰寺院。七祖塔上，铜铃叮当作响，寺中的老树，连声轰鸣，时不时有野狗的狂吠夹杂其间，偌大个寺院难以安静。午夜时分，随着山风渐次停歇，寺院重归寂然，只秋虫时不时地呢喃，反衬出寺院的静谧。

峰云夤夜醒来，却见智弘的床铺空着，以为是智弘起夜，于是自己也走出僧房，走向茅厕。智弘却不在这里，莫不是这小子独自去了训练场？峰云摇摇头暗自说道：“死心眼！至于这么拼命吗?”

忽想起日间临汝城那个叫田东的商人又去塔林找他，田东三番五次地催促，让峰云心烦意乱。峰云也想尽快找到寺院的密洞，找到传说中的那件汝官窑瓷器，让田东兑现诺言。可关键是峰云确已尽力，没少敲打墙壁，没少敲打地砖，甚至于没少在诸位佛陀的佛像上敲来打去，细细查验里面是否是密洞的入口，他就差没有变成耗子或是孙猴子钻入地下了。他如此的肆无忌惮，如若佛祖有知，定会将他下入十八层地狱。他曾私下在佛祖前暗自祈祷，乞求佛祖赦免他的罪过，一旦他拿到那件汝瓷，以后无论他是否还待在寺院，他都将以十二分的虔诚对待三宝，敬佛宝，敬法宝，敬僧宝。他原本很想一心礼佛，怎奈他俗念未泯，且享乐之心日盛，这一切该归罪于田东，归罪于田东许诺的美女及财富的诱惑。至于还念着月枝，那是没有办法的事，虽然月枝称不上娇柔可人，可说来也怪，月枝却让他过目难忘。这中间怕是还有一个因素在里边，那就是智弘似乎对月枝有意。很多时候，被人争抢的人或物往往是相对金贵的，一旦争抢起来，不好的也变好了，人就这德行。可回过头来讲，田东许诺的千金也好，宅院也罢，所有这一切，必定得以拿到那件汝瓷为前提，不然，所有的一切将无从谈起。

峰云这么想时，忽觉眼睛发亮，身子发热。如今整个寺院几乎被他找遍了，他却始终没能找到那密洞的入口，这传说中的密洞大约通往山里，至于洞内是否设有暗器，这不得而知，关键是得找到洞口才是。眼下看来只有方丈室他没有翻动过，那密洞的洞口不会就在方丈室吧？峰云想着便下意识地走向正堂。此时若翻窗进去显然不合适，毕竟方丈睡在正堂，可此时的峰云有点儿像捕鼠器旁的耗子，明明看着那捕鼠器的夹板正在张着，可夹板下似乎有块煎过的豆腐，正散发着诱人的香气，可那到底是不是块豆腐，黑黢黢的不甚分明，耗子走又不想走，下手又怕下错手，于是踟蹰不前。就在峰云迟疑着退至墙角处时，他忽然看见一根棍子横在眼前，定神一看，却是一根乌黑的枪管，枪管上还系着一根细绳，这细绳的下端竟吊着半拉砖块。

扭转头，夜色中峰云见智弘正专注地双手托枪，在黑暗中练习瞄准。

智弘收起枪，将峰云拉进茅厕，然后低声说道："峰云，看在你我自小一起玩耍的分儿上，我今晚正告你，不要认为别人都是瞎子，不要把别人当作傻子。把别人当傻子的人，往往自己是傻子。你以为别人看不出来吗？你以为我不知道你每日里鬼鬼祟祟、表面上十分勤快所为何事？趁着方丈还没注意你，你赶快收手吧。"

峰云故作镇静道："我怎么了呀？智弘，照你这么说，我像是做了什么见不得人的事了。"

智弘长叹一声，然后耐心说道："你非要让我把窗户纸捅破吗？何必呢！峰云，你静下心来好好想想，千万不要被别人的蒙汗药给弄迷糊了。我佛云，苦海无边，回头是岸。活着本来就是一场修行，修行不只是打坐和念经，修行是要修正自己过往不对的言行，断恶修善，成就太上圣道。摒弃杂念，好好忏悔吧，峰云，这样一来，你就会感觉心静目明，一切皆空。"

峰云道："智弘啊，看得出来，将来你能成为一名高德禅师。我不行，我俗念太重，我静不下心来礼佛，看在你我自小相识的分儿上，希望你能帮帮我，帮我一了俗念。既然你明白了我的心思和所为，那就求你帮我找到那个密洞，我对你感恩戴德一辈子，等我发迹了，我不会亏待你的，月枝那边我也死了那个心，之前给她的几枚银圆我也不准备要回了，你看这样行吗？"

智弘皱眉说道："罪过！罪过！阿弥陀佛！峰云你能这么说，看来你在迷途上越走越远了。佛不度无缘之人，你有这样的心思就已经玷污佛门了，你不如趁早还俗，远离寺院，这样一来，我就不去方丈那里检举你了。"

峰云变色道："如今我什么都没有拿到，你让我出了寺院去喝西北风啊！不就一件瓷器嘛，有它没它对寺院有何关系！可对我来说却是天壤之别呀！"

智弘正色道："一草一木皆佛物，动之乃是对佛法的玷污。我佛云，若有众生窃取佛物，当坠无间地狱，千万亿劫，求出无期。再者，寺院有密洞，洞内有汝瓷，皆坊间传闻，谁人见过？就连方丈也未必可知，历代高僧此去彼来，皆以侍佛为重，谁人在意这世俗之物！唯你峰云为此魂牵梦萦，作为佛门弟子，有此心便属十恶不赦，你还敢众目睽睽下伺机行窃，你真的不怕坠入无间地狱而永无生还之期吗？"

峰云听罢智弘这如鞭之词，愤愤然拂袖而去。

晨钟响起，那起声苍劲浑厚，余音梵韵清扬，宛如凌空飞起一根轻纱飘带，随风袅袅扬起，水波一样一环环荡漾开去。那婉转的余音先是漫过殿堂，漫过僧房，继而顺屋顶飘散于后山的丛林间。鸟鸣则是在晨钟之后开始，起初仅一只麻雀孤鸣于枝头，旋即，一只，两只，三只，众麻雀歌咏般把凌晨的寺院变成了舞台。

僧众依次进入佛堂，智弘和峰云似乎忘却了昨夜的不快，相互提醒着与僧众并排站齐。少顷，早课开始，众法器响起，领班师父随即高声唱起《大悲咒发愿文》。

佛事已毕，智弘刚从佛堂出来，却见文沣的司机在佛堂外逡巡。见智弘走出佛堂，司机凑过来说文主任让他过去一趟，智弘便随司机来到文沣的办公室。

文沣说，相关人员已将智弘带回的铁路图研究清楚，并制订了一套翔实的行动方案，此次任务由风穴寺训练班具体执行。考虑到这条新乡至开封的铁路均在日战区，行动小组的人数不宜过多，为便于伪装掩护，加入训练班的僧人列为一组，着僧装先行出发；另外两个行动小组则是商人扮相，紧随其后。各行动小组分批迂回至黄河桥下，伺机将新开铁路的黄河桥梁炸毁，智弘为僧人小组组长。文沣简要介绍了此次任务的实施细则后，他让智弘先回去准备一番，午饭后到训练场集结待命。

智弘在返回僧房的路上倒有几分紧张，当回想起表舅等地下党的忘我工作，回想到日占区的同胞所遭受的非人待遇，智弘紧张的情绪缓解许多。他先去正堂将文沣让其深入敌后的任务说了。方丈说他已略知大概，并让智弘不必多说，他不想知道过多的事。于是，智弘便回到僧房简单收拾一下行装，午饭后偕另外两个僧人一同赶往训练场。

训练场位于寺院不远的山林中，智弘他们赶到时，其余行动小组的人已列队完毕，智弘他们随即入队，听文主任做战前动员。文沣整整着装，高声说道："新乡至开封的铁路全线总长一百零三公里，实际新建八十八公里，自一九三九年五月建成通车，每日里除却运送兵员及辎重外，来自山西、焦作的煤炭、矿石以及大量其他中国物资，源源不断地走新开铁路运抵海州，而后装船运到日本。日寇将来自中国的煤炭和矿石用来冶炼钢铁，而后再将钢铁制成武器用在中国战场，若不及早炸毁日寇的这条铁路线，我正面战场的军事压力何日能缓？故而，破坏日寇生命线关系重大！黄河自花园口改道后，黄河故道实际过水量极小，因此，日本人便将我国东北的杉木运到黄河边上，用以修建铁路大桥。建成后的黄河铁路大桥南北二十余里，全是用杉木建成，建桥成本极低，其收效却是相当可观。"

见特别行动小组的成员听得专注，美国人低头凑近翻译听得认真，文沣轻咳一声，继续说道："自一九三八年我新编第八师奉命炸毁平汉铁路黄河大桥，这条南北大动脉至今不能通行，因而，日本人自北南下输送的兵员及物资均要绕到山东境内，而后自山东南下，这大大消耗了时间，增加了运输成本，于是，开通新开铁路便显得尤为重要。在这条极为重要的战略支线上，黄河大桥便是蛇之七寸，这便是我们下手之处，正所谓蛇打七寸。”

“笨蛋！你慢点儿翻译行不行？七寸？七寸是什么？”美军教官突然挥舞着双手，对着翻译咆哮道。

此时，文沣恰好讲完，他看看气急败坏的美国人，又对翻译说道：“问问他讲话不讲，不讲的话，立刻按计划开拔！他没有听懂的话，你路上慢慢讲给他听。”文沣不等翻译回话，便挥手示意行动小组的人上车。

两个美军教官摇摇头，悻悻然坐到车上，两辆军用卡车疾驰而去。卡车上除却行动小组的人员之外，分别装着毛驴、山货、推车、酒坛、炸药等物资。

行动小组里的中国人装成商人模样自然不成问题，可高鼻梁蓝眼睛的美军装扮起来颇费思量。集结前有人建议让两个美国人装扮成传教士，可传教士与中国商人同行显得不伦不类。有人说，就他所知的美国传教士都是老头子，传教士有年轻的吗？有人说，咱们训练班里的美国人你能看出他们有多大吗？于是引来一阵哄笑。美军教官互相对视一下，耸耸肩，不明白他们说的什么。

军用卡车驰出嵩山山脉不远，便出了国统区，行动小组的人纷纷下车，各取各的所用物品，并详细检查各自的行装及伪装所需，然后各小组按照图示分别行动。

翌日黄昏，他们抵达黄河故道的铁路大桥。他们爬上一座高高的土丘，远远地望见黄河故道黄沙漫漫，铁路如筷子一般直挺挺地插向对岸。桥头周边几无遮掩，贸然接近大桥只怕极难奏效，于是，智弘带领两个僧人推着两轮车，向着黄河滩头的铁路桥徐徐而去，其余人则在土丘一侧歇息等候，智弘他们一旦得手，便以火把为号。

智弘三人身着僧服，推着两轮车沿河堤徐徐而行。将近桥头时，桥头堡的窗子里探出一个人头来，这人对着下面高声喊道：“和尚，车上拉的是酒吗？和尚也开戒了？哈哈哈。”智弘道：“这酒不是用来喝的，酒能去污，寺院是拿酒清洗法器和佛像用的。”智弘说时，一个僧人故意掀一下车把，白酒立时从封口处溅出酒坛，高度白酒的醇香旋即随风散去。大约是闻到了白酒的香味，桥头堡窗子里那个人头这会儿不见了。此人闻到酒香后出了桥头堡，又喊上另外两人一同走下河堤。

三个日本兵笑嘻嘻地来到推车前，望着酒坛垂涎欲滴。智弘拿手抹去酒坛上适才溅出的酒液，扭头埋怨道：“这个酒坛盖不严，师兄你慢点儿好不好？这样走到寺院，酒坛里只怕是所剩无几了，不怕方丈责怪吗？”智弘说罢，索性将酒坛的盖子打开，左右端详盖子，老酒的醇香一时间弥漫周遭。当智弘重又将盖子盖上酒坛，就要继续赶路时，却听一个日本兵说道：“把白酒留下，统统的。”智弘见鱼儿已经上钩，忙道：“不行啊，皇军，少一坛酒我们回到寺院就没法给方丈交代。”日本兵笑道：“少一坛不好交代，那就统统地留下，最好是连车子也留下，这样你们回去就说路上遇到打仗，车子被炸得粉碎，这样多好！哈哈哈。”日本兵说着就要动手搬车上的酒坛。智弘上前阻拦时，他面对的却是乌黑的枪口。日本兵拿枪指着三个僧人，让他们将车子推到桥头堡去。看着那高高的斜坡，智弘无奈地摇着头。却听日本兵说道：“你怕人少推不上去是吧？我们上面还有三个弟兄，快快快，你去，把上面的人统统地喊下来。”智弘问道：“这么大的桥头堡，这么长的铁路桥才你们六个人看守啊？”日本人说：“我看两个人就够了，大日本皇军的铁路哪个人敢动？离这里不远的一个车站不就驻着两个大日本皇军吗？支那军人早就逃到深山里躲藏起来了。”

如此重要的铁路大桥居然只有六个日本兵守护，一个车站才放两个武装人员守卫，日本人的骄横可见一斑，智弘忽觉一阵惭愧，这简直是欺人太甚！然而，眼前骄横的日本兵，却将这里的兵力部署暴露无遗。

传来一阵嬉笑声。智弘抬头看时，自桥头堡走下三个日本兵，三个人均是徒手而来。眼前就这六个日本兵，且他们只带了一支三八大盖步枪，在此解决掉这六个人丝毫不成问题，可万一那日本兵方才所言并不属实怎么办？为慎重起见，必须进得桥头堡内一探究竟。想到此，智弘协助日本兵将车子推上河堤。

进了桥头堡，里面的枪架上并列放着五支步枪，看来他们果然只有六个人。智弘正思虑着该如何将这六个人一并解决，却听内屋传来一个女人的斥责声：“都是骗子！老娘不是好惹的，小心老娘到开封司令部告你们去！”

一个日本人匆匆去了内屋，忽听啪啪两记耳光声，随后传来日本兵的谩骂声：“臭婊子！又不是我们把你抢来的，是你们老鸨把你卖到这里的，你不才伺候我们六个人吗？不信你去南大营看看，在那里一个娘们儿得供五十个大日本皇军轮着玩，哈哈哈哈。”

那女人骂道：“猪狗不如！老鸨还不是被你们逼得走投无路才答应你们的？普天之下都找不来像你们这样的畜生！有本事你今天就把老娘我打死，不打死老娘你就不是人！”

日本人狞笑道：“打死？我才不犯傻呢！把你打死了，我们弟兄几个玩什么？哼！”

智弘不忍听下去，他咬咬牙，走出桥头堡。他见铁路桥均是由木桩支撑，顺木桩攀缘上去，很容易便能找到放炸药的位置，排线也极为容易，这里没有乱草荆棘，电线很容易直线拉到不远处的土丘上。西天那最后一抹暗红渐次消退，夜幕正徐徐降临，他磨蹭着等天黑。

“喂，你们还不走吗？磨蹭什么？”

“黄河边的黄昏真是太美了，你们可真会享福！不干活，还赏景，还有女人陪着，古代的王公贵族也比不上你们这般逍遥啊！”

“女人？和尚也想女人了？去吧，你们也进去玩玩，在寺院里可没这福分！”

“阿弥陀佛！罪过！罪过！”

眼见暮色已重，智弘走进桥头堡，他见方才跟他说话的那个日本兵也跟着进来，六个日本兵均在眼前，智弘说道：“师兄们，看天色不早，我们动身吧？不推车子就轻松多了，我们回去就照皇军说的告知方丈，就说车子被炸弹炸毁了。”

智弘说时，见六个日本兵正忙着从酒坛里舀酒，于是，他赶忙给两个师兄递去眼色，他心中念道：我佛慈悲亦惩恶。旋即，三个僧人自腰间拔出短刀，三支短刀在油灯的暗光里划出闪亮的弧线后，三个日本兵悉数倒在血泊里。另外三个人愕然中尚未醒悟，其颈部已被短刀划过。

智弘弯腰逐一摸摸这六个日本兵的鼻息后，对着内屋喊道：“快跑吧，跑得远远的，快快快。”那女人疑惑地走出内室，看一眼地上的几具尸首，她抬脚照尸首上猛踩一脚，然后撩撩长发，哼了一声便快步去了。

通红的火把映红了桥头，桥头的铁轨闪着幽幽的光芒。

远处土丘一侧的人看见火把后便迅速赶到桥头，他们极快地将炸药包放在了恰当的位置。美国教官干起这等事来显得纯熟老到、得心应手。

一根电线顺着众人疾走的方向很快拉到土丘旁，最终是美国人扭开了电源开关。

众人望去，连环的轰鸣声响过，但见远方的半空中如烟花般璀璨，偶有零星的方木腾空而起，在夜空中闪着身子，翻着跟头，而后轰然落地。钢轨却显得笨拙许多，仅是弓腰闪现一下便扭成麻花。

第十章

地下党员救危难
美国教官惹事端

行动小组出师告捷，返回的途中却是一波三折。他们一夜轻装急行军，原本想天亮前赶到国统区的，却因大路上日军彻夜盘查，不得已选择田间小路，过了中牟已是天色大亮。恐遇日军盘查，便在一林间休整，不少人早已精疲力竭，倒地便呼呼大睡。

美国教官何曾经历过此等辛劳，这里没有西餐，没有饮料，林间甚至于连溪水都难以找到，每个人随身携带的水壶里也所剩无几，不得不干吃些肉干和干粮，美国教官频频摇头，连叫“No，No，No”。行动总指挥遂指派智弘出林子去前方侦察敌情，看前方是否有日军哨卡，若是有，走哪里可绕过哨卡。

智弘从随身包袱中抽出破碗，打着哈欠出了丛林。

走出一里多地，见前方有个不大的镇子，清晨的炊烟自镇中袅袅升起。传来几声犬吠，这有气无力的犬吠在清晨的寂静中显得清亮悠扬。

镇子显得十分萧条，临街商铺仅有客栈的大门开着，另有一家卖油条和胡辣汤的商家将摊子摆在桥头，桥头上冒着腾腾热气，一阵诱人的香味让智弘忽觉饥肠辘辘。智弘走近桥头，那腰间束着水裙的商家，将双手在腰间油光发亮的水裙上抹抹手，恭敬地说道：“师父来碗胡辣汤吧？正宗的西华逍遥镇胡辣汤。”大约是看见了智弘手中的破碗，料定眼前的僧人有化缘的意思，于是他背过身去，一动不动地望着桥下浑浊的细流。

智弘原本是想打听一下镇子里的情况，见商家这般姿态，便默默走过小桥，走向开门的那家客栈。想到大清早没有哪个商家愿意遇上化缘乞讨的，于是，智弘便将破碗放在街道边一块石台上，然后走进客栈。

客栈掌柜的是个四十岁开外的中年人，他见智弘进门时显得迟疑再三，双眼暗含血丝，一脸疲惫，于是走出柜台，用一种试探的口吻问道："师父这么早来客栈不是借宿的吧？"

智弘道："不是。贫僧路过镇子，见镇子里冷清异常，天色早已大亮，这个时候按说镇子里该车水马龙才是，贫僧好奇，于是走来看看，不会是昨夜过兵了吧？"

掌柜的看一眼门外，低声说道："还真被师父说对了，不过，不是过兵，而是镇子里原来驻防的几十号士兵连夜离开了镇子。"

智弘警觉地问道："您是怎么知道的？这里驻防的士兵大约都前往哨卡了吧？"

掌柜的忽然露出一丝笑意，他走到门口又背转身，低声说道："师父不是僧人吧？"

智弘探头望望后院，轻声说道："贫僧是个出家人，出家人不打诳语，打诳语属于五戒之内，打妄语就是造口业，于人于己都不好。一心修行者，无论出家与否，都应持戒不打诳语。阿弥陀佛！"

掌柜的迟疑片刻，深出一口气，然后试探道："师父这么说，我就心里有数了。我曾经去过风穴寺。"

智弘猛然间睁大眼睛吃惊道："你去过风穴寺？"

掌柜的忽然笑出一声，而后示意智弘在一旁凳子上坐下，自己提长衫坐在一旁，而后肃然说道："日本人的黄河大桥昨夜被炸，镇子里原先驻防的几十号日本兵接到电令，连夜出发赶往二里开外的一个哨卡布防，封锁通往国统区的通道，看来是要逐一盘查一切外出人员。我看你印堂发暗，眼含血丝，满脸疲惫，就知道你一夜未眠，且是狂奔一夜。在我提及风穴寺时，你一脸惊慌，于是，我什么都懂了。"

智弘忙道："掌柜的不是生意人吧？"

掌柜的暧昧地说道："你说呢？"

智弘忽觉一阵紧张，等他镇定下来后轻声问道："掌柜的是如何知道黄河大桥昨夜被炸的？黄河大桥在日本人占领区，什么人如此大胆，竟敢置自己的安危于不顾！这不是在老虎屁股上蹭痒痒吗？”

掌柜的说：“老虎也有打盹时，再说了，老虎也有纸老虎不是？昨夜鄙店尚未关门时，一个日本人进来要了两个烧鸡塞怀里，而后急匆匆要走，我是从这个日本兵那里打听来的消息。昨夜炸毁桥梁的那帮人多亏没有走大路，多亏没有贸然经过日本人设的哨卡，不然的话，怕是凶多吉少。”

智弘道：“谁都不是傻子，没带金刚钻谁敢去揽瓷器活？那帮人既然敢炸毁黄河桥，他们也不是吃素的，他们一定是有了万全之策的。”

掌柜的被智弘的话都逗乐了，他随后说道：“是啊，这里不是山区，不是河道纵横的江南水乡，平原地带，哪条田垄里都可以走人，傻子才顺着平坦大路让他们盘查呢！你别看自开封一路过来都是黄沙地，庄稼长得奄奄一息，可出了这镇子，往南走不远就是成片的玉米地，人家钻进玉米地，只消走出去十里就出了日占区，日本人在大路上就是布满一个师团，有啥鸟用！”

智弘狐疑地望着眼前这位掌柜的，他竟蓦然间联想起上次在开封城内遇上的那位掩护自己的僧人来。掌柜的说的话让智弘茅塞顿开，就在他想要离开客栈时，却听那掌柜的笑道：“方才我见师父将碗放在了外面，你那碗不会是白银做成的吧？莫不是害怕我这客栈是黑店，故而不敢将碗带进来？”

智弘尴尬道：“一大早拿着碗去商家化缘，对商家来说这多少显得不吉利不是？”

掌柜的说：“哪有那么多讲究！师父不嫌弃的话，后厨煮好了一锅米粥，蒸馍也是才揭锅的。”

智弘忽觉一阵心热，他赶忙出去拿他的饭碗。一出门，却见一只黄狗正在他的碗上闻来闻去，于是，他猛然咳嗽一声，那黄狗迈开四腿仓皇而去。

智弘在客栈美美饱餐一顿。临走前，智弘双手合掌置于胸前，而后深深躬身下去，向掌柜的致礼说道：“阿弥陀佛！谢施主布施！愿佛祖护佑施主年年丰盈，岁岁平安！”

掌柜的忙扶起智弘，笑道：“师父不必客气。布施是六度之一，也是六度之首。自古儒家以诗礼为重，《诗》云：‘生不布施，死何含珠为。’可见，布施自古就有。布施就是向善，布施就是积德，布施就是福报。师父您看我说得对吗？”

智弘欣然说道：“施主说得很对，看来施主与佛有缘。只不过，在众人看来，表象上的布施是舍之财物予弱者，如此，便可为自己积德，为自己集存福报。殊不知这并非真正意义上的布施，真正意义上的布施是不计福报的，是‘无我’的，是甘愿失去自己的福乐来成就他人的福乐的。佛经记载，梁武帝曾问道达摩，说自己做过许多布施，将来会有多大功德。达摩说没有多少功德，因为梁武帝心有所住。”

掌柜的若有所思，而后粲然一笑，伸手示意智弘可以走了。智弘辞别掌柜的，拿起饭碗出了客栈。

即将走出镇子时，忽见一小队日本兵自镇子外匆匆而来，智弘赶忙站立街道一侧，低头看着手中的破碗，他的心一阵收紧。

智弘用眼睛的余光望着这队日本兵自身旁走过。就在智弘为自己并未引起日本人的注意而暗自庆幸时，队列最后一个日本兵却在智弘身边停下，望着智弘愣了一阵。智弘暗自思忖若是日本兵盘问他该如何应答。会否是昨夜刀刃桥头堡的日军时，自己身上溅有血迹没有擦拭干净，而被眼前这日本人看到了？会否是自己身上带有血腥味而使日本人心存疑惑？智弘一时间心跳加剧。

偏在这时，方才在自己的破碗上闻来闻去的那只黄狗重又出现，这黄狗慢吞吞来到日本兵身前，用左耳在日本人的裤腿上蹭来蹭去，狗的喉管里挤出莫名其妙的嘤嘤声。这是一只被喂得膘肥体壮的狗，狗的项间缠着一根细细的狗绳，这狗绳被长长的狗毛淹没其中。大约是每日里被梳理的缘故，狗毛很自然地顺向一个方向，且丝丝发亮。

前方忽然传来一声喊叫，大约是队列里的人在催促这个日本兵。却听这个日本人对着智弘厉声喝道：“巴嘎！我的狗碗，臭和尚偷了我的狗碗。”日本兵说罢，伸手抢去智弘手中的破碗，而后扬长而去。智弘看见那只黄狗晃着肥硕的身子紧随其后。这狗临行前拿眼瞪一下智弘，这让智弘瞬间想起一句古老的成语：狗仗人势。

智弘钻进林子，寻找好久，竟没有找到自己的队伍，原先队伍休整的林间草地上还留着坐卧的痕迹，这让智弘一时间大惊失色。他们莫不是丢下自己先行走了？智弘懊悔自己在镇子上待得过久。不会是日本人来过这里吧？胡思乱想时，却听林子的深处传来一声鸟鸣，智弘听出来那是同一行动小组里一个和尚发出的声音。智弘跑向林子深处时，一行人正举目远眺。

智弘将在镇子里所见所闻一一说给行动队队长听了。随后一行人向着客栈掌柜所说的方向穿行。穿过林子，远远地见林子的尽头距玉米地尚有一段不近的距离。于是，他们两人分为一组，分批急速奔向玉米地。玉米棒已被收走，发干的玉米秆已经萎缩，干硬的玉米叶刮脸上阵阵疼痛。

在玉米地集结完毕，一行人猫腰穿行于仅一人来高的玉米秆里，众人不觉一阵轻松。照客栈掌柜所言，出了这连片的玉米地便是国统区，而一旦进入国统区，此次任务就算胜利完成。大约是从未有过如此艰辛的征战经历，同行的美国人一脸无奈，他们高大的身材猫腰时显得异常笨拙。

前方忽然传来嘈杂的说话声。行动队长一扬手，众队员迅速卧倒在地。

队长示意智弘前去打探。智弘匍匐向前行进，仅行数丈远，智弘看清，这块玉米地与对面的玉米地之间竟有一条大路横向而过，两辆日军的摩托车正停放在大路正中，几个日军在窃窃私语。显然，眼前的境况与客栈掌柜的所言存在明显误差，客栈掌柜的不会是有意将他们向着死路上引吧？这客栈掌柜是何许人也？智弘脑际立时闪出一个问号。他起初似乎感觉到这客栈掌柜像是个地下党，可这毕竟只是臆想，他在客栈问及这个话题时，客栈掌柜语焉不详。如果他真是地下党，他犯不着把行动小组指向绝路吧！莫非此人另有所图？智弘忽有一种被出卖的感觉。然而，他这样的感觉仅在脑际闪现一下，便被眼前突发的变故一扫而去。就在智弘胡思乱想、不知所措时，忽听玉米地右侧响起两声枪响。听到枪声，大路上的日本兵旋即端枪冲向右侧的玉米地里。

就这样，行动小组的人很快穿越大路，消失在另外一片枯黄中。智弘忽想起方才引开日军的那两声枪响，谁会在这紧要关头舍身相救呢？他见身边有个坟丘，于是，登上坟茔举目望向适才响枪的方向，他望见一个熟悉的身影在稀疏的玉米秆中穿行，而那人的身后是两队紧追不舍的日本兵。那不是镇子里的客栈掌柜吗？他连衣服都没来得及更换，那灰色长衫不时被玉米秆挂住，穿行的姿势和速度像是训练有素。就在智弘感到匪夷所思时，却被行动队队长一把拉下坟丘，并随即招来一阵责骂："你的脑壳是尿盆？一枪打过来你就没命！"

"队长啊，我看见方才引开日本兵的那个人，就是我在镇子里遇上的那个客栈掌柜，一群日本兵正在疯狂追他。"智弘惊叫道。

"那又怎样？"队长淡然说道。

"他不仅为我们指明了逃离的路，还在紧要关头舍身引开日本兵，我们才得以穿越大路，我们就眼睁睁看着他被日军追杀呀？"智弘不解道。

"他一定不是我们的人，我们没有在这里设点。"队长这么说时就像是说他的脸被玉米叶划了一样淡然。

"不是呀，队长，他虽然不是我们的人，可他在紧要关头自愿舍身相救，他不是我们的人，我们就眼看着不管吗？他救了我们，我们却见死不救，这于心何忍！"智弘的声音提高半倍。

"怎么救？你去救？"队长只顾猫腰潜行，毫不理会边说边走又激愤异常一时间显得气喘吁吁的智弘。

"我算领教了共产党地下组织，他们就像深秋里被风刮去的谷子，你不知道来年哪个缝缝里会冒出芽子！就连这穷乡僻壤的小镇上都竟然藏有地下党，想来让人后背发凉！"队长说道。

"我怎么听不懂啊，队长，国共不是在联合抗日吗？国共不是一家人了吗？"智弘吃惊道。

"国共合作仅是暂时的，此乃万不得已，你是个和尚，你不懂这个，你也别弄懂它，这是政治。那个客栈掌柜的相貌你都记下了吧？即便此次他侥幸逃脱日本兵的追杀，日后我们也得设法将其除掉，留着这样神通广大的人，日后对党国大业极为不利。"队长咬牙说道。

"你这叫过河拆桥！这叫忘恩负义！古人云，'德厚者流光，德薄者流卑’。德乃安身立命之本，无德不足以成就大事！清慧师父常说，‘做人留一线，日后好相见’。队长，我们不能把事做绝!”智弘激动道。

“智弘，你在跟我说话吗？看在你此行有功的分儿上，我暂且不与你计较，不然，我敢一枪崩了你！你信不信？快走，跟上。”队长大声叫道。

智弘忍了忍没再言语。他随队伍猫腰前行，却因满心想着那客栈掌柜会否安全脱身，想着行动队队长的话罪该当诛，他的脸被干硬的玉米叶划出一道血痕，竟全然不知。训练班里的人不会都这般心狠吧？将要亡国之时，举国同仇敌忾，上下一致抗日，惩恶扬善，就连僧人也加入抗日阵营，可国人杀国人，且要杀掉有恩于自己的人，这让智弘大惑不解。

特别行动小组进入国统区后，很快来到禹州境内。不知何故，接送他们的军车却未能如期到达预定地点。于是，一行人就在一个不大的事先约定的镇子内安顿下来。本就一宿未眠，加之长途奔袭，虽是正午才过，却如同午夜一般，智弘只感到眼前发黑。好在镇子里有家简易客栈，每两个人合挤一张木床，他们草草用过午饭便蒙头睡去。

睡梦中，智弘忽然被一阵嘈杂声吵醒。木床另外一头的和尚却在睡梦中不住磨牙，那咯吱声让智弘一阵烦躁，智弘不知道他起初是如何入睡的。智弘走出房门，见一帮国军的人正与客栈掌柜的争执，掌柜的脸上显然是挨过巴掌，拿手捂着脸，委屈着哀求：“您就行行好吧，人家都是出了房钱的，要抓壮丁也得等明儿个他们出了客栈。对于商家来说，来的便是客，等天亮他们走出客栈，你们拿枪崩了他们都行，这与小的都没有半点儿干系。”

“少啰唆！滚开!”一个斜背长枪的精瘦兵士一把推开客栈掌柜，挥手示意众兵士逐一踹开房门，径自闯进客房。一时间，叮叮咚咚的器物撞击声伴着争吵声，加之后院内的犬吠声，客栈内外一派嘈杂。

忽然，方才那个精瘦兵士失魂落魄般惊叫着跑出客房：“鬼！鬼！遇见鬼了!”

原来这兵士端着油灯闯进一间客房后，那油灯昏黄的暗光下映出一张异样的脸，这张脸上一个高大的鼻子占去面部的将近一半位置，络腮胡子与鼻子间几乎没有肉的色彩，那长长的嘴巴沟壑般横陈于高高的鼻梁下端，这张脸被响声惊醒时，鼻梁上方那深陷下去的两只眼蓦然间张开，露出一双硕大的幽蓝眼珠。

那兵士以为是遇见鬼了，被吓得逃出客房。却见他身后蹿出一个美国教官，这身材高大的美国人上前一手拎起那兵士，另一手抡起芭蕉扇般的巴掌朝着兵士的脸一阵乱扇。兵士被丢下后，蜷缩在地一阵哀号。这兵士胆怯地望着眼前这位高大威猛的人，跑又不敢跑，说又不敢说，只用哀求的目光望着客栈掌柜。

一帮兵士清醒过来，哗啦啦拉动枪栓，黑洞洞的枪口直直对着美国教官。见状，倒地那位兵士爬起来站在持枪者身前，结巴着问道："你……你们哪里来的？"

此时，行动队队长穿戴整齐来到客栈大堂，大约是顾忌他们尚在人家屋檐下，此次任务虽是圆满完成，可毕竟尚未给上峰复命，于是显出息事宁人的姿态，对着面前一帮举枪的兵士道："收起你们的家伙吧，第一战区保豫西不失，你们功不可没。我等此行身着便装，才会引起这般误会，都是自己人，说开了就没必要再纠缠下去了。我等执行任务，途经此地，等天亮后便乘车返回临汝，打扰处，还望众兄弟多多担待！"

"打扰？这可不是打扰啊，明明是打！"挨打的兵士这会儿又来了底气。

"我说过了，这是误会。再说了，你们为补充兵员，不问青红皂白，四处乱抓壮丁，这本身就有违军规。上峰屡次训诫，不可肆意抓人，可时至今日，征兵之乱象依然没有改观，你们就不怕脑袋搬家吗？"队长淡然说道。

"听长官的话，知道都是自己人，你们带证件了吗？看看你们的证件吧。"挨打的兵士壮着胆问道。

"派你去日战区执行任务，你敢带证件吗？"队长的声音提高了半倍。

"那就算了吧。我们也是没有法子，这半夜三更的谁不想睡个囫囵觉？可抓不来壮丁，上峰就会体罚我们。听长官这么说，这叫大水冲了龙王庙，自家人不识自家人，有得罪的地方，您多担待！走走走。”挨打的兵士捂着脸抢先出了客栈，余下的兵士灰溜溜跟随而去。

客栈本就没有别的客人入住，出来看热闹的几乎全是行动小组的人。就在人们散去时，通往后院的小门处闪现一个女人的身影，这女人大约是出来看热闹的，她见众人各自散去，自己仅露了一下头便缩了回去。可这一露头不当紧，恰被适才打人的那个美国教官瞧见，趁着队长和客栈掌柜在低声说着什么，美国教官闪身进了后院。

智弘本想回屋接着睡下，却被队长喊过来说些无关紧要的话。队长问智弘：“接我们的车明日一早能够到达这里吧？司机是不是迷路了？按说今日就该到的。”智弘说：“送我们的车本来就不该走，就在这里等着多好，明知道我们用不了几天的工夫就会返回这里。”队长说：“是文沣主任这么安排的，谁知道这里面是否还有别的蹊跷事，或许是司机另有运送人员的任务，我们不便多问，执行就是了。”客栈掌柜忽然插话道：“兴许是司机得空干私活了，要知道司机趁着外出的机会，抽空给人拉一车货物，那是能够赚到不少外快的。”队长和智弘不约而同地对视一眼，这多少超出了他俩的认知，生意人的心思跟他们就是不大一样。见队长和智弘脸上露出惊讶的表情，又唯恐自己诬陷了司机，而让司机由此受到责罚，客栈掌柜随之笑道：“看我这张破嘴！我是瞎说的，本来就这么想想，结果张嘴就说了出来，生意人毕竟跟你们不一样，生意人一心想着挣钱，是我说错了，我不该诬陷人家。”

就在这三个无聊的男人这么闲扯时，没有人发觉此时那个美国教官已尾随客栈掌柜的女人进入后院。美国教官上前几步便门板似的杵在女人面前。那女人慌忙躲闪着并试图从美国人身边绕过，结果发觉是徒劳，那教官伸出胳膊，这个瘦小的女人便被一只大手掠于腋下，女人想要喊叫时，一只长满长毛的手已捂在她的嘴上，女人听见美国教官操着生硬的中国话冷冷说道：“你敢大声喊叫，我就敢把你这么捂死，不信你就试试。”

一只厚重的手重重压在嘴上，粗大的食指堵在鼻孔前，女人已明显感到呼吸困难，她的身子已被教官夹着离开地面，她试着扭动腰肢，却发觉腰间仿佛被铁箍箍着，一动一疼。于是，女人没再反抗，任由美国人将她夹在腋下。

见后院院子不大，一扇后门在清冷的月光下显得灰白，美国教官弯腰打开院子的后门，携女人躬身出了后院，随后他用脚跟将后门掩上。院子的后门外是个打谷场，西下的昏月正将浑浊的冷光洒向晒场。

美国教官将女人平放在秸秆上，他窸窸窣窣解开皮带的声音让女人一阵胆寒，望着眼前这高大的身躯，望着打谷场被月色照得明亮，她一时感到逃无可逃，绝望中趁着美国教官解衣的空当儿，她缩身钻进厚厚的秸秆中。美国人发出一声低沉的狞笑。她被美国人拎出来后，感到了结结实实的压力，前所未有。像是自家院子内西边那扇旧墙被风刮倒，像是自己被旧墙深埋其中，她一时感到呼吸困难，感到了死亡的临近。

女人被美国人带回院子时，听见前院客栈内三个男人还在说着什么，并不时发出一阵怪笑，这些全无睡意的人看来在急等军车的到来。

军用卡车出现在客栈门外时，带着眩光。队长旋即吹响哨子，一时间客栈内人声鼎沸。此时，东方的天际隐现鱼肚白，客栈即将告别昨晚的喧嚣。

就在行动小组的人悉数上车时，客栈掌柜的回到后宅，他走进内室，内室里的情景让他失声大叫。他的女人已悬在梁上，女人的身子还在摇摆中，显然，才上吊不久。于是，掌柜的登上凳子将女人取下，然后将女人平放床上，摇着喊着。掌柜的不时向着前院喊人，却不知那些人已悉数登上了军用卡车。

他的女人苏醒时嘴里喃喃骂着美国教官，面色苍白，女人项间那道勒痕在昏黄的油灯下泛着紫红的光。

客栈掌柜野牛似的冲出客栈，见军车已驰离镇子，车后扬起的尘土在晨曦中缓缓升腾。客栈掌柜的对着军车高声骂着："不是人！是畜生！是鬼怪！这是什么世道啊！"

小镇的清晨沉寂异常，客栈掌柜站在渐白的晨曦中仰天长叹，他身后街道空空，不见人迹，一只早起的鸡伸长脖子在晨曦中辨路，在空寂中觅食。

第十一章

神秘人物访寺院
谷丰尸首现林间

智弘他们乘坐军车颠簸一路，抵达风穴寺山门外时，却见山门外三步一岗，五步一哨，有零星香客逡巡于警戒线之外。这香客大约是远道而来，又不想就此离去，知是寺院里来了要员，便等寺院内要事结束。

行动队队长忽生好奇，他悄声问哨兵究竟寺院来了哪位大员。哨兵凑近队长耳语一阵。队长听罢，不敢稍有怠慢，赶忙召集行动队队员速速下车，列队进了寺院。

早有随从跑去禀报文沣主任，说行动小组已返回寺院，此次任务圆满完成，且未伤亡一兵一卒。文沣听罢，点点头表示满意，并告知随从，让队员整理着装，稍后去饭堂集合。见文沣此时没接见行动小组的意思，那随从便应着去了。

智弘尚未换上新的僧服，清慧师父出现在僧房门口，说方丈想见见智弘。于是，智弘便随清慧师父去了正堂，清慧师父满脸欣慰。

方丈很是高兴，给智弘让座后，就急于问及此次炸毁日军桥梁的经过。清慧师父其间插话说，智弘随训练班的人走后，方丈便一直放心不下，毕竟这是风穴寺僧众头一次深入敌后，与日寇正面较量，唯恐智弘他们有个三长两短。智弘说道：“日本兵虽是残暴成性，可他们毕竟也是人，没有三头六臂，行动小组策划得当，甚至于没放一枪，便成功将黄河大桥拦腰炸断，可惜的是当时没有日军的列车经过桥面，不然的话，那场面更为壮观。”

“阿弥陀佛！”方丈和清慧师父同时合掌说道。

“炸毁桥梁该首先解决掉大桥上的守军是吧？这么重要的桥梁不会没人把守，你们居然不费一枪一弹就把大桥上的守军解决了，你们是如何做到的呀？”方丈不解道。

“队长指派我和另外两个师兄，推着一车白酒走向桥头堡，是白酒把馋嘴的日本兵给吸引住了，于是，我们才有了解决他们的机会。”智弘轻描淡写地说道。

“白酒？僧人推一车白酒？你们可真会想法子，愿佛祖恕罪！阿弥陀佛！”方丈道。

清慧师父忙道：“方丈啊，智弘他们只是借酒掩护而已，弟子敢说他们绝不会口触半点儿白酒而有悖寺规的。”

方丈道：“闻之则有罪，何况触碰之！看在你们仅是借酒惩恶的分儿上，佛祖会宽恕弟子的。你们三个惩治了几个日本孽障？”

智弘道：“每人手刃两个，总共杀了六个日本兵。”

方丈道：“极乐世界难接残暴之徒，我佛不度无缘之人，愿他们好自为之吧，阿弥陀佛！”

正说时，忽听训练班的哨声响起，知是开饭时间已到。既是有要员来访，他定会借午餐犒劳行动小组的人，于是，方丈让智弘去了，并再三告诫智弘远离酒肉。智弘自然懂得佛家力戒酒类的缘由，酒本身并无罪恶，但酒会让人盲目冲动，酒会使人丧失理智，饮酒可能造成罪恶，故而，饮酒被佛法力戒。五戒里却没有戒肉的戒规，出家人不食荤腥，那是佛陀心慈，不忍杀生的缘故。

智弘不知这神秘人物来寺院所为何事，他也不想知道此乃何人。大约这要员是获悉这期训练班学员即将毕业，获悉特别行动小组出色完成了炸桥任务，于是，风尘仆仆赶来慰问一番。所谓的慰问无非是随行带来大量的酒和肉，慰问品足足拉来小半车，饥荒之年，食物四处紧缺，能搞到这么多肉类，尤其是能搞到几箱好酒，实属不易。

智弘走进饭堂，见饭桌上已摆置就绪，红烧鲤鱼、炸紫酥肉、扒广肚、炸八块、红烧肘子，河南大菜应有尽有。特训班教官及学员穿戴整齐，分立于饭桌前，但等要员前来训话。少顷，文沣陪同要员出现在饭堂门口时，饭堂内响起雷鸣般的掌声。文沣最先走到饭堂内一个事先搭起的平台上，他郑重说道：“适逢临汝训练班学员毕业之际，特别行动小组出色完成炸桥任务回师之时，上峰百忙之中，鞍马劳顿，专程赶来慰问诸位，实属诸位之福！我等荣幸之至！上峰的莅临，使得训练班蓬荜生辉。下面请诸位用最热烈的掌声欢迎上峰训话！”

轰鸣的鼓掌声响过，要员走上讲台，他的讲话显得慢条斯理：“文主任这‘训话’一词用得欠妥，鄙人此次临汝之行只是祝贺和慰劳。诸位以国事为重，劳苦功高，尤其是行动小组，一举炸毁日军长期赖以运送兵员及辎重、攫取我中华资源的黄河大桥，且无一兵一卒之伤亡，实属大功一件！不日便有嘉奖下来。美国教官不远万里，不辞辛劳，弃家离子，来到这穷乡僻壤，其精神、其功绩实属我等之楷模！来，为国事之兴，为诸位之荣，干杯！”

早有随从将酒杯递到要员面前，要员举杯空中一扬，算是碰过，而后他将酒杯在唇边轻沾一下，算是尽了礼数。

文沣见状，忙礼让要员走下讲台。文沣看得出，这要员今日不想饮酒，大约也不想在饭堂与诸位一道用餐。于是，他轻声吩咐随从去告知厨子，另外做些饭菜，随后一并送往他的办公室。

文沣陪要员离开之后，饭堂内人声鼎沸，喝彩声、碰杯声，声声交错，菜味、酒味，混二合一，偌大个饭堂一时间热闹非凡。几个美国教官独坐一桌，显得逍遥自在。来中国日子久了，不但习惯了中国饭菜，就连筷子用起来也是得心应手，喝起白酒来一个个能力超众。智弘和另外两个僧人则捂着鼻子走出饭堂，他们来到斋房时，见僧人的饭桌上仅放着几碟素斋。

这位神秘人物此次风穴寺之行，其实还有个行动计划欲交训练班实施，只是碍于行动小组今日才从敌后返回，故而一直未说。午饭间，文沣察觉到上峰似乎别有心事。此等业界高手，心思缜密，但见一叶便知树上境况，甄别起人与事来，自是入木三分。于是，文沣笑着问道：“上峰此来若是另有任务，就请直言，训练班本就是为国培训能用之人的，不用，何必训之！”

听罢文沣的话，要员不由得对文沣暗自再添几分欣赏，他总能悟出上峰之意，这一点实属难得。于是，要员显出几分无奈，他迟疑一下，低声说道："据报，日本人自中国运回国内的煤炭多数来自焦作，山西境内的产煤量虽也不少，可晋豫间有太行山脉阻隔，自山西境内运输煤炭至海边，所耗费用巨大，因此，日本人更多地是依仗焦作的煤矿。据悉焦作西洼矿的产量相当可观，炸毁西洼矿已迫在眉睫！原本是想从洛阳抽调人手的，从洛阳出发，过了黄河就是日占区，也便当许多。可结合此次炸毁开封黄河大桥的成功战例，总觉得此类任务由僧人执行还是稳妥些，僧人都能以化缘为掩护进入矿区，而其他人就显得多有不便。你看呢，文主任？"

这要员的分析可谓面面俱到，文沣听罢，忙道："上峰分析得极有道理，卑职这就布置下去。"

"急什么！他们今日才从敌占区归来不是？让他们歇息两日吧。"要员道。

"卑职心急，唯恐误了国之大业。既是上峰体恤他们，那就暂定后日出发，稍后让指挥小组拿出个具体方案来，请上峰过目。"文沣的话合情合理。

要员满意地点点头。他打了个喷嚏，掏出手帕擦拭后，缓缓说道："具体的行动方案就不要拿给我看了，我想天黑前赶回洛阳。时至今日，河南战事丝毫不见起色，且不说收复失地，眼下郑州和洛阳都显得岌岌可危，日军虎视眈眈，这样下去，怕是耽误不起。焦作那边的情报稍后会有电文过来，你们酌情拟出个行动方案，照方案执行即可。"

要员说罢便起身整理着装。文沣知要员这就要走，于是，也不再挽留，他叫过随从吩咐后，自己陪要员缓步向着风穴寺的山门走去。午间的风将秋日的枯叶铺满小道，枯叶蜷着身子把甬道染成金黄。两人走在窸窣作声的甬道上，只觉脚下绵软异常。

要员的司机早已将车开到山门外的台阶下，要员的贴身侍从将副驾驶室的车门打开，要员极快地上车后，仅向车外扬了一下手，车子便疾驰而去。随即，两辆军用卡车紧随其后，车队离开山门后，车后的扬尘久久没有消去。

文沣目送上峰的车队渐渐消失在视线里，他这才反身走回寺院。经过饭堂时，听里面传出抑扬顿挫的划拳行令声，文沣摇摇头自顾自去了。

他回到办公室，在室内踱步良久，随后喊过随从，让他速去将智弘师父叫来。见随从去了，文沣倒两杯水放在茶几两头，然后就在沙发一头坐下。他之所以这么急于叫智弘过来布置北上焦作的事宜，是因为他深知那上峰的品性，上峰面上说不急，若是他文沣真的不急，那就大错特错了。

智弘进来时满脸疲态，见文沣极为热情地伸手让他同坐一个沙发，智弘颇感意外。文沣示意智弘喝水时，智弘一时间如坐针毡。文沣详细询问了此次炸毁黄河大桥的经过，之后对行动小组大加赞赏。

文沣接着说道："此次任务完成得的确不错，可是，智弘你想过没有，这其中蕴含许多偶然因素，值得好好总结。譬如，若是没有遇到那个客栈掌柜舍身搭救；譬如，守桥的日本兵稍加戒备，你们定然不会如此顺利。日本人的骄横，日本人的懈怠，从另一方面也反映出国之现状，这是我等的耻辱。据说距开封不远的一个县城里，仅驻防了一个班的日本兵，七个日本兵居然能统管一个县城的治安，这个县城还治安良好，真是让人匪夷所思。"

智弘不知道该说些什么，只是嗯嗯应着。他原以为文沣主任叫他过来，仅是了解此次任务的完成情况，不承想，文主任却聊起不少与此次任务无关的事情来。

智弘听文沣主任似乎是话里有话，于是赶忙问道："是否另有任务？请文主任明示。"

文沣主任道："智弘啊，真的被你说中了，我本不想这么急于叫你过来，可军令如山。不过，今日请你过来，只是先让你了解一下下次任务的大致情况，你好心中有数。"

智弘道："还是深入敌后吗？"

文沣点头道："是的，僧人去敌占区执行任务要便当许多。此次任务简单点儿说就是越过黄河，赶赴焦作，去炸毁一个被日本人霸占的煤矿，至于实施细则，我想随后告诉你，你暂且回去歇息一下，我们明日再议。"

智弘走出文沣主任的办公室后，显得忧心忡忡。

智弘急于回家看看谷丰父女俩，上次他在家里发火，至今想起来依旧羞愧不已，此次去开封执行任务，他曾不止一次想起月枝，月枝的面容时常浮现眼前。他曾暗暗向佛祖忏悔，并求佛祖帮他丢掉尘念，自从出家他就极少回去，这多半源于他想尽力摒弃杂念。

忽然，自训练场方向传来密集的枪声，这不像是平日里的射击练习。智弘本是想直接回家的，出于好奇，他却绕到训练场，一看究竟。他见一个同去开封执行任务的美国教官正红着脸进行机枪扫射。大约是因喝酒来了兴致，加之酒桌上不少人夸他此次任务完成得漂亮，这个美国人端起机枪对着林子胡扫乱射，一时间惊起飞鸟无数，林子里枯叶纷飞。而这样的射击方式平日里并不允许，若是有人这般扫射，定会招致美国教官一顿呵斥。智弘懒得看这教官得意忘形的丑态，他摇摇头走上了回家的路。

西墙边的鸡舍里，那只褐色公鸡大约是久未见到智弘的缘故，把鸡头抵住鸡舍的栅栏，斜眼望着智弘走向屋门。

智弘见月枝一人在家，正低头剥着松子。智弘回来，让月枝一阵惊喜，她跑进里屋捧出个布袋来，解开布袋的系绳，然后将里面的东西亮给智弘看。布袋里满是细小的松子，智弘不解道："傻丫头，剥这么多松子不直接吃了，装布袋里做什么？"

月枝眨着眼道："智弘哥，你猜猜。"

智弘道："想要留到冬季时再吃？"

月枝道："不对，这是给你留的，每顿饭给你十个，你离家一共三个月零十二天，算下来就是一百零二天，一天给你留三十个，一共给你留了三千零六十个松子，要不我俩把松子倒出来数数，看我说的准不准。"

智弘听罢月枝的话，看月枝的手指结着厚茧，泪水止不住簌簌而下。他忙扭转身去，装作去床下寻找书本，低下头暗自垂泪。却听月枝抱着布袋说道："你找什么啊？智弘哥，我帮你找吧！"听见月枝的脚步声近了，智弘转身猛然抓住月枝的手，啜泣不已。智弘哽咽道："月枝，是哥对不住你，哥上次不该对你无端发火。"月枝道："哥，你说的是什么时候的事啊？我都给忘了。发火怎么了？又不是给人家发火，真是的。”智弘一时间无言以对。他把月枝的手松开，望一眼屋外问道：“大叔又去林子里了？”月枝说道：“我也想去，爹就是不让，爹说女孩子在外抛头露面不好。也不知道哪儿不好，林子大，本来就见不着几个人。”智弘道：“你爹说得对，山里有野兽，还是待家里的好。”月枝神秘地说道：“哥，告诉你一个好事，爹在林子里找到了一块宝地，爹说虽然这块宝地有点儿远，山路有点儿险，可那里有燕窝、银耳，还有猴头菇，爹把这些宝贝拿到城里换回来不少粮食，能吃到过年。”月枝这么说时，脸色泛着红晕，她身上特有的女人的气息让智弘不由得后退一步。

得知父女俩没有挨饿，智弘欣慰不已，毕竟是他智弘在这对父女落难时，让他们住进家里的。见月枝异常兴奋，智弘不想扫了月枝的兴，更怕月枝因此担忧，故而没有将数日前深入敌后的事告知月枝，更不会把即将奔赴焦作的事说给月枝听。

眼见天色渐暗，仍不见谷丰回来，智弘时不时望望外边。月枝道：“以往这个时候爹早就回来了，也不知道爹是不是又找到什么宝贝东西了，不会是因为自己拿不动，又舍不得丢下吧？爹上次找到山珍时怀里抱着银耳，背上背着香菇，爹一点儿都不嫌累。”智弘无心听月枝在一旁絮叨个没完，他很想进林子里接谷丰。可山林无边无际，白天走进林子，能不迷路就已经不错，何况此时的林子里只怕已是夜间光景。智弘道：“月枝呀，你看见大叔从哪个方向进的林子？”月枝道：“爹走时我在喂鸡，我没看见爹去了哪边。你别担心呀！哥，爹不会迷路的。”

智弘站门口望着月枝开始埋头做饭。月枝挽起衣袖，舀出两碗白面倒进盆里，然后兑入半碗凉水，她将面搅拌均匀后，用力搓揉，等把面团搓揉劲道，再将整个面团分出数个小面团，拿起圆圆的小面团摆放在蒸锅里，而后将蒸锅的盖子盖上，再添柴烧火，但等馒头蒸熟。月枝在埋头蒸馍时，不时抬头望一眼门口的智弘，她的眼里满是喜悦。灶火暗红的光映在脸上，月枝的脸泛出润泽的光。

天色完全黑下来时，谷丰依旧没有回来。此时的月枝开始显得惊慌不安，她跑到柴门外焦急地走来走去，渐渐地，月枝的眼中溢出泪水来。其实，早有一种不祥的预感涌上智弘心头，他只是不想坏了月枝做饭时的兴致，而没有将担忧说出来。他说了又能如何？若是去找，偌大的林子，无异于海底捞针。

两人在焦虑中又等了一会儿，智弘感觉已是无望，想到林子里夜间常有野兽出没，想到林子里夜间阴森恐怖，他不由得毛骨悚然。忽想起训练班，想起文沣，想起文沣主任在和智弘说话时那和善的目光，一个想法立时闪现在智弘心间。他喊过月枝镇定地说道："月枝，你不要担心，你爹不会有事的，你自己先睡吧，哥这就回寺院，求助训练班的文主任，训练班上百号人，各种枪械及照明设备都有，相信文主任不会坐视不管的，文主任对哥一向不错。只是你得听话，不许出门，好好睡觉，等哥回来。"

月枝满口应下后，抓住智弘的手久久不肯放下。智弘看时，见月枝的眼中满是泪痕。

智弘顺小路跑回寺院，他先去见了方丈，将家里情况及自己的想法说给方丈听。方丈默默祈祷一会儿，让智弘去了。

文沣的办公桌前站着几个人，他们正在一张地图上指点着什么。智弘在门口踌躇着此时进去是否合适，却听文沣喊道："智弘，这么晚了，你有事吧？"

智弘进屋后遂将家里发生的事，以及想让训练班的人连夜进山寻找谷丰的想法一并说了。岂知，文主任面露为难之色，他说最好是明日进山寻找，这么黑的天，能否找到谷丰尚在两可之间，万一训练班的学员再有个三长两短的，他文沣无法向上峰交代。考虑到文沣的难处，智弘便没再多说，也没在这里过多逗留，他转身离去时，脑际闪现的第一个人是方丈。

智弘来到正堂，见方丈正在蒲团上打坐，智弘没敢进去，就在门口将方才他在文沣那里碰壁的事说了。方丈闭目说道："你去找你清慧师父，让他指派几个弟子去林间寻找，记住带上火把，小心脚下，小心火烛，去吧。"

清慧师父听智弘言罢，当即喊来一群僧人，众人议论纷纷。峰云道："训练班的人真是不够意思，这分明就叫见死不救，遇难不帮！他们不帮，我们帮。”

智弘忙谢过师父，谢过师兄弟。于是，清慧、峰云等共十五个僧人，各自手持火把，挽着袖子，沿着崎岖山路走向林子深处。

一帮人有火把在手，一点儿不怕野兽滋扰。林子中沉寂异常，火把燃烧时的噼啪声扰乱了林间的安静。一个时辰过去，不见谷丰踪迹。于是，智弘开始大声喊着谷丰的名字，然而，这喊声过后，所能听见的，依旧只是火把发出的噼啪声。在去往哪个方向寻找的问题上，众人颇费思量。渐渐地，人们懈怠下来，这样的寻找无异于大海捞针。就在众人不知该去往哪里寻找谷丰时，忽听有人惊呼："我们走错路了，你们快看，前面不是训练班的训练场吗?"

智弘仔细辨认，他见林子的前方一片银白，月光正将银辉洒向一块林间空地。他们一帮人走了足足一个时辰，居然又回到原先出发时的地方。智弘说，我们必须得及时更改寻找线路，谷丰大叔若是走到这里，他闭眼就能摸回家。

忽然，在穿越一片深草时，智弘的脚被软乎乎的东西绊了一下。他弯腰看时，手中的火把一下滑落了。他看见谷丰大叔倒在血泊中。随着智弘的惊叫，众火把一时间集聚过来。众人看时，但见谷丰大叔的上身全是弹孔，看弹孔的密度便知，这是机枪连射的结果。想起日间美国教官酒后胡乱射击那一幕，智弘瞬间明白了眼前的一切。

谷丰的尸体被抬回家里时，月枝正在屋里烦躁地走来走去。看到父亲的尸体，月枝呆呆地站在原地，她一点儿不信这眼前的现实。

倒是智弘先于月枝跪到谷丰那满是枪眼的尸体旁，他泣不成声地说道："大叔，都怪我，我当初不该把你们父女俩领到家里，要是你们继续在外逃荒，哪会被人打成这样！你这么走了，留下一个孤零零的月枝，她该如何活下去呀！佛祖呀，弟子本是一片好心，却为何办不了好事啊?"

月枝倒是没有说话，她用小手狠狠地打着自己的脸，随后用力胡乱地扯着长发，在她声嘶力竭的哭声里，月枝的长发纷纷落下，只片刻，谷丰的脸上落满黑发。

峰云赶忙上前拉住月枝的手，他怜惜地劝着月枝，这个平日里能说会道的人，此时的话结结巴巴显得语无伦次。

见月枝被众人劝得稍稍安静，清慧师父示意僧众就地打坐，为逝者超度。僧众念起经文《佛说弥陀经》，然后合掌，念佛名数遍。最后，清慧师父轻声说道："愿以此功德，让长者与佛结缘，离苦得乐，往生善道。"

念过超度经文，智弘稍显平静，他执意要去面见文沣，讨要说法。却听清慧师父安慰道："智弘啊，已是午夜，明日再去不迟。何况事已至此，人死不能复生，即便去找文沣，他又能如何！你和峰云留下陪着老人，我们这就赶回寺院，大约方丈还在等着这边的消息呢。"

智弘头脑昏沉，一时无话。

第十二章

方丈据典劝弟子
智弘路途遇日军

无风的清晨，大雾弥漫，清冷异常，平日里早醒的林鸟这会儿极为安静，只有高树上滴落的水珠，砸向地面的枯叶，发出瑟瑟声响。山门外隐现僧人扫地的身影，这身影在飘忽的雾霭中时隐时现。

智弘穿越晨雾来到文洋的门口时，适逢屋门打开。文洋见门口的智弘满脸憔悴，忽想起昨夜智弘曾来过他这里，却想不起智弘找他何事。此刻，文洋以为智弘来他这里是为赴焦作执行任务的事，他极为赏识地把智弘请进屋内。智弘进得屋内，带进一阵寒意。

文洋让智弘稍坐，他洗把脸后说话。不想，智弘非但没有落座，而是厉声质问道："美国教官用机枪将谷丰大叔打死了，死者的尸首还在家里躺着，此事你看怎么处置吧！"

文洋听罢智弘的话，不觉一愣，他这才想起昨晚智弘说过要找人的事，于是，他不悦地说道："智弘你说的话我没有听懂，你一向不是以这样的口吻跟上峰说话的。美国教官怎么会无端打死人呢？谷丰是什么人？"

文洋的问话倒让智弘一时语塞，谷丰何许人也？该如何回答文洋的问话，这让智弘颇费思量。亲人？亲戚？显然都不是。是路人？似乎是，又似乎不是。如果不是路人，那又该如何定性两者间的关系？如果是路人，那他智弘何苦为一个路人而鸣不平呢？

见智弘沉默无语，文洋误以为智弘是在赌气，一时间大为不满，他阴着脸厉声说道："智弘你不能信口开河！你说的事非同儿戏！你说美国教官滥杀无辜，证据何在？你是亲眼所见还是道听途说？”

眼见自己已引火烧身，智弘反倒平静下来，他丢开顾虑，静静说道：“文主任，我没有信口开河，谷丰大叔的尸首现在还在家里躺着，他的上身被打成了筛子底，那分明是被机枪打的，且尸首是在训练班的训练场旁边发现的。昨日午后，我亲眼看见一个美国教官发疯似的端枪横扫。”

“在训练场放枪那是再正常不过的事了，我还以为美国教官端枪去了谁的家里肆意乱射呢！听你这么说，我就清楚了，你还有别的事吗，智弘？”

“不是呀，文主任，谷丰大叔是被美国教官打死的，杀人者偿命，欠债者还钱，此乃天经地义的事！”

“还没改掉你那迂腐的书生气！看在你深入敌后立下战功的分儿上，看在你很快还要去敌后执行任务，我暂且不与你计较。去吧，置口棺木把死人埋了吧。来呀，带智弘去账房支取五块现大洋，账上注明购牛肉所需。”

就在智弘还想申辩时，进来两个侍卫，硬生生将智弘请出了文洋的办公室。五枚银圆是在智弘没有留意时，被文洋的侍卫装进兜里的。

智弘犟驴般执意反身找文洋理论时，却被侍卫强行拦下。望着侍卫瞪得如鸡蛋般大小的眼睛，智弘终于忍下，奔正堂找方丈去了。

方丈听罢智弘的话，缓缓说道：“死亦生，生亦死，一个轮回罢了。未知生，焉知死！从前，有个妇人死了儿子，她哭得死去活来，却依然难解心头之苦，于是，她找佛陀诉说：‘佛陀呀，求你让我家小儿活过来吧，我宁愿舍弃家里所有，我宁愿自此削发为尼，终日侍奉于佛陀身前。’佛陀说：‘唯有一个办法能遂愿，你去找到一棵草，这草名曰吉祥草，找到后，你的儿子便能重活于世。’妇人问：‘请问佛陀，这草哪里有？’佛陀说：‘哪一家里没有死过人，这个家里一定有吉祥草。’于是，妇人诸家询问：‘你们家里死过人吗？’人们点头后，纷纷斥责她，便将这妇人当成疯子了。后来妇人终于悟道，原来没有一个人家里不死人的，生与死乃人间实相！不懂人间实相，也就不懂生死。”

智弘低头揣摩良久，他开口说道：“方丈，弟子懂了。可谷丰大叔去后，家里只剩月枝一人，她该如何为生啊！”

方丈道：“世间遭遇苦难者又何止月枝一人！苦难耗尽了，福报也就来了。《楞严经》云：‘若能转物，即同如来。’一切圣贤能转万物，不被万物所转，随心自在，处处真如。面对逆境不为所动，不执着，不动心，那便是修行。”

智弘道：“月枝还是个孩子！”

方丈道：“万物皆生灵！”

见方丈已闭目打坐，智弘沉思着走出正堂。

智弘去了趟城里，让棺材铺掌柜差人送了一口棺材过来，请邻村里几个有点儿力气的人，就在离家不远处的山坡上择平地打下墓坑。出殡这天，方丈让清慧师父带五个弟子来家里做了道场。月枝哭得几无举步之力，是智弘和峰云搀扶着她勉强走到坟地的。峰云再三说服月枝，最好留点儿体力，不然稍后回家都成问题。月枝岂能听进峰云的话，直哭得昏天黑地，晕厥坟头。这下忙坏了一帮僧人，掐人中，找泉水，有人好不容易找到一汪泉水，赶忙用脏手老远捧来，等手缝里的泉水滴到月枝口内时，仅剩数滴。好在月枝终于醒来，这个任性的孩子，醒来看见坟茔，依旧啼哭不已，继而咳嗽不止。于是，僧人再去捧水，等月枝的情绪稍稍安定下来，僧人已累得瘫坐在地。

让人宽心的是银圆没有用完，峰云去城里买些粮食回来，足够月枝独自用到年底。安顿好月枝，智弘回到寺院依旧心痛不已。想当初他好心收留谷丰父女，却怎么也想不到好心没有做成好事，又将自己处于尴尬境地。谷丰意外死去，留下月枝这孤女，日后该如何安置月枝？若是自己爹娘和妹妹逃荒回来，月枝便有个照应，不至于让人提心吊胆；若是他们不能及时回来，一个年少女孩子独自住在这荒郊野外的茅屋里，终归不是件让人放心的事。

他竟不由得想起峰云来，看得出，峰云对月枝有意，且是真心对待月枝，月枝至今还存放着峰云巧妙送她的银圆，尽管月枝还蒙在鼓里。于是，智弘将峰云叫出僧房，两人坐在山门外的石阶上，攀谈许久。

黄昏时分，斜阳西坠，孤雁南飞，望着萧萧落叶，漏雨苍苔，智弘不无伤感地说道：“峰云，谷丰大叔他们是如何来到我家的，你最清楚。

他们原本老少十口之家，却因黄河决堤，全家最后仅剩这父女两人。父女远道逃荒至此，当时既无充饥之粟，又无医病之药，眼见车上的月枝高烧不退，眼见父女俩走投无路，但凡心慈之人，断不会视而不见，换了你峰云也不会坐视不管，你说是吧？”

峰云叹息道：“是啊！那天的情形我是知道的。”

智弘接着说道：“当时我的爹娘和妹妹远去逃荒，家里就我一人，房子闲着也是闲着，于是领这父女俩来到家中。如今可好，早知今日，何必当初啊！是我害了他们！”

峰云看智弘的脸上满是愧疚，于是劝道：“智弘啊，你不能这么说，你是好心好意收留他们的，不然谁知道他们能否熬过饥荒。再说了，谁也没有先见之明，谷丰大叔的死，纯属意外，责怪谁都不合适，冥冥之中的事，谁也没有法子。智弘你不要自责，这事于你没有半点儿干系。”

智弘道：“话虽这么说，可如今月枝咋办？峰云啊，看得出来，你是喜欢月枝的，看你也无心待在寺院，不如还俗娶了月枝吧，这样，我就不用再为月枝担忧了。”

峰云扭头狐疑地望望智弘，见智弘一脸肃穆，他最终相信智弘所言并非儿戏。可他一旦还俗，孑然一身，居无定所，身无分文，只怕自己都难以果腹，他何以养活月枝？除非他找到那件汝瓷。于是，峰云直言不讳道：“智弘啊，你想成全我和月枝，我很感激，可眼下我一旦还俗，我指望什么养活月枝？要是我能找到寺院的密洞，找到田东所说的那件汝官窑瓷器，所有的问题都迎刃而解。寺院的其他地方我都找遍了，就剩方丈室没找。可我平时就没有借口进入方丈室，你是方丈身前红人，得空你在方丈室四处找找，指不定密洞的机关就在方丈室里。”

智弘瞟一眼峰云道：“你还没有死心啊！峰云，你这是作孽！还俗的僧人也不是没有，人家不是也活得好好的吗？我算看清楚你了，好吃懒做，想入非非，真不知道那田东给你灌了什么迷魂汤。你我身后就是山门，山门之内就是佛祖，这样的话，亏你说得出口，你真的不怕被佛祖打入十八层地狱吗？为人不能这样！”

峰云尴尬道：“我俩谁跟谁呀！就是信任你，我才这么乱说的，换成跟别人在一起，打死我我都不会这么说的！”

智弘道：“我明日就要去敌后执行任务，眼下最不放心的就是月枝了，你替我常去看看她。对了，不要告诉她我去了哪里，免得她为我担忧。”

一阵醋意不经意间袭上心头，峰云将手捶在地上，然后定定心说道：“你明知道那文沣偏袒别人，谷丰大叔的死他脱得一干二净，你还这么死心塌地为他卖命啊！”

智弘道：“我哪里是为他卖命啊！我是为你、为我、为月枝，更为千千万万像你、像我、像月枝一样的人早日脱离苦海，早日过上衣食无忧的日子。你是没有亲眼看见日本兵多么没有人性，你是不知道沦陷区的穷苦百姓活得多么艰难，他们真的是生不如死，那些日本孽障本就没有把中国人当人看，杀个人跟杀只鸡一样，连眼都不眨一下。还有沦陷区的地下党，他们每天都在跟死神打交道，稍有不慎就会没命。想起曾经搭救我的那些地下党，想起我表舅至今生死未卜，我智弘便坐卧不宁，我跟日寇誓不两立！”

峰云不解道：“是这样啊！你们这次去敌后，不就是要炸毁个煤矿吗？真不知道炸个煤矿对战局能起什么作用！”

智弘道：“你是只知其一，不知其二。日本人国内的矿山很少，他们的枪炮你以为是从天上掉下来的？造枪造炮就得用钢材，炼钢就得用矿石，就得用煤炭。他们将我国的矿石和煤炭运回国内，炼成钢铁，再将钢铁做成枪炮，而后反过来把枪炮用于中国战场，想想都气死人啊！峰云，我看你心不在焉，像是无动于衷啊！”

峰云道：“我没法跟你比，我只关心我自己的事，我真的很想找到田东所说的汝瓷，有了汝瓷，我就有了我想要的一切，难道这还不够吗？”

智弘气道：“峰云，你有点儿出息好不好？”

峰云不解道：“我让自己富足起来难道不是最好的出息吗？我有出息了，我会让喜欢我的人，以及我喜欢的人跟着我有出息，我会让月枝从此过上锦衣玉食的好日子，她不再吃了上顿没下顿，她不再终日提心吊胆地缩在荒郊野外的茅屋里，难道这不是你想看到的吗？我一点儿都不懂你说的出息到底指的是什么！”

一向善于辞令的智弘这会儿只顾叹息，竟无言以对。

智弘来找文沣领命时显得孩子气十足，见到文沣后，他将脸扭向一旁，拧着脖子问道："这次去焦作执行任务要去几个人？具体行动方案出来没有？"

文沣见智弘这般模样，不禁暗暗发笑，知是智弘还在为谷丰的死耿耿于怀。美国教官本是酒后兴奋，加之执行任务完胜而归，借以宣泄情绪，他是有违训练规程的，他是犯下过失的，可他是美国教官，他文沣又能如何？他自己平日里还让着他三分呢！想到此，文沣无奈道："智弘啊，换了你来管理训练班，换了你去约束美国人，你能如何？他们毕竟是外国人，是不远万里来帮我们的！"

话已至此，智弘还能如何！他望一眼文沣，没再言语。文沣接着说道："此次去焦作执行任务，人员不宜过多，以你为主，你带星圆同去，僧人进入矿区要相对容易些。炸毁煤矿问题不会太大，关键是该如何做到全身而退。据说上次执行炸桥任务时就是地下党帮了你们，不然你们不会那么容易脱身，你务必知道，那是运气所致，运气不会时时关照你的，你心里得有个万全之策。行动计划稍后给你，你先回去准备一下个人物品。"

智弘点头应下后回僧房准备去了。

训练班的车将智弘和星圆送到黄河岸边便掉头返回了。智弘下车后忽觉一阵孤独，他回望一眼远去的军车，一种无以言状的情愫瞬间袭上心头。黄河岸边北风很大，站在没有遮挡的古老渡口，智弘宽大的僧袍在猎猎冷风中被扬起老高，而身后的黄河故道一派苍茫。

孟津渡口南依邙岭，因黄河出陕，奔腾于豫西峡谷，水流湍急，至孟津，河道渐宽，流速骤降，便于行船，故而，这里自古便是南北往来的交通要冲。既是要冲，河道两侧自是驻军很多，且设卡盘查极严。卢沟桥事变后，日军迅速南下，数年下来，在河南境内洛阳至郑州一线，形成了以黄河为屏障的分界线，黄河以南是国统区，黄河以北乃日军占领区。咆哮的黄河水阻挡了日军的肆意南下，这样的对峙局面持续数年之久，其间虽有大批日军屡次偷渡，均被中国军队击退而缩至北岸。

孟津渡口来往的木船上搭乘的多是些商人模样的人，这些人或套着马车，或担着担子，而他们一旦上岸，所带货物少不得被翻个底朝天。南岸的国军设卡盘查如此之严，北岸怕是好不到哪去，若是这么随路人乘船北上，一旦被日军挑开包袱，内藏的烈性炸药以及带有消音器的短枪便极易被检查出来。于是，智弘他们照原定计划行动，需沿河道边的小路步行一里多地，那里有个小村庄。村子里大多数村民家里都有用羊皮做成的皮筏，平日里他们凭借皮筏，在浑浊的黄河水里捕些小鱼小虾，借以弥补土地贫瘠所带来的生计所需。而智弘他们需租乘村民的皮筏，夜间赶赴黄河北岸，从而绕开日军哨卡。

已是日暮黄昏，村子里传来几声犬吠。而炊烟升起仅过屋顶，便被疾风吹得不见踪迹。听见幼儿尖厉的啼哭声则是在智弘抵达村子之后，女人的声音则显得浑浊而又低沉："一会儿老日来了，再哭让老日把你抓走！"听见这吓唬孩子的话，智弘不禁苦笑，虽是日军没有越过黄河，看来日军的暴行早已路人皆知。大约是幼儿尚小，听不懂这老日乃"何方神圣"，那哭声分外大了。

见两个和尚进门，女人忙去拿来一个窝头，而后一分为二递了过来。智弘忙道："谢施主！我和师兄不是为化缘而来，你家男人在家吗?"

说来也怪，就在智弘说话时，坐在一块破席上方才还号啕不已的幼儿这会儿止住哭声，他眨眼望着智弘，大约是智弘两人锃亮的头皮让幼儿忽生好奇的缘故。男人的出现则是在幼儿试着爬起之后，男人自屋内出来，望一眼席子上颤巍巍的幼儿，厉声喝道："摔死你！不好好坐着爬起来干啥?"男人说罢，没好气地对着智弘说道，"咋了？嫌少？这年头给你们一个窝头，没让你们白来一趟就已经不错了！"

智弘忙道："施主误会了，我们不是为化缘而来，我们是有事求助施主。"

男人道："求助？要大洋我家可没有！要命有。"

智弘笑道："施主可真会开玩笑！说起大洋来，我身上倒真的有。我们想请施主将我们送过黄河去，看需要多少块大洋？施主请讲。"

男人愕然地望着智弘，稍后疑惑地说道："你们这是开玩笑吧？往西走一里多地就是孟津渡口，那里来往船只很多，你们干吗不去那里？却愿花大价钱让我送你们过河！”

智弘忙道：“施主您有所不知，我们急于赶到五台山去，那里有个重要法事等着我俩，若是误了期限，少不得被方丈重重责罚。您看已是日暮黄昏，我们赶到孟津渡口，只怕是船工已经歇业了。”

见暮色渐重，男人迟疑片刻，冷不丁问道：“这年头和尚可真有钱！你们是怎么知道我家里有羊皮筏子的？那羊皮筏子又没在外头。夜间过河可不是件容易的事啊！”

智弘道：“是啊，夜间过河是不容易，我们原本也不想夜间过河，这是没有办法的事。至于该付多少工钱，您说了算，我们不会给您讨价还价的。”

男人道：“既然你把话说到这个份儿上了，你们看着给吧，随你们的便，来来来，来屋里帮我把羊皮筏弄出来。”

这是一个用六张完好的筒状羊皮做成的羊皮筏子，筒状羊皮里充足了气，几块木板将羊皮连起，羊皮筏看似庞大，其实很轻，三个人异常轻松便将羊皮筏抬到黄河边上。

三个人坐上羊皮筏子悄然渡河时，天已暗淡下来，白日里还是橙黄的河水此时闪着白亮的光。羊皮筏漂浮在汹涌的河水之上，只片刻，智弘便感觉想吐，好在船家有个法子，智弘照着去做，很快便缓过劲来。船家让智弘仰面躺下，看着天上的月亮，想着月亮里有仙女正在采花，别去看旁边的河水，更不要看岸上的树木。

终于来到黄河北岸，智弘付过工钱，趁着夜色下了筏子，而后摸进一片深草中。他们起初并不知黄河岸边到河堤尚有一段很长的路要走，于是低着头一路小跑。远远地见河堤就在不远处，他们正要走出荒草接近河堤时，忽见远处驰来两辆三轮摩托车，听不懂摩托车上的日本兵说些什么，但见摩托车骤然停在河堤上，一阵乱枪响过后是一阵沉寂，而后摩托车重又启动，向着远方而去。智弘弄不清这对日本兵是看见黄河滩头有模糊影子移动，还是什么都未曾看见，仅是出于巡逻的习惯。

绕过了黄河边的日军哨卡，智弘和星圆便迂回至大路上，星夜赶路。比起乡间小路，大路自然好走得多，夜间又无日军盘查，他们只在午夜小睡一会儿，醒来便继续前行。

就这样，智弘和星圆夜间顺大道赶路，白天则游走于乡间，走村穿寨，借化缘向着焦作方向移动，而午后的一段时间他们则找个藏身处大睡一觉。

然而，距离焦作不远时，他们在山洼里的一个小村寨遇到一队日伪军。这帮无聊之徒掠来一些活鸡活羊正走出村寨，远远地见侧面小路上走来两个和尚并进了村，日军翻译突发奇想，这里周边没有寺院，只听说和尚做法事的场面很是壮观，却是难得一见，于是想起月前故去的父亲，让和尚为入土的父亲补做个法事，超度父亲的亡灵，岂不更显他的孝顺？就这样，他在日本人跟前嘀咕一阵，而后这帮人竟返回村子，寻找方才进村的两个和尚。

其实，智弘早已看见已经出村的一队日伪军，他以为日伪军已经掠来鸡和羊，不会再停下的。当时已无处藏身，与其遮遮掩掩引起怀疑，倒不如大大方方走进村子，就这样，他们硬着头皮进了村寨，手捧瓦钵敲响了村民的大门。

“喂！和尚，你们不用化缘了，今儿个的斋饭我包了。”日本翻译在远处大声喊道。

翻译来到智弘身旁时，见村民的大门并未开启，于是翻译接着说道：“村民的家里能有什么好吃的，跟我们走吧，到皇军的炮楼里，大鱼大肉多了去，这不，皇军刺刀上还挑着鸡子呢。”

智弘和星圆听到大鱼大肉，立时合掌于胸前，低声念道：“阿弥陀佛！罪过！罪过！”

“罪过什么呀！你们还没吃不是？不吃大鱼大肉也行，炮楼里还有其他好吃的，方才我跟太君说过了，只要你们好好给我过世的父亲做个道场，太君不会亏待和尚，跟我们走吧，炮楼离这里不远。”翻译催促道。

智弘和星圆对视一下，智弘道：“皇军啊，我们师兄弟出来仅是化缘的，没带法器，做法事得用法器，看能否改日，我们去府上为逝者超度，您看如何？”

“这和尚说起话还文绉绉的。你别蒙我，你们和尚化缘四海为家，谁知道几天后你们游到了哪里？还改日？改个鸟，现在就得去，遇上两个和尚不容易。”翻译像是方才吃过什么东西，他正手捏一根细小的树枝歪头剔着牙缝。

正说时，一个日本兵不耐烦地上前欲抢智弘的包袱，智弘伸手一挡，竟把毫无防备的日本兵推了个趔趄，这日本兵嘴里叫着“八嘎牙路”端枪对准智弘。事已至此，已别无退路，只得面对。在去不去炮楼的问题上，智弘思来想去。去了，他和星圆包袱中藏着武器，稍有不慎便会暴露身份，到那时，能够全身而退都是极难的事，赴煤矿执行任务更是奢望。若是执意不去，看来少不得引来一场战斗。按说六个日伪军在毫无防备时，做掉他们也并非不能，可关键是做掉他们时万一响起枪声，惊动其他鬼子，到时将无法收场。听翻译所言，炮楼距这里不会太远。智弘思前虑后，眼下仅有一条路可走，那就是以极快的速度做掉他们，且双方不能响枪，可他们随身携带的消音器此时并未装在枪管上，而安装起来需要时间。智弘最终拿定主意，他咬咬牙向星圆使了个眼色。

见身边的大门前有个石狮，智弘对着翻译说道：“皇军，我忽然想起，我的包袱里好像有个做法事用的木鱼，法器不多，那就凑合着把法事做了吧，超度令尊的亡灵靠的是心诚，而不是法器的多少，您说是吧？”

翻译忙道：“那是，那是。”

智弘遂将肩头的包袱取下，放在门前的石狮上，他在徐徐解开包袱时，扭头对着星圆说道：“师兄啊，你也打开你的包袱看看，你的包袱里要是有个手铃什么的，那是最好不过了，既然皇军如此器重你我，如此信赖我佛，那你我就该替佛祖成全信徒才是。”

那翻译听得真切，对两个和尚的话并无戒心。他看着星圆也转身将包袱放在石狮上，利索地打开包袱。然而，两个和尚弯腰扒拉包袱的时间稍长，这让一旁的日本兵顿生疑虑，就在日本兵走向智弘时，智弘和星圆猛然转身，两支带着消音器的短枪直直地指向日伪军。

六声低沉的枪声响过，六个日伪军相继倒在血泊中，他们压根儿没有丝毫防备，就这样，战斗极快结束。望着枪口的消音器上还冒着蓝烟，望着噗噗声响后倒地的日本翻译嘴角还在痉挛，智弘和星圆忙将短枪收起，考虑该将死尸埋到哪里。

就在两人要动手抬运尸首时，不远处一扇大门被轻轻打开，一个村民好奇地走过来一看究竟，他战战兢兢走向尸首，见六个日伪军已经死去，于是高声喊道："日本人死了！日本人死了！"

旋即，各家的大门相继打开，村民将信将疑地来到尸首前，见状，个个欢喜不已。

"真的死了呀！"

"可不是嘛！ 点儿气都没了。"

"和尚可真厉害啊！"

"一定是日伪军把和尚欺负得无路可走了，要不然和尚是不会杀生的。"

"替天行道，惩治恶人，菩萨不会怪罪的。"

"你们别高兴太早了，日本人能善罢甘休吗？万一炮楼里的日本人找上门来可怎么办？"

"又不是我们人杀的，怕什么！"

"日本人会跟你讲理吗？你想得美！"

"那就把尸首和地上的血迹处理干净，让谁也看不出来。"

智弘忽然说道："这位施主说得对，一定不能让炮楼里的日本人发现他们有人死在这里。我们一起去山坡上挖个深坑，将死尸深埋，然后再将地上血迹处理干净。还有一条就是，大家一定要守口如瓶，打死都不能把今天的事说出去，相信乡亲们一定能够做到！"

村民众口一词，七手八脚将日伪军的尸首抬至山坡，进行深埋。之后，智弘和星圆收拾行装，一路北上。

第十三章

炸煤矿智弘不忍
说利害田东施压

西洼煤矿位于群山之下，山间坡地荆棘遍布，大树却难见踪迹，盖因矿井巷道所需原木甚多，山上树木悉数被伐而移至井下的缘故。而山岩裸露处，一如疤痕。山溪自煤矿一侧逶迤而去，溪流流经之处多有碎石，或大或小，挤满沟壑，山溪个别处，溪水自碎石下穿过，但听水声，不见水流。

两排简易工棚建在矸石山不远处，起风时，高高的矸石山上飞沙走石，矿工所住的工棚立时笼罩于一片灰蒙蒙中。煤矿通往外界的路仅有一条，路口有日本兵把守，对于进出的矿工日本兵并不搜查，然而，智弘和星圆通过时，却被日本哨兵拦下了。见两个和尚要进入矿区，哨兵盘问再三，智弘好话说尽，那日本兵执意不予放行。适逢一个矿工家属打此经过，见这个女人不住地打量自己，智弘灵机一动，大声说道：“这位施主还认得贫僧吧？有缘人出了寺院也能遇见。”

女人起初愣了一下，随即激动地说道：“我有半年没去寺院进香了，难得师父还记得我。师父是来这里化缘的吧？我家里刚好蒸了一锅窝头，跟我来吧，我送你们几个。”大约日本兵确信和尚是来化缘的，又有熟人在矿上，于是挥挥手让智弘和星圆进去了。

有风的矿区，煤尘无孔不入，四处透风的屋内，煤尘散落一地。智弘见这间工棚内的正中居然放着一张桌子，桌上的算盘和印油说明这里的主人并非一般矿工，于是，智弘便找话与女人攀谈起来。女人才说两句，忽然想起什么，赶忙说道：“送你们一人一个窝头，你们吃了快走吧，别在这里逗留，免得日本人把你们也扔进矿井。”女人说罢，探头看看外边。

智弘不解道：“听施主的话，这里的矿工不像是自愿下井的，日本人不是给工钱吗？”

女人道：“工钱？那是血汗钱，那是卖命钱！今儿个下井，鬼知道明儿个能不能出来！”

智弘轻声问道：“那为何还干？”

女人道：“干了有口饭吃，家里揭不开锅的人才来这里，能够喂饱肚子的人，谁也不愿来这里。既然来了，就得卖命，不然要挨鞭子！监工一个比一个黑。”

眼见天色渐黑，女人催促着智弘他们及早离开，升井的时间快到了。智弘迟疑着走出工棚，他忽然蹲地上呻吟不止。女人忙问怎么了，智弘说肚子疼，他这不争气的肚子说不准哪会儿就犯病，有时候一天竟犯病数次。于是，女人回工棚倒热水去了。

升井的矿工通身一个颜色，适逢天色黑下，他们幽灵般走向各自的工棚时，极像是被风刮走的团团煤尘。就在女人将半碗热水递给智弘时，她的男人黑鬼般出现在眼前，女人遂将和尚化缘的事说了。男人满脸黑煤，只两排牙齿稍白，他看一眼依旧呻吟不止的智弘，同情地说道：“能走吗？能走就及早离开矿区，要是疼得走不了，我这就给监工说一下，给你们找个棚子住下，蹲在这煤灰里终究不是个事。也不看看这是什么地方！化缘怎么会跑到这里来！”

看得出，此人是个心慈之人，智弘正要谢过他，却见他自顾去了。只片刻，他又回到这里，对智弘说道：“我叫白山，是这里的工头，刚才给监工说了，你们今晚就住下吧，明日天亮早点儿离开。你的肚子疼轻点儿没有？”见智弘摇头，白山弯腰扶起智弘走向南边的幽暗里。

这是最南边的一间窄小工棚，棚内没有床铺，只地上一摊干草算是屋内唯一物件。工头指指干草道：“凑合一夜吧。”说罢，径自去了。

望着工头消失在幽暗里，智弘和星圆就地躺下，他们忽觉满身舒坦。奔波一路，有这干草做床，胜似棉被数层。

风住了，外面倒也清亮。星圆看一眼智弘，忍着笑问道：“没想到，师弟演戏是一把好手！你差一点儿把我给蒙了，你装得可真像啊！”

智弘道：“没法子，总得留下来呀！能够留下来才有下手的可能，不抓住这难得的机会，明日再进来怕是更难！我们不能白跑一趟啊！”

正说时，忽听外面传来窸窣的脚步声，于是他们赶忙收住话题。

白山进来时，端了一盏油灯，白山将油灯放在靠墙的半块旧砖上，用询问的眼神看着智弘。智弘忙说他的肚子这会儿好多了，他接着谢过白山的女人送给他们热窝头，不然的话，指不定这会儿他的肚子疼成什么样子。白山说你们去哪里不能化缘，偏跑到这里，你们以为这里好过乡间？智弘说乡间村民家里都很穷，这里毕竟是煤矿。白山说煤矿又能如何，矿工也仅是能够吃饱肚子。智弘说既然煤矿工人这么苦，那为何还要干下去？白山说，不干会饿死，挖煤再累，至少有口饭吃。智弘听罢久久没有言语。

听外边异常寂静，智弘肃然说道：“看得出，白工头也是穷苦出身，不知你想过没有，这样的苦日子是何人带来的？要是你们自己当家做主了，将是怎么一番景致？”

白山淡然说道：“这个道理谁都懂，谁都能这么说说。”

智弘道：“要是有人领头跟他们斗，你愿意跟随吗？你知道你们用命挖出的煤最终去了哪里吗？”

白山惊道：“你们是什么人？你们不是和尚吗？”

智弘道：“我们的确是和尚，可我们先是中国人。白工头你有所不知，焦作的煤炭纯粹、坚硬，火力耐久，剩渣极少，含硫量低，无烟无臭，是冶炼钢铁的上好煤种，日本人悄悄将这里的煤炭运往海边，而后装船送回日本国，他们用以冶炼钢铁，而后再将钢铁制成枪炮，可恨的是他们最后却把制成的枪炮及装甲车用到了中国战场，屠杀中国军民。是可忍，孰不可忍！”

白山听罢智弘的话，对眼前僧人的真实身份已心中有数，他显得既兴奋又顾虑重重，他压低声音说道：“其实，谁都恨日本人，大小矿山，上到矿主，下至矿工，谁不想抵制日寇！别的地方不说，就说焦作吧，这里有个叫孙越崎的老板，他在抗战初期，就悄悄把自己煤矿的机器设备拆开，千里辗转运往四川，据说他在四川建起四个煤矿，为中国人做了不少好事。人家这才是爱国，人家也有资格爱国，我们算什么，我们想爱国，可我们拿什么爱国呀？”

智弘看火候已到，于是说道：“炸毁这个煤矿就是爱国！”

白山惊愕道：“炸毁煤矿？师父你是不知道这里的实际情况，井下是三个班在轮着挖煤，也就是说，一天到晚井下都有人在干活，你把矿井炸了，那井下的矿工怎么办？一个个闷死在里面？”

智弘道：“那就想个法子不让矿工下井。”

白山道：“这个恐怕做不到。矿上不光有日本兵，还有很多他们雇用的监工，这些人猴精，你有一点儿反常他们就能察觉出来，你们今天来这里化缘就已经引起他们的怀疑了，你看吧，一会儿就有人过来盘问你们，你们要有异常举动，他们不会察觉不到的。”

智弘道：“难道没有别的办法吗？”

白山道：“就是有，矿工也不会答应你们把煤矿炸毁，你们想过没有？煤矿没有了，大家伙靠什么糊口？卖命挖煤虽然苦些，可起码有口饭吃，起码能够活着啊！”白山停顿片刻，接着问道：“你们用什么炸毁煤矿？”

智弘指指包袱道：“烈性炸药。”

白山大惊道：“我的天！你们哪来这么大胆，这里不是自己家呀！快，快，快把炸药掏出来扔到后山去，待会儿万一被监工翻出来，你们俩加上我和我的女人一准儿没命。”

智弘想这工头的话也不无道理，万一被人搜出炸药，定会牵涉工头一家，人家帮了他们，无论如何得顾及他们的安危。那就先把炸药藏起来，而后从长计议。于是，智弘和星圆从包袱里找出炸药和短枪，悄悄走出工棚，猫腰爬上山坡，将炸药和短枪埋进乱石堆里。

智弘和星圆返回工棚后，三人又说些闲话，就在白山端油灯将走时，两个监工和一个日本兵来到工棚。日本兵用刺刀挑开两人的包袱，端详许久，见里面无非是些日常用品，于是捂着鼻子走向门外。一个监工问白山：“你们是亲戚？”白山说：“不是。”监工问：“以前认识？”白山说：“家里女人先前去寺院进香时见过这两个师父。”监工道：“这么说来，他们真是寺院的和尚？”见白山不住点头，监工也捂鼻走出工棚。白山定定神看看智弘，而后随监工去了。

等外边的脚步声渐次远去，星圆惊魂稍定，轻声说道："好险啊师弟！不是这工头提醒，你我不一定能活过今晚！我们暴露事小，弄不好会牵连很多无辜矿工。"

智弘也感觉今日之事过于冒险了，于是闭目回想过河以来的一言一行。此次任务怕是难以完成了。并非不能下手，而是不忍下手。智弘想起白山所言，慈悲之心一时间占据上风。眼下的景况是若顾此，必失彼，人命关天，阻止日军运送煤炭绝不止这一条途径，然而，生命却只有一次。于是，智弘长叹一声。

星圆听见智弘暗自叹息，于是轻声说道："智弘，要是完不成任务，文沣不会按军法治罪我们吧？"

智弘道："不会的，我们还是僧人。可我一闭上眼睛，就仿佛看见日本人正冶炼钢铁，正制造枪炮，正把枪炮和装甲车运往我国。"

星圆道："快睡吧，都累了。"

智弘道："我们明日就这么空手而归？总觉得心有不甘！可又没有别的办法。"

星圆道："我们尽力了，我们问心无愧，快睡吧。"

清晨，已有白露斑斑点点浮于路面之上，足以陷进半拉脚面的煤灰一踩一个深坑，而白霜覆在煤灰上，一如黑鬼偷抹了女人的脂粉而没有抹开般不甚协调。智弘和星圆噗噗噗地走在煤灰中，身后腾起一线烟雾。

来时一路谨小慎微，返回时却一身轻松，他们只走大道，即便遇见妖魔鬼怪他们都丝毫不惧，只因身上没带武器。此次任务没有完成，起初仅是遗憾笼罩心头，迟迟不肯消退，当他们经过来时曾经滞留过的村寨后，悲痛与懊悔却骤然压得两人喘不过气来。

绕过一片树林，星圆最先发出一声惊叫。智弘看时，却见之前经过的那个小山村已是一片灰烬，他和星圆曾在这里枪杀过六个日伪军。两人疾步赶到村寨时，不见人影，不闻人声，仅一只柴狗蜷缩着身子不时发出一两声呻吟。村民的房舍均被大火焚烧，房舍上残留的斜梁挣扎着刺向昏暗的天空，空气里弥漫着焦煳的味道，恐怖笼罩着山野村寨。

“有人吗?”智弘惊恐地喊道。

村寨里久久没有动静。就在智弘和星圆猜测这村寨为何被焚时，自废墟的颓墙边颤巍巍走来一位老者，老者来到智弘两人跟前，他用满是血丝的眼睛呆呆地望着智弘。

“这……这……这到底是怎么了呀，老人家?”星圆结巴着问道。

老人举起干柴般的胳膊揉揉眼，用沙哑的声音说道：“日本兵把村子烧了。”

“啊? 那一定是日本人知道了那六个日伪军的下落，他们是如何知道六个日伪军死在这里的?”智弘急切地问道。

老者道：“他们抓走了一个没骨气的货，一打他就招了。”

“那您是怎么活下来的啊?”智弘伤心地问道。

老者道：“是儿子把我推到了院中的枯井里。”

立时，智弘跪地下号啕不已。一个村庄的人仅剩眼前这位老者，这让智弘懊悔不已。

智弘本想和老者一道赶赴山坡，看一眼掩埋日伪军尸首的地方，见老者行走蹒跚，知是老者被儿子推下枯井时伤了腿脚，于是作罢，只和星圆跑向村外的山坡。曾经掩埋日伪军的那个墓坑已被掘开，黄土散落周遭。一切再明白不过。这样得不偿失的罪责让两个僧人一时间啼哭不已。

两人回到村寨，见老者坐地上浊泪横流，智弘自包袱里掏出所有银圆，轻轻置于老者跟前，而后带着星圆双手合掌于胸，口中默念《无量寿经》，为死者超度，他们绕着化为灰烬的村寨走了一周，又走一周。

两个人直趋孟津渡口，回到风穴寺，智弘便卧床不起。

方丈来到僧房，星圆遂将路途经历一一说了。方丈坐在智弘床边，手捻佛珠，缓缓说道：“智弘啊，生死轮回，六趣流传，不过是事相上的分别而已。死即生，生即死，一个轮回罢了。表象上看，有生有死，从佛性上讲，人无生，亦无死。若论佛法，一切都是现成，所谓的马上长角，头上安头，终归是多余的事。忘掉苦乐吧，只有做到发心、忍耐、行佛，才会一切皆空，不生烦恼。而发心，不是发一时；忍耐，不是忍一事；行佛，也不要只行一点。我佛弟子，定不会因一时因一事而丢弃佛心的。阿弥陀佛！”

智弘闭眼似懂非懂地听着方丈的话，他很想起身面谢方丈，却因浑身乏力而放弃。而忽然传来的鸣钟声，丝丝缕缕，余音袅袅，让智弘于空无中又添一份宁静。

智弘睡去时，方丈仍在身边。而在智弘深睡的一天一夜里，方丈共来过三次。当方丈最后一次看过智弘返回正堂时，却发现峰云在方丈室鬼鬼祟祟地翻来找去。见方丈进来，峰云尴尬地说道：“方才在七祖塔下看见一只耗子，追着追着就不见了，弟子生怕耗子跑进方丈室，咬坏这里的东西，就进来找找。方丈，智弘醒了吧？我去看看智弘。”峰云说罢，低着头径自去了。望着峰云远去的背影，方丈暗自叹息。

峰云回僧房，见智弘仍在熟睡，他想喊醒智弘，又不忍心，于是无趣地扛起扫帚去了塔林。

将到塔林时，远远地见一辆马车迎面而来，近前看清车上坐着田东一家。峰云颇感无颜，本不想抬头的，可不打招呼径自走入塔林，又觉不妥。于是，他寒暄道：“田掌柜气色真好！一家人又去寺院上香啊？”

田东停了车，翻身下来后笑道：“上什么香啊，还不是想过来见见峰云师父！我们不来这里，峰云师父无论如何是想不起到寒舍坐坐的。前天我那宝贝女儿还提起峰云师父，之前只是给她提提你们的事，不想这丫头居然上心了，她还说，看得出来，峰云将来是个有出息的人。”

峰云忽觉一阵心热，想起寻找汝瓷的事至今不见眉目，田东又一直对他寄予厚望，于是，峰云尴尬地说道：“一个小沙弥而已，能有什么出息！田掌柜交办的事我真是尽力了，都怪我办事不力！”

田东道：“交办？峰云啊，话可不能这么说，寻找汝瓷，并不是我田东非要让你去做的，这一点我们得说个清楚。我是生意人，做生意是我的本分，说到底，你我之前所说的有关汝瓷的事，其实就是个互换，互换本来就是生意嘛。”

峰云道：“我将寺院里的沟沟缝缝都找了个遍，已经被人怀疑了，可还是没有找到你说的那个密洞入口。”

田东道：“如果很容易就能找到，那还叫密洞吗？还能轮到你去找吗？来了又去，去了再来，几百年下来，风穴寺不知迎来送走多少个方丈和禅师，寺院也不止千万个香客来往。再说了，当初修造密洞者一定不会比我们笨，他会让人轻易找到吗？换句话说，很容易就能找到那件汝瓷的话，我曾经许诺的临汝城内数一数二的上好宅院，还有我那天仙一般的宝贝女儿，也就显得太不值钱了不是？我说了，我是纯粹的生意人，而这件事本身就是生意。”

说时，田东的女人携千金款款而至。峰云看时，不觉一阵昏眩。看看田东，看看田东的女人，再看眼前这仙间女子般的田昕，无论从哪里看，田昕的长相跟他们二位都不像是一家人，这一点让峰云颇感意外，虽是之前见过这一家三口，却是没有留意这些。田东和他的女人脸形稍长，五官分布略显分散；而田昕脸小，且略显扁平，五官较为集中，嘴如樱桃，眉如柳，回眸一笑百媚生。

见峰云心事重重，田东的女人走上来轻声细语地说道：“峰云啊，你别听你田叔谈他的生意经，他是个口无遮拦的人，整日里只知道说生意谈赚钱，我才不会答应把我女儿的婚姻大事当成生意做呢！我是压根儿瞧着你是个干大事的人，长得又帅气，浓眉大眼，个头高挑，难怪田昕这丫头动了真心。知道你是因家境不好才出家为僧的，要是佛祖保佑我有个像你这样的男人做女婿，也不枉我对佛祖的一片诚心。我最瞧不起的就是城里那些公子哥，大事儿做不来，小事儿不愿做，终日里只会盯着别人家小姐转来转去，跷着细手指，拉着女人腔，贼眼滴溜溜转，腰跟干柴似的，看见这样的人我就烦。女大不中留，这阵子上门提亲的人那是走了一拨来一拨，就那么丁点儿大个小城，谁家的公子哥有没有出息，我是再清楚不过了。峰云，你还没有受戒是吧？”

峰云忙道：“是啊，我还没有受比丘戒，我随时都可以还俗的。年景不好，寺里不少和尚都是碍于生计才愿意出家的，真正自愿终身礼佛的人只怕不会很多。求佛祖宽容，弟子有罪，阿弥陀佛！”

田昕走近峰云，娇声说道：“你有什么罪呀，峰云？这里又不是寺院。”

峰云忙道：“这里是塔林，跟寺院有什么两样！”

田昕道：“不就是些砖头吗？把砖头垒成塔，我自小搭积木就是这么搭的呀！”

峰云差点儿笑出声来，他忙把脸扭向一侧，嘴里念着佛经，祈求佛祖恕罪。田东竟开怀大笑起来，这笑声顺塔顶四下散去。峰云忙将这家人请出塔林，几个人来到路边时，峰云的心才算稍安。

四个人正说时，却见雪花悄然而至，起初仅是零零星星，只片刻，雪团鹅毛般纷纷扬扬，远山近岭一派苍茫。望着漫天飞雪，望着周遭纷乱混沌，峰云的心头纷乱异常。田昕则欣喜不已，她仰着头，任飞雪飘落脸上，她的长发在飞雪中渐次模糊。峰云回望塔林时，飞雪已将地面掩埋。

田东望着漫天飞雪，肃然说道：“峰云啊，寻找密洞，寻找汝瓷的事你最好抓紧点儿，不然我怕你再没机会。”

峰云吃惊道：“田掌柜的意思是你要亲自出马？”

田东道：“不，我是生意人，我习惯于用生意场上的规矩行事。很快就要过年了，据小道消息，日本军队很快就要攻打临汝，鉴于日军实力，你是知道的，一旦开战将意味着什么。等日本军队占领临汝，我会请日本军人来寺院寻找密洞，寻找汝瓷。”

峰云忙道：“田掌柜您就别开玩笑了！要是日军能打到这里来，不早就打了？那大我听一个香客说，国军第一战区司令部还在洛阳，郑州属平原地带，如今还在第一战区手里，日军连郑州都没有打下，我们这里山高林密，是那么容易打的吗？几十万国军也不是吃干饭的！”

田东笑道：“没想到僧人也关心起战局了！你是只知其一，不知其二。论装备，论人心，国军都没法跟日本军队相提并论，眼下之所以郑州还在国军手里，那是因为日军将进攻重点放在了别处，比如，山西境内，太行山区的八路军勇猛顽强，八路军咬住了大量日军，以至于日军抽不出过多兵力拿下郑州，而一旦日军将山西境内的兵力抽出一部分用于郑州洛阳一线，你等着看吧。”

峰云变色道：“记得田掌柜说起过你是日本商人，田掌柜不是站在日本人一边胡乱吹牛的吧？”

田东道：“我田东虽是日本后裔，却是正经商人，自爷爷那一辈来到中国，便以此为家，我的家族从不涉足朝政，除了挣钱，对别的事不感兴趣，这你是知道的呀！”

峰云道：“要是日军攻陷郑州，接着打到临汝，那风穴寺不是也有危险吗？”

田东道：“日本国内也有寺院，日本也有不少人信佛，不到万不得已，日军是不会对寺院动手的。当然，日军要是受人之托，到寺院翻箱倒柜的，他们是不怕佛祖怪罪的，我说的意思你明白？”

峰云道：“这个我懂，你不就是说，到那时，你会出钱请日本兵来寺院寻找密洞，寻找汝瓷吗？田掌柜，要是有人胆敢毁坏寺院，那可是要下十八层地狱的。”

田东笑道：“香饵之下，必有悬鱼，重赏之下，必有死士。他们平日里就杀人如麻，要是论起下地狱来，他们得下十万八千层不止。”

峰云倒抽一口凉气，想起田东许诺的宅院，想起不远处低头赏雪的美人坯子田昕，峰云不由得舔舔舌头。沉默良久，峰云问道：“田掌柜呀，你是从哪里知道风穴寺里有密洞、密洞里面有汝瓷的？来寺院这么久，可是从没听说过，不但我没听说过，师兄弟也都没有听说过，这要是假的，你可把我害苦了，我死后下地狱不说，活着在寺院也没法做人，到时候又是竹篮打水一场空。”

田东道：“这么说吧，盗墓的人，他掘墓时指定是冒着天大风险的，弄不好他会死在墓道里。世间哪里有容易的事！你以为那些金银财宝，那些珍珠玛瑙是每掘必有的吗？他掘墓十座，其中一座墓里满是金银财宝就够他几代人消受的了。他们掘墓前可是一点儿都不知道这墓葬的底细，全是瞎碰。风穴寺里有地宫，地宫里有汝瓷，这是日本天皇身边的人说的，不会有假，你放心去干吧，如果有假，我田东犯得着这么三番五次找你吗？我犯得着带着宝贝女儿来这里丢人现眼吗？”

想起日后有日本兵来寺院寻找密洞，想起田东的宽大宅院最终会落入他人之手，峰云忽觉一阵心急。等日本兵来寺院寻找密洞，他们可不会像他峰云一样唯恐弄坏寺院佛物、打碎佛像，他们挖地三尺都未可知，与其让日军在佛像前撒野，倒不如他自己继续寻找，至少他不会有辱佛祖，至少他不会伤及无辜。想到此，峰云陡来兴致，他向田东许诺，他一定不辜负田东的期望，继续寻找，最后他望着田东，支支吾吾地说道：“田掌柜，方才尊夫人所言可是真的？给田昕提亲的人真的有那么多吗？”

田东叹息一声，而后肃然说道：“一家有女八家问，这是正常不过的事，你放心，我和田昕她娘不会答应那些提亲者。只不过，万一田昕这孩子看上了其中的哪一个，执意要嫁他，作为长辈，我们又能如何？你还是快点儿的好，免得夜长梦多，我这都是为你好，看你仪表堂堂的，每日里却拎着扫把扫地，我们一家人真的心疼你。”

峰云自小没了爹娘，忽听田东这暖心的话，不觉潸然泪下。他致谢再三，手扶田东上了马车，而后目送一家人驱车消失在茫茫风雪里。

第十四章

诉衷肠月枝力竭
炸临汝日军施暴

雪降寺院本就是一道绮丽景致，加之风穴寺的亭台、庙宇、佛塔、山门等呈阶梯状分布，飞檐斗拱，错落有致，红墙黛瓦，色彩迥异，再有白雪、绿树点缀其间，于肃穆中透着生机，在明艳里显出宁静。而远山则尽显空蒙，清一色的银白色，显得单调孤寂。

雪的消融比起降落来则迟缓许多，当初升的太阳照亮塔顶时，仅有些许融雪滑落而下。这天寺院迎来了一年一度的腊八节，这是寺院的盛大节日。佛祖释迦牟尼在这天得道成佛，弟子便将每年的腊月初八定为佛祖成道纪念日，并煮腊八粥供佛，以示敬意。相传佛祖释迦牟尼成佛前，曾苦行多年，饿得几近死去，后遇牧羊女送来乳糜粥，得免于死。至于后人在这天的腊八粥里加入诸如莲子、红枣、薏仁、花生等，仅是此类食物对补养身体多有益处，无他。这天除却僧众皆用粥食外，远近善男信女也竞相奔赴寺院，以求寺院布施粥食，这多是有求佛祖护佑，以图吉祥安康之意，故而有人将腊八粥称为“佛粥”。

峰云见香积厨外集聚众多善男信女，而粥桶就在门口的石台上，有人自己用过“佛粥”后，另要一碗欲带回家去。峰云好奇道：“你的家里不会只有一个人吧？这一碗粥够谁食用啊?”那人道：“我把粥倒进锅里，外加半锅水，不就够全家每人一碗了吗?”峰云笑道：“这样煮出来的也叫粥啊！比清水稠不了多少吧?”那人道：“我们吃的不是粥，我们吃的是吉祥。”峰云会意地点点头。

峰云还想说些什么，却见清慧师父向他走来，清慧师父说方丈想单独见见峰云。峰云本就想今儿得空去见方丈的，于是，他匆匆去了。峰云昨晚思虑了半宿，他想及早告知方丈，风穴寺将面临不测。

峰云来到正堂，见方丈已将两个凳子摆好，凳子面对面摆着，显得郑重其事，似乎方丈有要事要与他攀谈一番。见峰云进来，方丈遂将门关上，而后示意峰云坐下。两人坐下后，方丈道："峰云啊，师父昨夜想起一个典故来，今日讲给你听听。"峰云想方丈让他来不会是仅让他听个典故吧，他如坠云雾之中。

方丈道："从前有个学僧请示嵩山峻极禅师什么是行善的人。禅师说披枷戴锁者。学僧摇摇头，接着又问什么是邪恶为非的人。禅师说修禅入定者。禅师这般回答，让学僧不知所云，他恳请禅师讲得明白点儿。禅师说，所谓恶者，恶不从善；善者，善不从恶。见学僧依旧不懂，禅师又说，行恶者无善念，行善者无恶心，因而善恶如浮云，无所生也无所灭。拳头本身不是善，也不是恶，打人了就是恶，而为人捶背，为人挠痒就是善。俗话说，罪业本空由心造，心若亡时罪亦灭。师父以上所言你悟懂没有？"

峰云非但没有悟懂，还因昨夜没有睡好，方丈讲时他竟昏昏然几近睡去。于是，他摇头说道："方丈知道弟子我悟性不高，您就不要难为弟子了。"

方丈叹息道："为师早就知道你的心思没在礼佛上，故而有意试试你。既如此，师父也就不再难为你了。只不过，万事不可过头，不然我佛没有后悔药。"

峰云忙道："方丈啊，你说到没有后悔药，倒让我想起一件事情来，昨晚弟子想了半宿，觉得还是及早告知方丈的好。据可靠消息，日本人很快就要打过来了，弟子很为风穴寺的安危担忧。"

方丈道："寺院乃清净之地，一向不问政局，打仗是他们的事，与寺院有何相干！"

峰云道："方丈一定是疏忽了训练班的事了，毕竟这训练班是建在寺院之内，日本人要是抓住这个事不放怎么办？我估摸着一旦有个风吹草动，训练班的人指定是跑得比耗子都快，可寺院怎么办？"

方丈道："在风穴寺里办班，那是寺院被逼无奈。该来的自然会来，该去的自然会去。”

峰云道：“方丈啊！话虽是这么说，那日本人可不是讲理的人。不过，要是有人出面调停，情况会大不一样。”

方丈道：“你说的一定是有前提条件的吧？”

峰云道：“当然。我这也是为寺院着想，只想让风穴寺平安无事。”

方丈道：“你接着说下去。”

峰云忽觉浑身发冷，他实在不敢在方丈跟前造次，可话已说到这里，实难回避，于是，硬着头皮说道：“方丈啊，据说风穴寺里有个密洞，密洞里有件宋朝汝官窑瓷器，要是真的话，这件瓷器就能保寺院逢凶化吉。”

方丈轻轻笑道：“峰云何日学会了善用辞令！且不说寺院没有密洞一说，即便寺院有密洞，有汝瓷，那也是风穴寺中佛物啊！峰云的话中之意是将汝瓷拿出来送人才可保寺院平安，还是不拿出来也能保寺院平安啊？为师没有弄懂。”

峰云尴尬地笑笑，他摇摇头不敢再言。

方丈长叹一声后，肃然说道：“峰云啊，为师不得不好生开导你一番，今日让你过来也正是此意。俗话说得好，命中十钱，难求百金。一饮一啄，莫非前定，皆有来因。一个人命中该有的钱财，都是有定数的，强求不来。凡事必有因果，种瓜得瓜，种豆得豆，没有积下的福报，何谈锦衣玉食！故而，要想腰缠万贯，必先多行善事，积攒福报，指望天上凭空掉下财宝来，那是痴人说梦。”

见峰云低头不语，方丈接着说道：“佛说，欲贪不义之财者，死后必当饿死鬼。不义之财，易得难守。人有万算，天有一算，说的也是这个理。《大学》云：‘货悖而入者，亦悖而出。’凶财凶入，必定凶出。但凡种下恶果者，一旦福报享尽，恶报必定现身。”

峰云一时觉得如芒刺在背，见方丈丝毫没有停下的意思，不得不硬着头皮听下去。但听方丈继续说道：“世俗中人皆知取之为取，而不知予之为取的道理，多少人只知得到的就是自己的，却疏忽了付出、给予才是真正的得到。布施如田地，有田地才会有收成，只有种下布施的种子，而后才会有果实累累。回去好生想想为师今日的话，悬崖勒马，迷途知返，为时不晚。师父累了，你走吧。”

见峰云低头离去，方丈忽觉一阵轻松。若是能及时劝回这个迷途者，也不枉老衲一片苦心。方丈心里说道。

方丈的话无异于一记耳光打脸上，让峰云耳根发烫。方丈像是早就知道他在打汝瓷的主意，之前像是仅有智弘知道他心中的污浊事，莫不是智弘在方丈那里告了他的黑状？一时间他对智弘恨之入骨。随后，他拿起扫帚去了塔林。塔林的地上积雪深厚，皑皑一片，无从下手。带着极坏的心情，峰云仅草草扫去些塔上的积雪。他很想找个人排解苦闷，竟不由得想起月枝来，于是，他拿着扫帚去了智弘家。

看得出，月枝是个勤快姑娘，院子里非但没有积雪，且地面发干，想必是雪停后，月枝便将院中雪悉数清扫。峰云敲门后许久才有问话传来，峰云说明来意，才见月枝将房门打开。月枝一脸病态，双目无神，这让峰云一阵怜惜。

“峰云，智弘哥回来了没有呀？他都出去十天了！这么大的雪，也不知道他带的衣服够不够。”月枝挂念道。

忽有一阵妒意袭上心头，峰云本就心烦意乱，于是厌烦道：“他早回来了，一回来就睡，一睡就是两天，谁知道是累的还是鬼魂缠身了！”

“智弘哥有病了？”月枝着急道。

峰云有气无力地说道：“清慧师父给他搭了脉，他没病。”

“那他一定是路上出了什么意外！你也没有问问他？”月枝显得焦躁起来。

峰云道：“他睡着我怎么问？你也不问问我为什么愁眉苦脸的，我一进来你就一个劲地问智弘，问起来没完没了。”

“看你吧，你不是好好的嘛，有什么好问的！你和智弘是师兄弟，你们又是铺挨铺，智弘哥的事，我不问你问谁啊？我又没见着别人不是？”月枝怪道。

见月枝生气，峰云忙道：“好了，好了，智弘没事，他像是回来的路上受了惊吓，今儿一早就下床了，早上的腊八粥他一家伙喝了三大碗。”

月枝的脸上忽然间露出笑容，这让峰云醋意大发，他上前一把拉住月枝的手，说道："月枝呀，智弘临走前跟我商量，他想让我还俗，然后想法把你娶了，这兵荒马乱的，你一人在家他放心不下。"

月枝慌忙甩开峰云的手，责怪道："你别这样，我才不信你的话呢！智弘哥才不会这么说呢！"

峰云忙道："骗你我是小狗，这是千真万确的事。智弘是要干大事的人，他不会为儿女情长的事分心，不信你去问他。可我眼下什么都没有，我怎么娶你呀？我一定要想办法挣钱，我一定要让你过上好日子。什么君子爱财取之有道，什么命中有十，难取百金呀！都是狗屁，城里那些富商有几个不是靠走歪门邪道发家的！你等着，我一定会出人头地的，有了钱我就还俗。"峰云说罢，一把将月枝抱在怀中。

月枝挣脱出来，脸色发白，眼中噙泪，揉着眼说道："智弘不会说让我嫁给你的话，是你瞎编的。"

峰云道："那好吧，你自己去问智弘吧！"

望着峰云气呼呼出了院子，消失在皑皑雪地里，月枝赶忙把房门关上，随后她趴在床头啼哭不止，她喃喃说道："爹，你也不回来看看我，把我一个人丢在这荒郊野外，夜晚林子里狼叫狐狸叫的，门缝又透风，哪天夜里我都是蒙着头，哭一会儿睡一会儿，我害怕呀！爹。娘也不管我，早早就走了。爹、娘，月枝想你们！"

山风轰鸣，飕飕的风顺门缝扑进屋内，将门板掀得咚咚作响。隐隐传来西墙边那只公鸡的咯咯声。月枝拉起被子蒙头上，接着哭道："爹呀，你去了以后，本来指望智弘哥能在家陪着我，可他就是不回来，也不知道他是太忙顾不上我，还是真的一点儿都不喜欢我，他连见见我都不想。刚才听了峰云的话，这才明白，智弘哥真的不喜欢我，他想让峰云娶了我。爹、娘，我一点儿都不喜欢峰云，我喜欢的是智弘哥。你们一个个丢下我去了那边，我的命怎么这么苦啊！我也不想活了，我想早点儿去那边陪着爹娘，活着太难了！"

月枝这么哭诉着，直至精疲力竭后昏然睡去。

这天是腊八。过了腊月初八仅二十来天，日军的飞机便飞抵临汝上空，狂轰滥炸，这样的轰炸竟持续四天之久。

正月初二，本是大年之时，也是当地出嫁女子回娘家的日子，县城内外大路小路上不时有穿红戴绿的人们走过，或坐马车，或走路，也有坐着独轮车的；或领着一群孩子，或只小两口边走边说，城内城外比起平日里自是热闹许多。当那黝黑的炸弹当空而下时，人们起初并不知此乃何物，巨响过后，人们凄惨的喊叫声响彻云端。硝烟弥漫，一时遮蔽天日，刺鼻的火药味令人窒息。

日军的飞机最初是自风穴寺的上空掠过，飞机低空飞行时，那震耳欲聋的声响给人的错觉是自己的耳朵出了毛病，当僧人相互询问后，才知这并非错觉。僧人仰头时，但见高空之中几个黑点如大雁般张着翼翅，擦着山顶而过。

智弘当时正在家里安慰月枝，眼下的境况让他始料未及，进退维谷。当初收留这对父女时，只是觉得他们可怜，自己的父母和妹妹出外逃荒，家里空着也是空着。本想着等月枝身体恢复后，或者是他的父母回来就让这父女离开，结果这盘棋却被下成了死棋。谷丰一死，月枝便成孤儿，草草打发她实在不忍。平心而论，他智弘是喜欢月枝的，可他当初仅凭一时之气出家为僧，如今难以收场，虽是方丈不见到智弘的父母不会为其剃度，可他自己却已将自己皈依佛门，既是做了决断，便不能三心二意，为人不能那样，他一向执着于决定的事，一向小瞧那些朝秦暮楚者。关键是，他如今已身不由己，他毕竟参加了训练班，他杀过不少日本兵，他早已不是当初的他，若是他还俗娶了月枝，他怕连累到月枝，他日后能否躲过日本人的屠刀尚在两可之间。他想到了峰云，他知道峰云俗念未灭，迟早是要还俗的，可峰云的人品他不敢恭维，却又没有别的法子，至少峰云是真心喜欢月枝的，要不然峰云也不会将田东给的大洋悉数交给月枝。这兵荒马乱的，他只盼月枝及早有个好归宿，不然他死不瞑目，只因一时疏忽，他把这父女害苦了。将来，如果月枝与峰云的事不成，他就去周边村里，请媒婆给月枝找个婆家。这么想时，智弘的心底分明又有一丝不甘。

带着这样的情感，他跟月枝谈了很久，他想听听月枝的想法。而月枝只是抹眼泪，除此之外一言不发，这让智弘一筹莫展。那老鹰般的飞机正是此时飞越屋顶的，智弘听见轰鸣声出屋观看时，那飞机已消失在山林的上空。听着这震耳欲聋的声响，月枝的脸上露出恐怖的神情，见智弘像是要走的样子，月枝猛然扑在智弘怀中，身子痉挛不止。

想到月枝一个人独守空房，想到这荒郊野外山高林密，且四周并无人家，智弘一时间心如刀绞。忽想起方丈曾经说过的一句话：只要心中有佛，出家与否，都能修行。他的心这才稍安。于是，智弘抱紧月枝，含泪说道："月枝呀，哥懂你的心，你是不知道，哥如今身不由己，进退两难，哥很怕连累你，所以哥不能贸然行事，看哥能否活到战事平息时，仗总不会一直这么打下去的，小日本终究会被赶出去，只是不知道这一天何时才会到来。我的在开封城里教书的表舅被小鬼子抓走了，如今不知死活。你是没见过小鬼子多么凶残，我与小鬼子誓不两立！"

月枝啜泣道："哥，你不要不管我！我怕！只要有你在身边，我死都不怕！"

终于忍耐不住，两个人抱一起大哭不止。

随着雪的消融，天气渐次转暖。智弘回到寺院，见寺院内一派狼藉，原来是训练班在紧急撤离。一个美国教官面色惨白，嘴里一个劲地嘟囔着什么，他的举止显得慌乱异常。文沣倒显得镇静许多，他差人将智弘叫去，直言不讳道："智弘啊，如今形势急转直下，我想请你随训练班一道撤离，不知你意下如何？"

智弘道："我是僧人，既是僧人就该与寺院同在。我一向不屑墙头草，极慕苍山不老松，人各有志，不可勉强！我起初为训练班做事，仅是图个吃饱肚子，后来目睹了小鬼子之暴行，才决意去打小鬼子的。谢文主任美意！我就不随训练班一道撤离了。"

文沣不舍道："实在舍不得你，如果你能跟我走，日后不愁成为国之将才！还望智弘斟酌。只是时间不多，训练班接到上峰指令，即日便要撤离风穴寺。"

智弘道："我不用再斟酌了，再次谢过文主任！智弘不懂，据说河南境内驻防的国军有四十万之多，而日军仅区区几万人，战事怎么会到了如今境地！"

文沣脸色骤变，他愤慨说道："一帮酒囊饭袋！白白挥霍党国钱财！几十万大军驻防河南，郑州居然三日沦陷，许昌一天失守，还有不少县市不战而降，如今洛阳还在苦战中，大约也是凶多吉少。若是洛阳沦陷，我看带兵之将有何颜面见江东父老!”

文沣说罢，紧紧握着智弘的手久久没有松开。方丈过来为文沣送行，方丈自然是先说些致谢的话，谢训练班布施寺院不少食物，不然风穴寺僧众只怕会忍饥挨饿。好在眼下旱灾已有所缓解，蝗灾早已过去，日后风穴寺必定会恢复如初，重现香客盈门之盛况。

文沣笑道：“要谢也得由我先谢方丈才是，承蒙风穴寺成全训练班，训练班半年多来培训出不少可用之材，这也算是我文某人为国略尽绵薄之力了。初来风穴寺为训练班选址时，和方丈争执不少，多有不快，还望方丈海涵!”

方丈道：“忘掉吧，一切都属过去，忘掉是一种境界。芸芸众生之所以心存烦恼，皆因记性过好，该记住的和不该记住的都记住了，并且往往是记住了该忘掉的，而忘掉了应该记住的。忘，不是糊涂，是聪明；不是无力，是大度；不是退让，是放下。”

文沣听罢，频频点头，他向方丈深深鞠了一躬，而后迈步走向军车，他的随从抱着公文包匆匆跟去。

训练班的车队一点点消失在茫茫山林中，而风穴寺终于迎来了久违的宁静。方丈回到正堂，手捧当初写下的血书，不禁感慨万千。他手中的《金刚经》殷红的字迹在窗外透进的暗光里显得分外凝重，方丈将血书叠好，压在了箱子底部。

此时智弘过来，智弘道：“方丈，抄写这《金刚经》不知耗去您多少鲜血，干吗要放在箱底呀？放外面让弟子时常过来看看，也好让弟子们得些感悟。”

方丈道：“训练班来风穴寺之初，为师实难接受，可又没有法子，不得已蘸血抄写《金刚经》，仅是用以定心而已。如今训练班的人撤走，就像是一本书一样，这一页已经翻过，接下来寺院上下便可一心侍佛了，但愿风穴寺自此永无是非，阿弥陀佛!”

智弘道：“放心吧，方丈，佛祖会保佑风穴寺香火兴盛、一如往昔的。阿弥陀佛!”

正说时，忽听一阵轰鸣声，智弘知是日军的飞机又去轰炸县城，于是，愤然道：“这小小县城不就驻防着不足千人的国军吗，至于这么时不时地轰炸？日本人一定是仗着他们装备精良，虚张声势，有本事就人对人、枪对枪地来！”话音才落，一声巨响就在寺院不远处传来，方丈正堂的门窗一阵抖动。立时，寺院里的香客及僧人发出阵阵惊呼。智弘出门看时，但见寺院南面的山坡上浓烟滚滚，飞机掷下的炸弹仅差数百米没有落入寺院。大约是那飞行员老眼昏花，抑或是昨夜喝多了，他将树林当成了国军，或者是当成了国军的军事要塞。

智弘返回正堂，却见方丈已在蒲团上打坐，于是，智弘没有说话，悄悄离开了正堂。他知道，方丈在为寺院祈祷。他知道，炸弹之所以没有落入寺院，那是佛陀的功劳。

日军飞机在临汝城周边狂轰滥炸，伤亡军民众多，炸毁房屋无数，而风穴寺一如往常。轰炸平息后，来寺院供香者比平日多了不少，人群中出现一个精神崩溃的中年人，他怀抱一个血肉模糊的幼童，蓬头垢面，步履蹒跚，嘴里念念有词：“他娘啊，你才走了半月，娃儿就不行了。师父啊，快给娃儿超度超度吧，他活着已经受了不少罪，去了那边就不要让娃儿再受罪了！呜呜呜。”

智弘见状，忙喊过清慧师父，问如何处置。清慧师父将这中年人安顿在偏殿一侧的石台上，而后领智弘一道去见方丈。方丈听了清慧所言，忧心忡忡道：“日军飞机连日狂轰滥炸，周边被炸死者一定不少，真是罪孽呀！若是死人的斋家都来寺院请求做超度法事，只怕是寺院难以应付，为师觉得，还是不要让他们将尸首抱到寺院的好，即刻召集寺里所有僧众，为遭受轰炸的殉难者办个大型法事吧，以超度所有亡灵。你们意下如何？”

清慧忙道：“能为所有亡者超度，为芸芸众生谋福，此乃我佛之大慈，弟子觉得再好不过！”

智弘道：“还是方丈思虑周全。弟子觉得在山门外贴个告示，把方丈的佛心明示出去，有意亲临法事者，可及时到场，不能到场者，居家感知超度也行。”

方丈以为甚好，随即让智弘准备去了。方丈又叮嘱清慧，让清慧好生安抚一下方才来寺院的那位死者父亲，让其今晚住在寺院，待明日为所有殉难者一并举办超度法事。

夜间，所有参加明日超度法事的僧众斋戒沐浴，清净身心。

翌日，当悠扬的钟声响过，僧众开始了一天的忙碌。两个僧人在寺院佛堂前挂起招魂幡，旗幡在猎猎冷风中噗噗作响。另有两个僧人忙着在阴坛上排放木牌，木牌上书：诸位殉难亡灵。木牌边摆放着供果点心、三茶四酒、三荤四素、香宝蜡烛灯。清慧法师身着金光闪闪的法衣登坛作法，他自然是先做净坛法事，而后才是超度法事。木鱼声声，鼓声悠扬。而诵经则是法事中最难的，《楞严经》本就难学，僧众齐声共念更是难上加难，佛堂内诵经的嗡嗡声，随着法器声一并响起，佛堂内外，众生低首，一时间，风穴寺沉浸在一种庄严肃穆的气氛中。

第十五章

临汝沦陷惊寺院
峰云作孽害方丈

虽是日军飞机频繁轰炸县城，可来寺院进香者依旧不少，风穴寺的香火连绵不绝，有来寺院供香以求佛祖保佑的，也有来寺院请禅师为死者超度的。少了荷枪实弹者在此肆无忌惮地打枪放炮，寺院终归还是宁静许多。然而，这种久违了的宁静并未维系多久。

日军第三十七师团主力在装甲车掩护下进攻临汝县城时，国民党的部队虽是做着正面抵抗，但相比之下，寻找退却之路的意志要远大于抵抗。就这样，日军很快进入县城，而国民党的部队却顺势退至县城西南三十里开外的半扎寨。日军进得城内，自是滥杀无辜，烧杀奸淫无恶不作。日军放假两日，以示犒劳，仅此两日，本就不大的县城内，一时间乌烟瘴气、鸡犬不宁。而后，城内仅留少数日军，其主力向着半扎寨方向追击前进。

日军主力离城后，临汝县城才算稍安。而仅过月余，临汝县日伪县政府便宣告成立，在日伪县长和日伪保安科科长极力献媚下，临汝陷入水深火热中。

获悉临汝城沦陷，风穴寺僧众人心惶惶。绝大多僧众未曾见过日本兵，但听香客之描述，知这日本人并无三头六臂，与国人相貌相当，却在中华大地如入无人之境，这让僧众大惑不解。有人说日军枪快刀利，有人说那日本兵个个神通广大、武艺超强。智弘听罢，摇头去了。智弘曾与日军交锋数次，他深知那日本兵也不过如此，人们只不过是在以讹传讹罢了。

方丈差人叫智弘时，智弘本是想回家里看看月枝的，他来到正堂时，见清慧师父也在，知是方丈有事交代，于是，便在一旁无声坐下，听方丈吩咐。

方丈望一眼门外，见门口并无外人，于是，轻声说道："外寇明目张胆地入侵我中华腹地，蹂躏众生，自晚清道光年间至今一百多年里尚属首次。我佛心慈，难以拒敌，我佛宽厚，不忍众生苟活于水深火热之中。而保全寺院也就保全了我佛施救弱者之本，日后但凡有来寺院请去布施者，该广开山门，来者不拒。可如何保全寺院不受日寇侵扰，为师想听听你们师徒的想法，未雨绸缪毕竟优于亡羊补牢。"

清慧师父和智弘对视一眼后，清慧说道："据说日本国内也有不少寺院，毕竟日本文化深受中华文化影响，日本国内礼佛之人一定不在少数，眼下日军虽是占领临汝，可弟子认为他们不会对寺院有所伤害，即便他们知道了寺院里曾办过特训班，可寺院是被逼无奈的；即便他们知道有三个僧人曾加入过训练班，可那也仅是为了吃饱肚子。不过，方丈所虑不无道理，万事朝坏处准备乃智者所为。"

智弘忽想起田东来，他试着说道："临汝城内有个商人，叫田东，似乎他跟方丈也熟，他说他爷爷年轻时便来到中国行商，属于正经商人。既然此次日军来势汹汹，既然方丈担忧风穴寺之安危，那何不求助此人，万一有事，也好让他从中调停一二，没事更好。"

方丈道："为师与那田东有些交情，记得去年他来寺院说想在家中做个法事，以图生意有所转机，为师答应了他，清慧，你去过田东的府上是吧？"

清慧忙道："是弟子带智弘和峰云一道去的。"

方丈道："智弘说的不无道理，既然你们去过他的府上，那就再去一趟，说明来意便可，别的无须多说，日军那边万一有个风吹草动，他该是比我们提前知道的，让其心里有数就行。他不问便罢，若是他问及是否有僧人参加过训练班，你们就说那是为吃饱肚子，僧人只为训练班做些端茶倒水之类的事。为师觉得智弘就不要去了，智弘最好是最近躲一躲的好，以防不测，参加过训练班的另外两个僧人，也最好让他们躲一躲，等过了这阵子再回来礼佛不迟。"

清慧道："还是方丈考虑得周全。弟子明日就带峰云去趟田东府上。智弘啊，你稍后就去告知星圆和行远，你们三人最好回老家或是去别的寺院避避风头，毕竟你们杀过日本兵。半扎寨外有个秀水寺，寺院虽然不大，临水而立，倒也清净，我和那里的住持熟悉，你们想去那里的话，我给秀水寺住持写封书信，你们带去即可。"

智弘道："听来似乎是风声鹤唳，这未免有点儿草木皆兵了吧！我和师兄弟杀死日本兵时，现场未曾留下一个活口，别的日本人是不会知道的，如何会找上门来报复呢？再说了，他们怎么会知道是风穴寺僧人干的？"

清慧道："智弘啊，俗话说，'害人之心不可有，防人之心不可无'。世风日下，人心不古。你敢肯定不会有人告发你们？你敢肯定不会有人告发风穴寺？"

方丈道："小心驶得万年船。"

见方丈随后不再说话，已闭目打坐，清慧忙示意智弘一道出了正堂。

智弘回到僧房，没见峰云影子，他在屋内低头踱步，思虑着该如何回避一下这眼下乱局。方丈的担忧虽属多余，可谨慎点儿并非坏事。忽想起月枝来，真该着手为月枝找个婆家了，至少得给她暂时找个安身之所，一个妙龄女孩儿独居在荒郊野外毕竟让人放心不下。突然，智弘想起沟村的一个表姑来，这表姑五十岁头上死了男人，如今孩子们悉已成家，表姑自己单过，若是能将月枝安顿在表姑家里，彼此有个照应，那是再好不过的事。

智弘随即去了沟村的表姑家里。表姑听了智弘所言，自是欣然答应，表姑脏布一样的脸上两眼笑成一条窄缝，她抓着智弘的手说道："你表姑巴不得有个人整日陪着，有个女孩子做伴那是再好不过了，智弘啊，你这就领她过来吧。"

智弘谢过表姑，匆匆回家去了。

未进柴门时，远远地见西墙边那只公鸡正用异样的目光盯着智弘，一副局促不安的样子。智弘不予理睬，径自走向屋门。屋里蓦然传出一声惊恐万分的尖叫声，这声音让智弘不由得浑身一颤。

智弘自然不知是峰云来了家里。田东交办的寻找寺院密洞、寻找那件官窑汝瓷的事至今未见进展，尤其是在受到方丈训斥后，峰云一时觉得无地自容，方丈那天的话可谓句句如鞭。听方丈的意思压根儿寺院就没有密洞，更无所谓的汝瓷，即便有，日本人一来，田东还用得着他吗？眼见田东许诺的上好宅院和靓丽女子将成泡影，之前无数次憧憬的美梦一时间皆化为乌有，他显得焦躁不安，甚至于气急败坏，只觉心里烦躁，于是悄悄来找月枝。

看见月枝俊俏的面容，想起月枝一向不屑于他峰云，想起月枝之前对智弘的种种依恋，于是淫欲和醋意一发不可收拾。他进得屋内便关上房门，生生将月枝揽于怀中。月枝抽出手一记耳光扇在峰云脸上后，峰云冷静不少，他放下月枝，颓然坐下，暗自伤神。见月枝要去开门，他生怕月枝就此跑掉，于是，他再次上前拉住月枝，开始对月枝诉说心声："月枝呀，你一点儿都不知道我是多么喜欢你吗？我把我弄到的所有大洋都给了你，难道你就一点儿不懂我的心吗？我迟早会出人头地，我不会一直这么无为下去的。智弘有什么好！他加入过训练班，他还杀死过日本人，如今日本人打过来了，他的小命能不能保住，鬼才知道，你至于对他念念不忘吗？"

月枝甩掉峰云的手，淡然说道："你给我的大洋我一个都没用，我这就还给你。智弘是好是坏，我心里跟一面明镜似的，不许你诬陷智弘。智弘要是出事，我会陪他一起去死。谁要是陷害智弘，我变成鬼都不会放过他的。"

月枝的话无异于火上浇油。听罢月枝的话，峰云只觉火气上涌，他奋力抱起月枝走向木床，将月枝按在床上，月枝惊叫着将手指抓向峰云项间，峰云的项间立时出现道道红痕。峰云用一只手按住月枝的双手，而另一只手刺啦一声撕开了月枝的衣襟，就在月枝惊叫的同时，峰云的手已伸了过去。恰在这时，传来智弘的踹门声。

峰云稍一分神，月枝便挣脱出来，发疯般跑向屋门，却正好撞在破门而入的智弘怀里，于是，她双臂抱于胸前，大哭不止。智弘将月枝扶到门外，而后进屋并将屋门关上。

月枝在屋外但听屋内响起咚咚声和峰云的惨叫声。当一切重归平静，屋门开了。月枝看时，见峰云坐在地上擦血，他的项间露着红痕，他的嘴角淌着鲜血，此时的峰云显得冷静异常。

智弘站立门口，喘着粗气厉声说道：“亏你峰云在寺院修行日久，殊不知‘万恶淫为首’这句佛家箴言！在诸多恶业中，唯有邪淫所招致的果报最为惨重，最为消耗阴德福报，也最易感召各种业障灾祸。《楞严经》早有劝诫，‘淫心不除，尘不可出；若不断淫，必落魔道。’你此前再有修行，一旦碰触邪淫，必将坠入恶道，轮回受苦。况月枝并非他人，你竟这般对待月枝，非亲眼所见，万难置信！我曾经眼瞎，竟力劝月枝与你结为连理，竟力劝你峰云若是还俗就将月枝娶了，如今看来你非但不配，你已失了为人之本。我一向将月枝当亲妹对待，自谷丰大叔离世之后，月枝让我牵肠挂肚，我时常夜不能寐，她若稍有闪失，我便永生难以心安！今日你竟这般作践于她，你让我何以为人！当初是我一时疏忽，收留他们父女，如今看来是我害了他们，使得眼下的月枝举目无亲，无以为家！”

智弘说罢，眼含热泪，他侧身擦拭眼泪时，恰被月枝看见。月枝受了惊吓，又为智弘的话深深感动，于是抓住智弘的手执意不放。

峰云木然地望着眼前这对恩爱之人，他静静站起身来，拍打一下身上尘土，再将手背在嘴角抹抹，看看手背上殷红的血迹，咬着牙去了。

望着峰云远去的背影，月枝担忧道：“智弘哥，我怕，我怕峰云暗地里伤害你，你看见他临出门时那凶狠的眼神了吗？你今后可得防着他呀！”

智弘安慰道：“放心吧，月枝，哥一点儿不担心峰云伤害我，他敢！比他凶狠的日本兵我都杀过，还不止一个，我还怕他不成！”

月枝忙道：“你说的什么呀？智弘哥，你杀过日本兵？我怎么没有听你说过呀？”

智弘自知失口，于是，赶忙说道：“哥是瞎说的，哥这是安慰你，放心吧，哥不会有事的。对了，收拾一下你的东西，哥把你送到一个表姑家去，表姑自小对哥很好，如今姑夫早已过世，表姑一个人在家孤单，哥想让你去陪着表姑，也算是你替哥尽尽孝心，你看行吧？”

同样的事换个说法，其效果大相径庭，经智弘这么一说，月枝自然十分愿意，于是她忙着收拾东西去了。两人出门后，却发现西墙边那只公鸡正不安地望着他们，两人这才意识到不能单单落下公鸡。于是，智弘打开鸡舍，将公鸡抱起，像怀抱个婴儿般和月枝一道向沟村的表姑家走去。

表姑的街坊或蹲在枯井边晒着太阳，或端着头大的饭碗坐在老树根上吃饭，见和尚领着个俊俏女子走过，便纷纷投来异样的眼神。

翌日早课过后，清慧师父叫上峰云一道去县城田东家。路上见峰云项间有道道红痕，清慧诧异地问峰云缘何有伤痕。峰云说昨日去林子里找蘑菇，不小心被荆棘剐伤了。清慧便没再多问，边走边说些无关紧要的话。来到城门时，见城门两侧有兵士把守。两人均未见过日本兵，看装束，与国军迥异，于是，他们硬着头皮走了过去。日本兵并未阻拦他们，而对于进城的商人模样的人则盘查极严。

走进张公巷，远远地见田东正与一个军官模样的人在门口说着什么，那军官显然是才从田东家里出来。随后，军官抬腿上了三轮摩托车，而随着这辆摩托车的离开，另一辆载着三个兵士的摩托车尾随而去。

见清慧和峰云过来，田东满是热情地将二人让至院内。院子里春花烂漫，四处弥漫着淡淡花香。假山下的鱼池内嗖地腾空跃起一条红鱼来，而鱼儿的落水弄得水花飞溅，这让峰云不由得驻足观看。眼前这雅致宅院田东是亲口许诺要送给他的，欲送他的还有田东那仙女般的千金，豪宅、美女俱在咫尺之间。而他要做的就是找到那个密洞，取出那件汝瓷便可，这看似简单的事，做起来竟这般艰难。

田东将二人让至客厅，用人忙将茶碗摆上桌面。田东一脸不悦，分主宾落座后，田东说道："日本军人嗅觉真灵，才来几天啊，我那本就不大的铁矿和煤矿都被他们盯上了，非要我将矿石和煤炭运往日本，可又不谈价钱，我田东世代为商，不谈价钱，我如何发运？还说先将货物运到海边，到时自会有人找我洽谈。这是什么话！我田东是正经商人，既为商人那就该照生意场上的规矩办事，军人也插手这样的事，真是让人匪夷所思。"

清慧本不想涉足别人的事，见田东开口便言及此事，一脸怨气，于是，不得不应付："是啊，军人怎么也插手生意上的事了？方才离开那人，看着像个大官，出入还带了随从。"

田东不屑道："什么大官！他叫井左，不就一个小小队长嘛！比他高出许多的大佐我都见过不少。呃，对了，二位师父来舍下该是有事吧？有什么事尽请讲来，怎么说我与风穴寺都是有缘的，上次你们来舍下为田东祈福，田东一直心存感激，至今尚未酬谢。"

清慧道："田掌柜大可不必酬谢什么！为人祈福本就是我佛该做之事。贫僧和峰云此来并无要事，田掌柜有些日子没去寺院了，眼下日军进城，方丈放心不下，差贫僧和峰云进城来看看田掌柜。"

田东一阵感动，忙道："回去代田东谢过方丈，改日田东定登门面谢。故友终归是故友啊！近日你们也要小心行事，毕竟国民党曾在风穴寺办过训练班，方才井左队长还提及此事，不知是哪个多事者嘴快走漏了风声。"

清慧警觉道："训练班的事早已不是什么秘密，田掌柜你想啊，寺院后山林子里整日枪声不断，此事怕是很难掩盖。不过，这消息这么快就传至日军那里，定是有人没安好心。田掌柜是知道的，训练班的事寺院是被逼无奈，为此，方丈曾刺血为墨，蘸血抄写《金刚经》，这血书如今还在方丈的箱子里存着。"

田东道："是啊，这是都知道的事，可也保不准某些长于献媚者从中添油加醋。方才我已将真相告知井左队长，训练班仅是借用了风穴寺的僧房而已。岂知，那井左又问及是否有僧人加入训练班，我自然说是没有，有一个两个僧人为训练班端茶送饭，那也仅是为了混口饭吃，连年灾荒，寺院早已无米下锅，风穴寺最终答应他们在此办班，也有换些米面以供养僧众的意思在里边。"

清慧听罢，心安不少，忙起身致谢道："谢过田掌柜用心保全风穴寺！阿弥陀佛！善哉！善哉！"

接着，峰云不合时宜的话让清慧不觉一怔。峰云道："田掌柜呀，方才你没有跟井左谈别的事吧？比如汝瓷。"

田东望一眼清慧，呵呵一笑道："峰云呀，我没有听懂你说的是什么。来人，续水。”田东话音才落，一个用人手执茶壶在三人的茶碗里续水后，退步出了客厅。

清慧自然懂得这是送客的意思，于是，他起身说道：“来看看田掌柜，知道田掌柜并无大碍，回去如实告知方丈，方丈也就宽心了。只是，您得多多保重，至于那矿山的事，该让一寸就让十分吧，毕竟不出事端才是最好的。佛说，忍之为得，持戒、苦行所不能及。”

田东道：“谢师父美意！谅他们也不敢造次！他们也知道我田东虽不问政局，可也并非上头没人。”

清慧道：“万事忍为大，没事是最好的，愿我佛保佑田掌柜永生为安！阿弥陀佛！”

清慧和峰云辞别出来，那田东偕夫人及千金将二人送出大门。田东执意要用马车将他们送到寺院，清慧再三辞让后，带峰云出了张公巷那古旧小街。回头看时，峰云见田东的夫人及千金依旧站在雕梁画栋的院门下，远远地望着他们，田昕的粉色披风在风中摇曳多姿。

峰云满腹心事地回到寺院，见智弘没在僧房，以为智弘去找月枝了，回想起月枝对于智弘的迷恋和依赖，想起月枝当着他的面倚在智弘怀中，未免醋意又发。又想起田东那闪烁其词的话，寻找汝瓷的事定是他另托了别人。想起田东那雅致宅院，想起田东的美丽千金，这个心绪杂乱的人一时间显得气急败坏，他毫无头绪地在寺院里走来走去，最后他竟走向原先特训班的训练场。

当峰云从训练场回到寺院，他的脸上显得异常安详。他见不少僧人在佛堂做着法事，却没见方丈的影子，于是，他悄悄来到正堂，见方丈正在佛龛前端详那份《金刚经》，峰云在门口郑重其事地说道：“方丈啊，方才弟子在寺外溜达，隐隐听到一阵婴儿哭声，起初还以为是昨夜没有睡好，耳鸣所致，可定神细听，那声音分明就在不远处，于是，弟子就顺着那声音去了后山那个训练场。你猜啊，方丈，不知是哪个心肠狠毒的人，将一个半岁不到的婴儿扔在了训练场一旁的荒草里，这真是罪孽啊！”

方丈忙道：“阿弥陀佛！你怎么没有将那婴儿抱回寺院呀？可别让豺狼把婴儿给叼走了！”

峰云道：“方丈啊，没有得到您的应允，弟子哪敢呀！这不赶忙回来说给您听。”

方丈将《金刚经》收好，忙道：“走，带师父去看看那婴儿是否还活着。”方丈说罢，走出正堂。峰云忙将房门带上，跟随而去。

训练场在一块稍为平缓的山坡上，这里起初是茂密的森林，先前的松柏两人合抱都觉勉强，那些伐树者可谓历尽艰辛。如今的训练场早已荒废，加之此地人迹罕至，那黝黑的井口般大小的树桩上长满苔藓，春日的暖阳早已将古树根部暖出诸多小苗来，那诸多小苗中竟有三棵已成嫩绿小树，小树复仇似的竞相狂长，大有长过母树之势。而此前被践踏过的草地如今葱绿如初。

一路上并未听到婴儿啼哭，那婴儿莫不是被豺狼叼走了？方丈这么想着，跟随峰云来到训练场。然而，他在废弃的训练场周边并未见到婴儿。峰云勾头寻找良久，回头说道：“那婴儿方才还在这里，他又不会走路，不会是被野兽叼到林子里了吧？弟子这就去林子里找找。”峰云说罢，顺着一条林间小道走向密林深处。

诧异中，方丈忽听林子里传来峰云的呐喊：“方丈啊，这婴儿果然被野兽叼到了这里，多亏我们来得及时，你快来看看吧，婴儿像是没了气息。”

方丈顺着方才峰云所走的小路走进密林。脚下的小路实为训练班的人训练间歇去林中排泄而走出的曲径，阴森中透着污浊之气，而道边的野草却异常茂盛，盖因地肥之缘故。不时有耗子不惧人声，窸窸窣窣在厚厚针叶中扒食东西。皮毛泛黄的松鼠在头顶的树上窜来窜去，使得上方不时掉下松针和树皮。方丈举目看时，恰有一粒粪便落下，不偏不倚落在鼻尖，臭气难闻。方丈捡起一枚枯叶，擦过鼻尖，见峰云已在树干后向他招手。

方丈走近峰云时，但见峰云将手一扬，随即一张黢黑的绳网自天而降。方丈被绳网罩住时，几近跌倒。他踉跄着站稳身子后，却见那绳网已被峰云缠绕在树干上，自己的身体结结实实紧贴树干，而这树干一侧却是陡崖。没人知道曾经被训练班的人用来捕捉兔子的一张绳网被丢弃在林间，没人知道峰云是如何想到用绳网作恶的。

峰云的脸上满是无奈，他双手合掌置于胸前，向方丈深深拜下后，冷冷说道："请佛祖宽恕峰云，请方丈原谅峰云，峰云做出这样的事，真的是无奈之举。今日将方丈请来只有一事，那就是请您说出寺院密洞入口的位置。"

方丈一脸冷漠，他淡然说道："寺院本就没有什么密洞。话又说回来，即便有，你觉得老衲能说给你吗?"

峰云厉声说道："那就别怪弟子残忍了，你身边三步之内就是断崖，我只要将绳网解开，而后将绳网扯向断崖，你就粉身碎骨了。即便我不想目睹这样的惨状，就让你这么贴树立着，夜间林子里野兽众多，方丈平日里不忍杀生，可野兽不会。"

方丈道："死即生！一个轮回罢了。"

峰云见方丈丝毫不惧，他忽觉一阵悲哀。于是，显出乞求相，哀声说道："方丈您是懂得弟子的，弟子本就没有佛心，俗念难除，求方丈成全弟子！"

方丈依旧淡然说道："弟子？老衲没有你这样的弟子！皆因老衲当初愚钝，还指派智弘与你临铺而睡，本是指望智弘的德行能使你有所收敛，看来还是老衲低估了俗世恶之深重！佛说，恶分五恶和十恶，而恶又分身恶、口恶和意恶，你峰云皆已占全，你终将落入三恶道。阿弥陀佛！罪过！罪过！"

峰云听罢，恼羞成怒，他上前便要解开绳索将方丈推下断崖。他在解绳时恶狠狠问道："老东西，我最后再问你一次，你说还是不说?"

岂知，方丈竟哈哈大笑。这笑声惊飞林鸟，那林鸟扑棱棱择树缝扇翅远去。这笑声让峰云毛骨悚然，他咬牙解开绳索，用力扯动绳索时，却见方丈睡熟似的一脸安详。

忽然，自训练场方向横空飞来一块石头，这石头不偏不倚恰好砸上峰云脑门。就在峰云踉跄欲倒时，智弘已飞奔而来，他抢先扯住网绳，方丈摇摇欲坠的身子瞬间被拉离断崖。

望着自训练场方向奔来的寺院僧众，望着智弘为方丈去掉绳网，而后恶狠狠走向自己，峰云拔腿跑向密林深处。智弘将要追赶时，却听方丈淡然说道："我佛慈悲，随他去吧。"

僧众悉数赶到，个个义愤填膺，怨声切切，都劝方丈不该放过这孽障。方丈轻声说道：“若要论起罪过来，先是为师有罪，为师未能教化于他，怨得了何人？智弘啊，你们是如何得知为师被这孽障骗到这里的？”

智弘说道：“是清慧师父让弟子时时留意峰云举动的。弟子满寺院见不着峰云，后来看您房门虚掩，问过香积厨的人，才得知您和那孽障来了后山。弟子感觉蹊跷，于是，带了几个师兄弟赶来。若不是您的笑声让弟子听见，弟子说什么都想不到您会被这孽障骗到这里。好险啊！真是罪过，罪过呀！阿弥陀佛！”

方丈在几个弟子搀扶下走出林子。

第十六章

峰云穷途寻末路
月枝失身欲出家

风穴寺周边历来风大，夜间的山林松涛轰鸣，加之野狼、野猪、狐狸等频繁出没，撕咬声、争食声不时传来，一个人匿于山林自是惊恐，峰云在山林挨到午夜，终于忍无可忍，摸黑循林间小道向智弘家接近。既然到了这般境地，他别无选择，回寺院已再无可能，只得另谋出路。他不能便宜了智弘，他即便将来堕入地狱，也要伺机复仇。峰云思绪杂乱。

忽然脚下一软，却不似厚厚的枯叶和松针，低头看时，竟是踩在蟒蛇上。当他想抬脚时，那蟒蛇绸缎般的身子缠绕腿部，竟有牛一样的力气。就在峰云闭目等死时，忽想起清慧师父近似调侃的话：蟒蛇害怕汗臭味，一旦遇到蟒蛇，就将你的内衣脱下捂住蛇头，那蟒蛇指定不再动弹。于是峰云忙将僧袍脱下，脱掉内衣时，他腋下酸臭的怪味竟使自己不由得打个喷嚏，他迅速将脱下的内衣蒙在蛇头上。居然真的管用，那蟒蛇的身子一时间像漏了气的皮囊，一点点松弛下来。峰云光着上身挣脱蟒蛇逃离时，竟忘记抓走僧袍。仅跑数步，只觉上身奇冷无比，像是无数根乱刺一点点扎着肉皮。他停下脚步迟疑着接近蟒蛇，夜色中，见那蟒蛇依旧慵懒地缩在原地，于是，峰云蹑手蹑脚试着走过去，他轻轻抓起僧袍，狂奔而去。

凭感觉辨着方位，峰云来到智弘家柴门外。他迟疑着未敢进去，于是，盘腿坐在门外，想入非非。仰望北斗星低低地挂在天际，想月枝此时正在熟睡，她那白玉般的颈项该是如星辰般耀眼，她睡时穿还是不穿内衣？渐渐地，峰云那颗不安的心躁动不已。他起身拍拍臀部，而后蹑手蹑脚越过篱笆，进得院内，就在他浑身躁动着接近屋门时，仰头看见门上挂着把铜锁。月枝不在家里？一个孤儿举目无亲，她能去哪里？看窗子严实，无法进去，于是弯腰寻来一块石头，生生将铜锁砸坏，而后进得屋里。当确认月枝的确没在家里，适才心里的躁动不安此时被仇恨替代。

峰云翻箱倒柜最终找出一件女人内衣，他将这内衣贴在鼻子上，深深吸气不已。峰云继续寻找，他将找来的男人的衣服换上，末了，又把一个皱巴得如干树叶子般的帽子扣在头上，而后把僧袍拿出去奋力扔向柴门外的丛林里。见东方渐现鱼肚白，峰云迈步走向城里。

坐等多时，城门终于徐徐开启。他挤在进城卖菜的人群中来到城内，见城里已没有了从前熙攘的街市。边走边问，峰云来到临汝日伪县政府的门前，虽是天色大亮，大门却依旧紧闭，于是，他揣手在大门外踱着步子。

终于等到县政府大门开启，峰云说有重要情报找保安科科长董良甫。自是没人拦阻，于是，峰云顺利地来到保安科。

“我有重要情报，一定会让你满意。”峰云道。

董良甫上下打量眼前这位不速之客，将信将疑地问道：“你是哪里人？快说说什么重要情报！”

峰云闭目说道：“我快饿死了，先给我弄点儿吃的，你还得事先答应我今后给我找个事做，我一旦将情报给了你，我就再无退路可走。”

董良甫像是看见了稀罕宝贝般地细细端详峰云，这活宝无疑让他极感兴趣，于是，他吩咐手下端来早饭。望着峰云狼吞虎咽的样子，董良甫踱着步子缓缓问道：“你几天没有吃上饭了？”

峰云边吃边答道：“一天。”

董良甫道：“一天没吃饭就饿成这个样子？看来你不是个能吃苦的人。先说说是什么情报吧，至于给你找事做，那得看你的情报有无价值了。我可有言在先，你如果只是为了混口饭吃胆敢糊弄我，可别怪我手下无情。”

董良甫说罢，见峰云恰好将饭菜悉数下肚，于是，他接着说道：

“该说说你的情报了吧?”

“水，再来杯热水。”峰云道。

董良甫冷笑一声，对着门外喊道：“来呀，给他端杯热水，两杯，两杯。”

峰云吃饱喝足后，用肮脏不堪的手摸摸嘴巴，而后缓缓说道：“我听说你们保安科是为日本皇军做事的，所以过来向你们提供个重要情报。看得出你是这里的头头，你拿了这个情报保准能在皇军那里换来不少大洋。我呢，也不指望得到奖赏，只图在你这里有个事做，说白了就是混口饭吃。”

董良甫急不可耐道：“你怎么这么啰唆呀！快说，快说，我哪里有这么多时间听你啰唆，我急着去井左队长那里呢。”

峰云依旧慢条斯理道：“是这样的，去年，日军，哦，皇军，皇军，皇军在开封北架设的黄河铁路大桥被人炸毁了，这事你知道吧?”

董良甫不耐烦道：“这个事谁都知道，你小子就拿这陈芝麻烂谷子的事糊弄我?那是训练班的人干的，如今，训练班的人早就跟耗子一样跑得无影无踪了，即便知道了，我去哪里缉拿他们?这就是你所谓的重要情报吗?”

峰云说道：“训练班的人是跑了，可有个参与炸桥的人还在，你对他不感兴趣?”

董良甫定定神望着峰云道：“谁?你不会是说风穴寺的和尚也参与炸桥了吧?”

峰云道：“千真万确，他不但参与了炸桥，还亲手杀死不少日本兵……皇军，皇军。”

董良甫道：“昨日井左队长还亲口给我说，彻查训练班的事已告一段落，他已经坐实，风穴寺接纳训练班那是被逼无奈，寺院和尚仅是为训练班干些端茶送饭之类的活儿，你的情报跟皇军的情报有出入，你是从哪里得来的情报?”

峰云遂将皱巴的帽子拿掉，露出光秃秃的脑壳。董良甫惊讶道：“你是风穴寺的和尚?快说，加入训练班的人是谁?是一个还是多个?”

峰云静静说道：“一个，就一个。董科长好像还没答应给我找事做呢！”

董良甫忙道：“如果你的情报属实，你就留在保安科当跑腿，为皇军做事，日后不愁吃香的喝辣的，你再不会为一碗饭、一杯热水发愁了。”

峰云道：“这个人叫智弘，还没受比丘戒，只是个沙弥。”

董良甫道：“好大的胆子！和尚也开了杀戒，不许杀生不是佛法里说的吗？”

峰云道：“可佛法里也有惩恶这一说。”

董良甫琢磨再三，没再追究，眼下他只想如何尽早抓到这个叫智弘的人，以便去皇军那里领赏。于是，他忙让峰云带路，要立刻赶赴风穴寺。却听峰云不紧不慢地说道：“其实啊，科长，抓了智弘能得多少奖赏我不知道，那奖赏指定买不了一处上好宅院吧？”

董良甫哂笑道：“你是穷疯了？”

峰云道：“有个能买到一处宅院的买卖，不知董科长敢不敢接下这桩生意，你不用投入一块大洋。”

董良甫环顾左右，望着峰云低声说道：“这里可是保安科，你敢糊弄我，我让你直着进来横着出去，不信你就试试。”

峰云道：“我峰云一点儿不怕，因为我知道科长也食人间烟火，谁都不会平白无故地跟钱过不去，您说是吧？”

董良甫重重说道：“别跟我卖关子，快把你葫芦里的药倒出来吧，我还有事。”

峰云压低声音，神秘说道：“临汝城张公巷内有一处上好宅院，有人愿意将这上好宅院拿出来换一个瓷器，你不觉得这是一桩好买卖吗？”

董良甫诧异道：“换一个瓷器？开什么玩笑！来呀，将此人的双腿打断，让他爬着出去。”

门外闪进一个精瘦的人，这人与董良甫耳语道：“科长，不是要去风穴寺缉拿要犯吗？不还得让此人带路吗？”

董良甫摆摆手，于是那人便闪到门外。董良甫鄙夷地望一眼峰云，恰似看见一摊鸡粪。沉吟片刻，大约是惦念那上好宅院的缘故，他走近峰云，接着说道：“有话就说，没话即刻带路去风穴寺拿人！”

峰云道："去风穴寺拿人，还要我一同过去呀？您是知道的，我以前是风穴寺僧人，僧众看见我带你们去寺院拿人，还不得把我给吃了呀？"

董良甫恶狠狠道："他们敢！不看看如今是谁的天下！你不去，没人认识那个叫智弘的人，等我一个一个扒拉着找一遍，只怕那人早跑了。你带队，统统着便衣前去，以供香的名义接近智弘，然后缉拿，如此一来，不显山不露水，还不惊动寺院香客。"

峰云听罢，不禁暗自佩服这长于捕拿的行家里手，不知何故，他忽觉一阵心悸。迟疑片刻，峰云道："是这样的，科长，不怕您笑话，我是犯了寺规被僧众打出山门的，如今贸然回去，只怕会引起他们怀疑而误了缉拿要犯的事。不是我峰云怕什么，我只是担心因此而打草惊蛇，让那智弘趁机逃掉，您是知道的，寺院周边都是山林，一个人钻进去，就如同一条鱼儿沉入海水，我说的都是实情。"

董良甫思虑再三，觉得峰云的话也不无道理，于是，决定自己带手下悄然进入寺院，伺机缉拿智弘归案。就要吩咐下去时，忽觉心头仍有一丝牵挂，撩得他难以自持。于是，他并未急于吩咐手下即刻奔赴风穴寺拿人，而是凑近峰云轻声问道："方才你说的瓷器，到底是什么玩意儿那么金贵？"

峰云自知这保安科长绝非一个不贪钱财之人，即便自己不再重提那宅院的事，董科长迟早会主动提及的。于是，峰云神秘地说道："据说这个瓷器就在风穴寺的密洞里，科长您只需找到这个密洞，下去取出来即可，有人见到瓷器便以宅院相抵，就这么简单。"

董良甫道："据说？你是说这瓷器还不一定在不在密洞里是吧？你是寺院僧人，近水楼台先得月，你怎么会舍得将这肥得流油的好肉让给别人呢？"

峰云道："我这人笨，也没这好命，准备下手时被人发觉，于是，被打出了山门。"

董良甫既能坐上这保安科科长的位置，便不是等闲之辈，他是个心思缜密的人，听罢峰云的话，瞬间觉得峰云定是做了别的恶事，不然仅为寻找密洞，且并未找着，怎么会被僧众打出山门呢？便好奇地问道：

“你不是为寻找密洞而被赶出山门的，说吧，你还做了什么见不得人的事？”

峰云望着眼前这位不敢小觑者，支吾道：“我将方丈骗到悬崖上，逼他说出密洞入口，结果被僧众发现了。”

董良甫哈哈大笑，而后说道：“我说你自己嘴边的肉怎会情愿旁落别人！原来是这么回事！说吧，将这样的好事给了我，事成之后，你想分得什么？你总不会这么平白无故地只落个助人为乐的好名声吧？什么事都得事先说个清楚，免得日后生是非。”

峰云爽快道：“这事成功之后，你给我三十块大洋，我立马远走他乡。”

董良甫道：“中！”

两人敲定之后，峰云留在保安科，董良甫亲率手下直趋风穴寺。他自认为自己比峰云高明，峰云仅是个酒囊饭袋而已。临出门，董良甫反身对峰云说道：“瓷器的事，不要再对任何人说起。”

董良甫率手下乘车赶往风穴寺路上，忽然问手下：“方才去保安科里送情报那个人，还说了瓷器的事吗？”

手下均摇头说，他们压根儿就没有听见峰云说什么画饼不画饼的。旋即，一丝不易察觉的笑，浮现在这位保安科科长脸上。

一行人将车停在塔林不远处，而后三三两两走向寺院。他们走进山门时，问遇见的和尚：“智弘师父在哪儿？”和尚说昨天就没见着智弘，不知道智弘去哪儿了。于是，董良甫来到大雄宝殿，他先是在佛像前的蒲团上跪下，叩头过后，起身问一侧的僧人：“师父，您看见智弘师父了吗？”见那和尚摇头，董良甫遂走出大殿，径自去了正堂。

见到方丈，董良甫说他是智弘朋友，途经此地来看看智弘。方丈道：“是智弘的朋友啊！真是不巧，智弘昨日已离开寺院，去寻找他的父母了。他父母外出逃荒一年多了，至今没有回来，唯恐有个闪失，故而他放心不下。”

董良甫道：“请问方丈，智弘多久能够回来？”

方丈道：“谁能知道啊！他的父母去了哪里怕是连智弘都未必知道。”

董良甫道："那不是瞎找嘛！"

方丈道："瞎找也得找不是？那是自己的亲人啊！"

眼见缉拿智弘无望，董良甫一时间显得气急败坏，最终忍耐不住，他露出狰狞面目，恶狠狠说道："方丈，我本来是不想难为你，可公务在身，身不由己。实话给你说了吧，有人去日本皇军那里告风穴寺窝藏要犯，皇军不日就要兵临寺院，风穴寺怕是难逃一劫。"

方丈道："阿弥陀佛！该来的自然会来，该去的自然会去。风穴寺自古乃佛门清净之地，偶有风暴来袭，实属无奈，可风暴过后，寺院依旧如初，几千年下来，无不如此，贫僧谢过施主提醒！"

董良甫愤愤道："我哪里是什么提醒啊！你就别装糊涂了。我劝你早点儿将智弘交出来吧，智弘就藏在寺院的密洞里，你今日要是交出智弘，寺院会免去一劫；不然的话，等日本皇军兵临寺院，风穴寺少不得被挖地三尺，届时，佛祖会宽恕你吗？僧众会原谅你吗？"

方丈淡然说道："风穴寺从来就没有什么密洞，怎有洞内藏人一说！贫僧方才说过，智弘寻找父母去了。"

董良甫道："那我就指派人在寺院寻找了，你只要不怕佛像被毁就行。"

方丈道："谁做了什么，佛陀知道；谁做了什么，天知道，施主自便。菩萨畏因，众生畏果，一念善心起，天堂已诞生，一念恶心起，地狱已现前，为善莫尽名，为恶莫尽刑。种什么因得什么果，因果报应如影随形。"

董良甫忽觉心底一沉，一时间心绪杂乱。可话已至此，他不得不硬着头皮说道："干我们这一行的，杀人无数，哪里会在乎你这胡诌！既然已无回旋余地，那好吧，我即刻将案子移交到日本皇军那里，等日本人过来，他们可就不像我这么跟你慢条斯理地谈事了，我劝你还是再好好想想。"

见方丈只是闭目捻着佛珠，没再言语，来硬的不行，于是，董良甫换了一副嘴脸，他凑近方丈轻声说道："方丈啊，我本不想难为你，实在是担心一旦日本皇军介入此事，到时难免寺院僧众受苦，如果你我能做个交换，我董某人一定能保寺院不受兵祸。"

见方丈捻佛珠的手指稍有停顿，于是董良甫接着说道：“你把寺院密洞里的一个瓷器取来让我保存，从此以后，我保证风穴寺永享安宁，我甚至于可以派人护卫寺院不受外人滋扰，还望方丈三思。”

方丈睁开眼平静说道：“老衲劝你还是死了这个心吧，风穴寺自古就没有什么密洞，更没有你所谓的什么瓷器，若是有，不说一个瓷器，即便十个八个，比起寺院安危来，也是九牛之一毛，有什么不舍的！老衲劝你还是不要枉费心机了，我佛有好生之德，祈福众生乃佛心所致，佛外之物，留它何用！”

董良甫摇摇头无所适从。忽想起昨日那峰云曾将方丈挟于陡崖之上，尚未如愿，方丈说话时气定神闲，也许真如方丈所云寺院本就没有密洞，他这是庸人自扰，自讨没趣。想罢，他悻悻然低头离去。

董良甫带手下回到城里，少不得对着峰云大发雷霆，他一顿臭骂之后，便要将其轰赶出去。却听峰云委屈地说道：“我是方丈的话，我也不会轻易说出密洞的位置，说不准那瓷器是镇寺之宝！科长啊，既然你我眼下没有这发财的命，这事先放放行不？说不准哪天就能如愿，万事从长计议。你我先将智弘缉拿归案，先在皇军那里讨点儿奖赏再说。”

“别在凳子上歪着了，你即刻带人去寻找智弘。方丈说智弘去寻找他的父母了，又说不知道他的父母逃荒去了哪里，既然不知道父母在哪里，他去哪里寻找？智弘一定还在临汝。”董良甫气急败坏道。

峰云灰溜溜出了保安科。

董良甫指派给峰云三名保安队员，临行前将一把盒子枪递给峰云，四个人骑上自行车，出城去缉拿智弘。摸摸腰间的盒子枪，峰云不免春风得意。毋庸置疑，他峰云已被保安科接纳，董良甫能为他指派三名队员，这意味着他被委以重任，日后非但吃喝不愁，居有定所，说不准还会飞黄腾达。虽然他仅在训练班训练时悄悄摸过手枪，但他日稍加练习，这短枪用起来不愁不得心应手，况且如今他是为日本人做事，摸一摸腰间这盒子枪就足以威慑他人。想到此，峰云不由得对董科长心存感激。

忽然间，墙上斜贴的标语让他不由得停车观看。县城里大街两侧墙面上均贴着“中日友好万古长青”“汪政府一心为民”的标语，而这偏街小巷的墙面上倒贴着“打倒日本帝国主义”“打倒汉奸卖国贼”的标语，偏街小巷的墙上之前贴着的标语均被撕下揉成纸团，这让他一时间有些糊涂。倒是一个保安队员扶着自行车把喃喃道：“看来地下党压根儿就没有离开县城。”

峰云诧异地问道：“共产党？县城里有了共产党？”

保安队员道：“皇军没有进城前就有，董科长还以为皇军一来，地下党早就溜了呢！这不是个好兆头，我们得加倍小心，不然哪一天脑袋落地都不知道该记到谁的账上，我们得面对国民党的人，还得面对那些地下党，这碗饭不是好吃的。”

峰云不觉倒出一口凉气，他还不会打枪，刚进入保安科为日本人做事，却要同时面对两股势力，这让他始料未及。可开弓没有回头箭，他必须硬着头皮干下去，除此之外，他眼下别无出路。于是，峰云大声说道：“你怎么说这样的丧气话！我们背后有靠山，我们怕什么！日本人不是好惹的，走走走，这事回头再说。”

他们出了县城，毫无目的地诸个村子瞎转，至于去哪里寻找智弘，峰云心中没底。

远远地见一个村子里烟雾腾腾，以为是民房失火，于是峰云用手一指，几个人奔向村子。到村头却不听有人喊叫，也不见有人忙于救火，这让峰云大惑不解。然而，顺风飘来的浓重的血腥味夹杂着焦煳味让他不由得捂住鼻子。

村子里的景象惨不忍睹。尸体遍地，血流成河，羊腿、牛头被扔得四处都是，而牛羊的身子却不见踪影。尚未燃尽的农舍依旧冒着浓烟，噼噼啪啪木材迸裂的声音自废墟中传来。峰云近前看时，见地上几十个村民的尸首不是被刺刀挑开了肚子，就是被大刀砍去了脑袋，血已不再流淌，刀口处露着发黑的血迹。而此时的天空，如锅底般墨黑，有老鹰不时盘桓于村子上空，其声悲凉。一只老狗四肢僵硬地躺在地上，面朝黢黑的天空不时发出低沉的哀鸣。

“这一定是日本人血洗了村子！”一个保安队员道。

峰云愕然道：“怎么会这样啊！”

见保安队员面面相觑，没有说话，峰云高声喊道：“有人吗？有活着的吗?”

村子里一派沉寂。峰云拣着没有被烧为废墟的农家敲门，不是里面插着门栓，就是院中空荡无人。他终于推开一扇虚掩着的大门，轻轻走进院落，忽听屋里传来低沉的啼哭声，于是他无声地走进屋内。他的心蓦然间战栗不止，一个极像月枝的女孩子蜷缩在床头，她头发散乱，目光呆滞，而地上坐着个老妪，老妪的上衣已被撕开，正失魂落魄一般嘤嘤哭着，念叨着听不清的话语。峰云仔细听来，那老妪嘴里发出的竟是这样的话：“智弘啊，表姑对不住你，表姑没有护住这孩子，表姑该死啊!”

峰云定神看时，床头蜷缩的人分明就是月枝，尽管长发几近遮严她的双脸，尽管她瘦削的双肩抽搐不已。震惊之余，峰云没敢上前理会月枝，而是将地上的老人搀起，扶出门外，他低声问道：“大婶，我们是路过这里，见村子里冒着浓烟就进来看看，村子里到底发生了什么事呀?”

老者无力地瘫坐在地，她拽着衣襟断断续续说道：“日本人不得好死啊！谁，谁，谁也不知道是怎么一回事，夜里来了一帮日本兵，堵了出村的路，又是杀人，又是放火，又，又是抢东西的，整整作孽了一夜，天亮才走，呜呜呜呜。”

峰云听罢，皱皱眉一时间不知所措。他悄悄回屋再细细打量一番依旧目光呆滞的月枝，忽觉一阵恶心。于是，他猛然回头，径自去了。三个队员急忙跟了出去。

老者见峰云他们远去，颤巍巍地回到屋内，紧紧抓住月枝的手哭着说道：“孩子呀，是表姑对不住你，对不住智弘。表姑想给你商量商量，昨天夜里发生的事，咱不要对任何人说好吗？表姑是黄土埋上脖子的人了，表姑不怕什么，你还年轻，还没婆家，这事传出去了对你不好，既然已经这样了，咱得想开点儿，比起那些被杀的人，我们还算是好的，我们还是活下来了!”

月枝的头动了一下，她撩了下脸上的长发，气息奄奄道：“还不如死了!”

老者忙道：“孩子呀，你不能这么想，死了你就再也见不着智弘了。”

月枝道:“不死我也不会再让智弘看见我了。表姑，这里有尼姑庵吗?”

老者大声道:“傻孩子，你说什么呀!表姑死也不会让你出家的。”

月枝道:“表姑，你就别劝我了。”

老者道:“月枝呀，你看表姑都这把年纪了，谁知道还能活上几天!表姑将来爬不动了，还指望着你给我端碗热水呢，你就忍心扔下表姑自己去尼姑庵吗?”

呜呜的哭声闷闷地顺门缝溢出屋子。

第十七章

遇罗乡智弘惊诧
解智弘峰云被杀

方丈对董良甫所言并非诳语，智弘确实不在寺院，而是被方丈指派去了开封大相国寺。一是方丈很想知道那里的近况如何，相国寺是如何维持下去的，看风穴寺能否从中仿效一二；二是他的弟弟在那里做了住持，亲兄弟多年未见，也想捎个问候去。眼下的风穴寺香火大不如前，僧人也有不少还俗者，殿堂渐现冷落，僧人所剩寥寥。而随着训练班的撤离，食物短缺在所难免，旱灾虽是有所缓解，可粮食的接济尚需时日，而寺院的香火不济，大约是源于时局的每况愈下。

相对于郑州三日失守，洛阳的失陷则凸显中华男儿的铮铮铁骨，颇为悲壮。在伊川籍将领武庭麟率领下，近两万豫西男儿面对陆空联动的近四万日军精锐，他们全力保卫洛阳二十日不失，这使得大量民众得以安全转移。

洛阳失陷后，日军第十二军一一〇师团即刻转为警备状态，为确保洛阳城和洛阳至郑州的交通安全，日军在临汝县城以西的临汝镇南侧高地一带，建立了第一道防线。接着又有两个据点拔地而起，一个在临汝镇南部的琵琶寨，一个在临汝镇西北的娘娘山。日军广收地主武装组成皇协军，情报部门随之成立。如此这般，使得临汝县城内外人心惶惶，人人自危，风穴寺的香火自是日渐不济。

智弘返回寺院是在一个黄昏。远远地见风穴寺沐浴在一派橙黄中，已经有淡淡的雾霭低低浮现于山涧里，而寺水河上水汽轻罩，正有僧人来河边洗衣，棒槌抡起的水滴飞出老远，在晚霞的余晖里闪着多彩亮光。

方丈见智弘回来，欣慰之余多出几分忧虑来。听罢智弘所言，得知远在开封的弟弟一切安好，得知相国寺并无大碍，方丈点着头缓缓说道："佛教自东汉汉明帝时传入我国，历经一千多年，佛祖以白马驮载经书和佛像来到洛阳，历尽沧桑。自白马寺始，中华大地上寺院逐年增多，虽历经无数劫难，寺院数量却有增无减，且香火不断，盖因我佛无量功德使然。眼下风穴寺遇到磕绊，香客锐减，僧众日少，可风雨过后，太阳依旧升起。在这多事之秋，智弘啊，你还是出去暂避一时的好，以防不测。"

智弘道："智弘既已出家，就该以寺院为家，与佛像为伴，方丈在此，我哪也不去！死又如何？一个轮回罢了。我佛有好生之德，礼佛也好，惩恶也罢，都是为众生谋福，从这一点上讲，其本意一致，皆为众生所虑。我佛不会坐观生灵涂炭而不管，我智弘不会对屠杀国民的日寇置之不理，礼佛与惩恶并不抵触，我说得对吧，方丈？"

方丈道："智弘你说得没错。可只有好好活着才能更好礼佛，只有活在人世才能惩治世间恶人！你对佛祖的一片赤心，佛祖自会知晓，你对信仰的执着，天地可鉴，认准的事就该执着，执着一事，就该毕其一生去坚守，而避其锋芒却是为了更好地坚守。师父这么说，不知你懂了没有？"

智弘道："弟子懂了。"

方丈道："既是懂了，你就暂且离开寺院吧，今晚就走。"

智弘应着，随之起身，辞别方丈，出了山门。

夜色中，智弘顺田间小道摸到家中，见门上那把铜锁被砸坏后弃于地上，屋内一派狼藉。他自然不知此乃峰云所为，以为是家里遭了贼，好在他事先已将月枝妥善安置，这一点让他深感欣慰。既然方丈不让他待在寺院，那住家里就一定安全吗？这让他迟疑再三。他知道嫉恨他的人只有峰云，想要抓他而又认识他的人除了峰云再无他人，从这层意义上讲，只要避开峰云即可，而峰云是知道他家在这里的，于是，智弘翻出陈年旧衣，将僧袍换下，塞入床下的书堆里。等他穿戴完毕，将要吹灭油灯出门时，忽听柴门吱地响了一声。智弘赶忙吹灭油灯，自门缝向外窥视，门外却并无人影。他以为是幻觉而已，于是，关上屋门，又将那把坏锁捡起挂在门上，而后走出柴门。

夜色如墨，山林与田野并无二致。走在林边路上，仅凭感知辨别着路径，走起来倒也顺畅。忽听身后有异响，像是有人滑倒的声音，回身看时，身后却无异样。林子里不时传来野狼、野猪的吼叫声。智弘自小是听着这样的声音长大的，自然并不惧怕，倒是方才的异响让他一时警觉起来，回想起尚未出门时柴门的响动，智弘立时拔出训练班配给他的短枪，并将子弹上膛。

为印证方才的异响是否出自幻觉，智弘闪身进入林子，蹲地上向外张望。只片刻，一个黑影出现在模糊的视线内，却看不清跟踪者为何人。智弘自开封返回，长途奔波，疲劳上火，以至于他的嗓子不合时宜地发出一声咳嗽，这咳嗽声虽是极为低沉，却在静夜里传至很远。那黑影突然停下，随之发出一声轻轻问询："是智弘吧？你的咳嗽声都跟小时候一样。"

智弘却听不出对方为何人，于是问道："你是哪位？"

黑影答道："我是你表舅罗乡。"

智弘以为听错了，在他的感知里，表舅还在日本人的监狱里，于是智弘问道："表舅？"

黑影道："是的，我是你表舅罗乡。"

智弘猛然自林中蹿出时，几近跌倒。近前看时，表舅的容貌依旧看不真切，但凭来者的声音和体形智弘深信不疑，于是他抓住罗乡的手久久没有放下。

智弘忙道："表舅，你不是被捕了吗？怎么出来的？"

罗乡忽然伤感道："是开封地下党竭力营救，表舅才出了日本人监狱，为此搭进去两位同志，这太不值得，每次想起，都让我羞愧不已。这里不是说话的地方，回你家吧，我还有事讲给你听。"

两人返回走进柴门，罗乡忽然停下脚步，在院中找来两根木棍，将木棍横在门外两边的小路上，他又回身拿来两个瓦罐轻轻放在木棍一边。走进屋内，罗乡又将后窗打开，搬来木凳放在后窗之下，而后关门点燃油灯。油灯蚕豆般大小的火苗映出罗乡那张熟悉的面庞，只是脸上多了道疤痕，蚯蚓般自颈项间延伸至嘴角。

“表舅，你的脸怎么了？”智弘惊呼道。

“还能是怎么了！日本人拿皮鞭抽的，伤口结痂脱落后都这样。”罗乡淡然说道。

仅是看了一眼，智弘便不忍再看，他忽觉一阵酸楚，几乎落下泪来。自小表舅待他很好，每次从开封返乡，总会带给智弘一些新奇的东西，表舅曾许诺要带他去开封城读书，这让他一等就是数载，虽是至今未能如愿，可他知道缘故后并无怨言。智弘是从开封城内茶楼掌柜那里得知表舅是地下党的，训练班拿到的日军铁路大桥的地图，是表舅舍命得来的，表舅因此入狱，智弘自此对表舅崇敬有加。

罗乡道：“这点儿小伤不至于伤感。你的情况我掌握不少，你作战勇敢，机智过人，曾参与炸毁日军黄河大桥，曾杀死日军多人，你是个有担当有信仰的人，从你小的时候我就能看出来，所以想把你带到开封去，却一直未能如愿。文沣看好你，很想留你在身边，日后委以重任，你却婉言谢绝了文沣的好意，我代表组织谢谢你！”

智弘忙道：“组织？什么组织？”

罗乡道：“当然是中共豫西地下组织。党中央已做出决定，挺近豫西，在临汝、登封、密县一带开辟抗日根据地，集中有生力量，伺机歼灭日寇，救民众于水火之中。八路军抗日先遣队和豫西工作队不日将抵达这里，我们临汝地下组织要极力配合，做好情报搜集及铲除汉奸的工作。日本人语言不通，人地两生，不是诸多汉奸充当其耳目，日本人必定跟瞎子一般，因而，及早清除其耳目就显得尤为重要。”

智弘听罢，兴奋异常，中共地下组织的信任和褒奖让他热血沸腾，他红着脸说道：“抗日救国是每个国人分内之事，救国等于救自己。八路军能抵达这里，日后小日本必定永无宁日，抗战胜利必定指日可待！据说峰云已加入保安科，极力为日本人做事，此人也属清除之列吧？”

罗乡道：“峰云才去保安科，看其日后所为再做决断，他至少眼下还没做坏事。我们目前的工作是先在城乡广贴标语，让广大民众看到抗日的曙光，团结一切可以团结的力量，结成统一战线，壮大抗日队伍，当然也包括山里土匪，只要他们不与人民为敌，愿意抗日，我们都接纳，都欢迎。”

智弘道：“表舅你是被组织派往这里工作了吧？”

罗乡道：“是的，今后你我将一道惩治恶行，还广大民众一个光明的未来。”

智弘迟疑片刻，犹豫道：“我毕竟已是出家之人，不加入你们的组织行吗？”

罗乡笑道：“这个并不特别重要，组织上不会勉强。党的地下组织也不是谁想加入就能够加入的，想要加入者首先得经得起严酷的斗争考验，还要个人有主动向组织靠拢的意愿才行，当然了，这并非是对你为抗日做出的贡献和执着精神有什么异议。另外，抗日救国是不分组织之内和组织之外的，是不分阶级和阶层的。”

智弘望着眼前这位表舅，他一时很难将其与心目中的教书匠联系起来。他刹那间像是在迷雾中看到了曙光，在漂泊中遇上了航船。带着一丝顾虑，智弘喃喃道：“要是我在出家前见到表舅该有多好！眼下既然出家，就该坚守当初的承诺才是。其实我出家前一直在等你的书信，我没有随父母一道逃荒也有这个原因，当初我并不知道你出事。”

罗乡听出智弘的顾虑，笑着说道：“我方才说过，抗日不分阶层，抗日与佛经里的惩恶并不相悖，都是为劳苦大众谋福祉，这一点极为一致，智弘你大可不必顾虑什么。我在城里中大街开了家干货铺子，专营山货，有事你可以随时去城里的铺子找我，只是得留意身后有没有尾巴，峰云正带人伺机缉拿你，寺院和这里你不能久留。”

智弘道：“那我该去哪里呀？”

罗乡道：“大青山里有帮土匪，实力尚可，据说日本人有意拉拢其出山，想以此为班底组建一支皇协军，以壮大日伪武装，抵抗抗日队伍。组织上想派人打入其内部，劝其勿入歧途，从而为我所用。若是他们不听劝告，一意孤行要依附于日军，那就择机瓦解或予以歼灭，八路军豫西抗日先遣队不日即达这里，具体行动方案等组织敲定。近几日你先去附近亲戚家躲躲，等候通知。”

两人竟一直谈到晨光初现。正要起身时，窗外传来风穴寺悠扬的钟声，这钟声低沉、浑厚，一缕缕滑过屋顶，一点点消失在远方的山林中。

忽想起月枝，想起表姑，不知这些日子月枝住表姑家习惯不。智弘道别罗乡，奔向五里开外的表姑家里。

村中的景象让智弘大吃一惊，诸多房舍变为瓦砾，有村民正在废墟上重建房舍。村子里鸡犬不闻，一片沉寂。

“村里失火了？”智弘问一旁走过的人。

那人摇着头自顾去了。

智弘叫开表姑家大门，见表姑才几日便老了很多，智弘进来后，表姑慌乱关上大门，她一时间显得局促不安。月枝在院中做针线，看见智弘进来，她的手战栗一下，疑是为细针所扎，她放下针线匆匆走向屋内，并随即将屋门关上。

“智弘，你快坐下歇歇，表姑给你烧水去。”表姑说罢便去西墙边抱柴生火。

智弘忙道：“表姑啊，您别忙了，我不渴，才走这点儿路。村子里像是失火了？”

表姑迟疑片刻，低声说道：“日本人来过。”

智弘心下一沉，愤然问道：“是日本人放的火吧？他们为何要无端放火？村子里可都是些百姓。”

表姑犹豫很久，叹息一声说道：“起先是日本兵打村头经过，不知是谁家的一头牛挡了日本人去路，日本军官上前踹了黄牛一脚。谁知那不长眼的黄牛竟抬腿踢了日本军官，然后黄牛撒腿跑向村子，那黄牛才跑几步，就被身后飞来的枪子儿打倒了。几十号日本人进村后又是杀，又是烧，又是抢的，整整一夜没有消停。”

智弘合掌于胸，喃喃道：“这帮孽障！阿弥陀佛！幸亏你和月枝没事。月枝怎么进屋这么久？”

表姑抱柴的手抖动不已，那柴草终也没有被抱到灶台边。智弘望着柴草自表姑怀中纷纷落下，表姑的脸色骤然变白，重又弯腰去抱柴草时，智弘忙上前将柴草抱向灶台。智弘见表姑执意烧水，便没再阻拦，任表姑用颤抖的手将柴草点燃。智弘不经意间看见表姑的眼中溢出泪水，表姑的脸上才几日便多出不少皱纹，殷红的火光映在表姑树皮一样的脸上，让智弘忽生伤感。

月枝依旧没有出来，智弘上前推门却没有推动，于是高声说道："月枝，你进屋换衣服吗？至于嘛！"

喊过三次，终于听见月枝微弱的声音自门缝传出："你走吧，你别来看我。"

智弘一时间哭笑不得，忙道："你怎么跟孩子一样！这到底是怎么了？不愿意陪着姑姑是吧？不愿住这里你就说嘛！至于这么躲着我呀！"

屋内再无声息。智弘扭头看表姑，见表姑正低头烧火。于是智弘耐心说道："月枝啊，我们家里遭贼了，门锁都给砸了，我想在这里住上几天，你把门打开，我们开门再说。"

屋内依旧没有声息。智弘一时来了火气，用力踹门后见屋门依旧没开，遂转身来到表姑跟前，对表姑说道："表姑啊，月枝不想住这里是吧？她在生我的气吗？那也得哼一声啊！怎么跟闷驴一样！"

表姑没转脸答道："她也没说不想住这里，要不你走吧，过几天你再来。"

智弘摇摇头，他一时觉得匪夷所思，不解地问道："我怎么越听越糊涂，她为何不愿见我？我坑害她了是吧？"智弘一时犯了驴脾气，他接着愤然说道："不就是我当她的面说起峰云的种种不是嘛！于是对我心存怨恨！想嫁给峰云就嫁给他呗，至于这么跟我使性子吗？我知道峰云一直对她很好，还给过她几枚大洋，她倒恨起我来了，我是好心被当成驴肝肺。那好吧，我走。"

智弘说罢，屋门忽然大开，月枝满脸挂泪站在门口。

就在智弘诧异地缓步走向满脸是泪的月枝时，大门却被猛然撞开，峰云带着三名保安队员闯进院子。

"终于落网！我这渔网撒开多日了，就是迟迟不见你智弘进网，我早就断定既然月枝住在这里，你智弘不会不来。智弘啊，是想跟月枝多说一会儿话，还是这就跟我走？看在你我自小在一块玩耍的分儿上，我尊重你的意愿。"峰云得意道。

智弘淡然说道："你想让我去哪里？"

峰云道："当然是日本人那里了！日本人知道了你过去做的事，他们对你很感兴趣，你自己也十分清楚，就不用我重复了吧？"

智弘道："你如今是给日本人做事是吧？"

峰云道："你知道也好，免得我多费口舌。"

智弘和月枝面面相觑。月枝抹去泪水，走近峰云，昂头说道："峰云，你不要难为智弘，你不是一直想娶我吗？你想要什么我都答应你。"

峰云哂道："娶你？月枝，你想多了，如今我连碰你一下都不想碰，我想想都恶心，此一时彼一时也！"

智弘一记耳光猛然打在峰云脸上，峰云踉跄几步才站稳，他瞬间拔出短枪，一手捂脸，一手将盒子枪黑黢黢的枪口对准智弘。智弘笑道："如今耗子都成精了，你会打枪吗？真是稀罕事！让我瞧瞧你这铁家伙上膛没有？"智弘说罢，径直走向峰云。

峰云尖叫道："别过来！你再走一步我真的开枪了。"

智弘道："你打不响的，你的盒子枪还没有上膛。不是我小瞧你，峰云，不是看在你我在寺院同住一屋，且是床铺挨着床铺的分儿上，我只需一伸手，你这会儿早就没命了，还不快点儿收起你那破家伙，你想吓着月枝呀！月枝天生胆小。"

峰云见他那三个保安队员的枪口一致对着智弘，于是陡来胆量，遂将盒子枪收起，瞧着月枝说道："月枝呀，你都被日本兵糟蹋了，智弘还这么喜欢你，看来我的度量跟智弘比真的还差着一截儿，佩服，佩服！"

智弘听罢峰云的话，瞬间明白了月枝不愿见他是何缘故，于是，他走近月枝，拉住月枝的手说道："活着就好！"

嫉恨瞬间袭上心头，峰云举起盒子枪道："走吧，到了日本人那里你就不会这么嚣张了。来呀，把他给我捆起来！"

四个人中，两人举枪对准智弘，另外两人搜出智弘腰间短枪，并拿出一根绳子将智弘捆得如粽子一般。

月枝见状，疯了般扑向峰云，却被峰云推出老远，摔倒在地。表姑伸手拦住智弘，对峰云哀求道："您就行行好，放过智弘吧，智弘是个和尚，他能干出什么伤天害理的事啊！一定是你们弄错了。"

峰云冷冷一笑道：“和尚？按说我也是和尚，我就不会杀人了？这世道，被逼急了谁都会杀人！要不我现在就杀个人让你瞅瞅？滚开！老东西。”

智弘咬咬牙，厉声说道：“峰云，之前方丈对你苦口婆心的劝诫看来是徒劳，亏你在风穴寺修行数载，按说耳濡目染禅师们的德行，你也不至于沦落到如今境地。我之前看你面相丑陋，原以为乃生相所至，其实不然，所谓的‘相由心生’看来一点儿不谬！你心术不正，相貌自然不会端严，你心不慈善，不守戒律，肆意妄为，自然会使你心浮气躁，多生嗔恨。要知道，心安、身净，菩提之灵光才会普照于你，心乱、身脏，业障就现眼前，这是因，这是果。‘佛说一切法，为度一切心’说的也是这个理。像你这样的人所到之处皆为地狱苦海，去了日本人那里你就能好过从前？你就会随心所欲？我看未必！”

智弘这句句戳心、字字入骨的话，让峰云一时感觉无地自容。峰云恼羞成怒，气急败坏地拿枪对准智弘，就在峰云要扣动扳机时，一旁的队员提醒道：“头儿，你再想想，我们不是要拿智弘去日本人那里领赏吗？他人一死，我们可就白忙活了！”

峰云将盒子枪对天扣动了扳机。西墙边一棵老树上，一只乌鸦被惊吓，悲鸣一声，呼扇着翼翅惊慌而去。

望着智弘五花大绑地被峰云他们带走，两个女人哭叫着追出村子，而后被气急败坏的峰云搡倒在地。表姑哭诉道：“智弘啊，你这苦命的孩子，你爹娘外出逃荒，一年多了连句话都没有捎回来，也不知道是死是活，留下你一人吃了上顿没下顿的，原是指望着出家当了和尚能保全自己，可当了和尚，佛祖也保全不了你，这是什么世道啊！日本兵畜生都不如，你被带到他们那里，能有个好啊！呜呜呜。”良久，表姑用袖子擦擦眼，而后问月枝：“孩子，那畜生说智弘杀过日本兵，这可是真的吗？”

月枝哭道：“我也不知道啊，表姑，不会是峰云那畜生血口喷人吧？表姑啊，我们得想个法子救救智弘，他被带到日本兵那里，肯定得被日本兵折磨死不可，日本兵可是没有人性的东西，智弘要是有个三长两短的，我该怎么办呀！本来我早就想死的，就是想看一眼智弘才活到今儿，可他又出了这事，我连死都没法去死了呀！”

“傻孩子，我们都得活下去！先回家再说，老天不会眼睬着让恶人欺负好人的，恶人最终会有报应的。”表姑说着，拉起月枝，两人踉踉跄跄走回村子。

就在两个女人想着法子该去找谁帮忙搭救智弘时，智弘已被峰云等人推搡着走上林边小路。

智弘不经意间见路边有顶凉棚，凉棚下有个人正弯腰收拾方才收购的香菇等山货。那人是无意间看见峰云等人途经此地的，当他看清那五花大绑者是智弘时，起初愣了一下，旋即将装钱的褡裢拿手里，对着小路上的人说道：“老总啊，带点儿山货回去吧，我按进价给你们。推着自行车赶路那得多累呀，这里离县城还远着呢！”

峰云道：“眼瞎呀！没看见这是执行公务吗？”

那人道：“不就一个人犯吗？还五花大绑的，至于四个人拿枪顶着人家呀！”

峰云旋即将盒子枪口扭转过来，大声说道：“多管闲事！你是活得不耐烦了是吧？”

就在峰云将枪口自智弘身上移开的瞬间，收购山货者迅捷地从手中褡裢里摸出手枪，他手起枪响，峰云第一个倒下。随后，接连又三声枪响。另外三人原本听罢峰云的话，尚在取笑收购山货者，他们脸上的笑意尚未消退便相继倒下。峰云倒下时，偏那自行车车把恰好戳向他的嘴巴，这车把就这么硬硬地扎在峰云的嘴巴里。

智弘被解去绳索后，惊疑道：“表舅，你是怎么知道我被捕的呀？居然还知道我们会经过这里！”

罗乡道：“我什么都不知道，是你智弘的命大。快，将尸首抬进山林。”

两人合力将四具尸首抬进林子深处，智弘从一具尸首上抽出他的短枪插在腰间，而后两人将四辆自行车推进山林，压于尸首之上。他们再折了一些小树，将尸首和自行车遮盖得严严实实。

“走吧，去县城。峰云一死，日后你出入县城就不用顾忌太多了。”罗乡拍去手上碎叶，淡然说道。

罗乡将收购来的山货装上板车，伸手要过智弘的手枪，连同自己的手枪一并塞入山货深处，之后，他们推车向县城方向而去。山路蜿蜒，山林沉寂。两人推车的背影由大而小，渐次消失在林边小道的转弯处。

第十八章

八路军进驻大峪
先遣队夜炸机场

智弘当晚便住在罗乡的山货铺子里。夜间，两人躲过日军巡逻队，沿街贴上不少“抗日锄奸”“日伪末日即到”之类标语。回到铺子后，罗乡便将当前的形势讲给智弘听：“眼下两党合作战绩卓著，日军嚣张气焰已有所收敛，且有强弩之末之势，战略反攻指日可待。豫西抗日先遣支队已悄然进驻大峪，距县城仅有三十里地。我们临汝地下党要设法与先遣队取得联系，听候支队首长指示。至于我先前所说的让你设法进入土匪内部的事，暂且放放，看支队首长如何指示再说。我明日就去大峪，你先回风穴寺，就地待命，有事我去寺院找你。”

“既然豫西抗日先遣队已抵达大峪，我们该去乡下四处张贴标语，让广大民众知道战事正发生逆转，广泛发动群众，以增强全民的抗日信心。”智弘兴奋道。

“你说得很有道理，明日我就通知城里的其他地下党，我们分头行动起来，及早将抗日先遣队抵达大峪的消息宣传出去，以增加民众的抗日信心，同时也能起到威慑日伪的作用。”罗乡道。

两人直至夤夜才安然睡去。

翌日一早，智弘回到风穴寺，眼前的情景让他蓦然一惊。寺院内不见香客前来上香，仅有一个僧人在埋头扫地，偌大个寺院显得冷冷清清，正殿和偏殿已悉数开门，仅有麻雀在殿门口飞来飞去。一只耗子出现在佛像前的蒲团上，转悠许久，而后悻悻然去了佛像后面。

智弘来到正堂，见方丈正闭目打坐，便没去打扰。隐隐听见飞瀑飘落的声响，他迟疑片刻，悄然离开正堂，向着正院后面的珍珠帘走去，他很久没有近观那飞瀑直下的宜人景致了，他很久没有静听那如丝竹般美妙的声音了。

途经接圣桥，忽想起乾隆皇帝下江南时绕道风穴寺的故事来。当年乾隆皇帝赏罢观音阁，来到小河边，见河水清澈见底，水中仅有几块青石供人踩踏过往，于是回头对方丈道：“河水横流，青石做桥，香客来往多有不便，朕赐你黄金百两，在此修建一桥，如此可好？”方丈自是欣然应下，叩头谢恩。

乾隆恩赐风穴寺的故事坊间传闻甚多，当时的方丈心智过人，常为后来僧众津津乐道。乾隆初到风穴寺，见寺院周围高峰耸立，好似莲台，寺内曲径通幽，百花飘香，一时精神大振。看过唐代七祖塔，看过宋代悬钟阁，又来到大雄宝殿，但见殿瓦破烂，梁柱陈朽，便问陪同的方丈：“大殿如此破旧，为何不及时修缮？”那方丈忙道：“七祖塔乃李姓施主捐供修缮，悬钟阁乃赵姓施主捐供修缮，而这大雄宝殿，原是金代建筑，只待施主捐供。”乾隆听罢，颔首笑道：“朕赐黄金千两，可够修缮之用？”方丈忙跪地叩头道：“谢主隆恩！”风穴寺因此得来黄金千两，此事被传为美谈。

智弘徐步走过接圣桥，走过桥头的观音阁，而后来到珍珠帘。但见清泉自悬崖直泻而下，水花迸溅，白雾茫茫，水声空灵，如丝竹般清亮悦耳，乾隆在此所题的诗句“大珠小珠一线穿，织成珍珠倒挂帘”真可谓形象贴切。于是，智弘席地而坐，闭目静听这空灵之音。

许久，智弘缓缓起身，返回正堂。

智弘见方丈依旧在闭目打坐，于是便在门外站着。终于，方丈睁开眼睛，轻声说道：“是智弘吧？你进来吧。”

智弘进了正堂，吃惊地问道：“方丈，眼下寺院为何这般冷清？僧众也没见几个，莫不是日本兵常来寺院骚扰？”

方丈道：“你猜得不错。一个叫井左的日军队长来过多次，他每来不是乘坐卡车就是乘坐三轮摩托，且随行者众多，队伍在山门外一字排开，弄得人心惶惶，香客自然望而生畏，久而久之，前来上香者便少之又少了。”

智弘忙道："香客不来情有可原，让弟子不懂的是寺院僧众怎么也没见几个？"

方丈道："阿弥陀佛！有三个弟子被日军抓走了，剩下的有三个回老家耕作去了，眼下寺里仅剩三个。"

智弘大惊道："有三个师兄弟被日军抓走了？日军抓僧人做什么？"

方丈道："据说是日军在登封修建机场，方圆几十里的劳力都被抓去做苦力了，大约是还嫌不够，就把僧人也抓去了。真是罪孽！"

智弘愤然说道："小日本是兔子的尾巴——长不了了，还修什么机场！机场在登封哪个地方啊？要是把机场炸了，这得解救出多少穷苦大众啊！"

方丈道："机场的具体位置为师不知，为师听说被抓去修机场的民工竟有两万人之多！大约工地跟地狱一般，民工死伤无数，故而日军不得不抓了一批又一批。为师估摸着，机场不修好，抓人的事怕是永无休止。"

智弘忙问："弟子方才没见清慧师父，莫非清慧师父也被日军抓去了？"

方丈叹息道："正是。"

智弘愤慨道："清慧师父都一把年纪的人了，去干那修建机场这样的活儿，他能吃得消吗？那日军井左队长为何连一个上了岁数的僧人都不放过呀？"

方丈道："那井左是在威逼为师，他要为师交出所谓的汝官窑瓷器，还放言，若是为师一意孤行，他会将寺院里的僧人一个个慢慢抓完。真是罪孽呀！"

日军队长井左竟也知道风穴寺里有密洞，且密洞之内藏有汝官窑瓷器，他一定是受了日本商人田东唆使，这个日本商人看来得不到汝瓷不会善罢甘休，为此他真可谓是机关算尽。他先是指使峰云秘密查找密洞，方丈因此险些被峰云杀害；继而又让日伪保安科科长董良甫来寺院威逼方丈；眼下再唆使日军井左队长前来，而他自己则一直躲在幕后，商人的老奸巨猾表现得淋漓尽致。归根结底，财富的力量极为强大，都说有钱能使鬼推磨，在智弘看来，有钱能使磨推鬼！真不知这位富商将来还会使出何种阴招来。智弘这么想时，不禁为方丈暗自担忧。

想到清慧师父此时正吃力地挖土、运土，甚至于劈山、凿石，智弘忽觉一阵心酸，立时，一个大胆的想法浮现脑际，他犹豫片刻，对方丈说道："方丈，您多保重，弟子这就去趟登封，看看清慧师父。"

方丈道："智弘啊，风穴寺离登封得有百十里地，这太远了呀！"

智弘道："弟子不怕！想想两万多民工被日寇用刺刀逼着修建机场，想想清慧师父这把年纪了还得做苦力，弟子走上百十里地又算得了什么！放心啊，方丈，弟子的腿脚硬朗着呢！智弘去登封看看就回，清慧是我师父，他平日里待我如同慈父，他如今被人抓走，我岂能坐视不管！"

方丈担忧道："智弘真是个知恩图报、爱憎分明的人！可日军抓了那么多民工去做苦力，一定看管极严，两万多人一起干活，你如何去辨别哪位是你清慧师父？你总不能一个个扒拉着找吧？再说了，日本人会让你随意进出、四处寻找你师父？你可别把你自己也搭进去呀！"

智弘固执道："我不进机场行了吧？我站远处看看我师父干活不行吗？即便见不着清慧师父，我白跑一趟也比窝在家里好受些。"

见智弘犯了他那驴脾气，方丈不再多说什么，只叮嘱一句路途小心，便由着智弘去了。

智弘边走边问，向着登封方向疾步而去。黄昏时，只觉饥肠辘辘、两腿酸疼，恰遇路旁一座破庙，智弘遂在破庙里用点儿干粮，夜间便宿在庙内。次日来到登封，问过路人，方知日军的在建机场位于城西一片开阔地，因这机场东依太室山，西临少室山，恰在两山豁口里，极为隐蔽，不到跟前，但从外面极难发现。铁丝网将整个在建机场围了一圈，仅在两山豁口处留个大门，门口不时有军车及人员进进出出，日军在门口把守极严，想进到里面绝非易事。不得已，智弘绕开大门，来到山下，他爬上山梁，远处的景象让他惊诧不已。放眼望去，两山间的黄沙岭竟有五十亩以上，黑压压的人正被日军威逼着劳作，日军监工手中的皮鞭不时高高举起，在半空中划出弧线。作业区周围岗哨林立，简易工棚则建在智弘所在的山梁之下，密密麻麻。

简单看过地形，智弘便坐等机会，他想趁午饭时择机接近工棚，伺机寻找风穴寺僧人，尤其是看看清慧师父。在日军的皮鞭下，不知他们被折磨成了什么样子，清慧师父年岁偏大，且体质稍差，他能否吃得消这极重的体力活尚在两可之间。智弘越想越急。

智弘趴在深草中，不时观察山下情形。有人用铁镐掘地，有人铲起碎土、碎石装进箩筐，有人抬筐，有人搬石，还有人推着独轮车，也有人拉着两轮架子车，工地上尘土飞扬。监工手中的皮鞭不时扬起，抽打那些动作缓慢者，如有人倒地不醒，监工便喊来别的民工将倒地者抬起，扔向铁丝网下的深沟里，胆敢有人不听招呼，便会有皮鞭抽在后背。山下地狱般的惨状让智弘不忍目睹。

终于等到民工用饭时，智弘发觉民工用饭却并非想象中的情形，工地上并没食堂，民工的午饭仅是一点儿干粮，外加一碗凉水而已，而凉水来自何处，没人知道。智弘起身后弯腰走下山梁，缓缓接近工棚，多亏山坡上有些低矮树木，聊以遮身。眼见智弘将要抵达一人多高的铁丝网，就连铁丝网里侧民工碗中浑浊的凉水都能看得真切，智弘却发现不远处高高的岗楼上站着一个日本兵，而方才岗楼上似乎没人。这会儿那日本兵正端枪望向这边，长枪上的刺刀在日光下闪着清冷的光，刺刀上还挑着一面太阳旗，轻风中，太阳旗却纹丝未动。

智弘随即紧贴地面，匍匐前行两丈来远，来到铁丝网边。忽见一民工走到网边小解，待民工小解完毕，智弘小声喊民工近前说话，那民工淡漠地望望智弘，并未理会。于是，智弘抬高声音问道："老乡，你看见三个和尚了吗？他们在不在你们这边？"

那民工警觉地望望岗楼，径自去了。望着民工远去的背影，智弘气愤地轻声喊道："你说句话能被噎死呀！"见那人头也不回地进了工棚，智弘不由得暗自叹息。他试图从铁丝网与地面的缝隙钻进去，尝试多次，终难奏效，那缝隙大约只有耗子能进。于是，智弘将头扬起，仔细寻找民工中的光头者，怎奈铁丝网里侧，人头攒动，尘土飞扬，民工黑压压的极难辨认。不见见清慧师父，大老远跑来又不死心，智弘身贴地面，一时间陷入苦恼中。

眼前的铁丝并不很粗，用钳子很容易截断，若是带上钳子，夜间来此，趁着夜色掩护，剪断铁丝网是极为容易的事。虽是日军的岗楼顺铁丝网排列，半里地就有一个，但智弘所在位置恰在两个岗楼之间，他另外一侧的岗楼上没人，至于夜间是否有兵士站岗，他并不知道。

最终，智弘放弃了贸然进入机场的打算，他反身爬向山梁的顶端，在高处详细观察了山下岗楼的分布情况，并熟记于心，然后顺原路向着风穴寺方向而去。

智弘却没回风穴寺，他直接去了临汝县城找罗乡。既然豫西抗日先遣队已抵达大峪，何不将日军在登封修建机场的情况告知先遣队呢？说不准先遣队首长会出兵登封，炸毁机场、歼灭机场日军、搭救两万多民工不受地狱般折磨，此乃一石三鸟。共产党不就是为劳苦大众谋福祉吗？佛家之宗旨不也是教人为善、远离恶行、普度众生吗？两者本意并不相悖，救穷苦大众脱离苦海乃众望所归。

临汝城内大街小巷的墙面上张贴着不少标语，“打倒日本帝国主义”“中国共产党万岁”“打倒汉奸卖国贼”，而三三两两地骑着自行车、斜挎盒子枪的人则逐个墙面撕毁标语。智弘自墙边走过时，满心熨帖。

罗乡却不在铺子里，伙计说掌柜的去山里收山货了，昨日去的。智弘想表舅定是去大峪面见抗日先遣队首长了。在独自去大峪寻找表舅，还是就在风穴寺坐等表舅的问题上，智弘犹豫再三，最终因急于将自己在日军机场的见闻及个人意见说给表舅及相关首长听，智弘决意去趟大峪。

大峪地处嵩山余脉，周边山高林密，千年古柏、百年山寨、陡峭山崖，加之水帘洞、高山飞瀑等，使得处于深山老林中的大峪透着神秘的色彩。

豫西抗日先遣队司令部便设在大峪，先遣队共一千七百多人，下设两个团。智弘在经过先遣队第一道岗哨时，八路军士兵和蔼地问道：“请问你去哪里？”智弘答道：“去大峪，还有多远？”那兵士并未直接答复，却是接着问道：“请问你找谁？”智弘道：“找表舅。”士兵笑道：“你表舅叫什么？”智弘道：“叫罗乡。”兵士道：“罗乡？没有听说过，他是干什么的？”智弘一时语塞，他迟疑片刻后，这么答道：“表舅不是大峪人，他是昨日过来的，请问昨日是你站岗吗？”智弘忽听头顶传来一声：“昨天是有个叫罗乡的人打此经过，是我打电话请示参谋长后放行的。”智弘抬头看时，却见路旁一棵千年古树上站立一人，他肩背长枪，手端望远镜，站在树上的凉棚里向下说话。八路军的暗哨居然设在大树上，这让智弘不觉大开眼界。他被哨兵放行后，走出老远，仍不时回望那树上的暗哨，那暗哨却被浓荫遮蔽在一派葱茏中，而地面上的哨兵则持枪立于窄道两侧。

智弘经过第二道岗哨时，已有电话打到这里，哨兵放下电话，走出岗亭，将手一伸，智弘便顺利通过。道路崎岖，陡峭难行。打谷场上，八路军士兵在练习刺杀，整齐划一的动作，规范一致的喊声让智弘忽觉一阵手热。他在训练班练过刺杀，只不过八路军的刺杀动作更为实用，隔窗刺、台阶刺、枪托刺则是他未曾见识过的。

哨兵将智弘带进一处院子里，这院子背山面水，洁净的内墙上张贴着两张告示，智弘近前看时，但见一张告示上写着“抗日救国十大纲领”几个隶书大字，而下面的文字则是蝇头小楷。另外一张告示上写的是《约法五章》：“一、扫除敌伪，收复国土；二、取缔一切敌伪汉奸组织；三、组织人民武装，开展抗日游击战争；四、彻底实行民主政治；五、废除一切苛捐杂税，救济灾荒，发展生产。”看过之后，智弘忽觉热血沸腾，如此具体的抗日为民方略他闻所未闻。

有人将他引到一间小屋内，为智弘倒杯热水后出去了。智弘在房间坐等了一袋烟工夫，就见罗乡神采奕奕出现在小屋门口，罗乡笑道：“方才我们还在说你，你这就到了。不是说好你在风穴寺等我，有事我去寺院找你吗？你倒直接找到这里来了，看来你不但是个倔脾气，还是个急性子。”

智弘挠头笑道：“是这样的，表舅，我有重要情报急着说给你听，这就擅自来了。”

罗乡道：“来了也好，免得我再去风穴寺找你。我这就领你去会议室面见首长，我和首长一道听听你的情报。”

在走向会议室的路上，智弘悄然问罗乡：“表舅，方才你和八路军首长说起我了？”

罗乡道：“是啊，方才我将你的情况讲给部队首长听，刚刚说完，你就到了。”

会议室内，部队首长已起身相迎。智弘见首长中等身材，不胖不瘦，双目炯炯有神，握手时，双手温热有力，这一点给智弘留下极为深刻的印象。

待智弘坐下，首长操着皖西口音说道：“方才罗乡同志介绍了你的大致情况，僧人能有如此高的觉悟，能够如此果敢，只身深入敌后，与我党开封地下组织秘密接触，而后将情报安全带回，这一点足以说明你的机智和胆识非同寻常。你直接参与了炸毁日军黄河大桥的军事行动，又远赴焦作意欲炸毁日军煤矿，并亲手杀死不少日军，你的能力和勇气超出了我们想象，可喜可贺！”

智弘何曾受到过如此褒奖，且这褒奖竟出自部队首长之口，这让智弘一时间脸红耳赤、兴奋异常，他慌乱地说道：“惩恶扬善，造福于民，这都是该当的，不值得首长这般褒奖，表舅才是我的榜样！”

罗乡笑道：“部队首长对你的褒奖都是你自己挣来的，这与我不沾边，你可别把这样的功劳硬往我身上靠！”

众人笑过，首长接着说道：“智弘啊，有外人在场时，你还是称罗乡为同志听着顺耳些，反正我是习惯了同志这样的称呼。听罗乡同志讲，你的身份是僧人，不过，我们党一向不计较这些外在的东西，只要是一心抗日，不分阶级，不分阶层，我们一概欢迎，且十分愿意称之为同志，希望智弘同志在今后的对日作战中发挥更大的作用。”

智弘忙起身应下。重又坐下后，智弘望望罗乡，罗乡随即说道：“智弘啊，向首长汇报一下你的情报吧。”

智弘点点头紧张地说道：“那天我从县城返回风穴寺，得知清慧师父和另外两个僧人被日军抓到登封修机场了，我就随之赶到了登封。我看到被日军抓去修建机场的人不下两万，他们像是活在地狱里，若不及时搭救他们出来，怕是等到机场修好时，能够活着出来的人不会很多。再者，机场一旦修好，日军飞机能够在登封起飞，势必会对周边抗日队伍造成极大威胁，不如趁着机场尚未完工，此时日伪人数较少，及时炸毁它，趁机解救两万多民工于水火之中。”

听罢智弘的话，部队首长们相互对视一眼，一位首长笑着对罗乡说道："智弘同志提供的情报与我们侦察到的敌情十分吻合，看来我们合议过的行动方案可以大胆实施了，我看事不宜迟，应立即行动！既然智弘同志去过机场，熟悉那里的环境，那就一道行动。"

在场的人无不赞同。

一位首长起身说道："去作战室。"说罢，径自去了。其他人跟随而去，偌大个会议室里仅剩罗乡和智弘。罗乡望着智弘道："随正规部队一道作战，务必小心！"智弘兴奋道："放心吧，表……放心吧，罗乡同志，我一定严守军纪！"智弘说罢，两人开怀大笑。

部队首长命令三团钟团长率部突袭机场。鉴于智弘掌握的情况较为翔实，三团便由智弘带路，以四个主力连的兵力直插登封。

一连于夜色渐重时秘密占据登封城西一块高地，封锁高地下通往机场的唯一道路，防备城内日军增援，而另外三个整编连分别自西北、东南、西南三个方向合击机场。先行接近机场外围铁丝网的人，掏出钳子将铁丝网剪断，而后悄然进入场内，摸到里面的岗楼下。这天夜晚乃中秋节前夜，月光倒也明亮，但因机场内住人较多，不时有民工起夜，夜色中有人影移动，那岗楼上的哨兵也不太在意。智弘在用力剪断铁丝时，大约响声稍大，远处岗楼上不住移动的哨兵蓦然停下脚步，这让智弘一阵紧张。二连连长随即将手放在嘴巴上，接着，他的嘴巴里发出两声猫叫声，这猫叫声在静夜里传出很远。

见岗楼上哨兵的身影又开始移动，智弘再接连剪断几根铁丝，当铁丝网出现一个大大的口子，一行人匍匐进入场内。二连连长看看手表，恰是事先约定的晚上十点半钟，于是他掏出手榴弹，掷向不远处的岗楼。随着一声轰鸣，岗楼上日军哨兵的身体在一团火光中划出一道弧线后轰然落地，另外两个方向也同时响起手榴弹的爆炸声，接着，枪声响成一片。见工棚里跑出来的民工一时间乱成一团，二连连长高声喊道："不要慌，我们是八路军，是专门搭救你们的，你们快往家里方向跑，能赶上明天在家过中秋节。"

就这样，机场内的日军很快被清理干净。三个连会合时，机场内的民工已所剩无几。有个民工说他的裤子还没穿，于是，赶回工棚找裤子去了。有个民工说他带来的干粮还有一把没有吃完，于是，急着寻找干粮去了。智弘则是急于找到清慧师父和风穴寺两名僧人，就在机场内四处寻找，但跑遍工棚，也没有见到清慧师父。部队列队撤离机场时，智弘执意不走，他要继续寻找清慧师父，这让钟团长一顿光火：“胡闹！我带出来的人一个不落都在，回去时少你一个我怎么向首长交代？”

智弘执拗道：“清慧师父待我如同慈父，没有见着他，我不能就这么走了，我一定要找到他，要走你们先走吧。”

钟团长道：“部队撤离后，城里的日军赶来，不把你剁成肉泥才怪！快走，执行命令！你这人怎么这么死犟！你怎么知道你师父没在赶往寺院的路上？他傻呀！”

听罢钟团长的话，智弘忽觉一阵安慰，于是，随部队星夜返回大峪。临行前，钟团长命令爆破组在机场埋下炸药，等部队悉数撤出机场后，点燃炸药。

数声轰鸣后，智弘回望，但见远处火光冲天，周围的山梁被火光映亮，忽明忽暗。

第十九章

智弘归途立战功
方丈窘境萌退意

登封城内的日军得知机场遭袭，连夜封锁了南面的道路。三团不想与日军纠缠，为迷惑敌人，便绕道向北，再避开大路，走山林迂回至大峪。

部队连夜向北开进，鉴于日间大部队行军易于暴露，加之部队连续行军作战，战士早显疲态，于是三团于拂晓时在林中宿营。智弘倒地便呼呼睡去。一觉醒来，见树缝透进缕缕白光，正午的太阳正将炫目的光柱投向林间。林间云烟氤氲，道道光柱渐次穿透薄雾时，带下滴滴水珠。水珠滴落脸上，冰凉异常。智弘爬起来揉揉眼，见三团的战士仍在酣睡中，哨兵游动的身影在白雾中时隐时现。

智弘忽又想起清慧师父来，不知清慧师父如今到了哪里？他虚弱的身体吃得消这彻夜奔波吗？他不会再被日伪军抓走吧？这么想着，智弘便走向哨兵，征得哨兵许可，他循着部队昨晚留下的脚印缓步走去。山林无边无际，仅在一座山崖处能望到远方山下。山下有条河，如银色裙带般亮亮地伸向远方。有木船往来于河道之上，船桨轻摇。这显然是个渡口，渡口上人来人往，卖小吃的摊位旁升起袅袅炊烟。回望一眼氤氲云烟中那游动的哨兵，智弘迈步走下山去。

问过一个推车的路人方知此地乃黑石关，古称黑石渡，是洛水渡口之一，因洛水东有黑石山，故作此名。智弘蓦然想起古书上的记载，黑石山下应有座清朝皇帝行宫。八国联军攻入北京后，慈禧太后带光绪帝仓皇逃往西安，第二年从西安返回北京欲经过此地。时任河南巡抚的文悌，系满洲正黄旗，慈禧太后的侄子，为迎驾，文悌特指派康百万家族捐资修了一座行宫。康百万家族的康建德为此花费大量银两，令慈禧太后和光绪帝异常满意，慈禧太后曾命光绪帝传旨召见了康建德，并对康建德的“尽忠”予以极高褒奖，同时赐予康家“神州甲富康百万”的金匾。

远远地望见距离渡口不远处，有座在建大桥，桥头有日军把守，而修桥的民工有千人之多，日军监工的皮鞭不时扬起，枪托不住砸向干活稍慢者。修桥的情况与修机场的情况大致相当，沦陷区内，国人的遭遇在何处都很一致，这让智弘怒火中烧。他唯恐被日军抓去修桥，便不敢近前，只在远处大致看看，看干活的民工中有无他的师父清慧，万一清慧师父前天夜间逃离机场，沿途又被日军抓来修桥，那可糟糕透了，而这并非没有可能。最后，智弘在无人察觉时，悄然爬上一棵大树，透过稀疏枝叶，俯瞰在建大桥，可桥头人头攒动，总也难以查找。

八路军此来既是搭救机场民工，那何不连这里修桥的民工一道搭救呢？无论清慧师父是否在此，痛击日军，搭救民工逃离苦海并非多余。于是，智弘爬下大树，悄然赶回山林。他踩着松软厚实的枯叶赶到部队宿营地时，见部队已整装待发，钟团长挽袖站在队列前面，正对着智弘离开时的那个哨兵大发雷霆：“谁给你的权力？回去写份检查，当着全团官兵的面大声念念你的检查，看你下次还敢不敢违犯军纪，擅自放人出去！不是看在你作战勇敢、多次立功的分儿上，我少不得给你个记大过处分！归队吧。”

那哨兵归队后，猛然看见对面走来的智弘，他随即胆怯地伸手指指团长身后。钟团长回身一看，不由得苦笑一声。众人望着智弘同时捂嘴窃笑不止。智弘低头看时，见自己的裤裆裂开的长缝几乎到了膝盖处，大约是下树时被树枝所剐。他只顾赶路，竟丝毫没有发觉。

本来要大为光火的钟团长这会儿没了怒气，考虑智弘并非他的手下，故而摆摆手让智弘站到队列最后，他正要发令出发时，却听智弘道：“团长，我发现山下有情况。”

钟团长下意识地将手摸向腰间的手枪，却听智弘不紧不慢地说道：“钟团长，山下有个渡口，日军强征一两千人在渡口不远处修建大桥，那里跟机场里的情况大致相当，日伪军不是用鞭子抽就是拿枪托砸那些干活稍慢的人，看着让人难受，说不定那些受伤和得病的民工直接就被扔进河里了，我们得救救他们啊！”

见队列中的战士相互对望，钟团长迟疑片刻，对着报务员道：“请示一下参谋长！”随后，报务员将电台耳机递到团长面前，钟团长听见耳机里传来参谋长的话音：“钟团长，我已请示过司令员和政委，首长让你们酌情处置。”之后再无指示。钟团长大声道：“是！”他缓缓将耳机递给报务员后，踱步思虑良久。他忽然大声说道：“解散，原地休息！”

待部队解散后，钟团长喊来几个连长密议很久，最后派一名侦察员化装后下山去了。

侦察员返回山林已是黄昏时分，山林沐浴在橙黄的余晖里，恍若梦境。而午间还浅雾轻罩的宿营地，此时透着金色。三团的人已悉数整装，或擦枪或私语，宿营地一派安详。一个长着娃娃脸的战士，正手捏嫩草给一只拳头大小的幼兔喂食，这幼兔大约才出窝不久，它身上的绒毛被霞光照上，远远看去，很像块被遗忘已久的豆腐，表层长满细毛。侦察员自小兔旁匆匆走过时带着风声，卷起地上枯叶频动，小兔竟不为所动。侦察员没有理会小兔，他径直走到团长身前，将侦察到的敌情向团长细细说了。

午夜时分，三团派一个连兵分三路悄然摸下山去。

月光皎洁，水天一色。桥头的日军哨兵被八路军战士拧断颈项后，桥头安静如初。大约是周边农家的狗均被日军宰杀吃掉，四周不闻一丝声息。一个起夜的民工见夜色里顺墙根猫腰进来不少人，他正要问话时，却被智弘一把掳至怀中。民工的嘴被捂住后，智弘小声说道：“别出声，我们是八路军，是来搭救你们的，快把日伪军住处指给我们。”民工急忙点头。于是，智弘松手，民工说道：“你们是八路军？那好吧，我这就给你们带路。”说罢，智弘他们被这民工领着走向幽暗里。

忽然间，日军的游动哨兵打此经过。明亮的月光下，智弘他们已躲无可躲，于是，智弘抬手就是两枪。两个游动哨兵被解决后，八路军战士已来到民工所指的工棚前，几个战士将手榴弹引信扯断后，分头扔进窗子里。轰鸣声响过，日军的工棚火光冲天。火光中，民工或光身，或仅穿上衣慌忙跑出工棚，一时间，工棚外纷乱异常。连长大声喊道："大家不要慌，我们是八路军，是来搭救你们的，赶快回屋把衣服穿好，各自回家。不要害怕，日伪军都被我们消灭了，别急，别急，你慌什么？"

忽听桥头那边响起枪声，大约是从工棚里逃出的个别日伪军被另一方向的八路军候个正着。而随着枪声渐次停歇，战斗宣告结束。

清理战场时，八路军缴获三挺机枪、三十支步枪，另有子弹无数。一两千民工悉数跑光，智弘站在院中望着远去的民工，却始终没见清慧师父。于是，他拉住一个身材矮小者问道："这两天新来的民工里有没有和尚？"那人摇头道："没有看见。"说罢，他挣脱智弘，兔子般跑了。

"但愿清慧师父和另外两个僧人都已回到风穴寺！阿弥陀佛！"智弘默念道。

最后，连长命人将一包炸药放上在建的桥梁，随后点燃引信。洛河水瞬间被映亮，红彤彤似朝霞普照。

三团返回大峪是在五日之后，其间部队每日所处位置须及时用电台告知首长。

作战总结会在会议室举行，部队首长说道："三团以极少伤亡超额完成了此次任务。本来是要为三团开个庆功大会的，三团长说就这么点儿任务不值得庆功，团里不少战士觉得还没打过瘾，战事就宣告结束了，等将来三团打了大胜仗后再举行庆功大会不迟。这说明什么？说明三团战斗力很强，说明钟团长胸有抱负、志存高远，说明钟团长为人低调、不事张扬。也好，就在此次作战总结会上对三团提出表扬，侵华日军虽是强弩之末，可接下来还有不少硬仗要打，庆功会将来一并举行。"

另一位部队首长笑道："其实，此次作战，其政治意义要远大于单纯消灭一两百日伪军，就其影响力来说，此战不可小觑。夜袭机场和黑石关解救出两万多民工不说，还传达了八路军抵达豫西，与日军大规模正面作战态势正在形成的信息，以此来宣传抗日、增强民众之抗日信心。试想，两万多民工回到各自村子，将八路军攻打日军机场、突袭黑石关、全歼此处日伪军的消息一传十、十传百地宣传出去，这是多大的影响啊！”

两位首长讲罢，会议室内群情激昂。钟团长幽默道：“首长不说，我还以为三团就消灭那点儿日伪军，不值一提呢！早知道夜袭机场、突袭黑石关的意义这么重大，还不如依着首长的意思，为三团开个庆功会呢！看来三团有点儿亏啊！”

钟团长的幽默让会议室内笑声一片。参谋长笑道：“等会议结束，请你吃烧红薯，边烧边吃那种，味道好着呢！反正山里柴草有的是，行了吧？”

笑声又起。笑声过后，作战总结会正式开始，会议室内一时间显得肃穆庄严。

参谋长道：“下面请钟团长讲述一下这两次作战经过。战绩有目共睹，大家应着重留意其中瑕疵，以便于我们部队的行动在今后的对日作战中日臻完善。”

钟团长起身后正要讲话，却听首长说道：“坐下吧，不用站着说，叙家常一样最好。”

钟团长随之坐下，他轻咳一声说道：“在讲述详细作战经过前，请允许我先说说一个和尚吧。”见其他团长面露惊讶，钟团长继续说道：“这位风穴寺和尚是首长在我们临行前将其临时编入三团序列的，此人胆大心细，作战勇猛，尤其重情重义，作战期间，他一直念叨着他的师父，为此还被我数落一番，回头我私下里向人家致歉。他师父被日伪军抓去修建机场，为此他曾单独远赴登封机场，侦察敌情，他对机场周边的情况了如指掌，这为我团顺利进入机场提供了很大帮助。夜袭黑石关，也正是来自他为寻找师父而得来的情报，不然，部队处于深山老林，断不会知道山下有日军强征民工修建桥梁，从这一点上说，智弘功劳最大！”

首长接话说道：“此人是临汝地下党罗乡同志介绍过来的，他虽是僧人身份，可杀死过日伪军数十人，是抗日战线上的有功之人。”

会议一直开到黄昏时分。

智弘在大峪革命根据地受到自上而下一致好评，自是满心熨帖。八路军纪律严明，所到之处，秋毫无犯，这让智弘感触颇深。他见大峪河边空地上、农家晒场上，甚至于茂密的大树下均驻着八路军战士，战士们的居所仅仅是就地搭起的凉棚，他们不去老乡家住宿，即便老乡家有闲置房间，可是，战士们也不去打扰。

军事总结会结束后，参谋长居然真的请钟团长“赴宴”，钟团长派人将智弘叫来一道“赴宴”，这让不少战士歆羡不已。参谋长的“宴席”摆在小河边的一块褐石上，参谋长捡来不少干柴，就在褐石上将其点燃。智弘捡柴时却被参谋长制止，参谋长道：“做东请客者，哪有让客人自己动手的？坐火堆边剥着吃就行。”参谋长忙活着捡柴，忙活着将红薯一个个放入火堆，并不时用树枝翻动红薯。

河水中倒映着腾腾火光，那火光中不时有火星炸开，诱得游鱼在此处聚集，一时间，褐石下的水面鱼嘴频动，并有水花飞溅。褐石上的三人自是无暇观鱼，他们被烧红薯那特有的香味馋得频舔嘴唇。终于，参谋长用树枝拨开火堆，扒拉出两个被烧得黑黢黢的红薯，而后分别拨到钟团长和智弘跟前，笑道：“开宴！”智弘吹着滚烫的红薯，仅剥去一点点外皮，瞬间，一股香中带甜，甜中含着焦煳味，焦煳味中又明显浸润着松树枝木香的气息扑鼻而来，他遂将滚烫的红薯放到嘴边，虽是嘴被烫得连连吸气，却也欲罢不能。

圆月不失时机地透过稀疏的树缝，将清亮的银灰洒到褐石之上，而褐石之下的水面忽而红红火火，忽而银光闪闪。

钟团长走下褐石去河边饮水时，招来游鱼无数。他手捧河水喝足后，反身来到褐石上，遂将剥下的红薯皮扔向游鱼，顿时，那一方水面银光飞溅。望着沸腾的水面，钟团长静静说道：“智弘啊，想没想过留在这里，留在三团，为早日取得抗战胜利，为早日使得劳苦大众过上自由、民主、安居乐业的幸福生活而并肩战斗？”

智弘忽觉热血上涌，他感动不已，自己何能之有，竟让三团团长如此诚心挽留！他迟疑片刻，异常激动地说道：“智弘何德何能，竟使首长青睐有加！近日随三团出战，亲眼目睹八路军勇猛顽强、军纪严明、秋毫无犯，视民众如同父母，实乃一支前所未有之人民军队，这让智弘感动不已，智弘自然乐于与之并肩作战，朝夕相处。只是智弘当初曾在佛堂许下诺言，立志一生礼佛，代佛祖惩恶扬善，普度众生。细细想来，这佛祖的意愿与共产党八路军的宗旨并不相悖，身处何方皆是为众生谋福，以何身份都不碍惩治恶行，既如此，加不加入八路军只是形式而已，本意岂不一致？不知智弘所言是否妥当，不当处，还望首长指正！”

参谋长和钟团长不由得对望一眼，参谋长吃惊地问道：“智弘，你之前是个读书人？”

智弘道：“读过几本旧书而已，表舅曾许诺要带我去开封读书的，故而我每日里在家晨读夜思，出家前未曾间断。”

“表舅？你表舅是谁？”钟团长问道。

参谋长道：“罗乡，地下党，他先前在开封，后来被组织派到了临汝，智弘就是罗乡同志介绍给我们的。罗乡可是我党地下战线上一位不可多得的人才啊！听首长讲，他曾孤身一人力杀日军数十人，他曾只身潜入日军驻开封司令部搜集情报，才使得友军顺利炸毁日军黄河大桥，从而有效地阻止了日军的快速南下。罗乡同志由此被捕，好在开封地下组织极力营救，罗乡才成功出狱。他最早也曾在北京城搜集到日军将要发动卢沟桥事变的第一手情报，并以巧妙的方式告知友军第一战区司令部秘书，可惜的是该情报并未引起第一战区重视。”

听罢参谋长介绍，钟团长被罗乡的勇猛和智慧深深打动，他在叹服之余，对智弘的出家很是不解，于是，问道：“罗乡同志既然是智弘的表舅，那他为何会让智弘出家为僧啊？带智弘一同深入敌后并肩作战该有多好！”

参谋长道：“他有他的难处，身不由己啊！他先得征得组织同意不是？可当时风声很紧，日军特高课在开封城活动猖獗，开封地下组织很难接头。后来，罗乡同志被捕入狱，为此，智弘等了两年，是吧智弘？”

智弘噙泪说道：“是的，无奈之下我便出家为僧了。当然，我出家另有隐情，那就是跟一个叫峰云的僧人置气。不说他了，他已经死了，被表舅所杀。”

一直在正规部队作战的钟团长极少听到这样的事，对此他极感兴趣，还想听下去时，却听参谋长道：“吃饱没有？我这宴席行吧？”

知道参谋长有要事急于返回司令部，于是，钟团长拍拍肚子笑道：“你还别说，今晚的宴席真的比以往的好吃多了！”

三个人熄灭柴火，各自去了。

次日，智弘告别大峪赶回寺院。远远地望见风穴寺山门外停着一辆马车，一个僧人在弯腰扫地，智弘近前急切地问道：“师兄，清慧师父回来没有？”那僧人摇头说道：“还没有，清慧师父不是被日伪军抓走了吗？”智弘道：“他是被抓走了，可也该回来了呀！八路军攻打登封机场，被抓去的民工都被解救出来了，这都好多天了，按说清慧师父他们早该回来了。”僧人道：“要不你去问问方丈吧，反正我是没有看见清慧师父。对了，你这会儿别去方丈那里，一个商人模样的人正跟方丈说事，我方才经过正堂门口，见方丈一脸的不高兴，不会是那商人在难为方丈吧？”一听这“难为”二字，又听此人乃商人模样，智弘不由得想到田东，莫不是田东又为他惦念的汝瓷前来为难方丈吧？智弘不想让田东看见自己，于是，他走上接圣桥，绕到珍珠帘，然后拾级而上，来到望州亭，心烦意乱地等那田东离去。

独立望州亭，寺院内亭台楼阁尽收眼底，举目远眺，十几里之外的临汝城清晰可见。有山风吹来，虽已深秋，风却不冷，只是山门外的落叶略显枯黄。

智弘自小听说这望州亭乃附近百姓捐资所建，是为纪念一位清正爱民的田知州。之前临汝叫汝州，北宋末年，时任汝州知州的田大人，清正廉明，体恤民情，深得百姓拥戴。后来金兵入侵中原，攻陷汝州。金兵得知这田知州人品、官品俱佳，便有意劝降，让其继续为官，为金人做事。岂知，这田知州恪守一臣不侍二主之古训，誓死不愿与金人为伍，金兵自是不会放过这位不听劝告者。此事被风穴寺僧人得知，设法将田知州藏在寺院。

虽是每日里有僧人端茶送饭，可田知州心中惦念百姓，竟是寝食难安，又唯恐被金兵掳去，不敢擅自走出寺院，于是每日清晨便攀上寺院的后山，举目眺望汝州城，时常暗自垂泪。最终，金兵还是在风穴寺找到了田知州，依旧好言相劝，只是这铮铮铁骨之人，始终不肯依附于金人。金兵敬其人品，不忍将其杀掉，无奈之下，便将田知州囚禁于城内，等他回心转意。田知州自然知道金兵用意，欲以绝食殉国。眼见田知州一天天消瘦下去，金兵敬重其铮铮骨气，便询问田知州有何遗愿，田知州道："我去之后，请将老朽尸首交与风穴寺僧人，让僧人将老朽面南葬于寺后的北山之上，老朽要每日里望着汝州百姓。"仅过数日，田知州便气绝身亡。僧人将田知州尸首运回寺院后，所有僧众为他念经七日，以超度其亡灵及早脱离苦海。之后，僧人便依照田知州遗愿，将其葬于寺院后面的小山之巅。后由附近百姓捐资，在田知州生前时常站立的地方建起一座亭阁来，而这俯瞰寺院、远眺汝州、看似展翅欲飞的亭阁，便被后人称为望州亭。

忽然，智弘见山门外的大路上一辆马车远去。智弘猜测那是田东的车，于是，他匆匆走下望州亭，去了正堂。

见方丈一脸愁容，智弘忙道："方丈，方才田东来过?"

方丈喟然说道："正是。为一件他所谓的汝官窑瓷器，这田东真可谓是机关算尽、煞费苦心！他最初是唆使峰云在寺院四处寻找密洞，为此那孽障竟生出杀人之心，接着是保安科长威胁为师，日军队长威逼老衲，眼见不能得逞，他又亲自出马。这田东还向为师打听峰云的下落，智弘啊，你知道峰云这孽障去哪里了吗?"

智弘道："方丈，峰云去了他该去的地方。"

方丈听罢，定定望着智弘道："啊?啊，为师明白了。是谁送他去的?"

智弘道："一个你不认识的人。"

方丈闭目说道："若论佛法，一切现成。阿弥陀佛!"

智弘道："方丈，那田东没有为难你吧?"

方丈道："那田东虽属日本血统，可他是正经商人，商人自然是习惯于以物换物的，他许诺为师愿为寺院修葺庙宇，甚至于愿意为佛像镀金，当然了，其前提是拿到他所谓的汝瓷。子虚乌有的事他田东竟百折不回!"

智弘道："田东没有难为你就好。若论修葺庙宇、为佛像镀金，那该是他为自己积攒功德的事。善念存储于心，那叫德；见之于行动才叫功。功德需累积，由少而多，由低至高，德不积不崇，功不累不大，而功德越大，日后的福报自然越大。他田东不会不懂这个理，他要以物换物，那压根儿就跟功德不沾边。再者，我佛要尽度众生，当然佛的功德最大，他田东供养佛陀也是该当的。”

方丈道：“人有千种，心有迥异，任他去吧。”

智弘忽想起清慧师父，随即问道：“方丈，清慧师父回寺院没有？”

方丈神色凝重地望着窗外，缓缓说道：“没有回来。为师听说八路军从日军那里搭救出两万多民工来，偏偏寺院的三个僧人没有回来，看来是为师的功德不够所致，为师执事风穴寺以来，寺院屡遭不测，如今是香火不济、僧众日减，为师有何颜面俯首佛前！即便佛祖宽恕为师，为师也该择一去处，面壁思过了。”

智弘忙道：“方丈，您万不可这般自责！风穴寺遇此窘境绝非您之过失。此前日寇猖獗，中原尽落敌手，国人竭力御敌，竟难敌日军铁蹄，融冰之上焉能浮物，覆巢之下安有完卵！加之中原地带旱灾、水灾、蝗灾接踵而至，饥民遍地，人心惶惶，寺院焉能独善其身！好在八路军豫西抗日先遣队已抵达临汝、登封一带，国人与日军正面作战态势正逐步形成，全面取得抗战胜利，指日可待！届时，何愁风穴寺不香火旺盛，人潮涌动！”

方丈点头应着，他踱步到窗前，眼望寺院高墙外茫茫群山，眼中依旧满含自责。

第二十章

遇强人和尚被困
劫民女李馗逞强

智弘自然不知清慧师父及另外两位僧人竟是被土匪劫往山中。他们究竟被土匪劫到了何处，此地距风穴寺又有多远，清慧他们自己起初也并不知晓。

那天夜间，智弘随豫西抗日先遣队夜袭机场，机场内日伪军被悉数歼灭后，修建机场的两万多民工同时被搭救出来，民工各自四散而去。而在枪声、轰炸声骤然响起之前，清慧师父本就没有睡意，他红肿的小臂疼痛难耐。好在他仅是伤着小臂，而双肩还能劳作，与人合抬箩筐时并无多大妨碍。不然，若是他伤及四肢，不能干活，怕是如同其他重伤者一样，早被日伪军扔进了深沟，最终能否爬离机场，那得看造化如何。

清慧知道次日便是中秋节，而中秋节也是佛门弟子团圆的日子，往年的这天，风穴寺僧众会在方丈引领下，品禅茶，赏桂花，今年还会如此吗？清慧师父躺在工棚的床板上，辗转反侧，难以入眠。他知道八月十五这天，恰是月光菩萨的圣诞之日，月光菩萨又称月光普照菩萨和月静菩萨，月光菩萨与日光菩萨乃药师如来的两大辅佐。月光菩萨在佛法上代表静定，映现清澈明亮之意，摄纳大千世界芸芸众生，使之免受贪、嗔、痴三毒烦恼。中秋节之夜，僧众会礼拜月光菩萨，恭迎月光菩萨圣诞，感念诸佛菩萨之功德，远离三毒烦恼，并愿效仿菩萨行迹，处处予人欢喜，处处予人慈悲，祈福大众身心安乐，六时吉祥。

就在清慧回想往年的中秋之夜时，忽听工棚外枪声大作，呼喊声此起彼伏。清慧师父听出这是有队伍搭救民工，于是赶忙喊起另外两名僧人，趁着夜色，趁着混乱，抢先逃离了机场，没想到与正在寻找他们的智弘失之交臂。三个僧人是在登封城内的日军封锁县城向南的道路之前逃离的，他们借着月光倒也容易辨别方向，凭着恍惚的记忆，向着风穴寺方向疾步而去。

当黎明的晨光映亮山路时，清慧师父忽觉这并非来时所走的路，来时的路能通汽车，而眼前的山路连马车都极难通行，路窄且崎岖不平，山道两侧，山高林密，山岚在清晨的亮色里泛着银灰。至于是何时走错了道路，再回头走出多远才能回到原路，没人说得清楚。连夜奔波，脚疼体乏，饥渴难耐，加之自认为已逃离危险，于是，三人就在一溪水旁停下脚步，捧起溪水灌了个肚饱。饥也好，累也罢，即便是走错了山路，比起在机场劳作，也是件舒心的事，三人随后躺在荒草中小憩。

三个持枪土匪打此经过时，他们起初并未发觉溪水边的荒草中躺着三个和尚，是一个和尚的鼾声惊动了土匪。这和尚喝饱了肚子，躺下便鼾声如雷，土匪端枪悄然走近和尚时，那鼾声依然响亮。

清慧师父恍惚中感觉面前有些异样，他慵懒地微睁双眼，却看见黑乎乎的东西抵在鼻尖，他惊醒后，土匪的枪口依旧没有挪开。

“哈哈，我们弟兄今天运气不错，踏破铁鞋无觅处，得来全不费工夫，这回够我们交差了！”一个土匪开心道。

“大当家的只嫌山上人手少，别说就这三个人，我们就是弄到三十个回去，他也不嫌多。那日军翻译怎么说？多什么？对，多多益善。我们这就将这三人带回去吧，起码我们今天不用再下山抓人了。”另一个土匪得意道。

清慧听得真切，这分明是山里土匪在扩充队伍，且是受了日军唆使。面对黑黢黢的枪口，明显是逃无可逃，于是，清慧师父乞求道：“我们是风穴寺僧人，迷路走到了这里，三位施主行个善心，放我们回寺院吧！阿弥陀佛！”

一个土匪讪笑道：“还阿弥陀佛！你是把我们当善人了吧？其实我们兄弟早就该下地狱了，你这一套使我们身上不灵，还是乖乖跟我们走吧！”

另一个土匪同情道：“师父啊，没法子，不是我们兄弟不想成全你们，知道你们是和尚，可放了你们，我们还得去抓别的人上山，不然的话，大当家的是不会放过我们的。出家人不是以慈悲为怀吗？你们没有孩子老婆，你们不跟我们一道上山，你们忍心让别的有家室的人被我们劫持上山吗？他们可是有孩子，有老婆，外带白发苍苍的老人。依我看，你们还是乖乖地跟我们走吧，你们在哪儿都是混碗饭吃，回寺院还不是一样一日三餐吗？山里的伙食指定比你们寺院里的好，你们想开点儿吧。”

清慧强忍着听完土匪的话，他一时哭笑不得。面对眼前这三个无可救药者，他试图再好言相劝一番，而后看情形如何。他不紧不慢地说道：“施主啊，看我这手臂肿得跟发面一样，去你们那里也是白白糟蹋粮食，什么也难以干成，他们两个在日军机场被日伪军的刺刀逼着干活，也都快被折磨成废人了。放我们回寺院吧，这等于你们多积一次德，多行一次善。佛说，积德无须人见，行善自有天知，人为善，福虽未至，祸已远离。”

“你少来这套！我说了，我们早就是该下地狱的人，做过多少伤天害理的事只有天知道，反正也不差这一回。快走，不然我就开枪了！”土匪咆哮道。

“你们先跟我们上山，你方才那些话最好是当面说给我们大当家的听，兴许大当家的会行善放了你们，这样最好，人情让大当家的做了，我们兄弟也算交了差，这样两全其美。”另一个土匪道。

细细品来，这土匪的话似乎也不无道理，相比之下，这个心思缜密、善心尚存的人，日后或许能够用得着，于是，清慧师父对这个面色稍白、项间有块黑痣的土匪格外注意，他没再多说什么，喊上另外两个僧人随土匪上山去了。

山道陡峭，窄处仅能容一人通过，而多处山路顺悬崖而建，且路面散落不少石子，脚下一滑便会跌落悬崖。他们转过无数弯道，远远地见山寨坐落于奇峰之上，而寨门却不曾看见。清慧师父惊异之余，未敢多想，仔细盯着脚下路面，唯恐有个闪失。再绕过山的北坡，一座寨门突现眼前，清慧师父看时，见石门两侧均有高墙，石门上端架着两挺机枪，两个岗哨一左一右站立两侧。这山寨三面皆是陡峭悬崖，仅北面坡度稍缓，而只消一人立于寨门之上，便将北坡一览无余，真不知当初是谁想到在此建立山寨的。

面色稍白的土匪让清慧他们在寨门外等候，自己去叫开寨门。清慧师父看另外两个僧人时，不觉心下一沉：两个僧人不知是爬山累的还是被眼前的情景吓着了，他们双腿发颤、面色煞白。他们起初被日军抓去修建机场，虽是整日里被日伪军的刺刀威逼着连日劳作，也不曾这般模样。清慧不由得暗自祈祷，希望能活着回到寺院。

脸色稍白的土匪回来时，面带喜色。他招呼清慧他们随他去见大当家的时，嘴里喃喃道："你们要交好运了。"清慧师父听不懂他话里的意思，又不便打听，只是跟随他来到一个宽敞的大厅内。

大厅皆用石块垒建，屋顶上横着无数原木，而原木之上就看不清是用什么东西遮风挡雨了。清慧师父见大当家的头戴褐色毡帽，上着墨色对襟短衣，下穿灰色宽大长裤，腰间并未别枪，身材高挑倒显得倜傥。见三位僧人进来，大当家的起身说道："昨天我的女人才去了趟寺院，今天一早就有和尚来到山寨，难道是这娘儿们进香许愿显灵了？你，给老子讲讲这到底透着什么邪乎？"说罢，他拿手指指清慧。

听这土匪山寨内居然有人去寺院进香，清慧师父忽觉一阵宽慰，佛法无边，佛力无限，大约这就是最好的诠释了。清慧师父静静说道："我佛无处不在，就像这厅外的天空，无边无际，无论你走到哪里，抬头都能见天。"

"什么乱七八糟的！拣我能听懂的讲行不？"大当家的不耐烦道。

清慧师父不紧不慢道："不是我们要来你这山寨，是你的人拿枪逼着我们来的。这话施主你能听懂吧？"

"施主？我可没有施给你们什么！"大当家的道。

清慧师父低头看看地下，而后抬头说道："贫僧脚下这黄土平地是什么？"

见大当家的若有所思，清慧师父道："眼下兵荒马乱，风穴寺香客锐减，佛陀身前不可冷落，还望施主及早让我们回到寺院，阿弥陀佛！"

"这话我听懂了。俗话说，既来之，则安之，你们既然来了，那就留在我这山寨吧，我让手下给你们腾出一间房子，再给你们捏个泥佛像，你们呢，就全当这里是寺院。对了，我这里有个鼓，女人的箩筐里还有个铃铛，先凑合着用，回头我让我的女人下山买个钟，这下就齐了。”

清慧师父听罢，不觉暗自苦笑，眼望另外两个僧人，两人正面面相觑。清慧正要说话，却听大当家的又道：“用黄泥做佛像要是不行的话，那就找块大石头，我这里石头多的是，寨子里有个石匠，他手艺好着呢，我敢保证他打出来的石头佛像，跟你们寺院里供奉的佛像不相上下，就是缺点儿颜色，我再慢慢想法子，这下行了吧？”

清慧师父耐心讲道：“施主啊，佛像用黄泥做成也好，用石头做成也罢，这都不要紧，因为众生所拜的并非佛像本身，而是这佛像所代表的‘道’。拜佛是为修心，是为遵道，是为消除内心的贪欲、邪恶和偏执，教人向善，使人慈悲，使人宽容，是为忏悔过去的业障，从而善待自己、善待他人。佛陀不是神灵，更不会像孙猴子那样，指山为海，指须为猴。佛陀是恩师，佛陀只会教众生如何从善，如何脱离苦海，从而远离烦恼，心静如初。施主此举莫非自此弃了旧业，向往四大皆空、六根清净？果如此，贫僧悉听尊便。”

“你能说得明白点儿不能？急死我了！来呀，带下去，给他们腾间房子。”大当家的不耐烦道。

清慧师父自然不知这大当家的过往之事，不知他的女人因何屡去佛门进香。大当家的姓李名馗，禹州人士，只因自小游手好闲，村人见之无不躲避。其祖上三代以下皆为单传，李馗四十岁头上依旧膝下无子，眼见李家香火不济，急煞家人。这李馗起初并不在意，只一味好朋好友、四处游荡，不思耕作之事。一日，李馗的父亲旧疾又犯，一口气没能跟上，猝然弃世而去。亲戚四处寻找李馗，两日后终于在临汝境内将其找回。李馗俯身灵床上痛哭流涕，挪动枕头时，无意间见枕下露出一张纸片，纸上歪歪扭扭写着两个小字，李馗端详良久最终认出是“孙子”两字，于是将纸片拿给家人看，众人皆说此乃老人恐李家断了香火，自知将不久于人世，李馗又不在身边，故而将遗愿写下放置枕下。

不孝有三，无后为大。自此，李馗便收心在家，半年没再外出，终日厮守女人，不吝床笫之事。可半年过后，仍不见女人肚子隆起，于是，忍耐不住，对女人辱骂、毒打便是常有之事。久而久之，失了耐心，固有恶习重又犯起，毕竟田间劳作煞费体力，而游手好闲、偷鸡摸狗是件便当的事，于是，一帮旧友再次集聚，渐渐地便忘了家中女人。而让李馗彻底忘掉家中女人，竟另有隐情。

临汝山里有个疙瘩村，村里有家吕姓人家，接连生下五个丫头，却始终不见小子，适逢饥荒年，一家人生计自是难以为继。偏是这日夜间，李馗一帮狐朋狗友摸进这户人家。本就家徒四壁，哪有物什可偷，李馗一伙眼见就要空手而归，忽听这家大女儿醒来喊叫捉贼。李馗便顺手揽起这年仅十六岁的女娃越墙而去。

李馗任由那女娃抓挠乱叫，咬牙挺住。等一帮人逃进山林深处，李馗将女娃丢进草丛时，那女娃已无哭喊之力，看上去奄奄一息。见状，李馗忙去山涧捧些水来，一滴滴喂进女娃嘴里。见女娃肚子扁扁，他又转身问道："谁兜里还有吃的？"没听有人应答，李馗大声道："狗子，我想起来了，你兜里还有个鸡蛋，你怎么跟闷驴一样一声不吭啊？"那叫狗子的人磨叽着掏出一个挤扁了的熟鸡蛋，极不情愿地递给李馗。李馗接了鸡蛋，抬腿就是一脚。那狗儿滚出老远后，嘴里喃喃道："还不是你让我存着的？你说这鸡蛋谁都不能动。"

大约是饿久了，女孩子微睁双眼，鼻尖前鸡蛋的香味让她不能自持。迟疑片刻，女孩儿竟伸手抓过鸡蛋，只一口便将鸡蛋囫囵吞下。听女孩儿连声咳嗽，李馗忙去山涧捧水过来，再次轻轻喂进女孩儿嘴里。

方才李馗捧水、索要鸡蛋，以及剥去蛋壳后将鸡蛋放在她的嘴前，如此这般，女孩儿依稀知道，于是女孩儿没再抗拒，任由李馗将其带向她并不熟知的地方。

一晃多年过去，这女孩儿渐渐长大，遂死心跟了李馗。女孩儿名唤丁香，饥荒年，有口饭吃自是心甘，只是李馗心浮气躁，顺心时百般温存，逆心时暴跳如雷，单为子嗣之事便时常闹出诸多不快。念及李馗三代单传，她也很想为男人生出个一男半女来，怎奈多年过去，始终不见肚子隆起，这让丁香一筹莫展。最终她想起寺院，想乞求佛祖带给她一男半女，于是，她每逢初一、十五便去山下一家寺院进香。李馗自是不加阻拦，且指派得力人手护送女人。

近些年来，临汝地界天时不顺，旱灾过去是蝗灾，蝗灾过后却又来了日本兵，日本兵烧杀抢掠，乱抓壮丁，使得不少村民乐意入伙为匪。李馗旗下起初仅是几个狐朋狗友，而随着入伙者渐增，李馗的心气便随之日盛，占山头，掠富户，火并别处土匪，两年下来，山寨内竟集聚八十来人，长枪短枪五十多支，还从登封境内土匪那里买来机枪两挺，其实力在临汝地界可谓首屈一指。临汝城内的日军不敢小觑这股土匪，意欲将其收编过来，组建一支皇协军，以弥补临汝城兵力不足的窘境。在得知八路军豫西抗日先遣队抵达临汝的消息后，更是急于整合山中土匪。日军知道，他们的重兵集结在郑州至潼关的陇海一线，以及洛阳通往南阳的几条公路线上，其指挥中心设在距离临汝不远的洛阳，临汝城内却仅有一个大队的兵力，一旦八路军豫西抗日先遣队有异动，县城很有可能不保，日军曾两次派翻译来到李馗的山寨，与李馗密议收编之事，若李馗愿意率队下山，进驻城内，日军许诺给李馗皇协军队长职位，并配给枪械无数。虑及汉奸这字眼难听，再回想起日军所犯暴行，李馗始终不愿吐口，此事便久拖未定。

李馗的手下为清慧三人腾出一间房子，中间用木板隔开，一半住人，一半设为佛堂。见石匠已着手在一块半人来高的石头上开凿，清慧师父仰天长叹一声，而后来到石匠跟前道："找根原木岂不更好！"那石匠听罢，慌忙去找李馗了。石匠返回时面带喜色，并抱来一根建房剩下的原木，他望一眼清慧师父后，就在原木上开凿。摆置木头自是比摆置石块省力，只一个上午不到，佛像便被移至屋内。清慧看后哭笑不得，并暗自请罪，求佛陀宽恕：非弟子不敬，实属无奈！原来，那所谓的佛像仅是在原木上刻出双眼、鼻子和嘴巴罢了。

石匠请丁香来看。丁香端详良久，跑回内室，带个木盒过来，将脂粉涂在佛像脸上，再取出胭脂，轻抹于佛像嘴唇，而后退后数步，左右端详许久，最后满意地说道："这还差不多！"石匠和丁香在为佛像装扮时，三位僧人不忍目睹，他们在隔壁打坐，嘴中喃喃念着佛经。

山寨的黎明来得最早。清慧师父清早醒来，窗外白雾茫茫，屋檐啪啪滴着露珠。他走到室外，见树木及房舍在雾霭中时隐时现。他缓步走向山寨大门，寨门上传来的咳嗽声让他慢下脚步，继而反身回来。即便雾霭沉沉，若想逃离山寨，看来也是枉然！

雾霭中款款走来一女子，这女子身披暗红披风，手提提篮，篮内装着水果、鲜花、蜡烛及香表等。丁香进得佛堂，先将提篮中供品逐一摆放于佛像下面的佛台上，点燃蜡烛，而后退至蒲团后，将供香点燃，见火焰未灭，便不住晃动双手，待香头火焰熄灭，她双手将香举过头顶作揖，而后将香插入香炉中。她双膝跪下，双手合掌置于胸前，深深拜了三次，而后默默祷告。

清慧师父站一侧为其念着佛经。想这女子深谙烧香之道，无须他上前指点，看来确是佛堂常客。丁香祷告完毕，起身后定了定望着清慧师父，轻声说道："天才亮，打扰师父了！"说罢，向清慧深鞠一躬。

清慧师父忙道："阿弥陀佛！施主一早前来礼佛，对佛的至诚恭敬可见一斑，佛祖定会保佑施主心想事成的。"

丁香道："我男人一直想要个孩子，都这么多年了，也不知道哪天才能遂愿！"

清慧道："才来山寨时，贫僧听大当家的说过。其实，拜佛是向佛陀以表恭敬之心，礼敬诸佛；而进香则是向佛陀许诺要遵从佛法、修身养性，多行善事，以积存福报。至于能否遂愿，那得看福报积存多少。"

丁香迟疑片刻，缓缓说道："听师父这一点拨，我才算明白过来，一个人要想得到佛祖保佑，不积德行善，不悔过自新，你烧再多的香也是没用的，师父，我说得对吧？"

清慧师父微笑着点头说道："你说得很对！佛说：'是故善果从善因生，是故恶果从恶因生。'若是自己当初种下恶因，又不忏悔罪恶，改过自新，那最终定会由自己品尝它所结出的苦果。众生皆有佛性，众生皆可成佛，不分早晚，不分迟快，有缘终能成佛。佛陀慈悲，众生若能及时忏悔罪恶，止恶行善，成佛之门永远为之敞开！"

丁香道："我这就去找李尷，让他死了跟日军来往的心，那个日军翻译再来山寨，就依着二当家的意思，把他轰下山去，看见那个哈巴狗一样的人就恶心！"

清慧师父警觉道："你是说日军翻译来过山寨？他一定是前来收编的吧？"

丁香道："我不知道什么是收编，他就是来说服我家男人，要我家男人带弟兄们下山，去城里组建一支皇协军。二当家的好像是不赞成，我男人还在犹豫，他昨晚还问我该走哪条路，我一个妇道人家，能有什么主意！"

清慧师父道："那你得及早劝劝你男人，依附日军就是在恶的路上越走越远。你又不是没见过日军的暴行，哪有中国人帮日本人欺负中国人的道理！八路军已经抵达临汝、登封一带，几天前攻打了登封的日军机场，一下子打死一百多个日伪军，搭救出两万多民工，看那架势厉害着呢！小日本的末日快要到了。"

丁香兴奋道："你是怎么知道的呀，师父？"

清慧师父叹口气道："师父是亲身经历。当初日军去风穴寺抓人，我们三个僧人被抓到了登封，为日军修建机场。八路军攻打机场搭救民工时，我们夜间跑出来走错了路，才被你男人的手下抓进山寨，不然你我也无缘相见，看来一切都是现成，一切都是因缘。"

丁香不解道："日军怎么能到寺院抓僧人啊！寺院是清净之地，是普度众生的地方啊！是谁把你们抓到山寨里的？这人眼瞎呀！没看你们是僧人吗？"

清慧师父笑道："还不是你家男人急于扩充队伍？人家也是无奈。过去的因缘已经过去，不必执念于往事。"

丁香感叹道："还是师父大度，还是师父慈悲，人人要是都像师父这样宽容，世上哪里还有争吵？哪里还有争斗？哪里还有厮杀？要是没有这些罪恶，那该多好啊！"

清慧师父道："佛说宽容一人，胜造七级浮屠！佛陀告诫众生，要怨亲平等，做人处世，不念旧恶、不计前嫌、不妒人有、不嗔人好，宽容他人就是善待自己。快去见你家男人吧，苦海无边，回头是岸。"

丁香被清慧师父的话深深打动，不住点头称是，她眼中暗含泪光，听完清慧师父的话，提起竹篮匆匆去了。

第二十一章

智弘受命赴山寨
李馗率众投日军

智弘来到山寨是在次日午间。清慧师父见两个土匪带个脸蒙黑布的人走进寨门时，他起初并不知此人竟是弟子智弘，当土匪将黑布扯下时，清慧师父大惊失色，而此时的智弘揉着眼，并未看见清慧。

智弘只身翻山越岭奔赴山寨乃受命而来，他是在接近山寨的一个弯道处被土匪暗哨发觉的。得知智弘是来山寨找二当家的，是为报丧而来，那土匪便不敢怠慢，只是碍于山寨规矩，不得不在智弘脸上蒙了黑布，之后致歉再三。智弘不便坏了山寨规矩，于是头蒙黑布，在土匪搀扶下，深一脚浅一脚勉强走到山寨。

智弘是被表舅罗乡派往山寨的。那天，罗乡去风穴寺找到智弘时，稍带倦意，且一瘸一拐，他是自大峪匆匆赶往寺院的。他在大峪领受一道指令，部队首长拿出一封家书交与罗乡，罗乡看时，家书上书："侄儿大钳，尔婶年迈，月前已有小恙，汤药用过多服，未见好转，昨夜丑时，乘鹤西去，望吾侄见信速归，以尽婶侄之情，切切。"

罗乡看罢家书，茫然望着参谋长。参谋长肃然说道："据可靠消息，日军正着手收编大青山里一股土匪，土匪大当家的叫李馗，这李馗自小游手好闲、好逸恶劳，难抵日军高官厚禄诱惑，且已有投靠日军的倾向。土匪二当家的就是家书上所说的大钳，大钳家里曾遭日伪军抢掠，举家憎恨日伪，我们曾派人与之有过接触，此人抗日意愿较为强烈，只是他仅是山寨二当家的。方才侦察员意外拿到这封家书，首长有意让你们临汝地下组织派人上山送信，一是借机接近大钳，摸清大钳的思想动向，有必要的话，趁着他下山送葬时，部队首长亲自去他婶婶家面见此人，将他争取过来为我所用，并劝其说服李馗率众归顺革命队伍，这总比刀枪相见好得多；二是进山寨侦察地形，若土匪不听劝告，执意依附日伪，日后对山寨采取军事行动时，此次了解的情报也能用得上。眼下，临汝县城内日伪军虽然不多，可临汝镇以西集结有三个联队的日军，而我们兵力有限，这也正是我们不主动攻打县城的原因之一。若是能将山里土匪收编过来，为我所用，那形势将有所改观，因此，收编土匪意义重大。”

罗乡听罢，自告奋勇意欲前往。参谋长道：“你敌后工作经验丰富，你去更好，只是担心你的身体能否吃得消，毕竟年龄不饶人，土匪的山寨山高路险。”

罗乡道：“又不是刀山火海！虽年岁稍大，可我还是能为革命出把力的。”

参谋长笑道：“你能亲自去山寨，那当然最好，如果感觉力不从心，就派上次你带来的那个叫智弘的和尚去，我看首长对此人极感兴趣。谁去并不重要，重要的是不能让日军将土匪收编过去，土匪即便不能为我所用，至少不能成为日军鹰犬，这是首长的意思。”

罗乡道：“放心吧，参谋长，我不会让首长失望的。”

罗乡怀揣那封家书辞别参谋长后，急切赶往风穴寺。大峪至风穴寺有几十里山路，且道路崎岖难行，眼见风穴寺遥遥在望，罗乡却因体力不支，不小心将脚崴伤。他勉强赶到风穴寺，细看脚腕，脚踝已肿起老高。

无奈，罗乡便将任务交给智弘，并把任务的细枝末节一一交代清楚，末了，罗乡说道：“山高路远，你要当心。这次任务非同寻常，要往坏处打算，向好处努力。”

智弘胸有成竹道：“八路军豫西抗日先遣队就在大峪，土匪不会不知，谅他们不敢小觑。放心吧，表舅，放心吧，罗乡同志，我一定能完成任务。我身着便装，土匪摸不准我的真实身份，不会难为我的。”

智弘就这样受命去了土匪山寨。

智弘被摘掉脸上黑布后，随即被带进大厅，他的眼睛渐渐适应了厅内暗光。听说智弘是为二当家的报丧的，李馗忽觉一阵晦气，他将智弘递来的家书胡乱看过之后，说二当家的下山招兵去了，天黑才能回寨，让智弘在山寨等候大钳，说罢，径自去了。见无人在意自己，智弘便走出大厅，在寨子内信步溜达。

这是座易守难攻的山寨，山寨三面皆悬崖，只一面山势稍缓，但那缓坡延伸不远，下面又是悬崖。若要进入山寨，不走原先凿出的山道，走别处极难。真不知这李馗是如何找到这里，并开山取石建起这坚固山寨的。远处群山重峦叠嶂，而山岚低沉于深涧，似海水汹涌，天空灰暗，但见大雁高飞其间，由大而小，一点点消失于天际。

清慧师父不知智弘来山寨所为何事，便不敢贸然相认，并告知另外两个僧人先别理会智弘，待事情明了再认不迟。恰巧智弘打门口经过，忽闻檀香阵阵，不由得探头看向幽暗的屋内，终于看清里面有个怪怪的佛像，智弘转身走进后，眼前的景象让他惊诧莫名。一尊怪怪的佛像下点着两支蜡烛，而蜡烛旁摆放着水果和鲜花，香炉竟是由石头凿成，而佛像前的蒲团是一片毛毡，清慧师父站在佛像一侧，另外两个风穴寺僧人则垂手站立在里屋门口。智弘四处寻找的人竟在土匪山寨里设起佛堂，这是要自立门户不成？智弘睁大眼正要问话，却见清慧师父摆摆手走到门口四下望望，而后回来一把抓住智弘的手，惊异地问道："智弘，你来这里做什么？"

智弘激动道："这也是我想要问师父您的，我四处寻找你们，方丈也很为你们的安危担忧，你们怎么会在土匪的山寨设立佛堂？"

清慧师父遂将他们如何逃离机场，如何走错山路，又如何被土匪劫到山寨，以及为何在此设立佛堂的事一一说了。智弘紧抓清慧师父的手久久没有松开，良久，智弘哽咽道："师父您受苦了！"说罢，又哽咽不止。清慧忙道："此处非倾诉之地，还是说说你因何来到这里吧，莫非也是被土匪劫持？"智弘道："我是自愿来的，为这里二当家的报丧。"智弘不能讲出实情，实属无奈。清慧师父自然是越听越犯糊涂，正要接着问下去，却听智弘抢先说道："回头我把详情讲给您听，眼下我们暂且装作不认识，我的身份不便暴露。我急于知道这山寨里有多少土匪，武器装备如何，还有就是大当家的是否答应了日军收编之事。"

清慧道：“师父只知道这里的土匪有八九十，至于武器装备如何，师父弄不清楚。不过，想弄清楚一点儿不难，明日一早，大当家的女人会按时前来佛堂进香，师父能够打听出来。听那女人说，她男人还没答应日军，她男人还在犹豫不决。”

智弘道：“明日怕就晚了，弟子怕是等不到明日就得下山，这得看他们二当家的何时回到寨，弟子只是上山报丧的，没理由住在这里。”

清慧师父思虑良久，忽然开口说道：“我这就去找大当家的女人，恰好有个借口。”说罢，清慧师父出门去了。

今日一早，那丁香前来进香，说她上次在山下寺院请来的檀香用完了，想下山再请些上来。清慧师父念及山路陡峭，不便于女人行走，说让别人代劳无妨。丁香执意要亲自下山，这样显得心诚。清慧师父说，心诚与否，不在表象，在内心，于是那女人没再坚持。

清慧师父来到丁香门口时，恰逢李馗出来去见二当家的大钳，说是二当家的才从山下回来，两人有事商议。见清慧，便问何事，清慧正要回话，却见丁香自屋内出来，于是清慧忙道：“贫僧想来想去，觉得施主早晨的话不无道理，自己请香回来自然是好于他人代劳，若是有人已经去了，那是天意如此；若是还没人下山，最好是施主自己去请，这样是显得心诚意执，您说呢？”

李馗在一旁听着这家长里短的话，感觉无聊至极，于是摇摇头去见二当家的了。见状，清慧师父道：“贫僧早晨之所以不赞成施主亲自下山，其实还有一层心思在里面。您想啊，您每次下山总得有人带枪护送，枪被人带下山去，这山上万一有恶人滋事，该如何应付啊！”

丁香笑道：“这算什么呀！不就两个人两支枪嘛！寨子里八九十来号人，长枪短枪得有五六十支，在乎这一两个人、一两支枪吗？师父您想得可真是周全！”

清慧师父歉意地笑道：“贫僧多虑了，贫僧多虑了。”

离开丁香门口，清慧师父暗自祈祷，他在走向佛堂的路上，不止一次求佛祖恕罪。

智弘在得知土匪的家底后，又将山寨周边地形回忆一番，之后走出佛堂。一个土匪前来叫他，说二当家的已经回来，正在大厅等他。智弘来到大厅后，见眼前这二当家的并非他之前想象的威猛高大，而是个矮体瘦，面色晦暗，只两只大眼极其有神，深陷的眼窝，显出几分神秘来。大钳看过智弘递上的家书，闭目叹息一声，而后盯着智弘问道：“你是哪个村的？你是婶子娘家亲戚？”

智弘忙道：“犁背村的，我跟你堂弟是拜把子兄弟。”

大钳迟疑片刻，起身对李馗道：“大哥，我这就下山，婶子自小待我不薄。”

李馗忙道：“也好，你先回老家把婶子送走，等你回到山寨我们兄弟再议那收编的事，我让那日军翻译再等几天，反正我们不急。”

大钳道：“大哥呀，我还是觉得日本人靠不住，我们把宝押到日本人这边，名声难听不说，将来万一日本人败了，那我们弟兄可就死无葬身之地了。眼下八路军豫西抗日先遣队已经抵达登封、临汝一带，跟日军交上了火，在这关节口上举寨下山，投靠日军，兄弟我总觉得不是时候，开弓没有回头箭，还望大哥三思。”

李馗沉默片刻，而后说道：“你先下山去吧，办丧事要紧，让我再好好想想。”

大钳下山奔丧仅带两个随从，他们腰带紧束，短枪藏身，跟智弘一道出了山寨。他们前脚才走，丁香便来到大厅，极力劝阻李馗不要与日军为伍。李馗不悦道：“妇道人家懂什么！几十号弟兄终日待在山里，缺吃少穿，就指望时不时地下山抢些东西回来，这终究不是个事，好不容易遇到有人高官厚禄请我，我怕过了这个村再没这个店。你想啊，我们拉杆子上山图的什么？不就是图的过上好日子吗？眼下，日军许诺我只要带弟兄进城，临汝城内最好的宅院任我挑，我们的弟兄不解散，队长自然是由我当，并配给我更多人手，日军装备什么，我们也装备什么，除此之外，还能去哪儿找这样的好事啊！就是名声不好听点儿。”

丁香道：“不光是名声不好听啊，帮日本人欺负中国人，我总觉得这是伤天害理的事，我们得积德行善，只有多积德才会有好报。另外，我们投靠了日本人，万一哪天日本人走了，我们这么多弟兄怎么办？我去山下寺院烧香时，听不少人说起过八路军，都说八路军是专打日本人的，八路军从不祸害老百姓，就连老百姓家里房子空着，他们都不去住，就住在街两边屋檐下，要不就住在大树下，他们还经常帮助老百姓收庄稼，谁见过这样的军队呀！”

李馗没等丁香说完，随即大声说道：“别听那些烧香的人胡扯！我明明看见不少八路军在村子里乱抢牛羊、打骂村民，这就十天前的事。那天我下山后才走半里地，正好遇上一帮八路军出村，他们牵着村民的牛羊，刺刀上还挑着鸡子，这跟日本兵一个德行，天下哪儿有好兵！要是论起来，我们山上的弟兄还算是最好的，我们至少不伤害村民，顶多是偷点儿、抢点儿。”

丁香眨眼争辩道：“你说的不是真的，我也听人这么说起过，可山下寺院的师父说那些抢劫的人不是八路军。”

李馗烦躁道：“这是我亲眼看见的，没看见我也不信。”

丁香道：“寺里师父说，那些干坏事的八路军是城里日伪军冒充的。师父还说，他去村里化缘，正巧听见队伍里有人说乌七八糟的鸟语，他说那是日本兵。”

李馗一时语塞。他当初见那些人的八路军服装都是簇新，心想，八路军即便是换装，也不可能连一个人都不穿旧点儿的衣服吧，这让他一直纳闷至今。于是，李馗说道：“如果真是日伪军冒充八路军，干这下三烂的事，那真是丧尽天良！可话又说回来，自古胜者为王败者寇，谁的实力强，谁占得先机，谁能带给我好处，我就得往谁那里靠；明明知道那是坑，我还要往下跳，我傻呀！男人的事你别管，早点儿给我生个儿子，才是你该操心的事。”

丁香道：“我得下山一次，檀香用完了，我得去山下寺院请些檀香上来。”

李馗不耐烦道：“去吧，去吧。”

李馗怎么也没有想到，他的女人此次下山竟招致不测，而他的命运自此彻底改变。

李馗指派两个得力手下护送丁香下山后，便一直心神不宁，却又说不清因何缘故，只是闷闷地抽烟。烟雾在本就不高的大厅内胡乱游动，却没有飘出门外。他忽觉一阵烦躁，于是，起身踱着方步，身影笼罩在灰白色烟雾中，一时间像是走在风雪中。

忽然远处传来一声枪响，接着，近处传来一声炮响，这让李馗惊诧莫名。在李馗尚未走出大厅时，一个土匪慌慌张张跑来，说一发炮弹落在寨门外的空地上。李馗问哪里来的炮弹，土匪说不知道。土匪被李馗推倒重又爬起时，见李馗已走出大厅。

李馗拾级而上来到寨楼上，遥望山道时，远远地见山道上跑来一人，这人老远便大声喊道："不好了，大当家的，日军上来了，已经快到我们暗哨的地方了。"这哨兵来到寨门下，接着说道，"我向空中开了一枪，日军才停止前进，他们随即向这里发射了一发炮弹。"

李馗忙集合队伍，几十人荷枪实弹蜂拥着出了寨门。走出一箭之地，见蜿蜒山道及山道一侧的巨石上站着不少日伪军，李馗忙让机枪手将一挺机枪架在狭窄山道旁的一块巨石上，只听山道上日军翻译高声喊道："李馗，你不要误会，皇军不想与你开战，是你的人先开枪，皇军才打了一炮，皇军要想跟你过不去，这一炮不会打在你寨子外面的，你的寨门只怕早就被炮弹炸飞了。"

李馗道："你到底什么意思？你上次来山寨时，我不是给你说了让你们等上几天吗？"

日军翻译道："是啊，皇军只是急于见见你这大当家的，别无他意，你不要误会。"

李馗气愤道："你们这是见见吗？还带着小钢炮！"

翻译道："这不是路上怕遇上八路军嘛！井左队长在城里已经为你备好了一处上好宅院，两进两出，进城后你就好好跟嫂夫人享清福吧。另外，皇军最近从别处招来的百十号人，今后统统归你指挥，这样一来，你这皇协军队长手下的人手可要超过井左队长了。"

李馗冷冷说道："代我谢过井左队长，再容我几天吧。"

翻译侧身听罢身后一个日军的话，随即大声说道："李馗，皇军说了，你今天务必随我们一道下山，没有商量。"

李馗愤然说道："那我今天要是不下山呢？"

日军翻译招呼身后的人闪开身子，李馗看见从人群后走出一个女人，此人却是他的女人丁香。李馗蓦然间双手捂脸，嗷嗷大叫几声，随即蹲在地上。

对面山道上传来日军翻译的问话声："大当家的，你都看见了吧？你的女人身边就是万丈深渊，你再好好想想吧。"

忽然传来丁香的喊声："李馗，你要是有种就不要依着他们，反正我也没给你怀上孩子，你别怕我被他们推下山崖，女人多的是，我去了，总会有别的女人为李家续上香火的。"

一只孤雁在头顶盘桓良久，之后急转身去，消失在峡谷的苍茫中。

李馗起身后，丁香的身影已被日军身子遮挡去了。想起豺狼般的日军万一对丁香动手动脚，他必定生不如死。迟疑再三，李馗忽然高声喊道："你们等着，我这就带队伍随你们下山。"说罢，李馗毅然招呼身后的手下，回山寨收拾家当去了。

夕阳西下，远山近岭一派猩红。山寨陡立于山崖之上，幽暗的石墙高高矗立，寨中落光叶子的老树将黑黢黢的枝条手指般伸向苍宇。

就在李馗集合队伍下山之时，山寨二当家的大钳已跪倒在婶婶灵床面前，他身穿孝服结结实实叩过三个响头后，与堂弟盘腿坐在灵床一侧，他正要跟堂弟悄声说话，却见邻家大哥在门口招呼他出来一下。大钳被叫到大门外一棵老树下时，见树下坐着三个素不相识的人。他望望身后，身后仅跟着智弘一人，而他下山时所带的两个随从已不知去向。邻家大哥道："你们谈罢，我还得去招呼邻村来的亲戚。"

等邻家大哥走远，智弘望着大钳道："大钳，我给你介绍一下，这位是豫西抗日先遣队的首长，首长听说大婶离世，特着便装一早来灵前凭吊，知道你今日回来，在此等你多时了，首长想和你谈谈山寨的事。"

大钳下意识地将手扶向腰间，却见自己身后已站着两个精壮汉子。他将手放下后，不解地问道："你们是怎么知道我婶子离世的？"首长笑道："这个并不重要，重要的是你们山寨大当家的有意投靠日军，这一点你大约也是知道的，据我们得到的情报，你这个二当家的并无投靠日军之意，所以我们想找你谈谈。"

大钳道："是啊，日军翻译去过两次山寨，许以大当家的高官厚禄，我看大当家的难以经住诱惑。我一向反对投靠日军，大约是顾忌我的反对，他才迟迟没有动作。"

首长道：“我们八路军不会许以任何人高官厚禄，因为我们是一支人民军队，本来我们也没有什么高官和厚禄可许。眼下国际国内形势急转直下，日军就像秋后蚂蚱，他们蹦跶不了几天了，所以我想让你回去好生劝劝李馗，让他认清形势，不要执迷不悟，千万不能倒在抗日胜利的前夜，那实在可惜！”

大钳不住点头，见部队首长早已收起笑容，显得肃穆庄严，他赶忙说道：“明天婶子安葬后我就赶回山寨，我一定要阻拦李馗投靠日军，这不是他一个人的事，这事关百十号兄弟的安危，事关弟兄们的前程。”

首长道：“你能有这样的觉悟，我们对你寄予厚望。我们知道山寨里的人都是穷苦出身，无奈之下才走上了那条路。本来我们是完全可以攻下山寨的，之所以没有采取军事行动，正是基于这个原因。你上山后奉劝李馗及早站在人民这边，再不要抢劫村民，再不要为非作歹，尤其不能投靠日军，至于他愿不愿接受八路军改编那是他的事，八路军不会勉强。但这不表示他可以继续占山为王，欺压民众，这一点你务必让他清楚！”

部队首长这掷地有声的话，让大钳不敢抬头，他只看着脚尖连连称是。

部队首长说罢，转身去了。大钳望着八路军首长运去的背影，望着紧随首长身后的两个精壮汉子，忽觉浑身冒汗。再找智弘时，却不见智弘身影。他回到屋内，悄声问堂弟：“你有个叫智弘的拜把子兄弟？我怎么不知道？”

那堂弟吃惊道：“没有啊！我从来没有什么拜把子兄弟，你问这个干什么？”

大钳愣了愣望着门外，喃喃道：“没什么，没什么。”

翌日，大钳随众人将他婶子送往墓地安葬后，脱去孝服，匆匆赶往山寨，而他下山时所带的两个随从已不知去向。这两天发生的事让他怎么也理不出个头绪来，在他赶往山寨的路上，虽经大风吹拂，却依旧头脑发昏。

然而，山寨内的景象却让这二当家的一下子瘫坐地上。寨子里一片狼藉，弃物散落一地，有枪支被弃之墙角，子弹随处都是。他踉跄着身子来到佛堂时，但见佛堂内空无一人，佛像前的蜡烛燃烧殆尽，蜡烛的底部积聚着一摊猩红色的蜡液，在门外透进来的强光中，折射出晶莹的光泽。

第二十二章

方丈静心讲禅理
佛堂墙外现死人

黄昏时智弘抵临风穴寺，恰逢绒雪纷降。远远地见寺院上空雪花纷扬，高高的望州亭已在虚无缥缈中，而七祖塔、悬钟阁、中佛殿、罗汉殿及大雄宝殿躲在山门内，一派迷离。走在混沌中，智弘忽觉神清气爽。

拾级而上，回望山门外小路，竟是灰黄如故，那纷扬的雪片飘落于高大的柏树之上了，那上百年老树树冠如伞，苍翠茂密。没有鸟儿在林子上空翱翔，飘舞的雪花任性地飞来荡去，忽疏忽密。

寺院里门可罗雀，绒雪飞进佛堂，彩蝶般伏在地面。智弘来到正堂时，见方丈正在闭目打坐，于是，他一屁股坐下，一声未吭。他忽觉双腿瘫软。连日奔波途中倒不觉疲惫，回到寺院竟浑身不适了。智弘闭目养神，但等方丈打坐完毕。许久，他睁开眼睛，望向窗外时，见飞雪已停。

终于，方丈微睁双目，轻声问道："智弘啊，还是没有你清慧师父他们的消息吗?"

智弘忙道："有了，方丈，我正要给您说起这事呢，清慧师父他们被土匪劫到山寨里去了。"

方丈吃惊道："土匪何故要劫持僧人呢？僧人一无钱财，二无蛮力，除却念经，一无是处。"

智弘笑道："方丈啊，我师父他们在土匪窝里也能派上用场，那土匪头子的女人一直没能生下一男半女，她便常去山下寺院拜佛进香，以求佛祖恩典。只因我师父他们被八路军搭救后走失方向，被下山抓人的土匪撞个正着，于是，他们被带上山寨。如此一来，土匪便在山寨内因陋就简设个佛堂，那女人再不用跑下山供香，表面看来这是两全其美的事，对于我师父他们来说，在哪儿都是礼佛；对于那女人来说，去哪儿都是一样祈福。”

方丈道：“竟有这样的事，可见我佛佛力无边啊！”

智弘道：“是啊，方丈，只不过，我师父他们不能就这么一直待在那里呀！我们正设法搭救他们下山！”

方丈道：“你们？搭救？哦。智弘啊，师父给你讲个故事吧。唐朝有个慧忠国师，浙江人，在六祖慧能大师座下悟道。得法后，曾住南阳白崖山党子谷四十年，前来参学者众多。唐玄宗仰慕其德行，特邀他到京师住持龙兴寺，之后历受肃宗、代宗礼遇，被称为‘慧忠国师’。一日，几位和朝廷来往密切的长老前来拜访慧忠国师，慧忠国师请他们到客堂饮茶，国师问道：‘转眼已是深秋，墙外野草如今何种颜色？’长老都说黄色。恰逢一位长老所带童子自堂前走过，国师招手将童子唤来问道：‘告诉师父，墙外野草是什么颜色？’童子不假思索说黄色。慧忠国师笑笑便招呼那童子去了，他随后问在座长老：‘诸位，平日里你们都能讲经说法，可你们的见解与方才童子所言并无二致。’众人面面相觑，不知国师的话有何隐喻，其中一位长老不解道：‘那您说，墙外的草是何种颜色？’国师仰头望望天空，顾左右而言他：‘你们看到天上的飞鸟了吗？’听罢国师的话，其中一人不满道：‘禅师，您究竟要告诉我们什么，请直言不讳，就不要这么绕来绕去了吧！’慧忠国师笑道：‘诸位在我眼里都是躯壳，佛性还在虚空中。’一时间，众长老如梦初醒。智弘，你悟到什么了吗？”

见智弘摇头，方丈接着说道：“佛性是什么？万里晴空，一朝风月，外相连童子都懂，外相无常，变来变去，可佛性不变。你清慧师父悟道已久，礼佛不会拘泥于山上山下的。”

智弘终于懂了，遂心安不少。他正要起身为方丈沏茶，却听方丈问道：“还是没有你父母的消息吗？”

智弘伤感道：“没有。不知道他们去哪里逃荒了，实在是找无可找，弟子只能每日里默默祈祷。眼下依旧兵荒马乱的，弟子想等到不再打仗了，就外出化缘，云游四方，看能否在哪里遇到他们。”

方丈道：“也好。师父之前说过，在没有征得你父母同意前，为师不让你受比丘戒，这一是对你父母的尊重，二是让你有更多余地去做你想做的事。只要心中有佛，不必拘泥于形式，佛祖自有明鉴。”

智弘感动道：“谢方丈体恤！智弘定不会怠慢佛陀，无论弟子身处何方，佛陀都在弟子心坎里。方丈，这几天没有人再滋扰风穴寺吧？”

方丈黯然说道：“田东来过多次，见下雨时大雄宝殿墙体渗水，他说要为寺院做些善事，执意要修缮大雄宝殿，按说这是善事，可为师却放心不下。”

智弘道：“田东又提那汝官窑瓷器的事了吧？”

方丈道：“没有。也正是他不再重提此事，又急欲为寺院修缮殿宇，倒让为师心生疑惑、左右为难。你想啊，为师若是拒之，唯恐拂了人家善意；为师若是应下，只恐他借机四处寻找他所谓的汝瓷，真要将寺院弄得一塌糊涂，佛祖岂可饶恕为师！”

智弘随即说道：“方丈所虑不无道理，弟子也觉得田东极有可能是借机寻找密洞，其本意还是为了汝瓷。为稳妥起见，修缮寺院的事还是等时局稳定了，寺院自己筹资修缮的好。日军是秋后的蚂蚱，在中国蹦跶不了几天了，一旦抗战胜利，方丈何愁风穴寺不香火兴旺、捐供不断！”

方丈迟疑片刻，颓然说道：“不知为师能否见到这一天！看那田东踌躇满志的神情，为师实在担忧寺院被毁，毕竟他田东身后有日军撑腰，毕竟眼下是日本人天下。万一寺院被毁，为师无颜面对佛祖，无颜面对众僧。每逢多事之秋，风穴寺总难独善其身！自古以来，国盛民安时，风穴寺自然香火旺盛；而国衰民怨时，风穴寺也就命运多舛。东汉建寺不久，风穴寺便毁于董卓之乱。虽是北齐时寺院得以重建，可好景不长，隋炀帝时寺院又被荒废，据说当时寺内仅剩漏房两间，寺院荒草一人多深，倒成了动物的家园，阿弥陀佛！唐玄宗时，国盛民安，加之朝廷重佛尊教，于是，各处筹资，欲重建风穴寺，贞禅师自白马寺来到寺院，风穴寺才得以重生。贞禅师自己动手，拔草植树，开山授法，又忍饥将下山化缘得来的钱一一积攒下来，扩建殿宇。贞禅师功德无量，被后人称为七祖，如今寺院内的七祖塔便是以此为名。可唐朝末年，战事频发，动乱中，风穴寺又遭厄运，人去殿废。”

方丈讲述停顿时，智弘忙为方丈沏茶，而后极有兴致地听方丈慢慢道来：“宋代时，风穴寺厄运少些，可到了元末明初，时局动乱加剧，民不聊生，风穴寺又遭不测。到了成化年间，又重建寺院，风穴寺不仅复建了之前的殿宇，还扩建了六间法堂和七间禅舍。至明武宗时，经数次修葺，风穴寺初见规模，名声大噪。万历十三年，风穴寺殿堂禅舍多达四百间，而此时寺院僧众超过一千人。然而，崇祯六年，风穴寺又遭战火，大部分殿宇被付之一炬，惨不忍睹，僧众不敢滞留寺院，风穴寺香火被迫中断。不说了，不说了，风穴寺命运多舛，能有如今规模实属不易，无论如何，风穴寺不能在为师手里再出丁点儿差池了！”

两人正说时，忽听正堂外传来嘈杂人声，接着，见田东笑呵呵地出现在门口。智弘起身将田东让进屋内，遂将茶水倒上。田东笑道：“智弘师父不必客气。师徒情深，谈兴真浓，你们谈了足有一个时辰了吧？”

智弘警觉道：“田掌柜是如何知道的？”

田东道：“其实我早就来了，远远地听方丈室有人说话，只怕贸然进来多有打扰，才去了后面的珍珠帘观景，风穴寺仙境一般，只珍珠帘就足够一个闲人细细品味一天了。水自石下迸出，如珠如玉，有针有线，银珠齐飞，水雾空蒙，远听，气势轰鸣；近品，却如丝竹声声。难怪万历年间汝州进士、山西布政使张维新曾在此留下名句：‘绝壁悬崖挂碧流，明珠错落几千秋。却疑玉女虚无里，日日垂帘不上钩’。”

方丈笑道：“田掌柜可真有雅兴！那就不妨搬到寺院与老衲为邻，一饱耳福。田掌柜祖籍不在中国，却对中华文化情有独钟，就连张维新的诗都张口能吟，足见田掌柜的兴致不仅仅在于生意上啊！”

田东道：“方丈大约忘记了田东本就住在张公巷，张维新的老宅就在张公巷，而张公巷也正是因张公而得名的。田东乃正经商人，少有今日这份安闲。今日来寺院还不是想为风穴寺诚心做些善事，为自己积攒功德。上次与方丈所谈修缮殿宇之事，不知方丈意下如何？田东这一等又是两日，故友这次总不至于再让田东枉来了吧？”

方丈皱眉说道："田掌柜为此可谓不辞辛劳，既然是诚心为寺院做些善事，老衲再行推辞岂不寒了田掌柜的心？"

田东道："这么说，方丈是答应了？"

方丈道："老衲当初也没有不答应这一说不是？老衲只是让田掌柜再思虑几日，毕竟修葺殿宇是笔不小的开销，田掌柜的钱也不是天上落下的嘛！"

田东大笑后，接着说道："方丈真会说话。既然方丈已经应允，那田东这就让人开工了，工匠就在门外候着。"

方丈道："看来田掌柜早已胸有成竹，连工匠都已带来，既如此，那就用不着再让老衲吐口了，这岂不是多此一举吗？田掌柜是如何知道你今日就能开工啊？"

田东道："方丈方才不是说您当初就没有异议嘛！既是没有异议，那田东怎能食言！既然田东有这善缘，那就赶早不赶晚，趁着没有下雨，及早了却心愿。方丈，您说呢？"

方丈笑道："话都让你说了，老衲还能说什么！那就悉听尊便吧。"

田东出门后，智弘愤然说道："方丈啊，田东是您的旧友，您一向待他不薄，他田东不是个正经商人吗？今日看来，这简直是个强盗啊！"

方丈淡然说道："狗急了，也跳墙。"

田东带来十多个人，有人将殿宇外墙上起皮和发黑处悉数刮掉，再将搅拌均匀的石灰和细沙抹上墙面。有人干脆爬到大殿顶上，敲敲打打。还有人将个别地砖撬起，说是需在地砖下垫土。智弘不停地巡视各个殿宇，唯恐寺院真的被这帮人毁掉。他本想去城里见见罗乡的，还想去表姑家看看月枝，可田东的人不撤，他无心走远。田东面上说是为殿宇修缮墙体，却为何要派人爬到大殿顶上？他即便想暗地里寻找密洞，密洞洞口怎么也不会设在房顶吧？田东莫非是担心房顶之上有暗室不成？这田东真是煞费苦心啊！智弘这么想时，见风势渐大，他抬头看看房顶，房顶那人依旧没有下来，看这人似曾相识，但智弘却怎么也想不起何时何地见过此人。

智弘仰面招呼房顶那人："喂，起风了，你可小心点儿，别让风把你给刮下来了。”

见那人懒得搭理自己，智弘摇摇头尴尬地去了。才走过佛塔的转弯处，智弘忽听“咚”的一声，房顶那人已从高高的殿宇顶上摔下。智弘近前看时，那人恰巧头部着地，重重砸在青石板上，一时间口鼻出血，面色铁青。此时已围来一帮人，叽叽喳喳，不知所措。智弘上前将手指搭在那人手腕上，已没了脉象；智弘再将手指放在那人的鼻前，已没了鼻息，于是，智弘双手合掌置于胸前，嘴里念道：“阿弥陀佛！”之后挤出人群。

智弘靠在僧房门口的大树上，远远望着这边。他见田东匆匆赶来，人们忙让开，让田东进到人群里面。良久，田东走出人群，一脸晦气，之后，田东显得气急败坏，招呼众人抬起死者走向山门。

次日，山风骤然变大，风穴寺两侧山林轰鸣，寺院内的门窗哐当作响，七祖塔上的铜铃更是响声频频，那清脆的声音使得前些日子一度沉寂的寺院显得热闹非凡。田东找来的人又忙活半日，午后便草草收场，一行人驱车离开了山门。这天，田东却并未到场，仅是让一个年事稍高者带队，人们在寺院的殿宇里面四处敲打，最后收拾家伙，匆匆去了。整整一个上午，自始至终无人来正堂知会方丈，这些人像是毫无目的地走走过场。是田东不便让民工知道他的真实用意，故而民工不得要领，还是民工畏惧佛法而不敢过于造次，智弘最终也没想明白。

大风刮了整整一天，午夜时才算平息。

当黎明的晨光映亮窗台，智弘便早早醒来，他拿起扫帚自僧房一路扫到山门。冬日的寺院内本就没有落叶，智弘扫地纯属习惯。望一眼山门外空阔的地面，他反身回到僧房。是先去表姑家看望月枝，还是先进城去见表舅，这让他思虑再三。好久没见月枝了，月枝会否生气？另外，那天，山寨二当家的大钳返回山寨，他能说服大当家的不去投靠日军吗？智弘当日从山寨下来后，就将山寨内兵力多少及山寨地形详细告知了八路军首长，若是那大钳说服不了大当家的，八路军是否会攻打土匪山寨？此类消息表舅是否会最先知道？若是大钳说服了大当家的，八路军收编了山上土匪，而后再合力攻打县城，将县城内日军一网打尽，这才过瘾！就在智弘这么胡思乱想时，却听山门外吵闹声此起彼伏，智弘忙起身走向山门，一看究竟。

他见山门外集聚不少村民，人们吵吵嚷嚷，意欲冲进寺院去见方丈，一个僧人正极力拦阻。

“人都死了，说这有啥用？不偿命就得赔钱！”

“是啊，人不能就这么平白无故地死了！”

“是给寺院干活死的，寺院不能不管，就是佛祖在世，他老人家也不会不让我们找方丈讲理。”

“跟你说有鸟用！你当家吗？一个小沙弥。”

“你就别拦我们了，我们进去是见你们方丈讨个说法，又不是要打方丈，我们不是不讲理的人。”

智弘终于听清村民聚集山门的缘由，于是大声说道：“乡亲们，都静静，听我说好吗？”见村民不再吵闹，智弘接着说道：“我好像听清楚了，你们是为昨日从房顶摔下来那人的事而来，对吧？方丈知道死了人，十分痛心，正想着择日为死者超度呢！死者并非是寺院请来的，并非是寺院让其爬上房顶的。寺院不会在这个时候派人修缮殿宇，这么大冷的天。俗话说，冤有头，债有主，死者生前是谁指派来的，大家就该去找谁才是。至于大家想见见方丈，随时都行，只是人多了方丈室容纳不下，你们最好是指派一两个人随我去见方丈，我这样安排行吧？”

“你是说人死在你们风穴寺里，跟你们寺院没有丁点儿关系是吗？你推得可真干净！你想得可真美！你要是帮我家修房子摔死了，我能说这跟我没有一点儿关系吗？”一个胖点儿的人大声责问道。

智弘耐心解释道：“请大家不要说气话好吧？我方才已经说得够清楚了，我再说一遍，还请大家仔细听听。并不是寺院情愿要修缮房子，寺院也是无奈，你们是不知内情，这里太乱，我一时半会儿说不清楚，稍后容我将这事慢慢说开。”

“我听着怎么这么邪乎！寺院并不愿意修房子，这大冷的天，是我堂哥死皮赖脸要上去为你们修房顶是吧？他有病？要不就是一阵大风把堂哥刮上房顶了，然后又被大风给刮下来了是吧？他是一根鸡毛吗？”一个瘦子道。

智弘眼见跟这帮人难以说清，便想从人群中挑选几个明白人进寺院慢慢说来，于是，就在人群中看来看去。忽然间，智弘见人群外的空地上坐着他的表姑，表姑头发散乱，正哭得死去活来，而月枝竟呆坐一旁。

智弘随即拨开人群，来到表姑和月枝身边，他蹲下身问道："表姑，你这是怎么了？你们来这里干啥？"

抬头见是智弘，表姑哽咽道："在寺院里摔死的那个人是我的儿子，那是你的表哥呀！"

智弘大惊道："怎么会是表哥呀！我说有点儿面熟，十年没见了，怎么也想不起来。家里离县城那么远，怎么会被城里的人带到这里来干活？"

表姑道："农活不忙时，你表哥常去城里找点儿事做，不然一家大大小小六七口子，怎么养活得了！眼下可好，说走他就走了，扔下那么多孩子谁去养活！"

智弘听罢表姑的话，明白了这么多人来寺院所为何事。于是，智弘痛心地说道："表姑啊，事儿已经出了，无论如何您得保重身体才是。表哥家里孩子多，表哥去了，理应有人出面赔偿，人不能就这么平白无故地死了。可他来寺院干活，真的不是寺院指派的，唉！这话我听着也觉得别扭，怎么说呢？是有人非要为寺院修缮殿宇，寺院不答应还不行，我这么说您老听懂了吧？"

月枝眨眼问道："智弘啊，你这么说连我听着都不在理，自己家的房子，自己不想修，别人硬是要派人来修，这让谁听着都别扭，怎么会出这样的事啊？"

智弘忽觉一阵烦躁，自己自小读书不少，一向自以为能言善辩，却为何连这样的事都讲不清楚！是自己嘴笨还是此事本身就极难说清呢？他耐着性子说道："表姑、月枝，为寺院修缮房子的事，这里面藏着猫腻，在尚未征得方丈许可前，我不便当众将此事挑破，我只能说，是城里一个叫田东的商人安排人来寺院干活的。既然表哥是田东派来的，那就该去找田东索赔，这事与寺院真的没有丁点儿关系。"

月枝道："寺院大家都能找到，可那个叫田东的人谁知道他住在哪儿呀！"

智弘道：“表姑啊，我知道他家就在城里张公巷，我去过，我这就去他家跟他交涉此事，你让乡亲们都回去吧，这事真的跟风穴寺没有关系。”

看表姑想要起身，智弘忙拉着表姑胳膊缓缓将表姑扶起，他跟随表姑走到村民跟前，表姑对着人群喊道：“二奎，你过来一下。”见一个胖子来到身前，表姑接着说道，“二奎呀，我们都回去吧，你哥还在家里躺着呢，这事不怨风穴寺，冤有头，债有主，智弘认识那个领头的人，这事就让智弘去办吧，我信得过他。”

表姑好说歹说，一帮人才相继离去。智弘望着月枝，见月枝低头不看自己，于是，他歉意地说道：“好久没去看你了，生我气了吧？”

月枝依旧没有抬头看智弘，只细声说道：“哪有啊！”

智弘拉起月枝的手说道：“等我忙过这几天就去看你，你要好好照顾自己。”

月枝赶忙抽出小手，仅是嗯了一声。智弘见月枝一直望着她的脚尖，那脚尖在地面不住蹭着。

智弘送走众人，来到正堂时，见方丈正在念《地藏经》，方丈闭目合掌，面容肃穆，正为死者超度。

等方丈念经完毕，智弘遂将自己的想法讲给方丈听。良久，方丈道：“寺院本应为死者贴补一二的，可为师先前积攒下来的钱却被贼人偷去，连年饥荒，使得僧众生计都难以为继，寺院实在是拿不出钱来补贴死者。你去找田东交涉也是应当的，毕竟人是他招来的。”

智弘道：“方丈啊，当初您积攒下来的钱被人盗去，那是事出有因的，想必您心里一清二楚。”

方丈道：“过往之事不提也罢。田东他们将寺院里每个角落都找遍了，也没找到他说的密洞洞口不是？这次他总该死心了吧？但愿他自此以后能安心经商，收了他那狂躁之心，别再想入非非，也该还寺院一份清静了。训练班的人撤离寺院后，为师本来以为风穴寺总算回归清静，不承想，斜刺里又冒出个田东来，这番折腾，让为师心力交瘁。祈愿风穴寺接下来不再旁生事端！阿弥陀佛！”

第二十三章

智弘巧言劝田东
日军山村施兽行

临汝城外空地上，几十号人在演练队列，统一的簇新黄色棉衣穿在这些胖瘦不一、高矮各异者身上，看上去显得不伦不类。教官则是个精瘦的日本兵，翻译把嗓子几近喊破，队列中依旧有人迈左腿时，却左臂向前，迈右腿时，右臂向前，这让日本教官大为光火，而日军翻译干脆手执树枝，见有人一顺腿时，便将树枝抽在此人脚面，队列终于手脚一致。就在日本兵刚刚伸出大拇指时，忽然又有一顺腿者出现，木偶般生硬地将皮靴重重跺在地面。那日军教官竟被逗乐，背转身无奈地频频摇头。

军姿练习则更为不易，翻译不得不将树枝频繁地抽打在那高高隆起的肚子上，而挺肚者收了肚子，屁股又撅起老高。日军教官终于失去了耐心，夺过翻译手中的树枝，猛然抽向一个人的头部，立时，绵软的树枝便在那人耳边留下一道红痕来。那人大约是嘴里嘟囔了什么，紧接着，两记耳光生生抽在他脸上，他双手捂脸不再吱声，继而放下手，胆怯地目视前方。

智弘自此经过，大致瞥了几眼操练者便匆匆走向城门。

田东家高大的门楼遥遥在望，一个门人在大门口走来走去。智弘走近大门，向门人说明来意，那门人并未让智弘进去，而是说田掌柜不在府上，是改日再来还是就在门外等候，让智弘自己掂量。就在智弘迟疑时，却见门里款款走出一位妇人，这妇人四十岁光景，身着黑色貂皮大衣，头戴驼色绒帽，面色红润，珠光宝气。见到智弘，她蓦然一惊，随后，细声问道：“这不是风穴寺里的师父吗？来找田东的吧？”

智弘并没身着僧袍，头发已长出一寸来长，且有圆帽戴着，不知这妇人是如何认出他的。两年前智弘和峰云曾随清慧师父来过田东家为其祈福，与这妇人有过谋面，智弘早把这妇人的容貌忘得精光。于是，智弘答道：“是的。不知田掌柜几时回府？”

那妇人道：“你跟我进来吧，我恰好有事想问你。”

智弘随妇人走进宅院，被妇人让至客厅后，听妇人说道：“田东出去多时了，他走时说稍后就回来的，你在客厅等他一会儿吧。来呀，给师父上茶。师父啊，你和峰云来过我家的，那是两年前的事了，记得那时家里的祥瑞布坊才开业不久，本来请师父们来家里做个道场，是指望布坊的生意日后有个好转的，可后来，布坊还是关张了。”

智弘问道：“布坊的生意一直就没有起色吗？”

妇人道：“好过一阵子，接着就一天不如一天了。如今什么生意都难做，煤矿生意本来是好着的，日本人一插手，眼下也是勉强维持着。从前多好啊，挖出的煤就卖给当地人，不图价钱有多高，不赊账就行，图的就是每日里能见个现钱，这看得见，摸得着呀！”

智弘诧异于田东的夫人何以将生意上的事说个没完，且有哭穷的意味在里面，莫不是这贵妇猜到智弘是来替人索赔的？在大门口，她说有事想问智弘，却一直没有提及。于是，智弘说道：“是啊，都说眼下生意难做，就连田掌柜这名扬临汝的商家都叫苦不迭，真不知那些小商小贩是如何度日的。施主方才说有事要问贫僧，不知施主所问何事？若是有用得着智弘处，还望施主吩咐！”

妇人道：“师父啊，我想向你打听一下峰云的下落，田东一直在找他，就是没找着，听说他很早就离开寺院了。”

智弘不紧不慢地说道：“是的，施主，峰云早就离开风穴寺了，至于他到底去了哪里，这兵荒马乱的谁能说得清啊！这世间的路有多条，阴府同样。佛说一切都是注定，无论去往何处，都是命中该有的。”

妇人吃惊道：“师父这话听着瘆人，只不过想想也是这个理，我去寺院进香时，也听别的师父这么说起过。”

两人正说着，见田东急匆匆回到宅院，大约是门人说起有人在客厅等他的缘故，田东直接来到客厅，自行倒杯茶，旁若无人地自顾饮了，之后他重重将茶碗放下，带着一丝愠怒道："真不是玩意儿，东洋公司把我坑苦了！"大约是意识到有外人在场，自己的举止有些失态，随后面色变得温和许多，望着智弘说道："没有弄错的话，你叫智弘是吧？风穴寺僧人？你这身衣服一穿，眼神不好使的人，是很难辨认出的。你来寒舍找我田东，该是有要事吧？不然的话，平日里你们僧人是请都不好请的。"

智弘微笑道："这也未必吧，上次我们师徒来府上做道场，还不是田掌柜在方丈面前一句话的事？智弘此来先是代方丈向您问安，田掌柜跟方丈乃多年旧友，方丈很念旧情。另外，前天在寺院里摔死的那个人，至今还没安葬，死者几十个家属邻居去寺院堵门，讨要说法，智弘此来也是问问田掌柜该如何处置此事。"

田东见夫人一个劲搓手，他不耐烦地摆手让女人离去，之后愤然说道："我田东是个商人，自会用商业规则来处置此事，我已经将该赔的钱交给了工头，你该去找工头才是，怎么找到我家里来了？"

智弘惊道："工头？这工头是哪里人？我知道的是根本就没人去死者家里看看，更别提赔偿的事了。"

田东道："我也不知道那工头是哪里人，他是我从街上雇来的。总之，赔偿金我是出过了，至于那赔偿金最后到没到死者家属手里，那不是我田东的事，因为我压根儿就不知道死者何人，我也没必要知道，所有的民工都不是我找来的，这与我本就没有干系。"

智弘道："田掌柜的意思是，若是一直找不到那工头，死者就算是白死了，是吧？"

田东怒道："我方才说过，我压根儿不认识死者，他白死不白死这与我何干！"

智弘道："人是你带去的，这有目共睹，若是你当初没有现身寺院，那我指定不会踏进贵府半步！暂且不提你为何要修缮寺院，既是你当初带人去的寺院，又是你执意要修缮寺院，我来找你那是正理，至于工头乃何方神圣，他与寺院没有半点儿关系！这道理你该懂的。"

见智弘不好打发，田东的脸色温和少许，他停顿片刻，接着说道：

“我今日就差人去找工头。智弘啊，你大约不知，田家的生意遇到了麻烦，这是当初没有预料到的，再这么下去，我连出家的心都有了。”

智弘不解道：“都知道田掌柜是个精明商人，家境殷实，什么事会难住您啊！”

田东叹息道：“唉！徒有虚名罢了。田家别的生意接二连三关门歇业，就指望着郊外的那个煤矿了，可日本东洋公司包销煤炭之后，我是只见出煤，不见现钱，换来的却是一抽屉欠条。东洋公司原先的合约写得清清楚楚，煤炭装船后付款，起初还好，之后就走样了，如今是越欠越多。不给他们煤吧，那之前的欠款指定是难以追回；继续给吧，明知道会越欠越多，这真是骑虎难下呀！从这个月开始，工人的工钱怕是难以如期兑现了。”

智弘惋惜道：“当初不把煤炭卖给他们不行吗？明知道这是家日本公司，万一有个闪失，你去哪儿找他们？”

田东愤然道：“你是不知道，不给不行啊！日军驻开封司令部的电文还在我的抽屉里，没法子，日本国内煤炭紧缺，政府便委托东洋公司在中国从事煤炭贸易，并由驻华日军协助料理，这哪是什么贸易呀，分明是抢掠！”

智弘蓦然间明白了其中猫腻，想起自己当初受命远赴焦作欲炸毁煤矿之事，其目的不就是不让煤炭流入日本吗？于是，智弘劝道：“田掌柜，恕我直言，你之前所从事的煤炭输日贸易，外人并不知情，若是被国人知道其中猫腻，你的煤矿指定会被国人炸毁，不知你信还是不信？煤矿若是真的被炸，你田家的生意只怕会雪上加霜。”

田东惊慌道：“智弘，你可别吓我！”

智弘微笑道：“我一点儿没吓你！”

田东道：“田家的煤矿万一有个闪失，那我田东只有出家为僧了，我有何颜面面对祖上！”

智弘劝道：“看在田掌柜与方丈是多年旧友的情分上，智弘最后奉劝一句，及时收手，不然悔之晚矣！”

见田东若有所思，智弘接着说道：“俗话说得好，瘦死的骆驼比马大，在寺院摔死的那个人，还请田掌柜抚恤一二，听说他家里有五个孩子，上有老下有小，日子过得异常艰难。本来方丈是想替您抚恤死者家属的，您派人冒着严寒为寺院修缮殿宇，方丈十分感激，怎奈寺院连僧众的生计都难以为继，实在是拿不出钱来，囊中羞涩，又不便让外人知道，方丈是左右为难。反正您是方丈的故友，我私下说给您听，也不是什么丢人的事，您知道寺院的窘境后，无论如何是不会让方丈为难的，您说是吧，田掌柜?”

智弘把话说到这个份儿上，田掌柜自是满口应下那抚恤之事，且对智弘的信任与劝告感激再三。带着一丝歉意，田东说道：“人不知道何时会犯浑，田东行商几十年，极少做出糊涂事来，不知近来怎么了，像是中了什么邪，鬼迷心窍不说，还时不时地胡乱发火，弄得夫人和孩子整日里不敢跟我说话，我一进家，她们跟躲瘟神似的躲着我，这让我不知所措，于是，火气又来，这样下去如何得了!”

田东的话里大约隐含着两层意思：他执迷不悟地想找到寺院的密洞，意欲将他所谓的汝官窑瓷器攫为己有，这是犯浑的事由之一，因碍于面子，他不便明说，这也在情理之中；其二便是对抚恤死者的事再三推诿。为给田东留足面子，智弘笑道：“那天，佛堂里少了个铜铃，方丈让我四处找找，眼见每个角落都找遍，就差耗子洞里没有找，我急躁又生气，正要责怪当值的僧人，却听方丈过来说道：‘你手里拿的是什么?’我低头一看，那铜铃就在我手中。再看方丈时，方丈捻着佛珠没再理我。谁都有犯浑的时候，您说是吧?”

经智弘这么一说，两人不觉齐声大笑。田东的夫人弄不清这边出了何种状况，只小心站在门外假山旁，茫然斜视客厅。

智弘自田东家出来，径直去了罗乡的山货铺子。罗乡看样子是想要出门，见智弘，先是一惊，接着探头望望门外，随即将智弘领到后院，关上门后，罗乡急着说道：“本来我正要去大峪的，刚刚得到情报，豫西日军纠集驻扎在荥阳、巩义、登封和临汝的鬼子大约三千人，加上各县三千多伪军共近七千人，向分散在嵩山南麓尤其是大峪一带的豫西八路军及民兵组织实行大规模扫荡，扬言不把豫西抗日政府及八路军统统消灭，誓不罢休。不知临汝抗日县政府和部队首长是否得知该情报，无论他们是否知道鬼子要进山扫荡，我们将这一事关重大的情报及时送去都不多余。”

智弘惊讶地问道：“临汝抗日县政府成立了？抗日队伍里又增加了民兵组织？那我们今后的抗日力量可就比先前大多了，小日本一下子纠集这么多兵力，看来是知道了我们抗日队伍在日益壮大。”

罗乡道：“是啊，临汝抗日县政府成立后，很快就要成立县独立团，届时，临汝城内的日伪军一定会坐卧不安，估计日军会从别处抽调兵力来补充，如此一来，别处的抗战压力必定有所缓解。”

智弘道：“我方才进城时，见日本人在加紧训练伪军，他们从哪儿招来那么多伪军？”

罗乡忙道：“我正要说给你听呢，上次你去土匪山寨为土匪二当家的报丧，本是指望那二当家的能够说服他们大当家的不要投靠日军的，可二当家的返回山寨后，寨子里已经没人，那李馗已率众土匪投靠日军。这是我们的一大损失。我在反思，我们的工作没有做好，至于到底是哪个环节出了纰漏，我们真得好好总结才是。”

智弘惋惜道：“这真是可惜！可我们都尽力了，表舅您也不必自责。佛说，过去的因缘已经过去，那就不必执着于往事，纠结过往，不如就此放下。”智弘说时，忽想起他的师父来，于是急切地问道：“表舅啊，既是山寨里的土匪都随大当家的下山了，那我清慧师父他们呢？山寨里还有两个僧人，土匪不会杀了他们吧？清慧师父他们至今没有回到寺院啊！”

罗乡道：“你说这事我接着打听吧，眼下当务之急是将日军扫荡的情报及早送到大峪去，是你去还是我去？”

智弘不假思索道：“我去吧，山路难走，你腿脚不太灵便。要是没有别的事，我这就动身去大峪。我清慧师父的下落，拜托表舅及早打听出来，我心里着急。”

智弘自然不知他清慧师父及另外两个僧人去了哪里，不是罗乡告知他山寨土匪已下山投靠日军，他至今还以为清慧师父他们依旧被困在土匪山寨里。其实，那天土匪大当家的李馗无奈之下率众下山后，队伍在经过一片林子时，接连跑了三个土匪。知道李馗要率众投靠日军，不少人并不情愿，只是碍于队列前有日军引路，后有日军压阵，不愿投靠日军者想逃却又没有办法。后来终于遇到一个机会。山下小路本就不宽，当队伍经过一片柏树林子时，三个土匪相继窜入林子，就此跑掉。

起初，队伍前后的日军并未察觉。看到日军对出逃的人疏于看管，三个僧人便开始密议出逃之事，在征得清慧师父点头同意后，两个僧人趁人不备，最先拔腿钻入林子。就在清慧师父也要随着钻入林子时，两个僧人被后面的日军发现，于是，一阵密集的机枪声响过，林子里碎叶乱飞。两个日军走进林子，而后拖出两具尸首来。日军将尸首丢弃路旁，嘴里叽里呱啦说些警告之类的话。之后，队伍继续前行，似乎什么事都不曾发生。

惊愕之余，清慧师父回望僧人的尸体时，尸体已被转弯处的树木遮挡。清慧师父痛心疾首，边走边把手合于胸前为死者超度。无奈之下，清慧师父随众人一路跋涉，最后拖着疲惫身躯走进临汝县城。

智弘初到风穴寺时，便被方丈指派给清慧，随清慧师父悟道，师徒自然情深。智弘在赶往大峪路上，一直对他师父的处境忧虑重重。赶到大峪后，他忙将罗乡交代的话一字不漏地讲给部队首长听。参谋长听罢，对罗乡和智弘及临汝其他同志的工作大为满意，并说，部队侦察到的情报，和智弘送来的情报十分吻合，看来日军在这一带的确将有大的动作。

其实，日军对豫西革命根据地的大扫荡，已准备月余，一个大的包围圈正在形成。日伪军先是抽调部分兵力，向登封东南的桐楼、东白坪、西白坪合击。鉴于日伪军此次大扫荡兵力过多，八路军及民兵武装便采取惯用的游击战术，依托大山掩护，仅留下少部分人员抗击和牵制日伪军，主力部队在日伪军合围之前已跳出包围圈，侧击日伪军。首次扑空后，日伪军连夜扑向临汝东北方向的大峪、袁窑及棉花窑等地，结果再次扑空。

凛冬时节，滴水成冰，不宽的河面如马路一般，人马、辎重皆能通行。就在日伪军回师途中，忽听河面北侧的山林里最先响起枪声，日伪军随之急速撤离河面，仓皇向南抢占山头。他们抵达山下时，山上枪声大作，南北两侧的八路军蜂拥而出，枪声、手榴弹爆炸声此起彼伏，山谷内惊鸟四起，日伪军四处鼠窜。豫西抗日先遣队采用游击战术，将迂回、包抄、合击运用得游刃有余。

战斗自清晨开始，午间便鸣金收兵。此战仅俘获的日伪军就有四百余人，缴获大量枪支弹药。甚至于在田间务农的民兵也参加了战斗，军民一道，使得前来扫荡的日伪军遭受重创。等驰援的日军赶到时，八路军及民兵武装已转移至别处，伺机歼敌。

回到县城的智弘，听说山里战事正酣，知道日伪军总兵力远远多于八路军，便建议召集城里的地下党员，进山参加战斗。罗乡思虑后，当即召集众人，在极短时间内组成一支抗日小分队，秘密进山。

一行人顺山间小道潜入山区后，却弄不清八路军主力去往何处，于是，就在山中摸索前进。透过稀疏的林叶，忽见山下有个小山村，罗乡带队顺蜿蜒小路试着接近村子，想去村里打听一下这两天是否有八路军经过此地。然而，村里的情况让一行人欲哭无泪。

他们起初只远远看见村头的一棵老树上有个婴儿，走近时，见一根干死的树枝正从婴儿胸前穿过。智弘忙上前将婴儿取下，那黝黑的干枝上血迹斑斑。智弘头脑发木，怀抱冰凉的婴儿走向村里时，听见了罗乡的惊呼，他听见了其他同志的痛骂，映入他眼帘的是大屠杀留下的凄惨场面。智弘奔跑着喊遍全村，村子里竟无人幸存。

他们自然不知道日军是午夜包围了山村。日军上次惨败后，魔鬼般四处乱窜，寻不到八路军，便对手无寸铁的村民实施报复，大屠杀持续到黎明。村民的家畜、财物被洗劫一空，血腥味弥漫了整个村子。

智弘癫狂般呼号着在村里跑来跑去，之后，颓然瘫坐在地上，目光呆滞。罗乡揉揉眼睛，木然站着，一言未发。许久，罗乡召集众人，噙泪说道："看得出来，这帮畜生已经失了人性！大家要振作起来，我们不再回城了，就在山里寻找畜生，死也死在战场上！山里是这样的情形，我们回到城里，能吃得下睡得着吗？谁有不同意见就提出来！"

一个地下党员站出来说道："之前我一直在城里做地下工作，看城里的日军还有个人样，今日看来，日军真的是没有人性的畜生，不，他们连畜生都不如啊！我发誓，不消灭这帮畜生，永不回城！"

智弘喃喃道："日军的兽性，日军的惨无人道，我是早就领教过了，这也正是我不愿长居寺院的真实原因。方丈屡次说过，我虽然是个沙弥，可在非常时期，遇到‘非常’之事，当然可以‘非常’处置，我佛慈悲亦惩恶。只是，清慧师父至今下落不明，若是找到清慧师父，并将他送回寺院，我便心安了。”

罗乡道：“我看这两者并不相悖。”

智弘毅然说道：“那好，我们这就出发。”

一行人随之消失在茫茫山林中。

夜色苍茫，夜雾初上，远山近岭一派灰暗。罗乡在一座山顶上向下俯视时，远远地，望见山下一块较为平坦的空地上，黑压压的日伪军正在搭建帐篷，人头攒动，一侧的小河泛着清冷的光泽。蓦然间两个字浮现在罗乡脑际：偷袭。罗乡遂将自己的想法说给众人听，众人眼中闪着亮光，一如猎人忽遇猎物。可他们仅仅五人，而山下的日军至少一个中队。智弘沉吟片刻，抢先说道：“我们既然不知道八路军的位置，与其这么四处乱找，真不如就此打出动静来，说不准八路军就在附近山中，或者是夜间经过此地，八路军一旦听到枪声，定会四面合围过来，趁着日伪军惊慌失措，将日伪军一锅端了，并非不可能的事。即便八路军不在附近，我们趁着夜色，偷袭一下就跑，不求吃掉他们，至少出出这口恶气，打打这帮孽障的嚣张气焰。”

罗乡道：“智弘说得在理。这帮畜生还真是狡猾，看他们选择的宿营地，四周全是空地，几乎没有什么遮掩，这样他们就不怕遭到突袭，也给我们接近他们增添不少难度。不过，你们看，山下似乎正在起雾，若是夜间雾气更大，那真是老天都想灭掉这些孽障啊！”

主意已定，他们就在原地的一棵大树下，吃些随身携带的干粮。忽见一只野兔，跑跑停停，奔山泉而来，未到滴水处，野兔又停下四蹄，竖耳细听，继而定定望着山泉。见滴水处有个黑影，这野兔大约不知那黑影是人，疑惑间，忽听黑影打个喷嚏，于是，野兔惊慌而去。

果不其然，夜色渐深时，山下果真雾霭加重，日伪军的帐篷已在虚无缥缈间。罗乡兴奋道：“天助我也！大家吃饱喝足，迷糊一会儿，稍后我会喊起你们。”

一个时辰过后，雾气更重。罗乡喊起大家，最后交代道：“我们最后还在此地集结，大家准备好匕首，先将哨兵干掉，然后打死几个是几个，千万不可恋战。夜间鬼子不知深浅，弄不清来袭者有多少人，更弄不清来袭者是八路军还是民兵，他们定会有所顾忌，雾气会使他们不敢贸然追击。”

罗乡说罢，一行人猫腰摸下山去。

第二十四章

日军被歼迷雾里
丁香卜卦老街旁

夜间的山谷沉寂异常，雾霭沉沉，寒气逼人，智弘鼻孔呼出的水汽瞬间与身边的白雾合二为一，而睫毛上生成的水珠滑落时会偶尔滑进眼睛里。山脚下有间被废弃的房舍，没有屋顶，石块垒砌的石墙四处透风，这大约是猎人的临时居所。或许是出于职业习惯，在此经过时，罗乡下意识地多看了几眼，之后举枪摸索前行。

忽见一束亮光自侧方晃动着由远而近，光柱穿过白雾阴森森的像是野狼的眼珠。罗乡忙挥手示意众人后撤，俯身于干枯的荒草中。原来是日军的游动哨兵，他们三人一组，虽是脚穿厚重皮靴，走在荒草上居然悄无声息。等日军的游动哨兵过去，罗乡示意众人疾步接近日军的固定哨位，他们依据黄昏时的观察，凭着感觉，几个人向着不同方位分散开去。智弘接近日军哨兵时，先是用左手捂向哨兵嘴巴，右手中锋利的匕首直捅哨兵心脏。那哨兵倒地时，是智弘用力撑住他的后背，帮其一点点躺下的，其间没有弄出一丝声息。而这一切得益于智弘最初看见哨兵时，那哨兵正眯眼打着呵欠，这哨兵的呵欠尚未打完，他就永远告别了呵欠。

而罗乡却没智弘那么幸运。透过雾霭，在他看见日军哨兵的瞬间，恰好日军正面朝罗乡这边，大约是两人同时望见对方的，又几乎是同时动手，只不过罗乡的动作敏捷于日军，当罗乡将匕首奋力甩向日军胸部时，那日军才将三八大盖枪端起，至于他是否来得及拉动枪栓，罗乡真的没有看清，总之，那日军仰面倒地时，他的枪并未打响。

就在智弘和罗乡弯腰取下日军尸首上的手雷时，东边的哨位上传来一声枪响，大约是同来的人没能及时手刃哨兵。只片刻，东边便枪声大作。智弘和罗乡随之将手雷投向依稀可见的日军帐篷。爆炸声起，帐篷一带火光冲天，那殷红的火光在白雾中蹿出老高，火光中，日军抱头鼠窜。见几个日军端枪冲向这边，智弘手起枪响，接连打死四个日军后，见起初鼠窜的日军已整合队伍，蜂拥而上，于是，他靠近正在开枪的罗乡，只听罗乡高声喊道："撤，去原地集结。"之后，几个人边打边撤。随着手雷炸出的火光渐次平息，举目又是浓浓白雾，这使得追击的日军不辨目标，只是胡乱放枪。

日军的子弹在耳旁嗖嗖而过，智弘他们不得不猫腰前行，以躲避乱飞的子弹。如此一来，必定减缓步伐，使得身后追击的日军越来越近。罗乡后来在部队首长面前曾提及此事，他问首长此次行动是否显得莽撞了些。他们看到日军血洗山村后，失了理智，若放在平时，他们断不敢以区区五人之力偷袭宿营日军，毕竟那是一个整编中队，兵力不下二百人。部队首长望着他负伤的左臂，笑而未答。罗乡和智弘他们的无畏与果敢任谁都小觑不得。

就在罗乡和智弘他们在雾霭中边打边撤时，忽然两翼也响起枪声，其间夹杂着日本翻译的高声喊叫："你们总共不到十个人，皇军说了，缴枪不杀！快快，抓活的。"这分明是日军已对他们渐成合围之势，看来全身而退已是奢望，不得已，罗乡果断说道："智弘，你带人设法突围出去，我来掩护。"智弘道："还是表舅带人突围吧，我来掩护，你身上还有个手雷不是？给我吧，我这就向东冲去，引开敌人。"智弘说罢，伸手去要手雷，却被罗乡厉声喝道："你们快撤，执行命令！"

然而，罗乡的话音才落，他们回撤的方向也响起枪声，很显然，日军堵了他们回撤之路，他们眼下四面受敌，已撤无可撤。

苍茫中，看不清此处距山脚尚有多远，他们该向何方突围。迟疑间，罗乡意外发现下山时看到的那个废弃房舍就在身边，罗乡忙道："尽快撤往房舍！我们暂且躲避一时，大雾加夜色，日军难辨彼此，他们极有可能相互对射，等日军的包围圈收到一处，我们再伺机突围。"

罗乡他们停止射击，极快地躲进石墙之内，顺石缝盯着外面。果不其然，四个方向的日军边开枪边合围，其间不时有日军惨叫着倒下，这样的对射恰是罗乡极愿看到的。日军在死伤不少人后终于弄清是相互对射，这让日军队长恼羞成怒，他不时喊出“八嘎”之类的脏话。日军就在石墙外不远处聚拢，智弘听到日军翻译说道：“他们不可能跑掉，又不是鸟！”随着翻译的话音落下，日军悄然摸向石墙。智弘道：“表舅，拜托你两件事，一是设法找到我清慧师父；二是替我去看看月枝，告诉她，我智弘一点儿都不嫌弃她。”智弘说罢跳出墙外，去引开日军。

罗乡伸手拉智弘时，只扯住智弘的衣袖，智弘一甩手，便挣脱出来。恰在这时，日军外围的三个方向几乎同时响起密集的枪声。日军一阵惊慌，知是受到多方攻击，便向着没有枪声的方向逃去。罗乡知道定是八路军夜间途经此地，听到枪声后，前来解围的。于是，他率众跳出石屋，向着日军逃匿的方向追击前进。

来自三个方向的八路军，其主力只在南面一个方向，东西两侧皆是佯攻，为的是将日军赶向北面，而向北有条东西走向的小河，这里该是歼敌的好战场。其实，夜间途经此地的八路军并不很多，是豫西抗日先遣队三团下的一个营，鉴于兵力并不充裕，故而使计将日军赶向河谷的狭窄区域。日军夜间遭到突袭，天黑雾大，难以弄清来者兵力多少，便谨记三十六计走为上计的策略，先撤出圈外而后以观其变。河道的冰面本是能够供人马通行的，只是日军惊慌，又是诸多人同时下到冰面，终于，本就不厚的冰面难承重压，冰层纷纷破裂而倾覆水下，冰上的日军如饺子下锅般噗噗滑入水中。凛冬时节，河水刺骨，身后又是枪声不断，这落水的日军拼命扒冰，如此一来，倾覆的冰面越来越大，到最后，凡是有日军经过处，河面皆成碎冰，水中黑黑的人头中夹杂着白白的冰块，像是沸锅里同时煮着两种颜色的元宵，惊恐的日军拍击出凌乱水花，一如锅下火力过大。

八路军的机枪扫过水面后，河水殷红一片。

早有八路军战士越过河面，将机枪架设在岸边的岩石上，如此一来，日军实难逃脱。日军队长拒不投降，他拔出短刀，对着腹部猛刺下去。他的剖腹自尽，使得活着的日军纷纷举手投降，而翻译却不知去向。智弘没有看见罗乡，于是就在人群中四处寻找。忽然自不远处传来两声枪响，这枪声在本已平静的战场中显得格外刺耳。

罗乡从雾霭中走来时，捂着左肩。他是去追击日本翻译了，他本是要劝日军翻译投降的，他边追便喊缴枪不杀。都是中国人，他不想就这么斩尽杀绝。不想，这日军翻译转身就是一枪，这一枪恰巧打在罗乡左肩上，肩头鲜血直流。于是，罗乡没再迟疑，紧跟一枪，这一枪正中日军翻译的脑后，一时间，那翻译脑浆迸裂，倒地身亡。

智弘见罗乡肩部受伤，赶忙扯断衣袖为其包扎。适逢部队营长过来，营长见状，便将卫生员喊到跟前，卫生员将智弘原先的衣袖解掉，自药箱中捏出白色粗布，轻轻敷在罗乡伤口处。这一枪只是顺肩骨而过，仅伤皮肉，如这一枪稍有偏差，后果不堪设想。罗乡在接受包扎时，智弘拿眼直勾勾盯着他表舅，目光久久没有移开。

八路军战士在打扫战场，部队营长用异样的目光望着眼前这五人，他像是遇到了天兵天将。营长终于忍耐不住，疑惑地问道："就你们五个人？"

罗乡道："是的。"

营长问："你们是哪个部队的？"

罗乡道："我们暂时还不属于哪个部队。"

营长问："那你们属于哪部分的？民兵？"

罗乡道："我们四个属于临汝地下党组织。"

营长好奇地接着问道："这么说，还有一个人是隶属于别的组织？你们可真是吃了豹子胆，就你们五个人，没有一个人是正规部队的，居然也敢偷袭一个中队的日军，这真是闻所未闻的事。"

罗乡丝毫听不出营长的话是赞赏还是不屑，抑或仅是惊奇？正不知该如何作答，一个年轻点儿的地下党员抢先说道："同志，我怎么听着你这像是话里有话呀！我们的确不是正规部队的，不是正规部队的人难道就是酒囊饭袋吗？只有你们正规部队能打日寇是吧？"

营长瞪大眼睛，不屑地说道："你是说你们的能耐比我们大是吧？要不是我们及时赶到这里，你们早被日军包饺子了，你这人一点儿都不知道谦虚！"

罗乡忙道："是得先感谢你们部队的同志，不是你们及时赶到这里，我们五个无论如何是难以完胜日寇的，此战打死和俘虏这么多日军，缴获这么多的枪械，这是原先想都不敢想的事，从这一点上说，你们是头功。”

营长道：“你这话的两头听着还算那么回事，可你说什么？不是我们及时赶到这里，你们难以完胜是吧？你这话说得不对，我们得好好论论。”

就在营长准备拉开架势与罗乡理论时，智弘在一旁实在忍不住了。罗乡的肩部还在渗血，这么多战士都在打扫战场，且均已疲惫不堪，不及早撤离阵地，还担心别处的日军闻讯后赶来，而这个喜欢较劲的年轻营长却在这里与罗乡字斟句酌。于是，智弘笑着说道：“营长同志，你们的功劳是虱子趴在光头上——那是明摆着的，这里不是论功的地方，想要论功，最好是当着上级首长的面好些。”

营长侧目道：“你是谁？你的意思是我想邀功？”

智弘道：“我是一个和尚。”

营长惊道：“开什么玩笑！和尚不好好念经，跑到这里起什么哄！”

罗乡不满道：“你千万不可小觑你眼前的和尚，他为抗日立下的战功一点儿不比你我小！”

营长一时显得急躁起来，他愤然说道：“你的话怎么越听越别扭啊！你的意思是我们正规部队还不如你们地下党重要？还不如和尚重要？那好吧，那我们营都去当和尚算了，扔下枪都去念经，一念经就能把小日本给念跑了。”

见一旁的卫生员捂嘴窃笑，罗乡摇摇头一字一句地说道：“这里不是说书场，走吧，我们随部队一起走。”

营长不解道：“随部队走？你们想去那里？你知道我们要去哪里？”

罗乡道：“你们去往哪里，我们就去哪里，我想见见参谋长，好久没见他了。”

罗乡说罢，径自走了。营长挠头木讷地望着罗乡的背影一点点消失在白雾中。

罗乡一行人随部队辗转来到八路军司令部时，参谋长异常高兴，他握着罗乡的手赞赏道：“你们的行动一向是出其不意，这十分难得。此战奇就奇在你们善假于物，不是遇到大雾，你们也不会想到夜袭日军的，是吧？古人云：‘假舆马者，非利足也，而致千里；假舟楫者，非能水也，而绝江河。君子生非异也，善假于物也。’只是，今后得多虑及一下自身安危。请坐，请坐！”

智弘下意识瞟一眼营长，见营长正用期待的眼神望着参谋长。然而，参谋长并未马上表扬营长，这让营长脸上多出一分怅然来。

罗乡刚刚坐下便急不可待地说道：“参谋长，我们这次不准备回去了，想跟着部队一起打鬼子，鬼子的大扫荡来势凶猛，灭绝人性，我们待在城里实在是心急。”

参谋长想了一下说道：“鬼子这叫狗急跳墙，眼下国际国内形势正在发生逆转，国内对日寇的大反攻不日即可到来，而越是这个时候，情报工作便显得越发重要。全国各地隐蔽战线上的同志们，为抗日做出了不可磨灭的贡献，这一点有目共睹，党中央尤其重视隐蔽战线的工作，为此曾专门召开会议分级布置。你们最好还是回到各自位置，密切关注城内日军动向，不要暴露身份，这对我们今后的工作也大有益处。谁知道抗战胜利后，又是怎样的情势，我们要提前布局，免得到时措手不及。”

罗乡忙道：“首长的意思是，抗战胜利后还会有麻烦？两党合作可能会出意外？”

参谋长道：“其实两党合作早就出了意外，只不过是我们党顾全大局，做了极大忍耐。我们担心的是将来有人会得寸进尺。这样的事还是不说的好，我们专心做好眼下的事，一心抗日，直至胜利。”

罗乡道：“那回吧，我们几个还回到各自位置。”

五个人分散回到县城已是黄昏时分，智弘因惦念清慧师父，便没有随罗乡去山货铺子，而是在大街上闲逛，盼望能与师父邂逅。既然李馗已率众投靠日军，既然清慧师父他们没有回到寺院，那他们一定是被李馗挟持到了县城。临汝城内大小街巷七十二条，中大街、南后街、北街、玉带街、塔寺街、仓巷、张公巷等，这些街巷纵横交织，如蛛网一般。中大街两端连接东西两个城门，出东门与东关街相接，出西门过了洗耳河，与西关街相连，人称十里长街。长街纵贯全城，沿街两边店铺鳞次栉比，暮色渐重时，沿街商铺纷纷点亮灯笼，街上虽是行人寥寥，可与山野相比，倒也显出几分热闹来。

一个极像武大郎的人担着担子自街上悠然走过，他偶尔懒洋洋地喊上一句："包子，刘二狗的包子。"吆喝过后，他将双手插入宽宽的袖筒，那肩头的担子竟如手扶着一般安稳，他矮矮的身影一点点消失在巷子深处。

智弘走在中大街通往贞牌巷的转弯处，见剃头匠正为一个老者剃头，暮色中，剃头匠竟将眼光瞧向大街上过往的行人，而他的右手指点在老者头上，左手中锋利的剃刀正吱吱吱扫地般将银发剃掉，那动作之快，像是女人在赶织一件毛衣。智弘不由得为那老者的头皮暗暗担忧，无论如何，他是不会将自己的脑袋交到这左撇子手中的。

一家杂货店外，一个算卦先生借着灯笼的暗光正为人算卦。先生面前铺着一张白布，白布上的太极图案依稀可辨，太极图案旁整齐地摆放着两筒竹签，一本发黄的线装书则搁在另外一侧。先生问过求卦者的生辰八字，微闭双目，掐指说道："日主八字里五行过偏，要知道水大木漂，木旺火炽，火炎土焦，土旺金埋，金寒水冷，若是行运不能有所改观，只怕是难以如愿。"

求卦者忙问："老先生，既然我男人八字里五行过偏，难道就没有化解的法子了吗？"

先生道："老朽说过，若行运不能改观，日主极难如愿；反过来讲，想要如愿，须得改善行运。内在的东西属定数，那是无以改变的，除非凭借外力。老朽给你写个方子，你去药铺抓几服汤药带回去，煎服后服用，或有转机。"

老者借着灯笼的暗光，从书中抽出一张纸片，再将线装书垫在纸片下面，提笔缓慢写着药方，他鼻梁上的老花镜随面部晃动，在斜上方灯笼的光斑里熠熠闪亮。

求卦者伸头看时，但见纸片上写着："熟地黄、枸杞子、山药、茯苓、巴戟天、党参、补骨脂、仙茅、淫羊藿、山萸肉、露蜂房、蛇床子。"老者先是将中药名写上，而后再写几两几钱时，字迹极小，求卦者几乎将头抵住纸片。

待求卦者抬起头时，站在一旁暗影里的智弘不觉一阵惊喜。此人分明就是土匪山寨里大当家的女人，智弘去山寨为二当家的报丧时，曾远远地见过这个女人。此时，见这女人身旁站着两个膀大腰圆的人，智弘便没敢近前，只远远站着，但等这女人完事后离去。

女人付钱时，算卦先生忙不迭起身致谢，先生手捧女人递来的银圆，连声说道："这太多了吧？谢了！谢了！"

女人款款走向不远处的药铺，她身后紧紧跟着两个随从。智弘在药铺外等待很久，他不时自门口走过，却不敢扭头望向药铺，仅是用眼睛余光瞟瞟药铺里面。女人抓药的时间其实很短，但智弘却感觉足有一天。

随从提着药包跟随主人离开药铺时，天色早已黑下。智弘远远跟随其后，闻着馄饨铺飘出的香油合着葱花的香味，忽觉饥肠辘辘，他却全然不顾，只用心记下走过的每条街巷。终于，前面的三人走进一处宅院的高大门楼，门楼两侧的灯笼下站立两个荷枪哨兵，这让智弘不敢驻足。

智弘回到罗乡的山货铺子，先是狼吞虎咽地吃了点儿东西，后见罗乡在后面小屋里正与人说着什么，他便没去后屋，只在门店坐等。店铺伙计是个不善言辞的人，他见智弘心事重重的样子，便揣手儿一言不发地坐在油灯下，但等掌柜的发话后关门歇业。

罗乡送走客人，见天色已晚，便吩咐伙计关门歇业，然后领智弘来到后面的小屋。罗乡道："城里的日伪军此次损失惨重，他们在袁窑遭到八路军伏击，死伤百十号人。原先的土匪头子李馗当了保安团团长，这次进山扫荡他很是卖力，结果，他的手下伤亡最多。他们不会善罢甘休的，极有可能再次组织兵力，伺机报复，我们近日须加倍注意日伪的动向，及时将情报送往山里。你师父的下落至今没能打听出来，不过，我已布置下去，你不要着急。"

智弘忙道："我方才在中大街遇上个求卦的女人，此人就是那李馗的女人，我悄悄跟随他们，见他们最后进了张公巷的一处宅院，那应该是李馗的宅子，是日军奖赏他的，说不准我师父就在他们家里。"

罗乡道："你师父在他们家里？何以见得？"

智弘道：“你想啊，那李艏已是不惑之年，却一直没有子嗣，他的女人信佛，终日里在佛前拜佛供香，以求得子。在山寨时，我师父就被他们逼着设了个佛堂，为其祈福。后来李艏下山投靠日军后，我师父一直没有回到风穴寺，他定是被李艏带进了他们家里，不然我师父断不会不回到寺院的。表舅啊，若是我师父果真在李艏家里，我们能否想个法子，将我师父搭救出来，趁机杀了那汉奸，这样两全其美，岂不更好!”

罗乡笑道：“智弘啊，你把城里当山间了吧？那李艏既然当了日本人的走狗，他不会不提防着被人暗算，他家里的护卫指定不在少数。不过，你这主意还是非常不错，待我们好好侦察一番，拟出个行动方案来，然后再细细推敲，此举不能有半点儿闪失。事后想来，上次我们在山里夜袭日军，的确是有点儿冒失。你想啊，若不是八路军恰巧在附近经过，那后果不堪设想。部队首长没有把话说得过重，仅仅是让我们日后多虑及一下自身安危，那是多么含蓄的劝诫呀！首长可是给我们留足了面子啊!”

智弘道：“是啊，不是八路军及时赶到，我们五个人不可能全身而退，虽然那天雾大，便于隐蔽，可我们毕竟只有五个人，而日军不下两百。我们日后不能再贸然行事了，没有十足把握，宁可坐等。”

罗乡道：“你说得很对，没有十足把握，宁可不做，毕竟我们的任务是潜伏，是搜集情报，要伺机而动。你最近别回寺院了，就住在这里吧，每天去张公巷北头走走，看机会何时出现。若是你师父果真就在李艏家里，清除李艏时，他能做个内应，那是再好不过的事了。”

智弘听出罗乡的意思似乎是以清除李艏为重，这与他的初衷有偏差。于是，智弘忙道：“表舅啊，我自打去风穴寺出家，方丈便让我跟着清慧师父悟道。俗话说得好，一日为师，终身为父。我们师徒情深，我又是个知恩图报的人，我不想让师父卷进来，我得为师父的安危着想。再说了，清慧师父年岁偏大，身体一直虚弱，除了念经，真不知道他还会做些什么。”

罗乡听罢智弘的话，不觉感慨万千。稍后，罗乡说道：“既然智弘你这么说，那就不考虑内应的事，我们全当你师父不在里面，接下来的行动方案就照此拟订，当然了，行动时一定得保护好你师父，免得他受到牵连。”

智弘感觉罗乡依旧没能懂得自己的本意，便直截了当地说道：“表舅啊，我的意思是以搭救我师父为重，先把清慧师父安全搭救出来，而后再铲除汉奸。”

罗乡沉默良久，而后肃然说道：“智弘啊，你菩萨心肠，知恩图报，表舅理解你的心情，可你想过没有，仅仅为搭救你的师父，我们却要冒着暴露身份，牺牲生命的风险，与敌人殊死较量，这未免牺牲太大。何况你师父并没生命危险，他只是暂时不能回到寺院而已。另外，城里毕竟不是郊外，城里不只住着他李馗的保安团，还有不少日军，你最好是再权衡一下利弊。”

智弘不合时宜地犯了倔脾气，他没等罗乡将话说完，便大声说道：“那这样吧，我独自去救我师父，这事不用别人插手，至于我如何搭救师父，我自己去想办法。等我把师父搭救出来后，我们再合力除掉李馗，你看这样行吧？”

罗乡的脸色一时变得极为难看，他冷冷说道：“智弘你这叫什么话！你这是目无组织，目无纪律！你这是另立山头！本来是一个任务，你硬是要一分为二，你这会打草惊蛇，会因小失大！”

智弘愤然道：“我师父的命是小，那汉奸的命才是大，是吧？我没说不去杀李馗呀！”

听后屋争执声渐大，店铺伙计忙进来轻声说道：“小声点儿行不？夜静声音传得远。”

罗乡忽觉失态，先是示意伙计去外头望风，而后干笑一声说道：“你还是小时候的驴脾气！我也跟着你快成驴了。”

经罗乡这么调侃，智弘几乎笑出声来。

第二十五章

智弘借故进宅院
清慧愤然杀李馗

正如智弘所料，清慧师父果然被李馗困于家中。

李馗自山寨率众来到城里，日军队长井左便如约兑现承诺，先将李馗家眷安置在张公巷一处两进两出的宅院里，而后为李馗的匪众配置了着装及枪械，再将自别处抓来的土匪整合到一处，组成个保安团，由李馗出任保安团团长。井左的意图不言而喻，这帮鹰犬不日便可放出去，张牙舞爪。

李馗这处宅院原是一富商在临汝的府邸。这富商南下苏州进货时，随丝绸捎回来个婉约女子，这女子年方一十八岁，五官玲珑，娇小可人，眉如柳叶，面似桃花，一口苏州腔。富商在开封和临汝均有宅院和商铺。他在临汝城内的府邸宴请井左时，原本是指望日军队长为其生意撑撑门面的，不想，井左来府上一眼便看上那苏州女子，于是，一顿上好家宴便再无滋味，回到军营，那井左竟一夜未眠。翌日，他指使保安队将那富商一家老小悉数抓来，责问其年前家里为何窝藏共产党，一家人如坠云雾之中，自是无法招认。于是，保安队便以拒不招供为名，将一家人扣留保安队。那富商实难忍受，便问保安队长有何化解之法。保安队长说，自古就有破财消灾之说，要是富商愿意外出避难，腾出城内宅院，他愿意放富商一家即刻逃离临汝。富商听罢，千恩万谢，草草收拾家中金银细软，匆匆登车赶往开封。他才将屁股坐稳，正示意车把式扬鞭时，却听保安队长不紧不慢说道：“怎么？一个人都不剩下？”说罢，示意两个手下生生将那苏州女子请下马车。然后，他抬手对空连放两枪，枣红马扬蹄而去。

保安队长命人将苏州女子请回宅院，而后锁上大门，一行人直趋井左那里。

天色黑下来时，井左乘三轮摩托来到宅院高高的门楼前，他下车时已是微醺，保安队长示意手下打开门锁，扶井左进了宅院。大门两侧的石狮馒头般的眼珠正怒视街面。

不久，院内一阵惊呼，接着井左气急败坏地仓皇走出宅院，而后跨上三轮摩托疾驰而去。只听保安队长粗声骂道：“这个贱货，好端端的干吗上吊？”一会儿有人抬着尸首出了院落，保安队长示意手下锁上大门，匆匆去了。

就这样，井左将富商的宅院给了土匪头子。李尳住进宅院，并不知院落里发生过什么，乍一见宅院内低树青翠，假山泛苔，亭台水榭错落有致，游廊之上雕梁画栋，自是满心欢喜。于是，少不得在女人面前一阵炫耀。

“丁香啊，我总算是让你过上好日子了，城里可比山寨好多了，你就好好在这里享福吧，我别的不求，只求你早点儿给我生个胖小子。”李尳得意道。

“这可不是我自个儿说了算的事。以前我们躲山里不敢去瞧郎中，眼下住在城里，城内的郎中多了去，要不你去看看郎中吧，看郎中怎么说。我去找个算卦仙给算上一卦，我看光是拜佛还是不行的，拜佛是为了积德，你们天天打打杀杀的，这能积攒功德吗？”丁香道。

“让我去看郎中？亏你想得出来！孩子是从你肚子里出来的，又不是我生，要是公鸡能下蛋，那还要母鸡有啥用！要看郎中也得你去呀。”

“李尳，你也不想想，你以前的女人跟你过了十几年，她不是一直没给你生个一男半女吗？这都怪人家呀？”

“你说的是个屁，那是她不中用好不好？我中不中用你还不知道？你就好好拜佛吧，只要你心诚，佛祖会保佑你的，不要什么事都往我身上推。”

“咱今后能不能不去打打杀杀，不做缺德事，兴许，佛祖会宽恕你从前的罪孽，让我们想什么有什么。”

“不去打打杀杀，你能住进这么好的宅院？不去打打杀杀，我还能做什么？我什么都不做了，你我只能喝西北风去。想想你娘家人吧，他们这会儿恐怕还饿着肚子呢，恐怕还在地里挖草根吃呢。不知好歹的娘儿们！”

见李馗生气，丁香便没敢多说。她领清慧师父走遍宅院，择一间亮堂的偏房当了佛堂，再将从山寨带下来的佛像竖在桌上，乍一看也像模像样。见清慧师父寡言少语，李馗言道：“师父啊，我李馗说话算话，只要我的女人有了喜脉，我即刻放你出去；要是我女人一直没有喜脉，你还得陪她拜佛进香。咱把丑话说在前头，在丁香没有喜脉以前，你不能回到寺院，不然的话别怪我脾气不好。论吃的，论用的，我这里哪一点不比你们寺院里好？你就在我这里安心礼佛吧，对于和尚来说，反正在哪儿都是拜佛，在哪里都是念经，你说是吧？”

见清慧师父依旧没有言语，李馗皱皱眉去了。

这天，李馗到家时怒气冲冲，大约是用人为他倒的水稍热，他竟将茶碗掷向毫无防备的身材瘦削的用人，茶碗正巧砸在用人头顶，用人惊呼后，抱头未敢吱声。用人自佛堂门口经过时，清慧师父看得真切，见用人的头顶滴着鲜血，清慧想叫用人过来，为其包扎，但那用人头也不回，径自去了下房。清慧师父正纳闷李馗何以这般光火，却隐约听见正房那边传来李馗的谩骂声：“都说八路军不禁打，他们都是骗老子，这下可好，我搭进去几十号弟兄不说，在日本人这头我还不落好，此仇不报，誓不为人！”

丁香道：“你还想去打八路军呀？万一还是吃亏呢？”

李馗道：“我就不信八路军是钢筋铁骨，下次我把日本人的小钢炮全部带上，我一个劲儿用炮轰。”

丁香不解道：“进山扫荡的不是也有日本人吗？日本人死得多吗？他们不会是就让你的人当炮灰吧？”

李馗道：“日本人都是王八蛋，一个个怕死，就知道逼着我的人往前冲，下次老子也缩到后面去，要打都打，要不打都不打，我的人也是人啊！”

丁香试着说道：“这样打下去，将来日本人打胜了还好说，万一日本人打败了，他们卷铺盖跑了，留下咱们可怎么办呀？八路军能饶得了咱们吗？”

李馗骂道：“你这臭娘儿们尽说些不吉利的话！你说点儿好听的行不行？你不是要去抓药吗？走吧，走吧，别在家烦我了，本来我就烦着呢。”

丁香迟疑片刻，嘴里嘟囔几句谁都听不清的话，叫上两个护卫，出了宅院。

“冰块，汝河里的冰块。”一个帽檐儿拉得极低、推着一车冰块的人在丁香家大门外不远处吆喝。

丁香回身看时，见门口的哨兵正推搡着卖冰块的人远离大门，似乎是那人不听招呼，于是，哨兵便拔出短枪，那黝黑的枪口正对着卖冰者的鼻尖。却听那人大声说道：“老总啊，你先把枪放下好不好？你听我说，已经打春了，过几天你再想买冰块就得等上十来个月。伏天城里热着呢，你眼瞅着白净的胳膊上像是变戏法似的，一会儿就生出一层密密麻麻的汗珠来，你擦吧，才将这汗珠擦去，紧接着又会生出一层汗珠来。夜间更是闷热，不到半夜，你休想睡着。要是在蚊帐边放个盆子，盆子里摆满冰块的话，蚊帐里一准是凉丝丝的，保你一夜都是美滋滋的。我知道富商家里都有地窖，如趁着河冰还没化完，在地窖里多存些冰块，到了夏天即便再殷实阔绰的家，想买也无处可买了，我说的可都是大实话。”

丁香细细想来，那卖冰者所言不无道理。这个能说会道者逼真的描述，竟让丁香一时间像是看见自己白嫩的肌肤上正冒出汗珠来。自家宅院内佛堂外就有个地窖，丁香起初并不知这地窖儿时能派上用场，经卖冰者这么一说，她倒真想将自家地窖储满冰块。于是，丁香回走几步，来到冰车前。板车上的冰块晶莹剔透，泛着碧玉的光泽，这冰块足有半尺来厚，其间丝丝缕缕像是穿着银线。想到李馗正在生气，丁香不敢自作主张将冰块悉数买下，她迟疑着返回院子，小心翼翼地向李馗说了自己的想法。见自己的女人满脸胆怯，李馗忽觉一阵怜惜，便心不在焉地应下了。

丁香走出宅院，与卖冰者讨价还价后，冰车被推进宅院。家里用人全被叫出来干活，清慧师父也在其中。清慧师父是无意间看见智弘的。他来到冰车前正要下手搬冰时，一转身，见身边的卖冰者帽檐儿拉得极低，几近遮住鼻子，尽管如此，清慧师父还是认出这卖冰者就是智弘。他见智弘望着自己轻轻摇头，并不住挤眼，清慧师父愣了一下，似乎明白了智弘的来意。

李馗的宅院里，除却用人，仅护卫就不下十五人，智弘只身前来若只是查看院内布局倒还罢了，若是另有所图，单凭他一人之力那是万万不可的，无论如何他得设法阻止智弘。清慧师父过于紧张，加之冰块光滑，竟两次将冰块掉到地上，这让丁香不时望望清慧。智弘在搬运冰块时不时环视左右，他自打进来便将院内布局谨记于心，盘算着夜间该从何处越墙进来较为妥当，离去时自哪里走更为合适，猜测着清慧师父住在哪间房舍，以及李馗的正房在哪个位置等。

“这冰块可比泥鳅光溜多了。”

“冰块正开化，指定是光溜，一上冻就割手了。”

“这大冷的天，这么厚的冰块，捞出来真不容易！”

“这捞出来的哪是什么冰块！这分明就是钱。”

人们边说边将冰块悉数下到地窖，而后抬来一口废弃的大锅，将大锅坐在地窖口上，再找来破褥子、旧衣服等，将大锅整个儿蒙上，最后抬来不少黄土，将地窖口封严了事。

智弘离开宅院前，刻意望望那小小的佛堂，他见清慧师父面色煞白，并不时望着他摇头。智弘自然懂得师父用意，那是在告诫自己不可冒险，智弘只说了句：“留步吧，天冷，还是在屋里待着的好。”清慧师父懂得智弘话中之意，此话虽是智弘对着众人所讲，可清慧师父心里十分清楚，这是智弘在暗示他夜间不要胡乱走动。

清慧师父孤寂地站在清冷的院中，茫然地望着智弘推板车缓缓走出院落。起风了，院中那棵石榴树黝黑的枝条显得张牙舞爪。清慧师父单薄的身子立在石榴树边，他身上的僧袍像是被衣服撑子撑着。

天际一派灰暗，三只麻雀飞越院落时，只在院子当空来了个折转，并未滞留，便悄无声息地飞向遥远的天际。丁香喊过两个卫兵，一道去药铺抓药了。清慧师父回到佛堂，只觉心神不宁，坐立难安。

佛堂内忽然暗淡下来，清慧师父扭头看时，见一个黑影堵在门口。却是李馗，李馗的身影被外头的光拖得老长，黑黢黢印在佛堂的地上。清慧师父忙起身将李馗让至屋内，却不知李馗来佛堂何事。平日里李馗是不来佛堂的。

“心烦，想跟师父聊聊。”李馗道。

清慧师父将凳子让给李馗，自己则站立一旁。他正想问李馗来佛堂想聊些什么，却听李馗说道：“师父啊，你说人这一生到底图的是什么呀？”

清慧师父迟疑片刻，缓缓说道：“活着。”

李馗等候许久，见清慧师父再没言语，于是，不解地问道：“活着？就这两个字？”

清慧师父道：“是的，就是活着，以平常心活着。”

见李馗茫然地望着自己，清慧师父静静说道：“从前有个禅师叫居遁，居遁禅师参禅很久，为求大彻大悟、明心见性，他不辞辛劳，跋山涉水来到终南山翠微禅师处参禅。可他一住数月，始终未能蒙翠微禅师授禅。一日，居遁禅师来到法堂问道：‘学僧来禅师座下参学已有数月，禅师为何不开示一法呢？’翠微禅师听罢，轻声问道：‘你嫌什么？’居遁禅师因不得要旨，只得告别翠微禅师，前往德山找宣鉴禅师。他在宣鉴禅师这里一住又是数月之久，最终依旧不得要旨。无奈，便问宣鉴禅师，‘学人早就心仪德山的禅风，可学人来此数月，却得不到宣鉴禅师的一句佛法，真不知还要等待多久？’宣鉴禅师道，‘你嫌什么？’两位禅师所答不谋而合，这让居遁禅师如坠云雾之中。不得已，他又转往洞山，到良价禅师处参学。一日，居遁禅师问道：‘禅师，佛法要紧处，乞师一言。’良价禅师缓缓说道，‘等洞水逆流时，为师再告诉你吧。’李施主啊，以上禅师们的话虽是艰涩，可仔细品来，却满是禅理。烦恼、迷茫正如水流，若要顿悟，必定要逆生死之流，不可随世俗之见。用什么心思参禅都不如用一颗平常心好，所有的妄想只会迷乱心思，千疑万问，终不及一颗平常心耳！所谓的禅其实就是平常心。贫僧讲了这么多，不知李施主是否懂了其中禅理？”

见李馗皱眉点头，清慧师父接着说道："活在当下便是禅。别有非分之想，别有恶意萌生，多行善事，心境自然通明，如此一来，你就不再心烦了。"

李馗不解道："多行善事？多行善事就能住得上这宽敞宅院吗？多行善事就能穿金戴银吗？我向别人行善，谁会对我行善呀？我去善待八路军，日本人饶得了我吗？师父，你是站着说话不腰疼啊！"

清慧师父耐心说道："施主所言谬矣！施主大约知道'放下屠刀，立地成佛'的典故，贫僧不作赘述。贫僧想要说的是你若悬崖勒马，那便回头是岸；你若执迷不悟，定是苦海无边。我佛慈悲，断不会让弃恶之人无路可循，弃恶者只要自此向善，积攒功德，清心寡欲，日后必定功德圆满。八路军和日军，老百姓和土匪，谁是善人，谁是恶人，施主必定心知肚明，该如何对待善恶，施主定能明断。自古惩恶扬善乃我佛不二法则，佛法博大，自会引领顿悟者通往坦途。"

李馗听罢，一时没有言语。良久，他喃喃说道："我李馗像是射出的箭，难以收回，既然出来了，也就没想着回去。我这人自小就过不了贫寒的日子，恶事做了几十年，其实早该下地狱了，没有法子，就这么着吧。我这人跟师父比不了，我是个耐不住寂寞的人，又吃不了苦，你还是不要劝我了。"

清慧师父道："施主是说，你仍要在邪路上一走到底是吧？贫僧劝你最好弄清楚你在杀谁，据说你和你的人连手无寸铁的村民都不肯放过。"

李馗道："村民窝藏八路军，还为八路军提供粮食。"

清慧师父愤然道："这就是你们屠杀村民的理由？"

李馗道："是日本人让杀的，我身不由己。"

清慧师父问道："前些日子，你的手下被八路军打死不少，听说你要出城复仇？"

李馗道："是的，八路军打死我几十号兄弟，我的人不能就这么平白无故地死了，不报此仇，誓不为人！"

清慧师父道："八路军是摸进城来，平白无故地将你的几十号人打死的？"

李馗道："不是在城里。"

清慧师父接着问道："你的人是进山攻打八路军时，被八路军打死的是吧？你们是去打人家而被人打了，这怪得了人家吗？佛有佛法，道有道理，万事皆有公允。"

李馗变色道："你是什么人？"

清慧师父不紧不慢道："风穴寺僧人。"

李馗气急败坏道："谁给你的胆！你胆敢这么跟我说话，你就不怕我一枪崩了你吗？你要知道，我杀个人，跟踩死一个臭虫一样容易。"

清慧师父道："死有何惧！一个轮回罢了。"

李馗道："给我上香，我要祈求佛祖保佑我这次跟皇军一起进山，一定能将八路军豫西抗日支队统统消灭。"

清慧师父道："施主执迷不悟，心甘情愿为日军做事，暂且抛开佛法不说，你就不怕国人杀你吗？"

李馗道："杀我？我身后是日本皇军，我家里布满岗哨，谁有本事杀我，那就让他过来试试。"

见清慧师父没再言语，李馗起身，徐徐走到佛像前的蒲团边，他抬头望望佛像，而后跪在蒲团上，将头深深埋下。自门外折进的亮光投在李馗后背上，李馗的面目更显幽暗。冷风将一枚枯叶刮进佛堂时，李馗正俯身蒲团，这枯叶恰巧落在李馗的后背上，纹丝未动。

清慧师父忽觉一阵伤感，看来他所有的奉劝纯属徒劳，李馗执意要在作恶的路上一走到底了。李馗既然愿做汉奸，他自然做了充足防备，智弘若是前来搭救师父出去，那指定是凶多吉少；智弘若想在家里除掉李馗，绝非易事。智弘大约是知道这些的，他只是念及师徒情深，急于将师父搭救出去，而忽略了个人安危。日间，智弘借卖冰块之名进院查看地形，摸查岗哨人数，他定会夜间潜入院中，这该是多大的风险啊！他不能让智弘陷入不测！

清慧师父这么想时，他的目光在李馗方才坐过的凳子上滞留许久。终于，趁着李馗俯身时，清慧师父悄然搬起凳子，使出浑身力气，将凳子狠狠砸向李馗的头颅。那李馗竟没出一丝声息地一头栽倒在佛像前。见李馗的双腿抖动不已，清慧师父重又抱起凳子，再次砸向李馗头部，李馗的双腿旋即安稳下来。

冷风打着旋儿再次光顾院落，扫起墙角的尘土及碎叶，翻腾着灌进佛堂，佛堂内一时间迷离恍惚。清慧师父木偶般瘫坐在地，失魂似的怔怔望着李馗。

许久，清慧师父拖着无力的双腿缓步走出佛堂。眼见清慧师父木讷地就要走出大门，门口的哨兵忙伸手阻拦。清慧师父却视而不见，丝毫没有停下脚步。哨兵随之大声喊道："站住！团长早就交代过，你不能走出院子。"

然而，清慧师父不为所动，或许是压根儿就没有听见哨兵的喊话，径自走出大门，哨兵像是遇见鬼魂似的瞪大眼睛。就在哨兵伸手拉扯清慧师父时，忽听宅院里传来惊叫声："不好了，团长被人打死了！团长被人打死了！"

哨兵不觉一惊，不自觉地松开拉扯清慧师父的手，兔子般跑向院中。少时，几个兵丁冲出大门，去追清慧师父。然而，他们看见走出不远的清慧师父并未趁机跑掉，而是依旧慢吞吞缓步走着，这反而让兵丁难以相信清慧师父是杀人凶手。哨兵追上清慧师父时，见清慧师父一脸从容，像是什么事都未曾发生，这反而让兵丁无所适从。

"站住！别走了。叫你呢，没听见呀？你聋了吗？"一个兵丁大声道。

清慧师父不为所动，呆呆地自顾自前行。两个哨兵上前阻拦清慧师父时，清慧师父仿佛如梦初醒，他扭头望望身旁的人，似乎想起什么，于是，转身走向李馗的宅院。兵丁对视一下，紧紧跟随其后。

宅院门口的石狮正怒视前方，石狮的鼻子高出脸部许多，馒头一般高高隆着。来到门口时，清慧师父蓦然间疾跑几步，一头撞向石狮的鼻子，殷红的血立时染红石狮。

张公巷内看热闹的人纷纷集聚到李馗的大门外，众人议论纷纷。

"这不是个和尚吗？这和尚怎么会冷不丁撞死在石狮上呢？像是在哪儿见过这和尚，有点儿面熟。"

"风穴寺，他是风穴寺里的和尚，我在风穴寺见过他。"

"风穴寺里的和尚不在寺院念经，为何要撞死在这里呀？不会是那姓李的汉奸把和尚抓到家里，让和尚为他念经祈福的吧？”

“强抓和尚念经？老朽闻所未闻。即便和尚不愿为汉奸所用，可也不至于非要撞死门前吧？这里面定有蹊跷。”

众人忽然不再说话，只静静站着。原来是李尴的女人丁香已走到大门跟前。丁香见清慧师父满头是血倒在石狮下，一阵惊诧，问过哨兵，方知其中缘由，丁香慌乱间望一眼地上的清慧师父，疾步跑进宅院。

智弘是在这个时候悄然出现在人群中的。待小声问过身边的人，他眼里立时闪出晶莹泪光。他和表舅原本是夜间便要前来搭救清慧师父的，眼前的情景让他一时间悲痛万分。

智弘把持住自己，强作镇静，上前将手指放在清慧师父鼻前，清慧师父已没了气息。忽觉头皮上有硬硬的东西顶着，智弘扭转头看时，却是一支枪管正抵在头顶。

“干什么？滚开！”一个兵丁吼道。

智弘将拳头攥紧，起身后见几个持枪者正喊叫着驱散围观者，于是他把拳头重又松开，疾步去找罗乡了。

罗乡听罢智弘的话，为清慧师父的壮举敬佩不已，也大为惋惜。两人商量后一同赶往李尴的宅院。然而，原先围观的人群早已不在，清慧师父的尸首也不知去向，李尴门前的石狮依旧瞪眼望着小巷，石狮的面部血迹斑斑。智弘忙向不远处一家店铺掌柜的打听死者去向。那掌柜的说，他看见李宅里出来几个人，这些人抬着尸首奔汝河方向去了。

智弘和罗乡赶忙奔向城南的汝河。虽是日暮时分，进城、出城者依旧络绎不绝。智弘和罗乡赶到汝河边时，河边已空无一人。汝河水静静流淌，河水殷红，残阳如血。

第二十六章

逢喜事罗乡寻酒
遇不测月枝被劫

这一年的夏季异常炎热，伏天里即便待在山里，也会让人窒息般坐卧不宁，明明坐在树荫下，却如闷在蒸笼里。知了懒于出声，黄狗不敢动弹，只将巴掌般的舌头吐在外面。好在伏天即将过去。

日军投降的消息智弘最初是听一个香客说的，智弘起初并未全信。岂知那香客是个一根筋，他执意要跟智弘打赌，他掏出三枚银圆放在手心，说如若他之所言有误，他甘愿将这三枚银圆输给智弘。智弘笑而未答。夜间，智弘辗转反侧，回想起这些年与日军拼死较量，他感慨万千，竟一夜未眠。晨钟响过，智弘做完早课，给方丈说了一下便进城去了。

才进城门，智弘几乎与罗乡撞个满怀。罗乡满脸喜色，拉起智弘直奔山货铺子。

“今儿个你我喝上几杯如何?”罗乡道。

“表舅啊，你是知道的，出家人不近酒肉。”智弘笑道。

“你还没有真正受戒，按说还不是个正经和尚，这表舅知道。”罗乡边说边翻箱倒柜地找酒。

“让我猜猜，表舅的葫芦里装着什么药。没有弄错的话，是日本人投降了吧?”智弘淡然说道。

罗乡蓦然停下手，拿眼定定望着智弘。良久，罗乡道：“你是如何知道的？看你一脸平静，不像是已得知日本人投降的消息。”

智弘道：“今日你我见面这么久了，日本人投降的消息你这会儿才说，表舅啊，你可真能忍啊！”

罗乡笑道：“我是想给你个惊喜，一直忍着没说。”

智弘静静说道：“我是昨日听一个香客说的，起初并不全信，经表舅这么一说，也就信了。”

罗乡道：“既然是确信了，怎么不见你面露喜色呀？”

智弘道：“我也不知道为何高兴不起来，大约是因为日本人投降那是心中已有之事吧，我不只是高兴不起来，这会儿反觉得内心酸酸的。”

听智弘这么一说，罗乡方才的喜悦也消失了，于是，他不再找酒，坐下来看着智弘，缓缓说道：“是啊，为抗击日寇，我们做出了极大牺牲，别的暂且不说，你清慧师父竟死在你的眼前，且连个尸首都没能留下，想来让人痛心啊！”

智弘伤感道：“我师父待我如同慈父，我却极少在师父身前伺候，如今师父该是去了佛土，愿师父在佛土一切安好！阿弥陀佛！日军残暴成性，那些屠村的场面，依然历历在目。夜间我常被噩梦惊醒，好在噩梦终于过去。对了，表舅，你是如何知道日本人投降的？”

罗乡道：“你进城时不是没见有日军守护城门吗？上头已有电文下来，第一战区也得到指令，从人道上考虑，今日起两党停止向日军进攻。”

忽见铺子里的伙计进来问道：“掌柜的，你们是怎么了？本该高兴的日子，你们两个却都是一脸的伤感。”

罗乡道：“你多做几个菜吧，素的。”

智弘在城里待了两天，返回寺院的路上，他心潮难平。这两天城里学生手摇旗子，满街游行的场面让他感慨万千。标语贴满墙壁，地上传单乱飞，人们喜气洋洋，沉睡多年的临汝城重又醒来。既然日军已宣布投降，便再无外敌蹂躏国人，再无战事侵扰民众，临汝民众终于可以安享太平。他要托人为月枝找个婆家，他要外出寻找父母，等这两件心事了却，他就能够一心礼佛了。

走过塔林，进了山门，智弘直趋方丈室。他心绪杂乱，亦喜亦悲，他急于将日军投降的消息及早告知方丈，他急于将清慧师父的事让方丈知道。然而，方丈却不在正堂。寺院如今仅剩五个僧人，智弘向其中一个师兄问方丈去向。师兄说，方丈去了望州厅。于是，智弘拾级而上，攀上小山，果见方丈正驻立望州厅，远眺临汝，方丈的袈裟被山风吹拂着飘向一侧，猎猎作声。

“方丈，日本人投降了。”智弘急着说道。

“哦，为师知道了。”方丈平静说道。

“清慧师父圆寂了。”智弘声音极低。

“啊？啊。”方正轻声道。

良久，方丈缓缓说道：“为师功德不够，使得风穴寺屡遭磨难，为师常对佛祖忏悔，并乞佛祖责罚。风穴寺鼎盛时，曾有僧房四百多间，僧众一千多人，可如今呢？为师实乃启齿！香客日少，香火不济，为师有何颜面面对佛祖！”

智弘忙道：“方丈啊，您不能这么说，国将不国时，谁能奈何？俗话说，覆巢之下，安有完卵！日本人如今投降了，太平年景就在眼前，接下来，风穴寺少不得香火鼎盛、香客盈门，方丈何言无以面对佛祖啊！”

方丈望着苍茫远方，低声说道：“日本人投降了，世道就能太平？在为师看来，未必。”

智弘惊道：“方丈是说还得打仗吗？不会吧？”

方丈道：“但愿不会。”

方丈说罢，没再言语，他将目光转向苍翠的远山，见乌云盘绕山巅，山与云交接处灰暗一片，虽有风儿阵阵，那乌云却难以移开，重重的如夜幕压顶。

智弘揣摩着方丈的话，随方丈缓步走下望州厅。如果真如方丈所言仍有战事发生，莫非国共两党还要开战？若果真如此，那世道便再无宁日。国人拉开架势打国人，这让智弘难以置信，毕竟日本人已将中国大地折腾得千疮百孔，而这片可怜的土地亟待休养生息。

智弘将方丈送至正堂，而后心事重重地走向僧房。却见寺院内溜达着几个鬼鬼祟祟的人，这些人怎么看都不像是虔诚的香客。香客来到寺院大都面色肃穆，目光中含着尊崇与期盼，而溜达在院中的人，却是目光空洞、百无聊赖。智弘并未多想，他来到僧房，顺手拿过榻上衣服，拂去榻上浮尘，正想躺会儿，理一下纷乱的思绪时，却见室内蓦然暗下。扭脸看时，见门口站立一人，这人幽暗的面庞一时看不真切，他高大的身躯将偌大的房门几近堵严。

“智弘别来无恙！老朋友终又相见了。”那人一进屋便将屋门关上，这让智弘一阵警觉。

没等智弘让座，那人边说边自行坐下。自窗棂透进些许暗光，斑斑驳驳映在那人脸上。智弘终于看清，此人正是先前训练班特别行动队队长，智弘曾参与该队远赴开封行动，将日军黄河大桥一举炸毁。

智弘惊喜道：“怎么是你呀，梁队长？这阵子你们跑哪儿去了？连个信儿都没有。”

梁队长笑道：“人在军中，身不由已不是？哪像你们僧人来往自由！好久不见，来寺院看看贤弟。”梁队长说罢，习惯性警觉四顾。

智弘感觉梁队长眼中藏有秘密，于是问道：“智弘谢梁队长美意！梁队长此来寺院不会只是看望故友吧？怕是另有贵干，说说看，需智弘提供何种方便，尽请吩咐。”

梁队长道：“贤弟心智过人，这一点名不虚传，不然，文沣长官也不会如此器重于你。”

智弘忙道：“文主任可好？他如今去哪里高就了？”

梁队长道：“不瞒你说，愚兄此来正是受文长官之命。文长官早已受命远赴东北接任要职。眼下正是用人之际，文长官一直念念不忘智弘贤弟，特委派愚兄前来风穴寺，请贤弟出山。”

智弘笑道：“什么出山！文主任莫不是把我当诸葛孔明了？智弘何能之有，竟使文主任如此器重，梁队长这么一说，倒让贫僧诚惶诚恐了。”

梁队长肃然说道：“贤弟请勿自谦。文长官慧眼独具，凡经文长官提携的人，大都官至高位。文长官之前就看好贤弟，说贤弟智谋过人、决伐果敢，且重情重义、能言善辩，是个不可多得的人才，很想委以重任，只是贤弟当初不愿离开寺院罢了。一年多来，文长官念念不忘与贤弟私谊，足见文长官对贤弟器重有加，这让我等歆羡不已啊！”

智弘道：“梁队长言重了。智弘不懂，如今日军已宣布投降，文主任这么急于招人，这么急于去东北赴任，不知文主任用意何在？”

梁队长神秘道："日本人是投降了，可有些事才要开始，这是政治，不是你我该过问的事。"

智弘惊道："才要开始？莫非两党真要打内战？国人打国人，果真要自相残杀不成?"

梁队长摇头说道："贤弟呀，这不是你我所能左右得了的事，我们除了服从，还能怎样?"

智弘听罢，断然说道："国人要自相残杀，我指定不干！佛法五戒中，不杀生位列首位，杀生的果报是疾病和短命，这与我佛的慈悲之心大相径庭。"

梁队长正要说话，忽听门外传来一个僧人的说话声："智弘，你在屋里吗？方丈让你过去一下。"

智弘应下后，当即开门随师兄去了正堂。梁队长随即起身，背手站立门口，眼望智弘迈着矫健的步伐，绕过当院一棵老树，消失在甬道的转弯里。

智弘重又回到僧房时，见梁队长正踱着方步。梁队长眉宇间带着烦躁，没等智弘落座，梁队长顺着方才的话题，继续说道："智弘啊，方才你说你不愿杀生，可你在训练班时曾杀过不少日军，那时你为何没说你要谨遵佛法，不愿杀生之类的话呀?"

智弘未假思索地说道："佛祖释迦牟尼，大慈大悲，可佛祖也曾杀过人，你能说佛祖犯了佛法吗？佛祖非但没有触犯佛法，反而是做了善事，是惩治了邪恶。古时一帮人出海淘金，满载而归时，其中一个人生了歹意，意欲途中害死其他人，而将财富据为己有。得知此人恶念后，佛祖思量许久，最后痛下决心，杀了此人，从而保全其余众生。我佛力戒僧众杀生，可惩恶却是行善，我这么说不知梁队长悟出其中道理没有？日本兵暴戾成性，杀人如麻，所到之处生灵涂炭，实乃十恶不赦也！杀之，方能救民众于水火；杀之，方能驱恶魔于域外。若任由恶人横行，举国焉有安身之地！"

梁队长惊讶地望着智弘，良久，他缓缓说道："知道智弘有苏秦、邹忌之辩才，文长官早有领教，梁某无言以对。只是你我争执这些实属多余。梁某是奉命行事，还望智弘体谅，我若空手而归，只怕无以向上峰交代。智弘还是不要难为我的好，这样你我还是故友。”

智弘变色道：“梁队长的意思是我必须要成全你才是？我务必得跟你走，不然你无法向上峰交差是吧？”

梁队长硬生生地说道：“正是。”

智弘愤然道：“我再多问两句，你这是在执行文沣的指令，是吗？我若跟你去了，日后你我共同对付的再不是日本人，而是共产党八路军，是吧？”

梁队长道：“是的，你智弘是个聪明人，这不用我多说。眼下日军已经投降，国无二主，我们接下来该做些什么，你是读书人，这一点你比我更清楚。”

智弘道：“我要是不跟你走呢？”

梁队长挥手指向门外，说道：“你大约也能辨别出来，寺院里游走的那些人，并不全是香客。”

智弘冷冷笑道：“大不了一死，有何惧怕！一个轮回罢了。梁队长，你还有什么招式，说来听听。”

梁队长笑道：“你别逼我，我是在执行上峰指令。知道你智弘有种，这一点我不是没有领教过，你不怕死可以，你舍得你的家人随你一道去死吗？”

智弘道：“我的父母双亲连我自己都难以找到，若是你神通广大替我找到了他们，我智弘谢你还来不及呢！”

梁队长狡黠地说道：“除了你的父母，你真的就不牵挂别的人吗？”

智弘蓦然一惊，随之面色煞白。

梁队长笑道：“俗话说，蛇有七寸，龙有逆鳞，你智弘也有软肋。月枝在哪儿，我梁某一清二楚，你指定不会眼瞅着月枝被我的人带走。当然了，看在你我曾一道出生入死的分儿上，我梁某人指定不会对月枝动手动脚，可我一点都不敢保证我的手下不胡作非为。”

智弘忽然高声说道：“月枝？她的安危与我何干？我与她非亲非故，当初我只是看他们父女可怜，才发善心收留了他们。你想以此要挟于我，请便。”

梁队长盯着智弘，徐徐说道：“那好吧，你别后悔，日后别怪我梁某人不讲义气。”说罢，就要走人。

智弘一时间心跳加剧，他猛然跳起，可瞬间又沉静下来，随后缓缓说道：“慢！容我一日，让我想想。你明日再来吧，到时我会给你个准确答复。如果没有别的事，你和你的手下可以走了，这里是寺院，是佛门净地，你们这样的恶人，在此多待一会儿，便是对佛祖的不恭！”

梁队长摇头笑道：“我就知道你智弘绝非无情无义之人。走，走，我这就带人离开寺院。只不过，我得事先说给你听，免得你跑冤枉路。我来风穴寺找你之前，已将月枝安顿在一个吃喝不愁的地方了，你放心，没有我的指令，任何人不会对月枝无礼，若是有人胆敢碰月枝一个指头，那这人的十指将被废掉，这一点，你尽可放心。”

智弘很想一下子捏扁此人，虑及月枝安危，他咬咬牙忍下了。他野牛般喘着粗气，眼瞅着梁队长走出僧房。梁队长将手一挥，带领一帮人匆匆去了。

智弘望着梁队长一帮人渐次消失在低树掩映的小路上，他随后爬上北山，抄小路直奔表姑家里。

表姑正坐在院中方凳上做针线，智弘家原先那只公鸡被放出鸡舍，在表姑脚尖前啄食草籽，嘴里频频发出咯咯的声响。淡云依旧遮罩上空，院子里一片幽暗。

“表姑，月枝呢？”智弘进院便急不可待问道。

表姑停下手中针线，揉着昏花老眼，吃惊地问道：“不是你让人接月枝去城里了吗？智弘你是怎么了？”

智弘忽觉一阵心悸，看来梁队长所言是真。他缓缓地轻声说道：“看我这记性！最近只顾忙寺院里的事，竟把这事给忘了。寺院的杂事可真多，弄得我一天到晚晕头转向的，昨天斋饭前明明喝过一碗水，师兄喊我用斋时，我硬是说我方才用过了。”

表姑心疼道：“智弘啊，寺里再忙，咱也得吃饱饭再干活呀！别犯傻。寺院里的事，估摸着跟家务活一样，你要是想做的话，一天到晚都有做不完的事。”

智弘忙道：“我知道了，表姑。我是出来给寺院置备东西的，路过这里，回来看看你。”

表姑道：“我身子骨硬朗着呢，你别老是惦记我。你给月枝在城里找的是什么零活呀？我问接月枝的那个人，那人也不说是什么活儿，只说是你让他接月枝的，让月枝去一个富人家做事。你可别让月枝累着，这孩子身子一直就虚。”

智弘道：“放心吧，表姑，我这就去城里看看她，我不会让月枝累着的。”

表姑要给智弘烧水时，智弘谎说寺院有事，不便多停，便匆匆走了。走出老远，智弘回头看时，见表姑依旧站在门口的幽暗里，面目已模糊不清。

来到村外，见一只黄狗呆呆站在路边，智弘弯腰捡起一块石子狠狠砸向黄狗。那黄狗见智弘手臂扬起，没等石子近身，便匆匆逃了。智弘顺着黄狗逃去的方向，一追就是二里多地，等那黄狗不见踪迹，智弘喘着粗气，坐地上痛苦不已。月枝身体孱弱，胆小怕事，如今她落到那帮人手里，真不知她会被吓成什么样子。智弘很想马上赶往城里，去城里寻找月枝，可临汝城大小街巷七十二条，他该去哪里寻找？那帮人断不会让他轻易找到月枝的。思前想后，他起身向着风穴寺疾步而去，等明日梁队长来到寺院，他再从长计议。

然而，整整一天，梁队长并未露面。这一天，智弘如坐针毡，他无数次来到山门外远眺。

黄昏时，方丈来到智弘的僧房，方丈的脸上恬静安然。智弘看看方丈，忽觉心绪安定不少。本以为方丈是来安慰弟子的，岂知，方丈只在智弘这里静坐一会儿，并未多言，便静静去了。

望着方丈远去的背影，智弘暗想：兴许是方丈找我有事？于是智弘来到正堂，然而，方丈已闭目打坐。智弘回到僧房后，盘腿坐在卧榻上，闭上眼屏息打坐。

次日一早，梁队长来见智弘时，智弘一脸安然。梁队长开门见山道：“看来智弘昨夜睡得安稳，没有弄错的话，你大约想好了要跟我走，是吧？”

智弘道：“我想好了，我这就跟你走，不过，你事先务必答应我两个条件。”

梁队长随即道：“智弘你说。”

智弘淡然说道：“进城后先让我看看月枝，这是其一；其二，有劳梁队长接通文沣主任的电话，我想跟文主任说上几句感谢的话，难得文主任惦念。”

梁队长道：“这容易。早就知道贤弟是个爽快人，如此一来，你我非但能继续共事，愚兄也能圆满完成上峰交办的差事，两全其美。进城后，我们兄弟小斟两杯。”

“阿弥陀佛！”智弘合掌道。

“自今以后，你我便是一家人了，就不要再‘阿弥陀佛’了吧？”梁队长得意道。

智弘没再言语，随梁队长一行人匆匆赶往县城。

过街穿巷，他们最终来到一处极为偏僻的院落里，梁队长示意手下打开大门，让智弘进去。智弘摆摆手没让开门，他见院中有个废弃的木凳，上前摇摇凳子，而后将凳子搬到窗下。这间房窗子离地面竟有一人多高，大约是怕贼人越窗入室不成？

智弘蹬上木凳，透过窗隙，见月枝正盘腿坐在破旧的木床上，月枝头发披散、面色蜡黄。蓦然间，一阵酸楚袭上智弘心头，他双目噙泪，伏窗台闭目许久。或许是月枝察觉到什么，警觉四顾，智弘忙轻轻下凳，出了宅院。

“走吧，去了却我第二个心愿。”智弘低声说罢，没有回头，自顾走在前头。

梁队长一行人紧紧跟上。

县政府大院里人来人往，多是些身着制服的人。智弘不知，国民党流亡政府已回归临汝，抢先接收了投降日军留下的物资。而中共为顾全大局，避免内战，争取和平，让民众自此过上安稳日子，非但在接受日军投降之事上再次谦让，并根据重庆谈判精神，已将平汉路以西、黄河以南的豫西抗日根据地所属地域悉数让出。

第二十七章

罗乡夜来风穴寺
智弘返乡深秋里

梁队长将智弘领到一个隐秘房间，按照智弘意思，他旋即拨通了文沣的电话，简要向文沣报告了面见智弘的事，遂将话筒递给智弘。

“智弘吗？梁队长之所为，实为你的前程着想，乃不得已而为之，我知道智弘绝非小肚鸡肠者，断不会与梁队长计较的，对吧？”话筒里传来文沣的声音。

智弘道：“大约文主任早已高就，至于官至几品，智弘不知，暂且还叫您文主任吧，这样也显得亲切些。谢过文主任惦记，文主任的赏识，智弘铭记不忘，只是，人各有志，还望文主任海涵！”

文沣道：“听你话中之意，莫非是要拂了我文某人的面子不成？”

智弘道：“文主任，恕智弘直言，智弘一心礼佛，无意于佛外之事，当初之所以加入训练班，那是目睹了日军暴行，可如今时过境迁，敬请文主任体谅！”

电话那边停顿许久，话筒里重又响起话音时，文沣道：“我文某人一向敬重僧人，尤其是将训练班设在风穴寺之后，目睹了僧众对佛陀的崇敬之情，这让文某大为感动。可智弘你非同他人，你足智多谋、决伐果断，重情重义，忠于信仰，这让文某不忍放手，倘若智弘能来我身边，假以时日，定成栋梁之材，还望你三思。”

智弘感动道：“谢文主任抬举！若当初智弘不在佛门，那就另当别论；可如今智弘早已遁入空门，若再有非分之想，一是有辱佛门；二是有辱自身。”

文沣道："既然如此，看在你我有过激辩的分儿上，我成全你。只是有一条你务必谨记，那就是不能加入别的党派，不能参加别的军队，良才既不为我所用，别人也休要染指。"

智弘毅然说道："谢文主任宽厚！谢文主任抬举！文主任的话智弘谨记于心，智弘这里有礼了。阿弥陀佛！"

文沣说让梁队长接电话，智弘随之将话筒递给身前的梁队长。少时，梁队长放下电话，用极为尊敬的眼光望着智弘说道："惭愧！惭愧！不当处，还望海涵！来呀，快去请月枝过来，套辆马车去。什么，没有马车？没有马车你就给我找，找不来马车你就拿命来！"

"不用了，我自己去。"智弘淡淡说道。

"也好，也好，来呀，护送智弘师父去宅院。"梁队长赶忙吩咐道。

"谢过梁队长！我自己去接月枝，你把房门钥匙给我就行，不用人送。"智弘说时，斜视一眼门口的随从。

智弘急不可待地赶到拘禁月枝的宅院。他双手抖动不已，以至于难以将钥匙插入锁孔。智弘旋即扔掉钥匙，弯腰捡起半拉砖头，使力砸向门锁。门开后，室外的亮光映在月枝惊恐的脸上，月枝一阵战栗，她随之跳下木床，泣涕涟涟。智弘猛然抓住月枝的手，久久没有松开。倒是月枝慢慢抽出自己的小手，低着头不看智弘。这孩子命苦，先是家里遭灾，十口之家仅剩父女两人。接着父亲撇下她饮恨而去，这孤儿再无至亲。月枝后来遭日军蹂躏，以至于至今不敢正眼见人。每每想起月枝的遭遇，智弘便痛苦不堪。

正午时分，有些许阳光穿透浓重云层，洒向沿街商铺的屋顶。

"馄饨，李二嫂的薄皮馄饨。"街道一侧传来店主沙哑的叫卖声。

智弘见月枝舔舔嘴唇，他忙领月枝来到那家馄饨铺里，要了两碗馄饨，外加一笼包子。那馄饨碗里浮着点点香油，绿白葱末浮在汤上，随着缕缕热气升起，葱香合着油香的味道立时弥漫周遭。

忽有一个戴草帽的人来到馄饨铺，这人帽檐儿拉得极低，他悄然将一张纸条塞在智弘手里，便匆匆去了。

智弘正低头吃着馄饨，抬头看时，那人已走出老远。但从背影上看，那人分明就是罗乡，可他为何不敢相见？智弘小心打开纸条，见纸条上写道：今晚山门外见。

智弘将月枝送到表姑家里，那只公鸡远远地凝望月枝。

“月枝呀，你去城里才三天就回来了，是不是城里那富商家的人不好伺候啊？回来也好，咱不去挣那血汗钱！天上不会掉馅饼的。肯定是智弘不想让你看人家脸色，不想让你在别人家受苦，才把你接回来的，还是智弘心疼你。”表姑拉着月枝的手喋喋不休。

见月枝一脸茫然，智弘忙道：“是啊，表姑，去哪儿都不如在家里好，在家里你们相互照应着，让人放心。”

智弘心中有事，急于赶回风穴寺，便没心思听表姑家长里短地说个没完。想起罗乡不敢露脸的样子，想到罗乡那么急于见他，智弘意识到罗乡定是遇到了什么难处。于是，他辞别表姑和月枝，匆匆赶回风穴寺。

暮色降临风穴寺，带来沉沉雾霭，站山门外远眺，远山近岭一派苍茫。罗乡按时赶到山门外时，见智弘已在石级上坐等。智弘的背后，山门已经关闭，黑黢黢隐于薄雾中。

罗乡四顾之后，领智弘来到寺水河边一棵大树下面，树的浓荫一时间将两个身影隐去。两人站得很近，罗乡把声音压得极低：“形势紧迫，长话短说。日军投降后，根据两党重庆谈判精神，我党信守承诺，为顾全大局，避免内战，主动将豫西抗日支队南撤桐柏山。如此一来，当地土匪受人指使，已开始大肆抓捕八路军南下后留下的伤病员，以及没有来得及南下的部分共产党员，已有几十人被杀。当务之急是，一要做好隐蔽工作；二要动员留下来的共产党员和八路军战士，进入深山，与反动派打游击。”

智弘愤然道：“日军才投降不久，他们这么快就撕下面皮，这太不可思议了！国人又要打国人，这何时是个头啊！”

罗乡肃然说道：“我来找你就是想与你再度联手，与城里其他地下党员一道进山，寻找八路军南下后留下的人员，将他们组织起来打游击。”

智弘迟疑良久，无奈地说道：“表舅啊，实不相瞒，我不想介入两党之间的纷争，我是僧人，我想一心礼佛，劝人为善，学佛祖普度众生，还望表舅体谅!”

听罢智弘的话，罗乡低头沉默很久。当他抬起头时，已是面带微笑，他拍拍智弘肩膀，而后说道：“人各有志，表舅不会强人所难，既然你去意已决，表舅就不再多说什么。我走了，你我各自珍重!”罗乡说罢，后退一步，而后庄重地将右手伸到智弘面前。

智弘紧握罗乡的手，久久没有松开。

罗乡自上而下摸摸衣扣，而后迈着稳健步伐，毅然走向白雾的苍茫中。望着罗乡远去的背影，智弘忽觉一阵心酸。他重又回到山门外的石级上，一直坐到夤夜时分。雾霭越发地浓了，智弘连同身下的石级，渐渐被浓雾一并罩去。

次日，智弘没能按时起床。他一夜没有睡着，眼前不时浮现出罗乡离去时的背影。忽觉头疼得厉害，于是，他蒙上被子，直挺挺地躺着。

方丈进来时，智弘并未察觉。方丈在床沿坐下，说道：“很久以前，有个中年人，以耕作为生，那年天象反常，不是暴雨，便是干旱，收成自然无以养家，中年人苦闷、烦躁。这天，又是大雨如注，中年人只得待在家中。烦闷中，他来到风穴寺上香。德江禅师见他愁眉不展，心事重重，便问他因何事烦心。中年人听禅师问话，便将烦恼向德江禅师说了。德江禅师听罢，将中年人领到河边，又叫沙弥拿来一个空茶杯，他从河水里装了一杯浑浊不堪的水，而后静静放在身旁的石礅上。二人对坐于石礅旁，安静地望着这杯浑水一点点沉下泥沙，一点点清澈起来。德江禅师望着茶杯里的清水说，施主你看，方才还是浑浊不堪的水，这才多大一会儿呀，它就变得清澈了。只要安心等待，再浑浊的水终究会清澈起来的。”

智弘翻开被子，见方丈一脸安详。于是，问道：“方丈，你是如何知道弟子心烦意乱的呀?”

方丈道：“为师无须知道。过去的已经过去，一切皆是现成。”

智弘喃喃说道：“过去的已经过去。那好吧，方丈。”

方丈问道：“你的父母还没回来吗?”

智弘道：“是的，方丈。弟子很想外出化缘，把父母和妹妹找回来。终于等到日本人投降，原本以为从此天下太平了，不承想，内战一触即发。打打杀杀，这何日是个头啊！”

方丈道：“想去你就去吧。为师知道你很早就有这样的打算，只是想等到抗战胜利后再去寻找他们。”

智弘道：“方丈啊，弟子该往哪个方向寻找啊？弟子不知他们去哪里逃荒了。”

方丈道：“你该向西边寻找。一是西部地势较高，不怕水患；二是当年他们逃荒时，中原水患才过，中原人谈水色变，断不会向东南方逃荒。而北有黄河，南方又是河道纵横，通行多有不便，因而，河南逃荒者必定首选西部。”

智弘忙道：“师父的话极有道理，那弟子今日就奔西边去，一年不行就两年，弟子一定要将他们找回来。”

方丈道：“百善孝为先。为师为你祈福，愿你们一家人及早团聚！阿弥陀佛！”

方丈亲手为智弘剪去长发，再将一个新碗递到智弘手里。智弘换上一身稍微新点的僧袍，将方丈送他的碗放入包袱，辞别方丈，走出山门。

走出一箭之地，智弘回身看时，方丈依旧站在山门外，安详地望着他。智弘又走出不远，再回首眺望时，却发觉方丈的身影早已模糊不清。

智弘边走边问，经洛阳，过新安，来到一个叫石壕村的地方，适逢微雨，又是黄昏，不得已，择一路旁古庙栖身。

智弘从路人口中得知，当年河南逃荒者大都经洛阳，而后一路向西。岂知，这条逃荒线竟是地狱一般。沿途人满为患，政府的救助杯水车薪，灾民饿死一拨又来一拨，沿途饿殍遍地，白骨森森。树皮被饥民剥去吃掉，沿途尽是裸露的树干。智弘不禁毛骨悚然，内心无数次祈祷他的父母及妹妹一切安好。

连日奔波，逢人便问，但一直没有打听到父母行踪，自己却已是脚上打泡，口舌生疮。见天色已晚，于是，他啃了几口化缘得来的窝头，再将包袱里的薄被打开，铺半拉，盖半拉，和衣睡下。

夜半惊醒时，智弘一时间竟不知身在何处。

“老总啊，你们行行好吧，我家上有老，下有小，都指望着他活命呢。再说了，他一只手早就废了，也没法子帮你们打仗啊！”

“少废话！没法打仗，扛挺机枪总是会吧？”

“你们不能这样做呀！他走了，家里的人可怎么活啊！”

“滚开！”

“长官，庙里还有个人，也抓走吧。”

“你眼瞎呀！那是个和尚，你不怕下地狱，老子怕！”

最后，破庙外仅剩女人的啼哭声。智弘揉揉眼，起身出来。夜色中，依稀见小路旁呆坐一人，这人嘤嘤哭着，哭声在静夜里显得凄惨悲切。

“外头天冷，去庙里坐吧。”智弘轻声道。

女人先是一惊，忙抱怀缩身，等看清眼前是个和尚时，便少了些提防，她缓缓起身，却依旧小声嘤嘤。女人随智弘来到破庙，倚在门口，失神望着远方。智弘猫腰在破庙内寻找柴草，原是想点燃柴草使破庙有些亮光的，不想，竟在墙角扒出几根人的骨头来，这让他蓦然间毛骨悚然。于是，他不再寻找柴草，走出破庙，站外头与女人攀谈。

女人说，这座破庙起先住过几拨人，都是打此经过的逃荒者。有的人走了，而有的人没走了。

智弘问女人，见没见过一家三口人，两位老人带着一个十七岁女孩儿，老家是河南临汝的。

女人说，谁会记得这样的事啊！虽说这破庙就在村头，可这里每日里过往的人成百上千。她一直不懂为何会有那么多人源源不断地往西去，像是西边有座金山似的。

智弘说，不都是被迫无奈嘛！能活着，谁愿意弃家逃荒啊！这地方人少田多，按说是能够填饱肚子的，怎么家里也是如她所说的那么清苦？

女人说，哪里都会遇上灾情的，只不过他们这里稍好些。大约是平日里遭受的磨难本就不少，起初自己的男人被土匪抓走，她还悲痛万分，这会儿像是心静如水。她与智弘攀谈一会儿后，静静走向村子。

智弘送走女人返回破庙时，忽想起方才在墙角摸到的骨头，便再无半点儿睡意，于是，睁眼躺着，一门心思想着父母及妹妹逃亡时的景况。他们是否也经过此地，他们如今到了哪里？他们能吃饱肚子吗？父亲的身子本就不够结实，他吃得消这长途奔波吗？这破庙里的骨头真的就是逃荒者留下的吗？智弘忽然间一阵心悸，他强迫自己不去多想。天色发白时，他竟迷迷糊糊睡去了。

智弘起来后，忽想起破庙后的村子叫石壕村，这里该是杜甫的《石壕吏》里所写的石壕村吧？他昨夜的见闻竟与杜甫的描述近似。临行前，智弘捡起一粒石子，在破庙的墙上写道："暮投石壕村，有吏夜捉人。老翁逾墙走，老妇出门看。吏呼一何怒！妇啼一何苦！"

智弘走进石壕村，趁着化缘之时，逢人便问是否见过他的父母，并将父母的长相告知村民。见村民无不摇头，智弘无奈地赶往别的村子。

就这样日复一日，一年过后，父母及妹妹依旧杳无音信。

再往前走便到潼关了，站在古老的风陵渡口，智弘愁肠百结。是西出潼关继续寻找，还是就此返回，沿途再找，这让他颇费思量。眼望滔滔黄河水，智弘百感交集。

忽见一人在黄河边徘徊，汹涌的黄河水自那人身前一泻而过，那人走一阵停一阵，不时望着黄河水发呆。良久，那人转身缓缓离开河岸，向着智弘站立的地方蹒跚走来。智弘心跳加剧，那人极像妹妹。终于看清那人容貌时，智弘向着滩头飞奔而去。

兄妹终于相见，在智弘苦苦寻找一年之后。兄妹俩抱头痛哭，哭声在黄河滩头低回，显得沉闷异常。他们身后，黄河水汹涌澎湃；他们前头，关山陡立盘亘。大雁在头顶飞过，留下几声低鸣，而后向着东南方缓缓而去。

"爹和娘呢？"智弘急切问道。

妹妹哭着说道："娘在山下的石洞里待着，爹……爹在三个月前去世了。"两句话勉强说完，妹妹便哽咽不止。

"啊？啊——"智弘对天吼道。

"讨饭时，爹和娘的腿都被狼狗咬了，起先没什么要紧，可后来，爹的伤口溃脓，还长了蛆，再后来，爹就不行了。"妹妹哭道。

“那娘的伤呢?”智弘急不可待地问道。

“娘的伤口不要紧，就是走路费劲。”妹妹揉揉眼拉上智弘的手就走。

“你来黄河边干什么?”智弘边走边问。

妹妹一时没有应答，智弘再问时，妹妹这才喃喃道:“哥，是我不好，你就别问了，我知道我错了。”

智弘继续问道:“你是不是想寻短见?”

妹妹没敢说话，干瘦的脸上干菜般晦暗。妹妹独自照顾受伤的双亲，吃的苦，遭的罪，常人只怕难以想象。想到此，智弘便没再多问，只将妹妹树枝一样枯瘦的小手紧紧攥在掌心，妹妹的手在智弘的掌心里战栗不止。

妹妹所说的山洞，其实就是山崖的上部向前伸出一块，岩石与地面交接处，显得深陷一些而已，勉强能够遮挡些风雨。秸秆铺就的地面，一床破被摊在上面，智弘的母亲正木然地坐在破被上。而旁边，三块黝黑石头支着一口铁锅。

智弘疾跑几步来到母亲身旁，他扑通一声跪下，随之发出一声凄婉的喊叫:“娘!”

三个人合抱一起，大哭不已。哭声惊起林鸟，林鸟呼扇着翼翅，向着远方飞去。良久，智弘道:“这叫逃荒啊！这是越逃越荒，早知道逃荒是这样的，我们一家人宁可饿死家里。全是谎言！都是骗子！当初县里有人说，外出逃荒吃喝不愁。不是说这边的救济要好于临汝吗?”

智弘的母亲止住哭声，哽咽着说道:“起先都没想到会有那么多逃荒的，一路上黑压压的，哪里都是人。总想着再往前走，可能会好些，后来发现不是那样的。可能逃荒的人都是抱着这样的想头吧，结果都想错了。”

智弘卷起母亲的裤腿细看，见伤口已经愈合，母亲还是难以走路，那指定是伤了筋骨。他急于去父亲坟前看看，于是由妹妹领着，两人扒开荆棘，来到一处较为平坦的地方，见一个小土堆孤零零呈现眼前。智弘让妹妹回去照看母亲，一个人在父亲坟前长跪不起，智弘的哭声撼天动地。

次日，智弘带着母亲和妹妹辞别他的父亲，向着临汝方向缓慢走去。母亲腿部有伤，仅能缓步小走片刻，大多时间则是由智弘背着母亲走路。就这样，智弘一边化缘供养母亲和妹妹，一边带她们走向回家的路途。他拒绝妹妹沿街乞讨，他将化缘得来的食物大都分给母亲和妹妹，自己则悄然吃些野草，聊以充饥。

他们沿途遇上不少军车疾驰而去。智弘看得出来，两党已全面开战，而谁是最终胜者，他心里一清二楚，他早被共产党人的意志和品行深深折服。他盼望战事及早结束，家人及早过上安稳日子。

智弘带母亲和妹妹最终回到临汝，已是一九四七年的深秋。远远地，他见临汝城墙上高高飘扬着五星红旗，城墙外不时走过游行的学生，学生手摇旗子，说笑声一如喜鹊叽喳。而发源于临汝与登封交界处的洗耳河，正贴着西城墙缓缓流过。

智弘他们回到阔别已久的家门前，智弘的母亲盘腿坐在地上，摇着头啼哭不已。见状，妹妹也依着母亲坐下，两人抱头痛哭。智弘并未上前劝阻，他掏出钥匙，将屋门打开。然而，眼前的景象却让他惊讶不已。一串黄黄的钥匙醒目地趴在屋内肮脏的地上，那分明就是风穴寺里的钥匙。

智弘不顾疲乏，他捡起那串钥匙，匆匆赶往风穴寺。他见山门已经关闭，一把铜锁挂在山门正中，一只麻雀不知深浅地卧在铜锁上。智弘大吼一声，那麻雀悻悻然低飞而去。

智弘擦去鸟粪，打开山门，进院后却见殿宇的门均已关闭。于是，他疾步赶往方丈室，却见正堂门上也挂着铜锁。智弘喊叫一阵，仅有麻雀叽喳几声，寺院一派宁静。

智弘不知风穴寺究竟发生了什么，无助加上劳累，使他一下子瘫坐在地，呆呆望着佛塔。佛塔上的风铃纹丝未动，平日里那叮当的声响已成记忆。

他逐一走过寺院各个殿宇，终也未见一人，偌大个院落显得落寞异常，宁静安详。

忽想起月枝，智弘陡来力气，适才的疲惫与颓然即刻不见，他锁上山门，向着表姑家疾步而去。山门外有不少被砍伐的古老柏树，细小的枝条横陈路上，树干却不见踪影，这让智弘大惑不解。因牵挂月枝，他无暇顾及这千年老树，只抹把额头汗水，急切地径直赶往表姑家里。

月枝忽见智弘，她先是一惊，而后掩面而泣。智弘头发凌乱，面黄肌瘦，表姑见状，竟一时不敢相认。智弘遂将一年多来寻找家人的事一一说了。表姑听过，眼含热泪。月枝听了，捂脸啜泣。

耐心安抚一番后，智弘说道："表姑啊，我想把月枝接回家里，这些年表姑为月枝没少费心。"

表姑嗔怪道："傻孩子！看你说的吧，不是月枝陪着表姑，表姑这把老骨头只怕早就去见阎王爷了，一家人不说两家话，你快把月枝领回去让你娘看看吧。"

表姑催月枝回屋收拾东西，她和智弘就在院里家长里短地足足说了一袋烟工夫。智弘望望屋内，却不见月枝出来，于是，他走到门口，见月枝正专注地对着镜子捯饬。他莞尔一笑，重又来到院中。原先从自家抱来的那只公鸡，正远远地望着他发痴。

月枝终于收拾停当，她走出屋门时，依旧低头不语。两人走出院子，月枝猛然一惊，匆匆回去，将西墙边那只公鸡抱在怀中，而后随智弘赶往家里。

2021 年 1 月 21 日

图书在版编目(CIP)数据

风穴寺 / 董新铎著. -- 北京 ：中国文史出版社，2021.10
(跨度小说文库)
ISBN 978-7-5205-3014-9

Ⅰ. ①风… Ⅱ. ①董… Ⅲ. ①长篇小说-中国-当代 Ⅳ. ①I247.5

中国版本图书馆 CIP 数据核字(2021)第 101282 号

责任编辑：卢祥秋

出版发行：**中国文史出版社**
社　　址：北京市海淀区西八里庄路 69 号院　邮编：100142
电　　话：010-81136606　81136602　81136603（发行部）
传　　真：010-81136655
印　　装：北京新华印刷有限公司
经　　销：全国新华书店
开　　本：720×1020　1/16
印　　张：17.5　　字数：260 千字
版　　次：2021 年 10 月第 1 版
印　　次：2021 年 10 月第 1 次印刷
定　　价：59.80 元